CHIUDILE GLI OCCHI

LIBRI DI LISA REGAN

In lingua italiana

Le ragazze svanite

La ragazza senza nome

La sua tomba nascosta

La confessione finale

Le sue ossa sepolte

Il suo pianto silenzioso

I corpi lungo il fiume

Trovarla viva

Salvate la sua anima

Respira un'ultima volta

Silenzio piccolina

Il suo tocco mortale

Le ragazze annegate

Guardala scomparire

Sparita ragazza del posto

La moglie innocente

Chiudile gli occhi

Mia figlia è scomparsa

Affronta la tua paura

LISA REGAN

CHIUDILE GLI OCCHI

Tradotto da Alessandro Cataoli

bookouture

L'edizione originale è stata pubblicata nel 2023 con il titolo "Close Her Eyes" da Storyfire Ltd. che opera come Bookouture.

Edizione italiana pubblicata da Bookouture, 2025
Prima edizione agosto 2025

Un'edizione di Storyfire Ltd.
Carmelite House
50 Victoria Embankment
London EC4Y 0DZ

www.bookouture.com

Il rappresentante autorizzato nello SEE è Hachette Ireland
8 Castlecourt Centre
Dublin 15 D15 XTP3
Ireland
(email: info@hbgi.ie)

ISBN: 978-1-83618-820-9
eBook ISBN: 978-1-83618-819-3

In affettuoso ricordo di Ann Bresnan

PROLOGO

La sua carne bruciava come carta velina. Per prima cosa fu l'odore a colpirla, ancora prima del dolore. Una parte della sua mente si era già spenta, nel tentativo di proteggerla, ma sapeva che non sarebbe stato sufficiente a escludere l'agonia che stava per arrivare. Una sottile spirale di fumo si levò dallo strumento che lui aveva usato. Quando lo scaraventò da una parte, andò a sbattere contro il cemento e si fracassò in uno sferragliamento. Osservando la sua opera, lui emise un basso fischio. Poi si leccò le labbra, con l'aria più soddisfatta che lei avesse mai visto in un essere umano. Nel momento in cui il dolore la colpiva, prima con un pugno bruciante e poi con ondate roventi e insopportabili che scuotevano di brividi il suo intero corpo, lui sembrava ancora più felice. Un'occhiata al fianco rivelò che l'ustione non era più grande di un biglietto da visita. Digrignando i denti, si chiese come potesse fare tanto male una lesione così piccola.

Una volta le era capitato di bruciarsi la mano, perché era stata investita da una nuvola di vapore che fuoriusciva da una pentola con cui stava cucinando ed era stato tremendo. Per giorni, a prescindere da qualsiasi rimedio avesse provato ad applicare, le era sembrato che l'ustione non passasse. Ma questo... questo era qualcosa di completamente diverso.

Intanto, lui aveva preso a camminarle davanti, facendo su e giù, mentre lei si contorceva sul pavimento. Aprì la bocca per implorarlo di fare qualcosa, qualsiasi cosa. Di slegarla, di lasciarla andare, o almeno di spruzzarle addosso dell'acqua fredda.

Come se le avesse letto nel pensiero, si mise in ginocchio accanto a lei e le infilò una mano tra i capelli. Le arrivò una zaffata del suo alito pregno di birra stantia quando le sussurrò all'orecchio: «Tu non vai da nessuna parte.»

A quel punto lei si chiese di cos'altro sarebbe stato capace e se le avrebbe mai permesso di rivedere l'esterno di quella stanza squallida. Se fosse successo, era certa di una cosa: sarebbe scappata, il più lontano e il più velocemente possibile, senza mai voltarsi indietro.

UNO

Dal giardino Josie Quinn udì una piccola esplosione e dal suo posto, al tavolo della cucina, sentì un oggetto che andava a sbattere contro il muro della casa. Pochi secondi dopo le giunsero delle grida e l'odore di fumo e di fuliggine si diffuse in tutta la stanza. Trinity Payne, la sorella gemella di Josie, balzò in piedi dalla sedia e corse verso la porta sul retro, spalancandola. Josie la seguì, afferrando il piccolo estintore che lei e il marito tenevano accanto al microonde. Una colonna di fumo grigio e denso attraversò la porta aperta non appena Josie e Trinity si spinsero all'esterno. Josie impugnò l'erogatore dell'estintore come un'arma, agitandolo da una parte all'altra, alla ricerca della fonte del fumo. Sul bordo del piccolo patio fuori dalla porta della cucina, le fiamme si levavano da una griglia a gas ridotta a un ammasso di ferraglia. Il marito di Josie, Noah Fraley, si stava allontanando, coprendosi il volto con le mani; nel frattempo, il fidanzato di Trinity, Drake Nally, soffocava le fiamme con il cappotto. Sull'erba, il Boston Terrier di Josie e Noah, Trout, abbaiava a pieni polmoni, saltando fuori di sé da una parte all'altra, ma fortunatamente si guardava bene dall'avvicinarsi alle fiamme. Il coperchio della griglia, cromato fino a pochi istanti prima, era ridotto ormai a un catorcio annerito e giaceva vicino ai piedi di Noah. Sul rivestimento bianco della loro casa c'era una macchia scura più o meno delle stesse dimensioni del coperchio.

«Togliti di mezzo!» disse Josie scostando Drake. «Trinity, prendi il cane, per favore.»

Con una rapidità fulminea, Trinity attraversò il patio e prese in braccio Trout. Drake e Noah la raggiunsero sull'erba, lontano dalla griglia.

Josie tirò il perno dell'estintore e, puntando l'erogatore sulla griglia in fiamme, spruzzò la schiuma da un lato all'altro e, mantenendo una pressione uniforme sulla valvola di azionamento, riuscì a spegnere il fuoco in pochi secondi. Una volta finito, posò l'estintore sul patio e si avvicinò a Noah.

«Sto bene.» disse lui, quando lei gli prese le guance tra le mani e lo fissò negli occhi. Sul lato sinistro della testa aveva un ciuffo di capelli bruciacchiati, ma non sembrava ferito. I suoi occhi nocciola offrivano scuse silenziose. Si avvicinò e le strinse i polsi, allontanando le mani dal suo viso. «Davvero.» aggiunse. «Sto bene.»

Trinity teneva stretto al petto il corpicino guizzante di Trout e rivolse a Drake uno sguardo torvo che, da parte sua, le rispose con un ampio sorriso, tenendo il cappotto carbonizzato con entrambe le mani. «A proposito, anch'io sto bene.»

Trinity scosse la testa. «Quanti uomini adulti ci vogliono per fare una bistecca alla griglia?»

Trout si lamentò.

«In realtà non avevamo ancora iniziato a grigliare...» disse Noah. «Drake mi stava mostrando come funziona.»

Josie prese Trout dalle braccia della sorella e gli diede un bacio sulla testolina pelosa. «Siamo a febbraio.»

«Non c'è stagione per fare una grigliata.» ribatté Drake. «E poi ci saranno tipo cinque gradi.»

Trinity indicò il cappotto di Drake. «È rovinato. Buttalo via.

E comunque, tu vivi a New York. Cosa puoi sapere tu di come si insegna agli altri a fare la grigliata?» Si voltò verso la sorella. «E perché tu e Noah avete un barbecue, se non riuscite nemmeno a usare la cucina?»

«Ehi!» protestò Noah.

Josie scosse la testa. «Non hai tutti i torti.»

Noah sembrò pensarci un po' su ma poi rinunciò a discutere. Entrambi erano ben noti tra i parenti e gli amici per la loro leggendaria incapacità in fatto di cucina. Josie era un autentico disastro quando si trattava di preparare da mangiare: aveva bruciato più pentole e padelle di quanti piatti fosse mai riuscita a preparare. E quanto al girovita, sposarsi con Noah non era stata una strategia particolarmente azzeccata, visto che lui era appena passabile in cucina. Se non fosse stato per la gentilezza degli amici, che spesso li invitavano a cena e riempivano la loro credenza, si sarebbero nutriti quasi esclusivamente di cibo da asporto. Di recente, il figlio di sette anni della loro amica Misty Derossi, Harris, aveva lanciato una sfida affinché migliorassero le loro capacità in cucina. Non stava andando molto bene.

«Non è stata colpa nostra.» si giustificò Noah. «Ho avuto questo aggeggio da un collega di lavoro. Visto che lui voleva liberarsene, ho pensato che sarebbe stato utile per fare un po' di pratica.»

«Credo che ci fosse una perdita nella conduttura.» disse Drake. «Magari è per questo che se ne liberava.»

Da brava giornalista, Trinity si lanciò in un elenco di statistiche sugli incendi e le esplosioni dei barbecue. Drake continuò a sorriderle. Era sempre stupidamente innamorato di lei, pensò Josie. Nessuno poteva guardare un'altra persona in quel modo mentre parlava del corretto funzionamento di una griglia a gas se non ne era follemente innamorato. Josie affondò il viso nella pelliccia di Trout e si mise a ridere.

Quando Trinity finì la sua lista, Noah disse: «Ne prendo nota.»

«Non corriamo già abbastanza rischi sul lavoro?» gli chiese Josie; loro due lavoravano per il Dipartimento di Polizia della città di Denton, lei come detective e lui come tenente. Denton era una piccola cittadina situata nella Pennsylvania centrale, incastonata in una valle circondata da diverse montagne e confinante con un ramo del fiume Susquehanna. Drake era un agente dell'FBI in servizio presso gli uffici di New York City.

Noah si avvicinò a Josie e le passò un braccio intorno alla vita. Con l'altra mano accarezzò il musetto di Trout e fu ricompensato con diverse leccate premurose. «Diamo una pulita a questo posto, è un macello.»

«E andiamo a prendere qualcosa da asporto per cena.» aggiunse Drake.

Con un ultimo sguardo a Noah, Josie seguì Trinity in casa, portando il cane con sé. Una volta seduta al tavolo della cucina, lo mise sul pavimento. Lui si buttò subito a terra e si sdraiò ai suoi piedi. O era ancora in ansia oppure sentiva la sua, o entrambe le cose. Aveva una straordinaria capacità di percepire quando la sua padrona era angosciata o triste, anche quando lei stessa non ne era pienamente consapevole. Josie abbassò lo sguardo e osservò il suo piccolo petto alzarsi e abbassarsi a ogni respiro. Non era un mistero da dove venisse la sua ansia questa volta. Noah. L'esplosione. Due cose che non avrebbero mai dovuto andare a braccetto. Scossa da un piccolo brivido, cercò di distogliere la mente da ciò che sarebbe potuto accadere proprio nel loro giardino, mantenendo invece l'attenzione su sua sorella, che intanto si era rimessa a sedere all'altro capo del tavolo con il portatile aperto. «Stavi per dirmi a cosa stai lavorando.» disse Josie. Sentiva la gola irritata. Non avrebbe saputo dire se fosse la combinazione di fumo e sostanze chimiche antincendio o se fosse il brivido della paura che aveva avuto. Il fatto che né Noah né Drake si fossero fatti male aveva del miracoloso. Senza dare troppo nell'occhio, si dedicò a un esercizio di respirazione che le aveva insegnato la sua terapeuta. A quanto sembrava, la dottoressa Paige Rosetti conosceva più esercizi di respirazione di quanti alberi ci fossero in tutto lo Stato della Pennsylvania, ma sembrava che nessuno di questi fosse adatto a lei. Non fino a quel momento, per lo meno. A pensarci bene, quello per cui doveva inspirare per quattro secondi, trattenere il fiato per altri sette e rilasciarlo contando fino a otto aveva funzionato in un paio di occasioni, ma non era ancora del tutto convinta della sua efficacia. Ciononostante, prese un respiro profondo, contò a mente fino a quattro e poi lo trattenne per sette secondi.

Trinity la guardò con aria perplessa. «I ragazzi stanno bene.»

Josie lasciò andare l'aria lentamente, contando silenziosamente fino a otto. «Lo so.» Ripeté l'esercizio, tenendo gli occhi puntati sulla sorella. Erano gemelle identiche ma, come sempre, anche in abiti casual e con un trucco minimo, Trinity sembrava emanare una lucentezza che Josie non avrebbe mai potuto riprodurre. I capelli neri che le accomunavano, a Trinity arrivavano fino alle spalle ed erano più lucidi e più corposi di quelli di Josie. Aveva una pelle sana e luminosa, al contrario di Josie, che appariva spesso pallida e stanca per il troppo lavoro e le poche ore di sonno. Per di più, il viso di Trinity era intatto, invece Josie aveva una cicatrice che le partiva dall'orecchio destro, scendeva lungo la mascella e finiva sotto il mento. Era vecchia e sbiadita, ma ancora evidente.

«Talvolta è più difficile concentrarsi su ciò che è effettivamente accaduto che non su ciò che sarebbe potuto accadere.» commentò Trinity.

Josie annuì. Trout emise un sospiro tremolante. Lei poteva sentire il suo corpicino rilassarsi contro i suoi piedi mentre ripeteva l'esercizio di respirazione: inspirò per quattro secondi, trattenne il fiato per altri sette ed espirò contando fino a otto.

Al centro del tavolo, il cellulare di Trinity prese a squillare. Sullo schermo lampeggiò un nome: Hallie Kent. Trinity lo guardò con desiderio.

«Rispondi pure.» le disse Josie.

Prendendo il telefono, Trinity mormorò un ringraziamento e accettò la chiamata avviandosi fuori dalla stanza. Quando tornò, Josie aveva già ripetuto diverse volte il suo esercizio di respirazione. Si sentiva un pochino meglio.

«Abbi pazienza.» le disse Trinity. «È la fonte di questo nuovo caso a cui sto lavorando.»

Josie indicò la sedia che Trinity aveva lasciato libera un attimo prima. «Siediti. Raccontami di che si tratta.»

Trinity si rimise a sedere. «Vuoi davvero saperne di più?»

Josie annuì. «Certo. Tra il tuo programma e il mio lavoro, è ancora più difficile ritagliarsi questo tempo insieme. Non sprechiamolo.»

Stava quasi per aggiungere che avevano già perso tanto tempo da trascorrere insieme nella loro vita. Pur essendo sorelle gemelle, sapevano della loro vera parentela solo da sei anni. I loro genitori, Christian e Shannon Payne, vivevano a due ore di distanza. Una sera, quando Trinity e Josie avevano appena tre settimane, Shannon le aveva affidate alle cure di una baby-sitter. Una donna dell'impresa di pulizie che lavorava per i Payne, Lila Jensen, aveva appiccato un incendio nella loro casa e aveva rapito Josie; così, tutti quanti avevano creduto che fosse morta tra le fiamme, e per questo nessuno l'aveva mai cercata. Lila aveva portato Josie a Denton e se ne era servita per tornare insieme a un ex fidanzato, Eli Matson; per convincerlo, gli aveva raccontato che Josie era figlia sua. All'epoca non esisteva il test del DNA ed Eli non aveva avuto alcun motivo per non credere alla storia che Josie era figlia sua. Infatti, l'aveva amata ardentemente e l'aveva cresciuta come tale fino alla sua morte, avvenuta appena sei anni più tardi. Dopo di allora, Josie era rimasta da sola alle cure di Lila, che era malvagia e violenta. Era stata lei a procurarle la cicatrice sul viso. Lisette, la madre di Eli, che Josie aveva sempre creduto essere sua nonna, aveva avviato una battaglia legale per ottenere la sua custodia e alla fine, quando Josie aveva ormai quattordici anni, l'aveva vinta; in questo modo, aveva portato un po' di pace e di stabilità nella sua vita. Era stato solo quando Josie e Trinity avevano quasi trent'anni che un caso di omicidio che Josie era stata incaricata di risolvere aveva sbrogliato l'intricata matassa di innumerevoli bugie intessuta da Lila e le aveva riunite come sorelle.

All'epoca, Trinity lavorava come reporter dell'emittente locale di Denton, la WYEP. Ora conduceva un programma tutto suo sulla rete nazionale, intitolato "Crimini irrisolti con Trinity Payne".

«La donna che ha chiamato, Hallie Kent, ha chiesto allo studio di occuparsi della morte di sua sorella adottiva.» cominciò Trinity. «Ci ha contattato per la prima volta mesi fa, l'estate scorsa, ed è stata particolarmente insistente. All'inizio la redazione che si occupa delle proposte non me ne ha parlato perché non sembrava niente di che.»

«Hai detto "morte".» osservò Josie. «Non si è trattato di un omicidio?»

Gli occhi di Trinity si illuminarono. «È qui che la cosa si fa interessante. Il medico legale della contea ha stabilito che si era trattato di un incidente, ma Hallie così come praticamente tutti gli abitanti della città, compresa la polizia, hanno sempre creduto che si sia trattato di un omicidio. Però, nessuno è stato in grado di dimostrarlo.»

«Non è un caso irrisolto, Trinity.» le fece notare Josie accigliandosi. «Non potrebbe essere stato davvero un incidente? Che conseguenze avrebbe per la sua famiglia se le vostre indagini portassero allo stesso risultato?»

«E se non ottenessi lo stesso risultato? E se ci fosse qualcosa che è sfuggito a tutti quanti e avessimo la possibilità di catturare un assassino?» Percependo il disagio di Josie, Trinity aggiunse: «O se la nostra indagine mettesse a tacere la questione una volta per tutte e Hallie Kent ottenesse la risposta che sta cercando da dieci anni? Se scoprissimo che si è trattato davvero di un incidente, non lo faremmo passare attraverso il programma, tutto qui. Vorrei davvero aiutare questa donna, se trovassi il modo. E comunque vive a un'ora di distanza, nella contea di Everett.»

Josie la guardò con aria di rimprovero. «Allora questo è il vero motivo per cui tu e Drake avete deciso di venire a farci visita.»

Trinity fece il broncio. «Non è questo il motivo, cara sorellina. Noi siamo venuti a trovare voi. Non posso farci niente se la contea di Everett è vicina.»

Josie rise. «Certo, come no...»

Trinity puntò un'unghia perfettamente curata in direzione di Josie. «Ma fammi il piacere. È capitato non so quante volte siamo venuti a trovarvi salvo poi vedervi tornare a lavorare su qualche caso importante. Siete sempre reperibili!»

Josie alzò gli occhi al cielo. «Non sono sempre reperibile, Trinity.»

Tecnicamente, sarebbe stata reperibile quella sera, ma non lo disse ad alta voce. La squadra investigativa di Denton era composta da Josie, Noah, la detective Gretchen Palmer e il detective Finn Mettner. Quel giorno Noah e Gretchen avevano la serata libera e Mettner faceva il turno serale e quello notturno; Josie aveva la reperibilità qualora Mettner avesse dovuto occuparsi di più casi di quanti potesse gestirne da solo; Josie si augurava che passasse una nottata tranquilla. Anzi, si augurava che tutti loro potessero passare una nottata tranquilla, senza altre esplosioni.

La porta sul retro si aprì di scatto, accogliendo Noah e Drake, avvolti ancora in una leggera nuvola che odorava di bruciato. «Stavamo pensando...» annunciò Drake, «che dovremmo uscire tutti insieme.»

Noah si sistemò le ciocche bruciacchiate. «Prima mi farei una doccia, ovviamente.»

Josie guardò la sorella, che sorrise: «È venerdì sera!»

Drake la guardò entusiasta. «Che ne pensate del lancio dell'ascia? C'è un posto dove fanno...»

Josie alzò una mano per impedirgli di aggiungere altro. «Ti fermo subito. Dopo che vi siete quasi fatti saltare in aria, il lancio dell'ascia è l'ultima cosa che voi due andrete a fare.»

«E cena e film sia...» disse Noah.

Andarono al ristorante preferito di Josie, che si divertì come non le capitava da tempo. Più tardi, mentre prendeva posto su una poltrona del cinema con un'enorme confezione di popcorn da condividere con Noah, sentì vibrare il telefono nella tasca del cappotto. Passando i popcorn a Noah, tirò fuori il telefono e gemette quando vide il nome di Mettner lampeggiare sullo schermo.

«Lo sapevo che avresti ricevuto una chiamata!» disse Trinity dal suo posto all'altro fianco di Noah.

Josie guardò la sorella abbastanza a lungo da vedere Drake che le porgeva una banconota da venti dollari, borbottando: «Ogni volta...»

Noah rise. «Agente Nally, l'eterno ottimista.»

Josie rispose. «Cosa succede?»

«Un cadavere.» rispose Mettner. «Lungo Hempstead Trail, sulla riva di Kettlewell Creek.»

DUE

La donna giaceva sdraiata in modo scomposto tra le rocce vicino al torrente. Poco più avanti rispetto al suo corpo aggrovigliato, l'acqua torbida di Kettlewell Creek scorreva impetuosa e veloce. Il livello era alto per essere febbraio e il vento ne sferzava la superficie, caricandosi di spruzzi che arrivavano fino a dove si era fermata Josie lungo il sentiero asfaltato che correva parallelo al corso d'acqua, ora separato dalla riva dal nastro della scena del crimine. Hempstead Trail era un sentiero che si snodava lungo la periferia a nord-est della città. In passato lungo quel sentiero c'era un gruppo di vecchie abitazioni a schiera disposte a est del torrente, ma nel corso della violenta alluvione di qualche anno addietro molte di quelle case erano state spazzate via e quelle che erano rimaste erano state dichiarate pericolanti e quindi abbattute. Il Consiglio comunale aveva stabilito che il terreno non avrebbe potuto ospitare nuove costruzioni, perciò, attualmente era considerato come una semplice area verde attraversata da un sentiero pedonale che si estendeva per circa un chilometro e mezzo. Lungo la riva del torrente, Josie vide diversi suoi colleghi che si facevano strada con attenzione tra le rocce, il fango e altri detriti e nel frattempo scattavano foto e abbozzavano schizzi della scena, e posizionavano i marcatori delle prove.

Prima dell'arrivo di Josie, Mettner aveva chiamato la Squadra di Raccolta delle Prove, capeggiata dall'agente Hummel. La squadra aveva già isolato la scena dalla strada fino all'acqua e aveva installato delle luci lungo tutto il percorso, trasformando la notte in giorno. Josie trovò il fuoristrada di Hummel, con il portellone spalancato, e recuperò una tuta in Tyvek, copriscarpe, guanti e una cuffia. Josie indossava un giubbotto troppo ingombrante perché se lo potesse lasciare sotto la tuta, così se ne liberò, accorgendosi che la temperatura era calata precipitosamente da quando la griglia era esplosa nel suo giardino. Ignorando il freddo che la avvolgeva, si diresse verso il nastro della scena del crimine. Uno dei loro agenti di pattuglia era di guardia, con una cartellina in mano, per assicurarsi che entrasse solo il personale autorizzato. Le fece firmare l'ingresso e poi sollevò il nastro in modo che lei potesse scivolarvi sotto. Il terreno pendeva verso il corso d'acqua. Era coperto in prevalenza da erbacce, sterpaglie e rifiuti come bottiglie di soda, lattine di birra, mozziconi di sigaretta e qualche involucro di cibo sparsi qui e là. I copriscarpe di Tyvek scivolavano un po' sul fango via via che avanzava in direzione del punto in cui un letto di rocce si tuffava nell'acqua vorticosa del torrente. Un paio di tecnici della scena del crimine le fecero un cenno che lei ricambiò continuando per la sua strada, diretta al punto in cui si trovava Mettner, vicino al corpo. Il medico legale della contea, la dottoressa Anya Feist, era piegata sulle ginocchia e controllava che non ci fossero segni evidenti di ferite o traumi. La vittima era giovane - a occhio e croce doveva avere tra i diciassette e i vent'anni - indossava un paio di jeans, un piumino lungo di colore viola scuro, scarponcini da trekking e un berretto di maglia grigio con un pompon.

Fu proprio il pompon a dare a Josie una scossa viscerale.

Da sotto il cappello spuntavano lunghi capelli scuri, scompigliati. Alcune ciocche le coprivano la guancia destra, mentre il resto della chioma era in disordine. Un braccio era appoggiato sullo stomaco; invece, l'altro era disteso sopra la testa, con il gomito piegato. Alla mano destra portava un guanto grigio di maglia sul quale le lettere S.E. erano ricamate con il filo nero all'altezza del polso. L'altro guanto mancava. I piedi erano distanziati di circa un metro, una gamba dritta e l'altra leggermente inarcata. Sembrava una bambola gettata a terra.

«È caduta?» chiese Josie.

Mettner alzò lo sguardo dall'applicazione per prendere appunti del suo telefono. «Oh, ciao. Grazie per essere venuta. Non ne siamo sicuri.»

La dottoressa Feist rivolse a Josie un'espressione corrucciata. «Detective Quinn, è sempre un piacere.» Guanti alla mano, sfiorò il mento della ragazza e poi la gola. «Non vedo alcun segno di ferita. Mi aiuterebbe a girarla, per favore? Io ho fatto le foto che mi servivano e Hummel ha già fatto le foto per la raccolta delle prove. Ha detto che posso spostarla.»

Josie si mise in ginocchio al suo fianco e, mentre la dottoressa Feist stringeva la spalla della ragazza, lei fece scivolare una mano dietro il fianco e l'altra dietro una delle ginocchia della ragazza. Sebbene al tatto il suo corpo fosse del tipico freddo che solo i cadaveri possono emanare, le sue membra erano rilassate, ovvero, non era ancora entrata in rigor mortis. Lentamente la tirarono verso di loro. Josie tenne la ragazza in posizione mentre la dottoressa Feist le spostava i capelli dietro la testa, alla ricerca di eventuali ferite. Con un sospiro, disse: «Non vedo niente qui. Potrebbe aver subito un trauma cranico chiuso. O potrebbe anche essere morta per cause naturali.»

Quando l'ebbero rimessa in posizione, Mettner puntò un dito in direzione della strada sopra di loro. «Potrebbe essersi rotta il collo mentre scendeva, se fosse caduta?»

Il medico legale studiò il volto della giovane. «Suppongo che sia possibile, ma non è un pendio molto ripido. Se fosse caduta con la giusta angolazione, potrebbe anche darsi. Ma è anche possibile che sia caduta a seguito di un arresto cardiaco o di un attacco di cuore.»

«È piuttosto giovane per queste cose, non crede?» chiese Mettner.

«È comunque possibile.» puntualizzò Josie.

«Eseguiremo anche gli esami tossicologici.» assicurò la dottoressa. «Potrebbe essere andata in overdose per qualche sostanza. Ne vedo molti tra i giovani di questi tempi. Potrebbero esserci lesioni non visibili. Come dico sempre, ne saprò di più quando la metterò sul tavolo in laboratorio.» Si alzò in piedi, pulendosi le ginocchia sporche di terra. «Vado su e comunico alla squadra di Hummel che possono portarla via.»

«Chi l'ha trovata?» chiese Josie, guardando la dottoressa Feist che risaliva con cautela verso la strada.

Mettner scorse gli appunti sul suo telefono. «Una donna di nome Jeanne Wack. Abita a circa dieci minuti a piedi da qui, con suo figlio di cinque anni. Da quanto ci ha detto, percorrono questa strada a piedi tutti i pomeriggi prima di cena. Era ancora giorno quando hanno trovato il corpo. Il bambino stava guardato l'acqua quando ha scorto qualcosa di viola, ha detto alla madre che c'era una signora che stava dormendo vicino al fiume e Ms. Wack gli ha detto di risalire in cima intanto che lei andava a controllare. Non c'era polso, così ha chiamato la polizia. Ha detto di non aver riconosciuto la persona deceduta e di non aver visto nessun altro a piedi nelle vicinanze.»

Josie guardò il volto della giovane. Gli occhi erano aperti, le iridi marroni fisse verso l'alto, lo sguardo perso nel vuoto. «Avete trovato dei documenti?» chiese Josie.

Mettner annuì. Fece qualche passo verso l'acqua e indicò un contrassegno delle prove che si trovava accanto a una borsetta marrone. Era di medie dimensioni, con una lunga tracolla, ed era appoggiata sopra una roccia piatta, con la cerniera aperta. «L'abbiamo trovata qui. Dentro c'era un portafoglio con una patente di guida appartenente a Sharon Eddy, diciannove anni, di Denton. Vive a pochi isolati da qui.»

Josie si accovacciò e sbirciò dentro la borsa. «Qui dentro ci sono dei contanti e un telefono.» osservò.

«Sì.» confermò Mettner. «Quindi escludiamo la rapina.» Si spostò scompostamente da un piede all'altro e per poco non perse l'equilibrio quando i copriscarpe scivolarono su una roccia fangosa. Raddrizzandosi, un rossore gli salì alle guance e si schiarì la gola. «Non è stato preso nulla, non ci sono segni di ferite, né segni esterni di violenza sessuale. Ho fatto una cavolata, vero? A far intervenire l'intera squadra. È semplicemente scivolata ed è caduta quaggiù, vero?»

Josie si avvicinò e lo fissò. «Tu cosa ne pensi?»

«Penso che se scoprissimo in un secondo momento che si tratta di un omicidio e che non sono riuscito a mettere in sicurezza la scena del crimine e a farla analizzare, mi ritroverei senza lavoro.»

Josie scosse la testa. Indicò di nuovo Sharon Eddy. «Se scoprissimo in un secondo momento che si tratta di un omicidio e che tu non sei riuscito a mettere in sicurezza la scena del crimine e a farla analizzare, qualcuno che ama questa ragazza non otterrebbe né la conclusione né la giustizia che merita, Mett.»

Mettner distolse lo sguardo. Josie gli diede una pacca sulla spalla. «Hai mandato qualcuno a casa sua per contattare la famiglia?»

«Non ancora.»

Josie esaminò la scena, concentrandosi sulla posizione del corpo, la sua distanza dalla strada e dalla riva del fiume, nonché la sua posizione rispetto alla borsa.

«Cosa c'è?» disse Mettner.

«La sua borsa è dritta, come se l'avesse appoggiata lì con cura.» disse Josie.

«Le probabilità che potesse cadere proprio in quella posizione sono piuttosto scarse.» convenne Mettner.

Josie fece un gesto in direzione della strada, dove potevano vedere la schiena dell'agente in uniforme e il nastro svolazzante della scena del crimine. Altri agenti con indosso tute di Tyvek bianco si muovevano lungo il pendio, passando al setaccio la boscaglia alla ricerca di qualsiasi cosa potesse essere importante e infilando nelle buste gli oggetti che avevano contrassegnato prima con le bandierine delle prove. «Se fosse caduta abbastanza violentemente da procurarsi un trauma cranico fatale o da rompersi il collo, mi aspetterei che fosse scivolata giù da questo pendio.»

«Certo.» disse Mettner. Passò un minuto. Il suo tono si fece più urgente quando disse: «I suoi vestiti non sono sporchi, però!»

Josie annuì. Cominciò a spostarsi da un contrassegno per le prove all'altro, con Mettner che la seguiva. «Cosa stai facendo?» le chiese.

«Cerco l'altro guanto.»

«Non è qui.» disse Mettner. «Ho già chiesto a Hummel. Non l'hanno trovato da nessuna parte.»

Due agenti della squadra di Hummel si diressero verso la vittima, trasportando una tavola spinale e un sacco per cadaveri. Josie si fermò a guardarli mentre trasferivano la ragazza dal suo letto di morte di sassi di fiume all'interno del sacco. Fu contenta di vedere con quanta cura trattarono il corpo, come se fosse fatto di un materiale prezioso. A qualcuno, da qualche parte, probabilmente a pochi isolati di distanza, Sharon Eddy era estremamente cara. Josie ne era sicura, a giudicare dalle iniziali amorevolmente ricamate sul guanto che le era rimasto.

«Pensi che fosse già morta e che qualcuno l'abbia trasportata qui...» aggiunse Mettner, ma non era una domanda.

Josie si voltò a guardare la strada e iniziò a risalire la china.

«Questo è il posto perfetto per lasciare un cadavere. Non ci sono telecamere. Non ci sono abitazioni. È un luogo remoto...»

Mettner arrancò per starle dietro. «Quindi pensi che sia stata uccisa?»

«Non posso ancora stabilirlo.» gli fece notare Josie.

«Ma te lo dice il tuo istinto.»

Lei si fermò e si voltò a guardarlo. «Sì. Vieni, andiamo a casa sua e vediamo se troviamo qualcuno.»

TRE

Sharon Eddy viveva in una casa a schiera piccola e stretta a cinque isolati a ovest di Hempstead Trail. Ad aprire la porta fu una donna anziana e magra, che guardò Josie e Mettner dall'alto in basso. Appoggiandosi pesantemente a un bastone da passeggio, alzò una mano in cima alla testa e si accarezzò i capelli bianchi e ricci. «Chi siete?» chiese. «Non sono ancora pronta per ricevere gente.»

Josie le mostrò le sue credenziali della polizia. «Sono la detective Josie Quinn. Questo è il detective Finn Mettner. Siamo del Dipartimento di Polizia di Denton.»

La donna si protese in avanti. Un paio di occhiali da lettura attaccati a una catenella che portava al collo, spuntarono dalle pieghe della sua vestaglia rosa a fiori. Se li sistemò sul naso e studiò i documenti d'identità che le stavano mostrando.

«Ci dispiace disturbarla, signora.» aggiunse Mettner.

La donna alzò lo sguardo verso di loro. «È passata l'ora di cena da un pezzo.»

«Lo sappiamo, signora...» disse Josie, «speravamo di poterle parlare di Sharon Eddy. Ci risulta che questo sia il suo domicilio.»

«Sharon è mia nipote.» rispose con la paura che le balenava negli occhi acquosi per l'artrite reumatoide. «Sta bene?»

Una scarica di tristezza colpì Josie come uno schiaffo. Non voleva essere lei a dire a quella donna che sua nipote era morta. Anche se non erano sempre loro gli incaricati delle notifiche di morte, di tanto in tanto era un compito che ricadeva sulle spalle dei detective. Ed era una delle parti peggiori del lavoro. Con voce morbida, Josie disse: «Mrs. Eddy? Possiamo entrare?»

L'anziana socchiuse le labbra, si tolse gli occhiali, li infilò di nuovo nella vestaglia e trovò un fazzoletto di carta stropicciato che usò per asciugarsi tutti e due gli occhi.

«Rosalie.» disse loro. Facendo spallucce, si voltò e si allontanò zoppicando, con le nocche bianche sul manico del bastone. «Entrate, allora. Ditemi in che guaio si è cacciata la mia Sharon.»

Josie e Mettner la seguirono all'interno. Il soggiorno era stretto ma lungo, con una moquette grigia consumata. C'era un televisore in muto montato a una parete sintonizzato su una fiction di prima serata. Di fronte, un lungo divano marrone occupava l'intera lunghezza della stanza. In diagonale, dall'altra parte, c'era una poltrona reclinabile abbinata, con un cuscino per il supporto lombare. Rosalie vi si sedette e armeggiò con il suo bastone, cercando di inserirlo nello spazio tra la poltrona e il tavolino. «Voglio sperare che non si sia data alle droghe.» mormorò. «Sua madre si drogava in modo pesante. È stata in prigione per un po'. Continua a entrare e a uscire, quella lì. Non resta mai fuori a lungo. Speravo che Sharon prendesse la strada opposta.»

Josie aspettò che Rosalie si fosse sistemata sulla sedia, con le mani ordinatamente piegate in grembo. I piedi, infilati in un paio di ciabatte, le penzolavano sul pavimento, facendola sembrare ancora più piccola di quanto già non fosse. Josie si preparò a quello che sarebbe successo.

Mettner si mise su un ginocchio accanto alla poltrona e

appoggiò una mano sul braccio dell'anziana signora. «Oh, diamine...» esclamò Rosalie, «era da un pezzo che un uomo non si metteva in ginocchio per me...». Un sorriso le sfiorò le labbra e coprì la mano di Mettner con la sua. Poi abbassò la voce a tal punto che fu difficile comprendere quello che diceva. «Deve essere una cosa brutta, allora. Una cosa molto grave.»

Josie non credeva molto nel rimandare le cattive notizie. Arrivare piano piano alla brutta notizia non la rendeva più facile da ascoltare. «Mrs. Eddy, sua nipote Sharon è stata trovata morta questa sera. Una madre e suo figlio l'hanno rinvenuta sulla riva del torrente a pochi isolati da qui.»

Rosalie continuò ad accarezzare la mano di Mettner finché il movimento non divenne automatico. Intanto, con la testa faceva su e giù, come se stesse ancora ascoltando delle parole che solo lei poteva sentire. Le diedero un po' di tempo per assimilare la notizia. Quando si fermò, trovò di nuovo il fazzoletto stropicciato e lo premette prima su una guancia poi sull'altra, cercando di trattenere le lacrime che le scendevano sul viso. «Che cosa è successo alla mia Sharon?»

«Non lo sappiamo ancora con certezza.» disse Mettner. «Non c'erano segni visibili di ferite. Ne sapremo di più quando avremo finito gli esami.»

«Ci dispiace molto per la sua perdita, Mrs. Eddy.» disse Josie. «C'è qualcuno che possiamo chiamare per lei?»

Rosalie alzò la mano da quella di Mettner e indicò un tavolino accanto alla porta d'ingresso. «Laggiù, c'è il mio cellulare. Sharon ha insistito perché ne prendessi uno, anche se lo uso poco e nulla. Se ci guardate dentro, troverete il nome e il numero di mio fratello. Si chiama Albert. Vive a un paio d'ore di distanza da qui, ma verrà senza problemi ad aiutarmi a occuparmi di Sharon.»

Mettner si alzò e si avvicinò al tavolino, cercando il telefono e una volta trovato il numero, uscì sulla veranda per fare la telefonata.

Josie prese il suo posto, accovacciandosi accanto alla poltrona di Rosalie. «Mrs. Eddy, mi rendo conto che questo è un momento terribile, ma mi chiedevo se potesse rispondere ad alcune domande su sua nipote. Se non se la sente, torneremo in un'altra occasione.»

«No, posso rispondervi adesso. So come vanno queste cose. Ho perso i miei genitori, i miei suoceri, due dei miei fratelli e mio marito. Una volta passato questo momento, non sarò più di grande aiuto per nessuno.»

Avendo perso all'improvviso il suo primo marito e la sua amata nonna, Josie poteva capirla. Fece un profondo respiro, cercando di concentrarsi sull'indagine. «Sharon viveva qui con lei?»

«Sì.» disse Rosalie. «Eravamo noi due sole. Ci siamo sempre state solo noi due. Da quando Sharon aveva dieci anni più o meno. Sua madre non riusciva più a prendersi cura di lei, non come avrebbe dovuto. Quella ragazza trovava guai ovunque andasse. Come ho detto, è entrata e uscita spesso di prigione per droga. Quando Sharon era pronta per andare alle superiori, ho deciso che noi due avremmo dovuto darci un taglio netto, così ci siamo trasferite qua. Si è diplomata alla Denton East High School un anno fa.»

«Da dove vi siete trasferite?» le chiese Josie.

«Da Bellewood.»

A sessantacinque chilometri di distanza, Bellewood era il capoluogo della contea di Alcott. «Come se l'è cavata Sharon alla Denton East?» chiese Josie. «Si era fatta degli amici?»

«Certo, qualche amico se l'è fatto. È una brava ragazza.» Il fazzoletto che stringeva tra le mani era ormai fradicio di lacrime. Josie trovò una scatola di fazzoletti su uno dei tavolini e gliene passò altri.

«Sua nipote aveva cominciato l'università?» continuò Josie.

Rosalie scosse la testa. «No, non potevamo permettercelo. Pensavamo che magari ce l'avremmo fatta un giorno... Lavora alla clinica per animali a circa un quarto d'ora da qui. Non fa niente di speciale. Si limita a rispondere al telefono e a pulire le stanze degli esami, quel genere di cose. Qualsiasi cosa ci sia bisogno di fare. Le piace molto.»

Josie chiese: «È lì che era diretta oggi pomeriggio?»

«È uscita di casa intorno alle sei e trenta, per il suo turno della mattina. Non mi aspettavo di vederla prima di stasera. Certe volte capita che facciano interventi chirurgici alla clinica per animali e quando c'è un intervento importante la mia Sharon rimane sempre fino a tardi, per stare con il gatto o il cane. Dice che le dispiace per loro che soffrono e sono disorientati e non possono stare con i loro padroni. Non la pagano per farlo. Lo fa perché in cuor suo non sopporta il pensiero che quelle creaturine siano sole. Li chiama "bambini pelosi".»

Josie sentì il giogo della tristezza stringerle il corpo con più forza. «Sa se è andata al lavoro oggi?»

«Immagino che ci sia arrivata, però se non ci fosse arrivata avrebbero chiamato lei, non me. Ora è grande. Gestisce da sé le proprie responsabilità.»

«Va bene.» disse Josie. «Lo scopriremo quando avremo finito qui. Sa come è arrivata Sharon al lavoro oggi?»

«È andata a piedi, come sempre. È abbastanza vicino per arrivarci a piedi, purché non piova o non nevichi. Prende la macchina per andare al lavoro solo quando ha assolutamente necessità di farlo, così cerca di mettere da parte quello che può.»

Josie annuì. «A proposito di veicoli, prima che arrivassimo qui, il mio collega ha fatto un controllo e ha visto che a questo indirizzo è registrata una Ford Focus a suo nome, Mrs. Eddy. L'abbiamo vista fuori. Sharon non aveva un'auto sua?»

«No. Non può permettersela. Usa sempre la mia. Ci pensa lei a fare il pieno e a pagare le riparazioni. Anche perché io tanto non la uso più un granché. Non mi muovo più tanto bene.»

«Sharon si vedeva con qualcuno, che lei sappia?» chiese Josie. «Usciva regolarmente con un ragazzo?»

Rosalie scosse la testa. «C'è un ragazzo che le piace. Ma non ricordo il suo nome. Non che abbia molta importanza. Credo che nessuno dei due abbia molto tempo per uscire con qualcuno. Sicuramente lei non ne ha, con tutte le ore di lavoro che fa.»

«E i suoi amici?» chiese Josie. «Conosce qualcuno dei loro nomi?»

Rosalie snocciolò alcuni nomi che Josie memorizzò. «Non vengono spesso a trovarla, è Sharon che li raggiunge. Tutti i loro numeri dovrebbero essere sul suo telefono. Tutto ciò che riguarda la sua vita è su quel telefono. Con tutta probabilità otterrete molto di più da quell'aggeggio che da me. Voglio bene a mia nipote, ma ormai si è fatta la sua vita. È così che ho voluto che crescesse. Non volevo che si sentisse in dovere di rimanere qui per sempre a prendersi cura di me, a farmi da badante.»

Josie sorrise. «Capisco. Abbiamo trovato il suo telefono, quindi chiederemo un mandato per esaminarne il contenuto e daremo un'occhiata. Sa se Sharon prendeva qualche farmaco?»

«Non credo.» disse Rosalie. «Potete controllare la sua stanza, se volete. In cima alle scale, prima porta a sinistra.»

«Grazie.» disse Josie.

Mettner tornò dentro, attraversò la stanza e passò il telefono a Rosalie. «Albert sta arrivando.»

Rosalie annuì. Poi guardò di nuovo verso Josie. «Vorrete sapere se Sharon si drogava, vero? Immagino che questa sia la prossima domanda.»

«Sì.» disse Josie.

«Se ne assumeva, non l'ho mai vista farlo. Un paio di volte ho sentito che odorava di alcol, ma non l'ho mai vista con qualcos'altro. Non significa che non ne facesse uso, solo che non lo sapevo.»

«Capisco.» disse Josie. «Un'ultima cosa: Sharon indossava un guanto fatto a maglia, grigio, con le sue iniziali.»

«Li ho fatti io.» disse Rosalie. «Sono i suoi preferiti. Li ha da quando andava in prima media. Li tira fuori ogni inverno. Qualche volta li ho dovuti rammendare. Quest'anno le ho detto che non sapevo se sarei riuscita a farlo. Le mani mi fanno molto male.»

«Ha ricamato lei le sue iniziali?» chiese Mettner.

Rosalie annuì. «Una sua compagna in seconda media le aveva rubato i guanti e aveva cercato di spacciarli per suoi. Dopo averli recuperati, ho messo le sue iniziali su tutti e due. Da allora non abbiamo mai avuto problemi.» Si ammutolì di colpo. Nell'immobilità, Josie percepì il dolore di quella donna, appena impresso, che si insinuava intorno a loro come una nube velenosa, e allungò una mano che Rosalie accolse nella sua. La pelle le era diventata umida. Aveva iniziato a tremare. Non era visibile, ma Josie lo sentì nelle loro mani giunte, una bassa corrente che si propagava dall'una all'altra.

«Aveva perso uno dei due di recente?» le chiese Mettner.

Rosalie scosse la testa. «No, no, sarebbe andata crisi. Non so perché fosse tanto affezionata a quei guanti.» Guardò dietro di loro verso la porta d'ingresso. «Non si sa mai con questi ragazzi. Non si sa mai con nessuno.»

«Che cosa intende?» le chiese Josie.

«Quello che la gente si tiene stretto.»

QUATTRO

La perquisizione della stanza di Sharon Eddy portò alla luce alcune bottiglie di alcolici, alcune pillole anticoncezionali e una sigaretta elettronica senza cartucce. Se Sharon avesse fatto uso di qualche tipo di droga, non ne aveva lasciata traccia nella sua cameretta. Dopo anni di lavoro, Josie aveva constatato che, nella maggior parte dei casi, i genitori o chi ne faceva le veci nella custodia di ragazzi in età liceale o universitaria sapevano ben poco delle attività che svolgevano realmente, ma in quel caso sembrava che Rosalie Eddy conoscesse piuttosto bene le attività della nipote, o la loro mancanza.

Tornata al piano di sotto, Josie si sedette con la nonna di Sharon e intanto Mettner andava a bussare alle porte dei vicini. Tornò con una donna sulla quarantina che promise di stare con Rosalie finché non fosse arrivato suo fratello. Josie porse un biglietto da visita all'anziana e le disse di chiamarli se avesse avuto domande.

Una volta usciti, si incamminarono verso le loro auto. I lampioni proiettavano piccoli cerchi lungo il marciapiede. La temperatura era scesa ancora di più da quando erano entrati in casa di Rosalie Eddy. Josie si strinse il giaccone intorno alle spalle, chiudendolo fino al mento.

«Non ci ha dato molto su cui lavorare.» osservò Mettner.

Josie si fermò davanti al suo fuoristrada. «No, decisamente no.»

Mettner tirò fuori il telefono e scorse gli appunti che aveva preso sulla scena del crimine. «Non ci sono telecamere nelle vicinanze di Hempstead Trail, quindi possiamo scordarci qualsiasi tipo di ripresa video. Però possiamo controllare le letture automatiche delle targhe della zona.»

Il lettore automatico di targhe era uno strumento prezioso che il dipartimento di polizia utilizzava in molti casi diversi. La Polizia di Denton aveva equipaggiato tre auto di pattuglia con telecamere collegate ai terminali di bordo con le quali, quando si spostavano per la città, potevano scansionare le targhe di tutti i veicoli, sia in movimento che parcheggiati, e trasmettere eventuali allerte alla centrale nel caso in cui rilevassero un veicolo per il quale era stato emesso un mandato di ricerca, che fosse stato rubato o che avesse subito un fermo amministrativo.

Se uno dei dispositivi di rilevamento delle targhe fosse stato vicino al sentiero lungo il torrente dove era stato trovato il corpo di Sharon Eddy quella sera, poteva aver rilevato quali veicoli si erano trovati nelle vicinanze.

«Immagino che dovremmo predisporre anche una geo-recinzione.» borbottò Mettner.

Josie sorrise. «Non si sa mai...»

Nel loro ultimo caso importante, Mettner aveva punzecchiato Josie per aver fatto parecchio affidamento sui mandati di geo-recinzione, eppure un indizio che Josie aveva trovato tra i risultati di quei mandati aveva portato a una svolta nel caso.

Mettner le rivolse un sorriso a denti stretti e si mise a rivedere i suoi appunti.

Una geo-recinzione era una tecnologia basata sulla localizzazione che la polizia utilizzava per tracciare un confine virtuale intorno a una specifica area geografica e quindi rintracciare quali dispositivi smart, come i telefoni cellulari, si trovavano all'interno di quel perimetro in un determinato periodo di tempo. I mandati di geo-recinzione erano stati utilizzati per la prima volta dalle forze dell'ordine nel 2016 e da allora in altri Stati erano stati sollevati problemi di privacy, ma allo stato attuale delle cose in Pennsylvania erano strumenti validi che la polizia aveva a disposizione per le sue indagini. Una geo-recinzione avrebbe fornito i numeri di tutti i cellulari accesi e in funzione vicino al sentiero accanto al torrente dove era stato rinvenuto il corpo di Sharon Eddy nelle ore precedenti a quando il figlio di Jeanne Wack aveva visto il suo piumino viola passando di lì.

«Mettiamo in moto il rilevamento delle targhe e la geo-recinzione; abbiamo bisogno anche di un mandato per il contenuto del telefono di Sharon il prima possibile.» riassunse Josie. «Dobbiamo anche stabilire la cronologia degli eventi: Sharon è uscita di casa per andare al lavoro alle sei e mezza di questa mattina, quindi dobbiamo scoprire se è effettivamente riuscita ad arrivare a destinazione.»

Mettner guardò il suo telefono. «Siamo ben oltre l'orario di lavoro. Pensi che la clinica veterinaria abbia un custode di turno anche dopo l'orario di apertura?»

«Conosco quel posto.» disse Josie. «È una struttura di emergenza per gli animali, quindi sì, hanno personale in servizio ventiquattr'ore su ventiquattro. Andiamoci subito e vediamo se riusciamo a scoprire se Sharon Eddy si è presentata per il suo turno questa mattina.»

Mettner le fece un cenno verso la sua auto che era parcheggiata qualche posto indietro rispetto a quella di Josie. «Vuoi che guidi io?»

Josie scosse la testa e aprì il bagagliaio per prendere una torcia.

«No. Voglio camminare.»

Mettner si grattò un lato del viso. «Boss, sono abbastanza sicuro che ora sia sotto zero.»

Lei chiuse il bagagliaio e gli rivolse un sorriso. «Qual è il problema, Mett? Non riesci a sopportare un po' di freddo?»

Prima che lui potesse rispondere, lei si era già messa in cammino e stava calcolando mentalmente il percorso più diretto da casa di Sharon Eddy alla clinica veterinaria. Quando svoltò per Hempstead Trail, nero come la pece, Mettner l'aveva già raggiunta.

«Perché ci stiamo andando a piedi?»

Josie accese la luce e la fece scorrere avanti e indietro sul sentiero mentre camminavano. «Secondo te perché?»

«Stiamo seguendo le sue tracce.»

Josie rallentò quando arrivarono nella zona in cui era stata trovata Sharon. I veicoli di emergenza se n'erano andati, ma il nastro della scena del crimine svolazzava ancora nel punto in cui era stato legato al tronco di un albero. «Esatto, bravo.»

Mettner tenne il passo aumentando la velocità di marcia, illuminando il loro cammino con il fascio della torcia che andava avanti e indietro come un metronomo. Gli unici suoni che sentivano erano i loro piedi che scricchiolavano sul terreno, il gorgoglio di Kettlewell Creek alla loro destra e un gufo che bubolava in lontananza. Non era difficile immaginare di essere le ultime due persone rimaste sulla terra. Considerando che poco prima delle sette del mattino doveva esserci ancora poca luce - dato che in quella stagione il sole non sorgeva prima di qualche minuto dopo le sette - e che, sebbene ci fosse un po' di traffico di residenti che abitavano a pochi isolati di distanza, Hempstead Trail non era un sentiero molto frequentato, c'erano molte probabilità che quella mattina Sharon Eddy fosse andata al lavoro a piedi senza essere vista da nessuno.

Ben presto, il sentiero curvava verso una strada residenziale. «Mett controlla se ci sono telecamere da quel lato.» gli disse Josie. «Io darò un'occhiata da questo.»

Due delle case che superarono disponevano di telecamere ai lati delle porte d'ingresso. Josie si occupò di una casa, mentre Mettner bussò alla porta dell'altra. Nel giro di dieci minuti si incontrarono di nuovo in strada. «Hai avuto fortuna?» le chiese Mettner.

Josie scosse la testa. «La loro è attivata dal movimento e scatta solo se qualcuno sale sul portico, quindi non avevano niente. Tu?»

«Stessa cosa.» sospirò lui.

Andarono avanti. Un isolato dopo, si ritrovarono di fronte il retro della clinica veterinaria, con un'insegna al neon luminosa che annunciava: "Pronto Soccorso per animali domestici di Juno". Vicino a una serie di porte erano parcheggiate tre auto. Un cartello indicava di fare il giro per l'ingresso. Un getto d'aria calda li avvolse nel momento in cui attraversarono una serie di doppie porte automatiche che davano accesso a un ampio atrio. Una coppia attendeva su un divanetto, con i volti segnati dal pallore e dalla spossatezza. La donna stringeva tra le mani un guinzaglio e fissava una porta chiusa dall'altra parte della stanza. Josie sentì subito il cuore stringersi per loro. Fino a quel momento, lei e Noah erano stati fortunati che Trout non avesse avuto incidenti o problemi di salute che non potessero essere risolti con un ciclo di antibiotici o una pomata. Dall'altra parte dell'ingresso sedeva un'altra donna con un trasportino per gatti sulle ginocchia.

Passarono davanti a tutte e tre le persone fino a raggiungere il banco dell'accettazione, dove sedeva un uomo con gli auricolari. Sul suo cartellino c'era il nome "Bryce". Sparava a tutta birra una raffica di domande nel microfono collegato alle cuffie e intanto le sue dita picchiettavano furiosamente sulla tastiera del computer. Era così veloce che Josie quasi non se ne accorse quando disse alla persona con cui stava parlando di attendere. Senza neanche alzare lo sguardo, spinse una cartellina sulla scrivania. «Non stavamo aspettando nessuno, quindi so che non avete chiamato prima. Dovete chiamare prima, così saremo pronti ad accogliervi. Compilate questo modulo e vi farò entrare il più in fretta possibile. Non posso dirvi quanto velocemente sarete ricevuti, davanti a voi ci sono due persone, e diverse stanze sono già occupate sul retro.»

Non appena si accorse che nessuno dei due prendeva la cartellina, Bryce alzò lo sguardo verso di loro, evidentemente rendendosi conto solo allora che non avevano nessun animale domestico. «Chi c'è con voi?»

«Solo noi.» disse Josie. «Non siamo qui per un'emergenza animali.» spiegò porgendogli il suo distintivo. Quando anche Mettner gli mostrò il suo, Bryce impallidì visibilmente nel prendere visione dei loro documenti. Premette un pulsante sulla tastiera e diede rapide istruzioni in cuffia al suo interlocutore su cosa fare all'arrivo al Pronto Soccorso. Poi chiuse la chiamata e disse loro: «Cos'è successo?»

«Sappiamo che Sharon Eddy lavora qui.» disse Mettner. «Vorremmo parlare con qualcuno per sapere se si è presentata o meno per il suo turno di questa mattina.»

«Sharon? Non si è presentata. Anzi, sono stato chiamato prima per coprire il suo turno.»

«Non si è presentata affatto?» chiese Josie. «Nessuno l'ha vista?»

Bryce allontanò il microfono della cuffia dalla bocca per dire: «Mi hanno detto che non si è presentata né ha chiamato. L'infermiera di turno ha aspettato mezz'ora, l'ha chiamata al cellulare e non ha ricevuto risposta.» Fece un cenno in direzione della sala d'attesa. «So che sembra vuota, ma credetemi, in questo posto non si va mai a rilento. Mai. Questa mattina era un manicomio.»

«Come fa a saperlo?» gli chiese Mettner. «Del fatto che l'infermiera ha aspettato che Sharon arrivasse e poi l'ha chiamata, intendo.»

«Perché l'infermiera mi ha chiamato a casa alle sette e trentacinque esatte e me l'ha detto. Poi mi ha chiesto se potevo venire qui a dare una mano. Quando sono arrivato erano le otto ed era pieno di gente in questa sala.»

Josie chiese: «Sa se qualcuno ha cercato di contattare Sharon quando non l'hanno vista arrivare?»

Per la prima volta da quando erano arrivati, la preoccupazione si infranse contro la tensione del sovraccarico di lavoro e degli impegni. «Aspettate...» disse Bryce, alzando una mano. «È successo qualcosa a Sharon?»

Mise molta enfasi sulla parola "successo", come se fosse una specie di parola in codice per indicare qualcosa di indicibile. In effetti, nell'esperienza di Josie, era esattamente così: la gente la usava sempre per riferirsi alla morte, perché suonava meno duro e definitivo dire "è successo qualcosa" piuttosto che chiedere se quella persona fosse morta.

«Purtroppo è così.» disse Josie. «Sharon è stata trovata morta vicino a Kettlewell Creek poche ore fa.»

Tutto il colore del suo viso svanì. Lentamente spinse il microfono verso le labbra. Allungò una mano tremante verso il ricevitore del telefono e premette un pulsante. Nel piccolo microfono disse: «Renee, devo fare una pausa. Posso passarti le chiamate per dieci minuti? Grazie.» Cliccò su un altro tasto, tornò a guardarli e poi con voce rauca, chiese: «Cosa le è successo?»

«Non ne siamo ancora del tutto sicuri.» gli rispose Mettner. «È per questo che siamo qui, per cercare di capire quand'è stata l'ultima volta che l'avete vista.»

Il petto gli si gonfiò e sgonfiò con movimenti esasperati.

«Si sente bene?» gli domandò Josie.

«Sì, sì, sto bene, sto bene. Mi dispiace, non era mai successo niente del genere qui prima d'ora e Sharon, beh, è solo una ragazzina...» a queste parole Bryce alzò gli occhi al cielo. «Ma alla fine anch'io sono solo un ragazzino. Ho solo qualche anno più di lei, ma lei è veramente giovane, se capite cosa intendo dire.»

Mettner disse: «Temo di no.»

«È molto dolce e innocente. La vita non l'ha ancora... incasinata.»

Josie pensò a ciò che Rosalie aveva detto della madre di Sharon: magari la vita non aveva rovinato la sua natura gentile, ma l'aveva incasinata eccome. Josie sapeva cosa significava passare la prima infanzia con qualcuno dipendente dalla droga, sebbene fosse abbastanza certa che la madre di Sharon non fosse caratterizzata dalla malvagità pura insita nella natura della sua finta madre; ma a prescindere da ciò, la dipendenza era una sfida per qualsiasi famiglia e, per i bambini piccoli, spesso poteva essere fonte di confusione e persino di profondi traumi.

«È stata uccisa?» chiese Bryce.

Josie lanciò un'occhiata alle tre persone nella sala d'attesa. Nessuna stava prestando attenzione. L'uomo e la donna che aspettavano il cane tenevano la testa china l'uno verso l'altra, conversando in modo riservato, tra le lacrime. L'altra donna fissava il trasportino del suo gatto, sussurrando parole rassicuranti. Tornando a guardare l'uomo alla scrivania, Josie disse: «Non conosciamo ancora i dettagli. Può dirci se qualcuno ha avuto contatti con Sharon dopo la telefonata iniziale dell'infermiera?»

«So che l'infermiera l'ha chiamata un altro paio di volte e le ha lasciato dei messaggi in segreteria, ma Sharon non ha mai richiamato. Credo che un paio di veterinari volessero chiamare sua nonna, ma non credo che non l'abbia fatto nessuno. Come ho detto, stamattina c'era un sacco di gente qui dentro. Oh, no. Oh, Dio. Non penserete che... se qualcuno avesse chiamato prima...»

«Non sappiamo cosa le sia successo.» disse Mettner. «È impossibile dire se mettersi in contatto con Sharon Eddy avrebbe cambiato il suo destino.»

Bryce non sembrava convinto.

«L'infermiera che ha chiamato Sharon è qui?» si informò Josie.

Bryce scosse la testa. «Se n'è andata qualche ora fa.»

«Al momento c'è qualcuno qui che era in confidenza con Sharon?» chiese Mettner.

«In questo momento? Non credo. Sharon faceva il turno di giorno.»

Josie prese un biglietto da visita dalla tasca e glielo porse.

«C'è la possibilità che avremo bisogno di parlare con qualcuno del turno di giorno che conosceva o che era amico di Sharon. Uno di noi o i nostri colleghi potrebbero tornare domani durante il giorno per parlare con altri membri del personale. Nel frattempo, se lei o chiunque altro pensa a qualcosa che potrebbe essere utile per capire cosa è successo a Sharon, la preghiamo di chiamarci.»

CINQUE

Tornarono alle loro auto in silenzio, con la torcia di Josie a fare da guida. Nonostante la luce e la presenza di Mettner accanto a lei, sembrava che in qualche modo le tenebre la inseguissero. Aveva la netta e inquietante sensazione che gli ultimi momenti di Sharon Eddy si fossero svolti in quello stesso vuoto silenzioso. La domanda era: qualcuno l'aveva pedinata e uccisa o la sua morte era stata il frutto di uno sfortunato incidente? La risposta avrebbe dovuto attendere finché non fosse stata completata l'autopsia.

Josie seguì Mettner fino alla sede del Dipartimento di Polizia di Denton, lasciando la macchina accanto alla sua nel parcheggio comunale alle spalle della centrale. Si trattava di un enorme edificio in pietra grigia a tre piani, situato nel centro della città. Con la muratura decorata, le finestre bifore e il campanile in angolo, assomigliava molto più a un castello che a una stazione di polizia. Un tempo sede del municipio, era stato uno dei primi edifici a essere inserito nel registro storico della città.

Josie e Mettner entrarono al piano terra e salirono due rampe di scale fino all'ufficio comune del secondo piano. A quell'ora c'erano solo un paio di agenti in uniforme che utilizzavano le scrivanie condivise per compilare le pratiche del loro turno. Alcune scrivanie erano di uso esclusivo alla squadra investigativa, composta da Josie, Mettner, Noah e la detective Gretchen Palmer. Erano state accostate per formare un unico grande rettangolo. Di fianco a queste c'era un'unica altra scrivania fissa, per l'addetta stampa del dipartimento, che era anche la fidanzata di Mettner, Amber Watts. Era già tornata a casa per la sera. L'ufficio del capo della polizia, Bob Chitwood, si trovava proprio di fronte alla sala grande, ma la porta era chiusa e da sotto non filtrava alcuna luce. L'indomani lo avrebbero informato sul caso di Sharon Eddy.

Josie aiutò Mettner a stendere i rapporti e a redigere i mandati, trascorrendo qualche ora alla sua scrivania prima di lasciargli finire il turno per andare a casa a dormire. Al suo arrivo la casa era immersa nel silenzio. Erano andati tutti a letto, compreso Trout. Arrivata in cima alle scale poteva sentirlo russare, anche se la porta della loro camera da letto era chiusa. In cucina, Josie si concesse un trancio freddo di pizza vecchia di un giorno, ancora troppo nervosa per dormire. Si sedette al tavolo e prese il telefono per consultare di nuovo i profili dei social media di Sharon Eddy. Li aveva già consultati alla stazione di polizia, ma non aveva trovato nulla che facesse pensare a qualcosa di strano. Come molti ragazzi della sua età, Sharon non aveva impostato alcun limite di privacy sui suoi contenuti. Una serie di foto e video che la immortalavano in ogni sua attività. Un documentario sulla sua vita. I piatti che mangiava, i vestiti che indossava, le scarpe che comprava, gli animali di cui si occupava al lavoro. C'erano foto di lei che usciva con gli amici nei fine settimana, ma si trattava per lo più di cose innocenti, oppure aveva pubblicato solo le parti innocenti perché tecnicamente era ancora troppo giovane per bere. Una foto scattata nel giorno della Festa della Mamma mostrava Sharon seduta su una panchina del parco pubblico insieme a una donna il cui volto era quasi identico al suo, ma che dimostrava diversi anni in più, era più magra e aveva i capelli rossi. Erano sedute quasi a un metro di distanza l'una dall'altra, con una postura quasi identica a braccia conserte e gambe accavallate. In atteggiamento chiuso. Fissavano entrambe la macchina fotografica con un debole sorriso. La didascalia dai toni tutt'altro che entusiastici recitava semplicemente: "Festa della Mamma". Josie si chiese se Sharon avesse pubblicato la foto di sé con la madre solo perché si sentiva obbligata. Non aveva pubblicato nessun'altra foto con sua madre su nessuno dei social media; in compenso, c'erano molte più foto di Sharon con Rosalie, in ognuna delle quali nonna e nipote si abbracciavano e facevano grandi sorrisi davanti alla macchina fotografica. Le didascalie recitavano: "La migliore; In ogni situazione; La donna straordinaria che mi ha reso ciò che sono oggi; La mia preferita."

Josie sentì una fitta al cuore pensando ai momenti di sofferenza che Rosalie Eddy aveva di fronte a sé. Lanciò il telefono da una parte con un pesante sospiro. Il telefono scivolò sul tavolo, urtando contro il portatile di Trinity e facendo cadere una spessa cartella di documenti che ci aveva lasciato sopra. Josie si fiondò sul tavolo, afferrando con le dita il bordo del fascicolo prima che scivolasse dal tavolo e il suo contenuto si rovesciasse sul pavimento. Lo avvicinò, leggendo il nome che Trinity aveva scarabocchiato sulla linguetta: Jana Melburn, Contea di Everett, Pennsylvania. Trinity insisteva ancora nel voler stampare tutto il materiale raccolto sui casi che presentava nel suo programma, nonostante tutti ormai usassero il digitale. Una fotografia era caduta sul pavimento. Una giovane donna dai capelli ricci biondo chiaro e dal viso a forma di cuore con indosso il tocco e la toga si trovava su un campo da football, con un mazzo di fiori tra le braccia. Alle sue spalle si muoveva una folla di altri neodiplomati con le rispettive famiglie. La ragazza stava tra un uomo e una donna, inquadrati solo di profilo nell'atto di darle ciascuno un bacio sulla guancia. Una luminosità gioiosa le arrossava il viso. Era quella Jana? Quelli erano i suoi genitori? Sembravano giovani per avere una figlia in età da diploma. Trinity aveva detto che era stata la sorella adottiva di Jana a contattare il programma. Allora era possibile che quelli fossero i genitori adottivi di Jana.

La tentazione di aprire la cartella e di esaminare la documentazione era forte. Josie sentì un prurito alle dita mentre rimetteva la foto nel fascicolo e poi rimboccava i bordi di alcune pagine a filo della cartella, riponendola con cura sopra il computer. Trinity sarebbe stata felice di condividerlo con lei, anche perché di solito tutto ciò che Trinity e i suoi colleghi scoprivano o a cui avevano accesso era comunque di dominio pubblico, ma Josie non voleva fare la ficcanaso.

Uno scricchiolio sulle scale la distrasse dalle sue riflessioni e un attimo dopo, Noah apparve sulla soglia della cucina, a torso nudo, con indosso solo un paio di pantaloni da ginnastica. Anche dopo tutti gli anni passati insieme e tutte le volte che lo aveva visto in quel modo, i suoi occhi erano ancora attratti dal suo petto muscoloso e dal cerchio spesso e nodoso di tessuto cicatriziale sulla spalla destra. Gli aveva sparato una volta. Era successo molto tempo prima che si mettessero insieme, in un momento in cui la vita di una ragazza vulnerabile era in pericolo e Josie non sapeva di chi fidarsi. Alla fine, Noah si era rivelato uno dei buoni. L'aveva coperta, l'aveva aiutata in quella indagine e alla fine l'aveva perdonata. Però questo non le era bastato per perdonare se stessa.

Noah le si avvicinò e le posò un bacio sulla testa. Il suo odore e il calore del suo corpo le diedero le vertigini. Con voce ancora densa di sonno, le chiese: «Omicidio?»

Si alzò e gli si mise di fronte, sistemando le folte ciocche scure che gli ricadevano sulla fronte. «Non lo sappiamo ancora.» disse, iniziando a fargli un rapido riassunto della serata. Intanto che parlava, i suoi occhi color nocciola diventavano più attenti. Praticamente poteva vederlo ragionarci su nella sua testa.

«Era da qualche parte tra le sette del mattino e il momento in cui è morta.» concluse Noah. «Se non era ancora in rigor mortis, significa che era morta un paio d'ore prima che il suo corpo venisse ritrovato.»

«Esatto.» disse Josie. «O qualcuno l'ha rapita, l'ha uccisa, l'ha riportata indietro e ha gettato il corpo sulla riva del torrente, oppure è andata con qualcuno che l'ha riaccompagnata lì e lei è caduta ed è morta sulla riva del fiume.»

«Da quello che mi hai detto sulla scena, che la borsetta era dritta e le mancava un guanto, non può essere caduta.»

«È quello che penso anch'io, ma non ne avremo conferma finché la dottoressa Feist non concluderà l'autopsia.»

Noah le sfiorò la guancia con le dita e le scostò una ciocca di capelli dietro l'orecchio. Josie voleva assolutamente mettere da parte per un po' la tristezza per quella povera ragazza rifugiandosi nel corpo di suo marito. Si appoggiò a lui, posando la testa sotto il suo mento e con le labbra gli sfiorò l'incavo del collo. Lui la avvolse tra le sue braccia.

«Domani è sabato e ho il turno di mattina e tu non sei in servizio fino al pomeriggio.» disse Josie.

«Lo so.» le rispose Noah tra i capelli, accarezzandole la schiena con un tocco che le faceva formicolare la pelle.

«Il che significa che non avremo modo di stare soli fino a domani sera a quest'ora.» aggiunse Josie. Le labbra di Noah trovarono le sue; cominciò a baciarla lentamente e profondamente. Quando si scostò, le disse all'orecchio: «Andiamo di sopra e sfruttiamo il tempo che abbiamo a disposizione.»

Poche ore dopo si erano fatti la doccia, si erano vestiti ed erano scesi al piano di sotto, pronti a raggiungere Trinity e Drake per la colazione. Quindi Josie uscì per andare al lavoro. Mettner non aveva fatto progressi con il caso di Sharon Eddy. Non era ancora riuscito a entrare nel suo telefono perché era protetto da un codice d'accesso; perciò, se volevano consultarne il contenuto, l'unico modo era usare la GrayKey, uno strumento che consentiva di eludere qualsiasi codice d'accesso ai dispositivi. Difatti, se ne stava occupando Hummel, ma non aveva ancora finito di estrarre informazioni dal telefono. In compenso, nel frattempo erano arrivati i risultati della geo-recinzione. Alle sei e trenta del mattino il telefono di Sharon Eddy la collocava alla fine di Hempstead Trail, a circa una ventina di metri dall'imbocco della strada residenziale. Poi più niente. Che fosse stata lei o qualcun altro, il telefono era stato spento. L'unico dispositivo elettronico che si era avvicinato al telefono di Sharon Eddy nei tempi da loro richiesti, cioè dalla mattina presto fino alle tre ore successive al ritrovamento del suo corpo, era il cellulare di Jeanne Wack, la quale aveva chiamato i soccorsi subito dopo aver trovato il corpo della ragazza. La lettura delle targhe non aveva rilevato alcun veicolo che potesse giustificare ulteriori indagini. Nella tarda mattinata, Josie stava esortando Mettner ad andare a casa a dormire, quando la dottoressa Feist la chiamò al cellulare. Parlava con voce squillante e diversa dal solito.

«Josie. Potrebbe venire all'obitorio, per favore?»

Per quanto Josie la considerasse più che una semplice collega o una conoscente, capitava di rado che la dottoressa la chiamasse in modo diverso da "detective" o "detective Quinn".

«Dottoressa, che succede?»

Seduto alla scrivania di lato alla sua, Mettner alzò lo sguardo. fissandola con la fronte aggrottata.

Seguì un attimo di silenzio. Poi la dottoressa disse: «Non sono nei guai, se è questo che la preoccupa. Per favore, mi raggiunga all'obitorio.»

Josie era già in piedi. «Saremo lì tra dieci minuti.»

«No.» sbottò la dottoressa Feist. Prese un respiro tremolante.

«Quando dice "saremo" intende...»

«Mettner e io.»

«No, per favore. Gretchen. Potrebbe portare Gretchen al posto di Mettner?»

Gretchen non sarebbe arrivata prima del pomeriggio, ma Josie era sicura di poterle chiedere di raggiungerla all'obitorio, quindi le disse: «Sì. La chiamo subito. Saremo da lei il prima possibile.»

SEI

L'obitorio comunale di Denton si trovava nel seminterrato senza finestre del Denton Memorial Hospital, alla fine di un lungo corridoio di stanze per pazienti abbandonate che ormai contenevano solo polvere e vecchie attrezzature. Il corridoio stesso era una combinazione di colori spenti, con le mattonelle del pavimento ingiallite e le pareti ingrigite. Quando si avvicinarono alla fila di stanze in cui si estendeva il dominio della dottoressa Feist, vennero investite dall'odore di decomposizione e di morte mescolato a quello di prodotti chimici più aggressivi. Josie e Gretchen cercavano di farci l'abitudine da anni.

«Quale sarà il motivo di tanta urgenza?» chiese Gretchen mentre si avvicinavano alla sala autopsie.

«Non ne so più di te...» mormorò Josie.

Al centro dell'ampia sala esami c'erano due tavoli da autopsia in acciaio inossidabile. Su uno dei tavoli riposava il corpo di Sharon Eddy coperto da un lenzuolo tirato su fino al mento. Accanto al tavolo autoptico, la dottoressa Feist faceva avanti e indietro con movimenti brevi e bruschi. Con un braccio si circondava la pancia e con l'altro stringeva la cuffia sotto il mento. I capelli biondo argentato erano raccolti in una crocchia ormai allentata e alcune ciocche le ondeggiavano sulle spalle a ogni passo che faceva.

Gretchen attirò la sua attenzione: «Dottoressa?»

La dottoressa si fermò. «Grazie per essere venute.»

Raramente Josie aveva visto Anya Feist in condizioni in cui non fosse calma e composta. All'inizio della sua carriera come detective, Josie aveva lavorato a un caso che aveva messo in ginocchio l'intera città, durante il quale lei in persona aveva recuperato i resti di quasi un centinaio di corpi e benché avessero beneficiato della collaborazione dell'FBI, la dottoressa Feist era stata comunque investita di una grande quantità di lavoro. Era stato il caso più tragico e orribile a cui Josie avesse mai lavorato e, nei mesi successivi, Anya Feist le aveva confessato quanto fosse stato forte l'impatto di quel caso su di lei. Difatti, ne aveva accusato così fortemente la pressione che aveva assunto un aspetto smagrito e malaticcio. Josie non l'aveva più vista così abbattuta.

Fino a quel giorno: aveva gli occhi arrossati dal pianto. Rughe di preoccupazione le increspavano il viso, pallido al punto da risultare quasi traslucido. Una grossa vena blu nella tempia destra pulsava rapidamente. Il labbro inferiore le tremava.

«Che succede?» le chiese Josie.

La dottoressa Feist incrociò le braccia sul petto e fece diversi respiri profondi, con lo sguardo che vagava dappertutto tranne che verso di loro. «Ho finito l'autopsia di Sharon Eddy.»

«È questo che l'ha fatta agitare così tanto?» le chiese Gretchen. «Immagino che questo significhi che non è stata una morte accidentale...»

«Su questo non c'è ombra di dubbio.»

Josie fece un passo avanti e premette il dorso della mano sulla fronte della dottoressa. La pelle era fredda e umida.

«Sto bene.» protestò lei, ma Josie la afferrò per un polso e le premette due dita sulla parte interna. «Sul serio? Perché il battito cardiaco suggerisce il contrario...»

«Penso che sia il caso che andiamo a sederci nel suo ufficio.» propose Gretchen.

La dottoressa allontanò la mano di Josie e tornò a guardare il corpo di Sharon Eddy. «No. No. Dobbiamo occuparci di questa ragazza. Devo superare questa cosa. Mi ci sono volute ore solo per trovare il coraggio di chiamarvi e...»

«D'accordo, d'accordo.» concesse Josie. «Ora siamo qui e non andiamo da nessuna parte. Qualunque cosa l'abbia spaventata così tanto, la affronteremo insieme.»

«Ci dica di cosa si tratta.» la incoraggiò Gretchen. «Cominci dall'inizio. Mi sono fatta aggiornare sul caso Eddy. Ci parli dell'esame e dell'autopsia.»

«Certo, subito...» disse la Feist voltandosi di nuovo verso il corpo. Cominciò a elencare i risultati dei suoi esami e via via che si calava senza intoppi nel suo ruolo di medico legale, l'ansia nella sua voce si affievoliva a ogni parola. «Sharon Eddy. Era una diciannovenne ben nutrita e ben sviluppata. Nessun segno di problemi medici significativi. Nessun segno di violenza sessuale. Abbiamo trovato sul suo piumino quelli che riteniamo essere diversi peli di un animale, di cui abbiamo inviato i campioni al laboratorio di Stato.»

«Lavorava in un ospedale per animali.» spiegò Josie. «Ho paura che questo non ci porterà da molte parti. Ha trovato tracce di DNA sul suo corpo?»

«Nessuna.»

«E le ferite?» chiese Gretchen.

«Anche se sul campo non abbiamo trovato subito tracce di lesioni, una volta che il corpo di questa ragazza è arrivato qui e i suoi vestiti sono stati rimossi, ho notato un bernoccolo sulla nuca ben nascosto dai capelli e dal cappello che indossava. Dall'autopsia è emerso che aveva un ematoma subdurale.»

«È questo che l'ha uccisa?» chiese Gretchen.

«Anche se sarebbe stato sufficiente a farle perdere i sensi, no. Non l'ha uccisa. È stata strangolata.»

Josie si spostò oltre la dottoressa ed esaminò la gola di Sharon. Anche sotto le luci abbaglianti, non si vedeva alcun segno. «Come fa a saperlo?»

«Ci sono casi in cui la morte avviene così rapidamente che i lividi esterni non hanno il tempo di formarsi.» spiegò la Feist. «Ho trovato alcune macchie petecchiali nell'occhio sinistro, ma il reperto principale che è coerente con la morte per strangolamento è l'emorragia focale sui muscoli sottoioidei.»

Gretchen disse: «I muscoli del collo?»

La Feist annuì. Doveva essersi accorta che Josie stava cercando nella sua memoria quali erano i muscoli del collo, perché fece un sorriso rassicurante e da quando erano arrivate, finalmente sembrò quella di sempre. Indicò la gola di Sharon. «I muscoli sottoioidei sono le quattro coppie di muscoli che si trovano nella parte anteriore della gola. In pratica, collegano la mascella alla clavicola e sostengono la struttura del collo. Sembrano delle fasce, ecco perché in gergo li chiamiamo muscoli della fascia. Iniziano sotto l'osso ioide, che si trova sotto la mascella, e, come ho detto, collegano praticamente tutto: ioide, sterno, clavicola, laringe. Sono i muscoli che ci permettono di deglutire, di mangiare, di parlare... questa è una definizione molto poco scientifica, in ogni caso.»

«Cosa che apprezziamo sempre.» disse Gretchen.

«Ci stava dicendo che ha trovato un'emorragia focale sui muscoli infraioidei di Sharon Eddy.» ricapitolò Josie.

«Sì.» rispose. «Impronte di pollice, quasi sicuramente. L'ho già visto in precedenza. All'esame esterno il corpo sembra a posto, con pochi lividi sul collo, o anche nessuno. E talvolta pure gli altri segni distintivi delle morti per strangolamento sono assenti, come le petecchie negli occhi, la lingua gonfia, gli occhi sporgenti, ma quando si esegue l'autopsia, uno ioide rotto o i muscoli infraioidei contusi indicano che la vittima è stata stran-golata. Nel caso di Sharon Eddy, lo ioide è ancora intatto, ma le lesioni ai muscoli della cinghia sono compatibili con lo strango-lamento.»

«Dottoressa...» disse Josie. «Abbiamo già lavorato su casi di strangolamento in passato. Li abbiamo avuti il mese scorso nel grande caso Collins.»

Gli occhi della Feist si riempirono di lacrime. «Sì.» mormorò. «Non è questo. Non è per questo che vi ho chiamato. Ascoltate, per me è molto difficile parlarne e capisco che dovrete condividere i dettagli con la vostra squadra. Non c'è modo di evitarlo. Ma credo di aver bisogno di un po' di tempo per assimilare la cosa.» Si spostò di nuovo davanti al fianco di Sharon e ripiegò con cura il lenzuolo fino a scoprire il busto e il fianco sinistro della ragazza. Josie notò un piccolo tatuaggio all'interno dell'avambraccio sinistro, una farfalla. Anche sul fianco sinistro c'era un segno. Ma non era un tatuaggio. Era qualcosa di diverso. «È fresco.» disse la dottoressa Feist, con voce roca. «A occhio e croce è stato inflitto poche ore prima che morisse.»

Gretchen si fece avanti «È un marchio?»

Alcuni lembi di pelle sul fianco di Sharon erano stati bruciati, sostituiti da vesciche rosse e violacee dai bordi carbo-nizzati che formavano una figura distinta.

Il medico annuì, con le labbra serrate. Una lacrima le scivolò sul viso. Prima che potessero fare altre domande, tirò su il camice e poi si abbassò i pantaloni quel tanto che bastava perché vedessero un marchio esattamente identico sul fianco sinistro.

«Porca miseria.» esclamò Josie.

Quello di Anya Feist era molto più definito, la cicatrice era più vecchia e la pelle bianca e leggermente staccata; invece, il marchio di Sharon Eddy era ancora crudo e insanguinato. Non più grande di un sottobicchiere, aveva la forma di un ferro di cavallo trapassato al centro da una freccia. Le piume della freccia erano incise con due linee per lato.

«Il mio ex marito me l'ha fatto poco prima che lo lasciassi... disse Anya Feist. «Più di dieci anni fa.»

SETTE

La dottoressa Feist si sciolse in lacrime. Gretchen le si avvicinò e le spinse delicatamente le mani da parte, tirandole su il cinturino dei pantaloni e abbassandole il camice. Poi la prese tra le braccia, facendole appoggiare la testa contro la sua spalla aspettando che finisse di piangere. Josie coprì nuovamente Sharon Eddy, cercando di mettere ordine tra i suoi pensieri. Conosceva Anya Feist da otto anni, eppure non aveva mai saputo che era stata sposata. Sentiva la cicatrice che correva lungo il lato destro del suo viso bruciare. Si avvicinò alle due colleghe e posò una mano tra le scapole della dottoressa. Riusciva a sentire le vertebre.

Dopo qualche istante, i singhiozzi della Feist si placarono. Si districò dalla stretta delle due detective e si diresse verso il fondo della stanza, dove trovò un paio di fazzoletti di carta. Asciugandosi il viso, disse: «Grazie.»

«Tutti quanti abbiamo delle cicatrici, dottoressa.»

«E traumi.» disse Josie. «Solo tra noi due, Gretchen e io, abbiamo abbastanza traumi da tenere occupato un intero esercito di terapisti.»

«Accumulati nell'arco di decenni.» aggiunse Gretchen.

La dottoressa rise. «Di solito non ne parlo.»

Josie si puntò un dito al petto e poi verso Gretchen. «Nemmeno noi.»

Una parte della tensione nelle spalle della Feist si allentò. «Non è arrabbiata? Ci conosciamo da tanto tempo e non solo per lavoro. Josie, io e lei pranziamo insieme regolarmente.»

Josie si sfregò il punto in cui la cicatrice terminava sotto il mento. «No, non sono arrabbiata con lei. Sono un po' arrabbiata con me stessa per non aver fatto uno sforzo maggiore per conoscerla meglio.»

«Josie...» disse la Feist. «Sono un libro chiuso, proprio come lo è lei. Proprio come Gretchen. Facciamo il nostro lavoro, parliamo del presente e cerchiamo di non guardare al passato.» Guardò il volto di Sharon Eddy con un piccolo brivido. «Finché non siamo costrette a farlo.»

Gretchen tirò fuori il suo taccuino dalla tasca del giaccone e una penna da dietro l'orecchio. «Quando è stata l'ultima volta che ha visto il suo ex marito?»

«Circa dieci anni fa.» rispose rigirandosi il fazzoletto di carta umido tra le mani.

Josie chiese: «E da allora non vi siete più messi in contatto?»

«No, mai. I primi anni, dopo essermi trasferita qui, ero un disastro, piena di paranoie. Avevo l'impressione di vederlo per strada o che mi seguisse in macchina in continuazione. Ma non era mai lui.»

«Non aveva sporto denuncia contro di lui?» le domandò Gretchen. «Per la... marchiatura?»

Strinse il fazzoletto di carta nel pugno. «Oh, l'ho fatto. Lui ha negoziato la riduzione delle accuse con un patteggiamento, grazie all'intervento di suo padre. Dalle nostre parti, suo padre aveva molta influenza sulla comunità, compresi i giudici della contea. Infatti, il mio ex suocero ha fatto parte del Consiglio comunale per molti anni. Grazie alla sua ingerenza, il mio ex marito è finito agli arresti domiciliari invece che in prigione. Nel giro di pochi mesi era già tornato in libertà. Pensavo che avesse imparato la lezione, ma non potevo averne la certezza, così mi sono trasferita. Ho trovato un lavoro. Ho ricominciato da capo. Sono stata felice qui.» Quest'ultima affermazione era piena di malinconia, come se quella felicità fosse appena stata minacciata dall'inaspettata intrusione del suo passato. Si voltò verso Sharon Eddy e fissò la ragazza per alcuni secondi, con un'espressione tormentata sul viso. Con delicatezza, portò il palmo della mano vuota sugli occhi della ragazza, chiudendoli.

Gretchen disse: «Può parlarci della marchiatura?»

La Feist infilò il fazzoletto di carta nella tasca del camice e tirò su il lenzuolo sopra la testa di Sharon. Dopo alcuni respiri, si voltò verso di loro. «Il mio ex marito viveva in un'azienda lattiero-casearia a conduzione familiare. Enorme e molto produttiva.»

«Ci ha detto che è successo dieci anni fa...» osservò Josie, «ma pensavo che gli agricoltori stessero già passando dalla marchiatura a fuoco alle etichette RFID.»

«Cosa sono le etichette RFID?» domandò Gretchen.

«RFID sta per identificazione a radiofrequenza.» spiegò Josie.

Il medico si ficcò le mani in tasca. «Sono etichette di plastica che gli allevatori applicano alle orecchie del bestiame per tenerne traccia. Di solito riportano un numero e sono leggibili con dispositivi portatili o fissi. In pratica, anziché marchiare a fuoco la pelle dell'animale, gli bucano un orecchio. La marchiatura a freddo è stata in voga per un certo periodo e molti allevamenti la utilizzano ancora come alternativa più umana alla marchiatura a fuoco, ma si è sempre discusso se la marchiatura a freddo fosse davvero più umana. L'RFID è un metodo molto meno barbaro della marchiatura a freddo e a caldo e, sì, il mio ex suocero è passato alle etichette RFID non appena sono diventate disponibili, prima che la maggior parte degli allevamenti degli Stati Uniti le utilizzasse.»

Gretchen batté la penna sul blocco note. «Sembra che lei fosse destinata a ereditare la fattoria.»

«Vance era... è questo il nome del mio ex marito, Vance Hadlee delle Fattorie Hadlee.»

Il nome suonava familiare. «Dove si trova la fattoria?» chiese Josie.

«A Bly. È a circa un'ora da qui. Come ho detto, è una città molto piccola. È da lì che provengo. Io e Vance eravamo fidanzati al liceo. Lui avrebbe dovuto occuparsi della fattoria. Io volevo diventare medico. Ci siamo lasciati quando sono andata all'università, ma lui continuava a presentarsi al mio dormitorio. Anche quando sono passata alla facoltà di medicina, me lo ritrovavo sempre davanti. Non sono nemmeno più sicura che lo amassi davvero. Era solo diventato comodo. All'epoca non era violento.»

Gretchen sospirò. «All'inizio non sono mai violenti, almeno non in modo evidente. Cominciano con i giochi mentali, la manipolazione, la coercizione emotiva.»

Anya Feist annuì a ogni parola. Tirò una mano fuori dalla tasca, di nuovo con il fazzoletto di carta stropicciato. Lo usò per asciugarsi una lacrima che le scivolava lungo la guancia. «Sì, Vance ha fatto ognuna di quelle cose. Non volevo nemmeno sposarmi o tornare a Bly dopo la scuola di medicina. Volevo andare a New York e lavorare nella medicina d'urgenza.

Ma lui mi ha fatto sentire in colpa per aver desiderato quella vita. Ha cominciato ad accusarmi di ritenermi sprecata per Bly, troppo in gamba per la vita che aveva pianificato per noi due e, badate bene, senza che io avessi mai voluto farglielo intendere. E quando gli dicevo che volevo soltanto valutare quest'altra strada, per lui era come se dicessi: "Tu non mi ami". Non c'erano vie di mezzo. Non si poteva ragionare con lui. In un modo o nell'altro, qualsiasi cosa io dicessi, per quanto potesse sembrare ragionevole, lui la rigirava contro di me, veniva distorta contro di me: mi accusava di non amarlo quanto lui amava me, o di non dare la priorità alla nostra relazione. Non ero mai abbastanza. Niente era mai abbastanza per lui.»

«Si direbbe che fosse un vero e proprio maestro della manipolazione...» commentò Josie.

Fece una risata secca. «Senza dubbio. E poi il fatto che non ero preparata per una situazione del genere. Non ne ho colto i segnali. Me ne sono accorta quando ormai era troppo tardi. I miei genitori morirono in un incidente d'auto quando avevo dodici anni. Sono stata cresciuta da mio zio. Era buono con me. Mi dava un tetto sulla testa, da mangiare, tutto ciò di cui avevo bisogno... ma il nostro non era un rapporto stretto. Ero più che altro una pensionante a casa sua. Dire che ero affamata d'amore quando io e Vance abbiamo iniziato a uscire insieme è un eufemismo. Al liceo era davvero dolce e divertente. Era avventuroso. Mi faceva sentire come se tutto fosse possibile e aveva degli occhi che sembravano stelle cadenti. So che a dirlo così suona ridicolo, ma è un fenomeno reale. L'ho scoperto quando ho frequentato la facoltà di medicina. Si chiama eterocromia centrale.»

Josie chiese: «È quella cosa che ti viene quando hai gli occhi di un colore diverso l'uno dall'altro?»

La dottoressa scosse la testa. Parlare di medicina, indipendentemente dalla rilevanza nella conversazione, sembrava portarla su un terreno emotivo più solido. «No, quella si chiama eterocromia iridata. Gli occhi di Vance erano uguali, ma all'interno di ogni iride c'erano diversi colori. Il marrone più vicino alla pupilla e poi picchi di verde e blu verso l'esterno. Come liceale solitaria, ero completamente affascinata da lui. Quindi sì, in seguito, in età adulta, non mi sono resa conto di ciò che stava accadendo tra noi, finché non mi sono trovata talmente coinvolta che mi sembrava impossibile uscirne.»

«È entrata a medicina d'urgenza?» chiese Gretchen.

La Feist rigirò di nuovo il fazzoletto di carta. «Sì, e come compromesso sono tornata a Bly e ho lavorato in un ospedale a un'ora di distanza, vicino a Philadelphia, per alcuni giorni alla settimana. Turni che non finivano mai. Ma stavo a casa con lui. Poi lui programmava appuntamenti ed eventi quando sapeva che avrei lavorato e quando ne saltavo qualcuno, passavo per quella cattiva. Si comportava come se non ci vedessimo mai. Non importava che facessi ciò che amavo o che fossi io a guadagnare quanto serviva a mantenerci. A quel tempo, non aveva ancora iniziato a gestire l'azienda casearia. Allora non lo sapevo, ma aveva dei problemi con suo padre. Comunque, col tempo mi ha logorato con l'idea che non lo amassi tanto quanto amavo il mio lavoro: che donna è quella che non ama suo marito più del suo lavoro?»

«Ha lasciato il lavoro vicino a Philadelphia?» le chiese Josie.

La dottoressa le sorrise debolmente. «Lei cosa pensa?»

«Ma ha continuato a esercitare la professione di medico.» disse Gretchen.

Lei annuì. «C'era un posto libero nella contea per un anatomo-patologo. Il medico legale del tempo, Garrick Wolfe, era disposto a fare da mentore a qualcuno con poca se non nessuna esperienza. Avevo fatto un periodo di rotazione durante la scuola di medicina e mi era piaciuto. La paga era buona. Era molto più vicino a Bly che a Philadelphia e gli orari erano regolari. Perciò Vance ha chiesto a suo padre di parlare con Garrick per assumermi. Sembrava quasi che la decisione fosse stata presa senza il mio parere.»

Gretchen osservò: «Perché era così.»

«Certo. Ora lo so, ma all'epoca Vance la faceva sembrare una fortuna, come se fosse destino. Un segno che dovevo stare a casa con lui e non a spasso per la grande città. "Sgaloppare". Così definiva il mio lavoro. In quei turni salvavo vite umane, ma nella sua mente ero solo in giro a divertirmi con i miei amici medici. Per lui era una festa.»

«Una festa a cui lui non era invitato.» completò Josie.

«Una cosa su cui non poteva esercitare il suo controllo.» sottolineò Gretchen.

La dottoressa sospirò. «Esattamente. Allora non me ne rendevo conto, ma stava lentamente iniziando a controllare ogni aspetto della mia vita. E la situazione non ha fatto che peggiorare.»

OTTO

Anya Feist emise un sospiro tremolante. Si avvicinò alla parete di fondo dove si trovava il bancone di acciaio inossidabile e depositò il fazzoletto di carta appallottolato nel cestino dei rifiuti sottostante. Appoggiando entrambe le mani sul bancone, fece diversi respiri profondi. Josie e Gretchen non dissero nulla per lasciarle il tempo di ricomporsi. Dopo un lungo momento, si voltò di nuovo a guardarle. «Il mio lavoro era l'unica cosa che avevo di mio. Era l'unico posto in cui potevo sentirmi veramente libera, in cui potevo sentirmi me stessa. Vance ha cancellato quell'indipendenza dalla mia esistenza.»

«Quand'è che ha cominciato a minacciarla fisicamente?» le chiese Josie.

«Qualche mese dopo che avevo iniziato il lavoro da medico legale. Eravamo nel bel mezzo di una discussione e lui mi ha dato uno spintone. Ho pensato che fosse colpa mia perché l'avevo fatto davvero arrabbiare. Non riesco nemmeno a ricordare cosa avesse scatenato quella stupida lite e, anche se avevo imparato qualcosa sulla violenza domestica a scuola e ne avevo visto gli effetti al Pronto Soccorso, non mi sono resa conto di cosa stesse succedendo. Non mi è venuto in mente nemmeno per un momento che quello spintone fosse pericoloso. Mi sono limitata a pensare: "Stavamo litigando, è stata la foga del momento". Non significava nulla. E neanche la prima volta che mi ha tirato i capelli o mi ha tirato un pizzicotto, l'ho presa sul serio. Era mio marito. Il mio ragazzo delle superiori. Ci amavamo. Avevamo costruito una vita insieme. Per ciascun litigio, c'era il doppio dei momenti felici in cui era stato premuroso, gentile e tenero. Poi un giorno mi ha storto un polso. Sul momento ho pensato che me lo avrebbe rotto. Il mio primo pensiero è stato: "Come farò a lavorare?"»

«È stato allora che ha capito.» mormorò Josie.

La Feist rimise le mani in tasca come se cercasse qualcosa. Ma ne uscirono vuote. «Strano, vero? Fino a quel momento non mi ero accorta di quanto si fosse aggravata la situazione. Affatto. Non l'ho capito finché non è stato troppo tardi. Ero lì, completamente intrappolata in quella situazione orribile. Uscirne non sembrava neanche lontanamente possibile. A quel punto non avevo nemmeno paura di lasciarlo. Era che avevo cambiato tutta la mia vita per lui, la mia carriera. Suo padre mi aveva dato una mano a ottenere il posto nello studio del medico legale. La sua famiglia aveva pagato per il nostro matrimonio. Le nostre vite erano strettamente intrecciate. Avevo davvero intenzione di mandare tutto all'aria per un polso slogato?»

«È molto comune, sfortunatamente.» disse Gretchen. «Mi dispiace, Anya.»

Prese un altro fazzoletto di carta dalla confezione e se lo premette sugli occhi, fermando le lacrime prima che potessero uscire. «Anche a me. Quindi sì, è passato dal polso slogato alle botte a mano aperta e a mano chiusa.»

«Le ha mai messo le mani al collo?» chiese Josie.

«No. Vance era il tipo che ti tira i capelli e molla spintoni e cazzotti. Come ho detto, l'evoluzione si era presentata così lenta e sottile che a malapena avevo avuto modo di accorgermi che stava peggiorando. Mi rendo conto che sembra assurdo.»

«No.» si affrettò a correggerla Gretchen. «Non sembra affatto assurdo. Anya, è così che iniziano molte situazioni di abuso domestico. Non è stata colpa sua.»

«Non sapevo cosa fare.» continuò lei. «Non me la sentivo di coinvolgere la polizia. Ancora non me ne rendevo conto, non capivo che stava abusando di me. Sembrava solo una questione riservata. Quando mi ha procurato il primo occhio nero, sono andata da suo padre. Dermot era un tipo scontroso, burbero e certe volte difficile da capire, ma era sempre stato molto corretto. Metteva sempre Vance al suo posto. In verità, il motivo per cui Vance non aveva ancora preso le redini dell'azienda era perché non aveva assecondato suo padre e non aveva rispettato il progetto dell'attività. In parole povere, il fatto era che Vance era pigro. Voleva avere lo status di proprietario dell'azienda agricola senza muovere un dito. In realtà non aveva nemmeno bisogno della fattoria. Lui e sua sorella godevano di un fondo fiduciario da parte della famiglia della madre che finanziava i pagamenti una volta che avevano compiuto trent'anni. L'ho scoperto solo dopo il divorzio. Lui non era mai stato interessato all'attività, ma al controllo. E Dermot lo sapeva. Lui non aveva mai avuto un fondo fiduciario e aveva dovuto sgobbare per mandare avanti la fattoria. Aveva dovuto imparare il mestiere, impegnare tempo ed energie. Dermot e Vance non avrebbero potuto essere più diversi, ma anche quando erano in disaccordo, Vance ascoltava suo padre; infatti, per un periodo le cose sono andate meglio. Vance ce l'aveva a morte con me per aver coinvolto suo padre, ma non osava toccarmi.»

Josie pensò al padre del suo primo marito, ormai deceduto, Victor Quinn. Era stato terribilmente violento sia con suo figlio che con sua moglie. Da bambina, Josie lo aveva visto con i suoi stessi occhi. Anche quando c'era una pace inquieta in famiglia, Victor non sopportava di dover mostrare moderazione e la rabbia si accumulava nel tempo fino a quando non riusciva più a controllarla. «Suo marito, però, si è tenuto dentro quella rabbia, vero?»

La Feist si asciugò di nuovo gli occhi, ma questa volta le lacrime furono più veloci di lei e le scivolarono fuori prima che potesse fermarle. «Sì. Anche in questo caso, non me l'aspettavo. Era davvero furibondo con me, come ho detto, per averlo umiliato di fronte alla sua famiglia facendo "la spia" e per aver reso noti i nostri affari personali. Pensava che preferissi suo padre a lui. Una sera, eravamo stati invitati alla fattoria. Si è messo a litigare con suo padre su quando avrebbe potuto prendere il suo posto. Dermot non gli ha risparmiato le sue riserve. La lista di motivi per cui Vance non sarebbe mai stato pronto a prendere il suo posto era lunga. Più tardi, quella sera, Vance si è ubriacato. Sono andata a prenderlo nel suo studio. Sinceramente, ero stanca di tutta quella faccenda. Della cattiveria. Del suo ego pieno di ferite che sembrava non guarire mai, indipendentemente da quanto ognuno di noi ci avesse investito.»

Un singhiozzo le salì in gola. Josie osservò il suo viso diventare rosso nel tentativo di deglutire.

«Respiri, Anya.» le disse Gretchen. «Lentamente e con calma. Ci siamo solo noi qui e possiamo fermarci quando vuole.»

«Non voglio fermarmi.» disse asciugandosi di nuovo gli occhi. «Voglio farla finita. Se non la tiro fuori adesso, non credo di riuscire a farlo mai più.»

Josie le toccò il braccio. «Va bene. Allora resteremo finché non ci avrà detto tutto. Faccia con calma.»

Fece un profondo respiro e raddrizzò la schiena prima di continuare. «Abbiamo discusso. Alla fine, gli ho detto la verità, che non ero felice e che non volevo più essere sposata con lui. Sono successe molte cose spiacevoli che vi risparmio, comprese le quindici ore in cui mi ha tenuta segregata contro la mia volontà. E comunque non ci tengo affatto a riviverle. Il risultato finale è stato questo...» Si accarezzò il fianco nel punto in cui il marchio era nascosto sotto il camice. Guardando Josie, disse: «Come ho detto, mio suocero aveva abbandonato la marchiatura molto prima che io conoscessi mio marito, ma quello che non sapevo è che da bambino Vance aveva sviluppato un fascino per quella tecnica e per anni aveva collezionato diversi tipi di ferri per la marchiatura a fuoco, che teneva in uno dei vecchi garage. Li aveva provati quasi tutti sul bestiame, anche se non era necessario, poi Dermot glielo aveva proibito.»

«Capisco perché il padre non volesse cedergli la fattoria.» disse Gretchen.

«Io l'ho saputo solo in seguito. Vance rincasava nel nostro piccolo appartamento ogni sera e faceva sembrare che fosse suo padre il cattivo. Lo faceva sembrare irragionevole, come se fosse un vecchio inflessibile e intrattabile che non prendeva il figlio sul serio. Erano tutte sciocchezze.»

«Dopo quella notte, se n'è andata.» intuì Josie.

Lei annuì. Josie le prese il fazzoletto di carta, ormai bagnato fradicio, e lo gettò via. Anya si strinse le braccia intorno alla vita e se le strofinò. «Sono stata fortunata. Credetemi, avrò rischiato di impazzire una dozzina di volte. Non è stato facile. Mi sentivo tremendamente in colpa. Continuava a dire che gli avevo rovinato la vita. Ci sono voluti anni e molta distanza per capire come stavano realmente le cose: mi aveva manipolato, aveva distorto i fatti e infine mi aveva marchiata a fuoco come se fossi un capo di bestiame. Ed ero io quella che si riteneva colpevole.»

«Sono più comuni di quanto si pensi.» disse Gretchen. «La coercizione emotiva, la distorsione dei fatti e la manipolazione, intendo, non la marchiatura.»

«Poi ha sporto denuncia.» riprese Josie. «Lui ha patteggiato ed è finito agli arresti domiciliari e invece lei ha lasciato la città. Suo marito che fine ha fatto?»

Scrollò le spalle. «Non lo so. Non mi sono mai guardata indietro, soprattutto dopo la conclusione del divorzio. Sono sempre stata nervosa al pensiero che un giorno potesse venire a cercarmi, ma non ho mai cercato di tenerlo d'occhio. Era una cosa che avevo rimosso.»

«Mi sembra giusto.» disse Josie.

«Sono passati dieci anni.» disse Gretchen. «Capisco che vedere lo stesso marchio sul corpo di Sharon Eddy l'abbia sconvolta così tanto, ma perché il suo ex marito avrebbe marchiato e poi ucciso una ragazza nella sua giurisdizione? Sarebbe piuttosto sfacciato.»

«E poco intelligente.» aggiunse Josie.

«È vero.» convenne la Feist. «Vance era intelligente, con tutti i suoi difetti. Ma cos'altro potrebbe essere se non un segnale lasciato da lui?»

«Ma perché adesso?» si domandò Gretchen. «Dopo tutto questo tempo, perché farlo ora?»

«Non ne ho idea. Non ho dubbi che nutra ancora del rancore nei miei confronti, ma se non ha agito per quasi un decennio, non so quale possa essere il fattore scatenante che lo abbia spinto a iniziare ora.»

«Chi altro sapeva che lui l'ha marchiata a fuoco?» le domandò Josie.

«I medici e le infermiere del Pronto Soccorso locale. La polizia. Il pubblico ministero. Mio suocero e mia cognata.»

«Non aveva una suocera?» le chiese Gretchen.

Scosse la testa. «La moglie di Dermot Hadlee se n'è andata quando Vance era molto piccolo. Aveva quattro o cinque anni, mi pare.»

«Nessun altro sapeva della marchiatura?» insistette Josie.

«Garrick. Come ho detto, era il mio capo dello studio del medico legale della contea.» disse Anya Feist. «Per un po' non ho potuto lavorare a causa del dolore.»

Il suo viso si fece rosso per il ricordo. Si premette una mano sul fianco. «Pensate che sia stato qualcun altro a fare questo? Il marchio... non era un marchio della famiglia Hadlee. Vance

raccoglieva marchi da ogni dove. Questo era uno della sua...»
quasi si strozzò a quelle parole, «collezione personale.»

«Dobbiamo prendere in considerazione ogni possibilità.»
disse Josie con voce pacata. «Quanti marchi aveva nella sua
collezione personale?»

«Due dozzine, direi. Ma è successo dieci anni fa. Dio solo sa
quanti può averne adesso.»

NOVE

Un paio d'ore più tardi, Josie e Gretchen avevano fatto firmare un mandato per tutti i marchi che avessero una forma approssimativamente simile a quella dei segni trovati sul corpo di Sharon Eddy da notificare a Vance Hadlee, presso la sua azienda agricola di Bly, quale suo ultimo indirizzo conosciuto. Dato che Sharon Eddy risultava scomparsa circa dodici ore prima della sua morte e Vance Hadlee viveva ad appena un'ora di distanza, era del tutto plausibile che si fosse recato a Denton, l'avesse rapita, l'avesse portata in un altro luogo dove l'aveva marchiata e probabilmente uccisa subito dopo, e che poi fosse tornato a Hempstead Trail per abbandonarne il corpo. Il nome dell'altro luogo era ancora un grosso punto interrogativo. Vance avrebbe avuto bisogno di un posto in cui fare un fuoco e in cui non essere disturbato per compiere l'atto senza che nessuno vedesse o sentisse nulla.

Gretchen si era messa al volante del suo fuoristrada verso l'Interstatale in modo che Josie potesse prendere contatto con la centrale. «La centrale chiamerà il Dipartimento di polizia di Bly per informarli che stiamo arrivando e che vorremmo che uno dei loro agenti ci accompagnasse per notificare il mandato.» annunciò dopo aver riattaccato. «C'è qualcos'altro. Credo.» Josie esitò. «Ma non so neanche se vale la pena di dirlo.»

Gretchen le lanciò una rapida occhiata. «Di che si tratta?»

«Sai che non credo alle coincidenze, vero?»

«Sì, lo so.»

«Bly è nella contea di Everett.» disse Josie.

«E allora?»

«Trinity è venuta a trovarmi. In questo momento sta studiando un caso della contea di Everett per il suo programma. La città potrebbe essere Bly.»

«Ti ha detto di che caso si tratta?»

«Non siamo entrate nei particolari.» La cartella della documentazione sul portatile di Trinity balenò nella mente di Josie. «So soltanto che si trattava del caso di Jana Melburn.»

«Pensi che possa essere collegato all'omicidio di Sharon Eddy a Denton?»

«Non ne sono sicura. Sembra improbabile. Trinity ha detto che Jana Melburn aveva una sorella adottiva più grande di lei, Hallie Kent. Mesi fa Jana ha contattato i suoi produttori per parlare del caso, ma stava già cercando di attirare la loro attenzione da molto tempo. D'altra parte, senza approfondire il caso, è difficile dire se sia collegato o meno all'omicidio di Sharon Eddy... o alla dottoressa Feist.»

«Ma non possiamo neanche escludere il collegamento. Specie con Trinity che lavora a un caso nella stessa contea in cui stiamo seguendo una pista...» constatò Gretchen. «È una coincidenza troppo smaccata. Dovremo chiedere alla dottoressa se ne è a conoscenza. Vuoi chiamare Trinity adesso? Per farti fare un riepilogo della situazione?»

Josie accese il terminale di bordo. «No. Arriveremo a Bly a breve. Credo che dovremmo dare la priorità alla ricerca di tutte le informazioni che riusciamo a reperire su Vance Hadlee e sulla sua azienda agricola.»

Gretchen fece un cenno di assenso e si concentrò sulla strada.

Josie passò dal terminale dell'auto al telefono, eseguendo varie ricerche e leggendo ad alta voce quello che man mano trovava. «Il terreno su cui sorge la fattoria degli Hadlee si estende per ottanta ettari e occupa una buona parte del territorio sud-occidentale di Bly, secondo i registri e gli atti di proprietà. Dermot Hadlee è il proprietario dell'azienda da quasi trentacinque anni. Originariamente era di proprietà della famiglia di sua moglie. Il suo nome era Susanna Blount. È stata la fattoria della famiglia Blount per generazioni. Almeno stando a questi registri.»

«Quando è passata di proprietà alla famiglia Hadlee?» si informò Gretchen.

Josie lesse l'anno. «Potrebbe essere la data in cui si sono sposati.» suggerì facendo qualche calcolo nella sua testa basandosi sull'età di Vance Hadlee. «No, il passaggio da un proprietario all'altro sarebbe avvenuto quando Vance aveva circa sei o sette anni.»

«Dopo che Susanna si era allontanata dalla famiglia.» precisò Gretchen.

«Ha abbandonato una fattoria che apparteneva alla sua famiglia da generazioni e i suoi stessi figli.» aggiunse Josie. «La sua vita con Dermot deve essere stata piuttosto difficile. In definitiva, la proverbiale mela non è caduta tanto lontano dall'albero.»

«Potremmo non scoprirlo mai.» disse Gretchen. «Ma se Dermot ne è ancora proprietario, allora ha mantenuto la sua decisione di non cederla al figlio.»

«Così sembrerebbe. Papà non gli ha ceduto la fattoria, ma lui ci vive ancora.» ricapitolò Josie. Tornando alla cartina, aggiunse: «Gretchen, guardando di nuovo tutte le strutture di questa fattoria, penso che dovremmo chiamare uno dei ragazzi per aiutarci con il mandato di perquisizione.»

«Non perdiamo tempo.» la esortò Gretchen.

Josie fece alcune telefonate, prima a Noah e poi a Mettner. Fu Mettner a insistere per arrivare in anticipo rispetto al suo turno, in modo da poterle aiutare. «Ho avviato io l'indagine su Sharon Eddy.» le ricordò. «Lascia che me ne occupi io. Noah può restare e rispondere a tutte le altre chiamate che arrivano fintanto che siamo a Bly.»

Josie non volle discutere. Richiamò Noah e lui accettò il loro piano. Quando Josie riattaccò, Gretchen chiese: «Puoi trovare una foto di questo mostro?»

Josie si spostò in un database della polizia per cercare la patente di Vance. Come previsto, non sembrava affatto un mostro. I peggiori non lo sembrano mai. Hanno un aspetto estremamente comune, nascondendo le loro capacità di fare del male sotto una maschera di normalità. Vance non era diverso, con il suo viso squadrato, la mascella affilata e il naso lungo e dritto. L'eterocromia centrale di cui aveva parlato la dottoressa non era visibile nella foto: il colore dei suoi occhi sembrava un semplicissimo marrone. Anche i capelli erano castani, ora brizzolati sulle tempie, pettinati all'indietro. L'unico indizio che qualcosa di sgradevole si celava sotto la superficie era l'angolo della bocca sollevato in un ghigno. Josie batté un dito sullo schermo e Gretchen gli diede una rapida occhiata.

«Cos'altro riesci a trovare su di lui?»

Josie tornò a cercare. «Diciotto anni fa era una stella del football alla Bly Hollow High School. Hmm. Sembra che fosse suo padre, Dermot, ad allenare la squadra all'epoca.»

«Gestiva un'azienda agricola, era nel Consiglio comunale, faceva l'allenatore di football delle superiori...» elencò Gretchen. «Questo Dermot Hadlee aveva le mani in pasta un po' ovunque.»

Josie continuò a cercare. «Non vedo nient'altro qui su Vance, a parte un mucchio di articoli sulle sue imprese di football al liceo.»

«Precedenti penali? Oltre a quello di cui ci ha parlato la Feist...»

Josie avviò una nuova ricerca. «Da allora è pulito.»

«Sulla carta.» mormorò Gretchen. «Se suo padre lo ha tirato fuori dal carcere dopo quello che aveva fatto ad Anya, Dio solo sa da cos'altro lo ha tirato fuori da allora. È molto raro che una persona del genere si fermi così di punto in bianco.»

Chiudendo la documentazione, Josie fu scossa da un brivido che le corse lungo le braccia. «Magari l'ha fatta franca così a lungo che è diventato abbastanza sfacciato da marchiare e uccidere giovani donne nella città in cui la sua ex moglie è ora medico legale.»

«Tra poco lo scopriremo.»

DIECI

Il Dipartimento di Polizia di Bly distava più o meno quindici chilometri dalla fattoria della famiglia Hadlee. Era ospitato in un moderno edificio grigio in vetro e mattoni su alcuni ettari di terreno. Sembrava più un centro ricreativo che un dipartimento di polizia, a parte la manciata di volanti nel parcheggio. All'interno, un sergente esaminò le loro credenziali e le esortò a spiegare perché si trovavano lì. Poi, dopo che glielo ebbero spiegato, lui lo chiese di nuovo. E poi ancora una volta. Josie si stava facendo sempre più impaziente quando la voce tonante di un uomo disse: «Che diavolo ci fate qui? Vi ho detto tutto quello che dovevate sapere. Va bene che voi giornalisti dovete essere insistenti, ma avete una bella faccia tosta a presentarvi qui in questo modo.»

Josie spostò lo sguardo dal sergente all'accoglienza per vedere un uomo sulla cinquantina che si avvicinava da un corridoio dietro la scrivania dell'ingresso. Vestito con un'uniforme blu scuro, la targhetta sopra il taschino sinistro recitava: "Grey". Stava puntando un dito contro Josie, che si guardò alle spalle, ma non c'era nessun altro nell'ingresso. Guardando il volto rosso di quell'uomo, capì subito cosa stava succedendo. Josie aveva fatto arrabbiare molte persone nel suo lavoro, ma solo sua sorella era in grado di produrre quella tonalità di rosso sul viso di un agente di polizia.

«Non sono la persona che pensa che io sia...» lo avvertì.

Quando si avvicinò, lei sentì una zaffata di colonia, ma non sgradevole. «So esattamente chi è.» ribadì lui.

«Sono la detective Josie Quinn del Distretto di Polizia di Denton. Lei mi sta scambiando per mia sorella, Trinity Payne.»

L'agente Grey si tirò indietro, con aria momentaneamente confusa. «È vero.» confermò Gretchen. «Sono gemelle identiche.»

Non ancora convinto, Grey guardò il sergente alla scrivania, che fece un'alzata di spalle. «È quello che dicono i suoi documenti.»

Grey la squadrò ancora una volta. Josie girò la testa e tracciò con l'indice la cicatrice lungo il lato del viso. «Mia sorella di certo questa non ce l'ha. Come può vedere, nemmeno con un'abbondante quantità di trucco riesco a coprirla completamente.»

Grey fece un passo indietro e si passò una mano tra i folti riccioli sale e pepe. «Sono spiacente. Io...»

«Lei guarda il programma di Trinity Payne?» gli domandò Gretchen.

Lui distolse lo sguardo. «Qualche volta. Sentite, mi dispiace. Non potevo certo sospettare che avesse una gemella identica.»

Josie disse: «Mia sorella mi ha accennato che stava indagando su un caso in questa zona.»

L'agente Grey la guardò con occhi ridotti a due fessure. «È qui per quel caso?»

«Jana Melburn?» gli chiese Josie, notando il piccolo irrigidimento della pelle intorno agli occhi quando pronunciò quel nome. «No. Siamo qui per Vance Hadlee.»

Il sergente, che ora sembrava annoiato, disse: «Devono notificare un mandato alla fattoria Hadlee. Stanno cercando qualcuno che vada con loro. Il capo voleva mandare Belkin.»

Grey alzò una mano per farlo tacere. «No. Belkin è occupato. Le accompagno io.» Si avvicinò e tese una mano prima a Josie e poi a Gretchen e, nel frattempo, si presentò: «Sergente Cyrus Grey. Desolato per il fraintendimento di poco fa, ma posso accompagnarvi alla fattoria degli Hadlee se intanto mi aggiornate sulla vostra indagine. Venite con me.»

Lo seguirono nella zona degli uffici e Josie gli fece il punto della situazione. «Ieri, a Denton, è stato trovato il corpo di una diciannovenne sulla riva del fiume. Si chiamava Sharon Eddy. Era residente a Denton. Al ritrovamento non c'erano ferite visibili sulla sua persona. Tuttavia, durante l'autopsia, il nostro medico legale ha scoperto che era stata strangolata.»

«C'era anche un segno sul suo corpo che ci fa pensare che Vance Hadlee possa essere coinvolto nel suo omicidio.» aggiunse Gretchen.

Stavano passando davanti alle porte di una serie di uffici, ognuna delle quali aveva delle finestre che davano sull'interno. Alcuni degli uffici erano occupati da agenti in uniforme e uno da una donna in abiti civili. Nessuno alzò lo sguardo al loro passaggio. Fermandosi davanti a un ufficio vuoto, il sergente Grey si mise a ridere. «Vance Hadlee? State scherzando, vero?»

Josie disse: «Sappiamo che ha un passato di violenza.»

Il volto dell'agente Grey si rabbuiò. Guardò da un capo all'altro del corridoio, ma non c'era nessuno. «Per quella storia della sua ex moglie?»

«Lei cosa sa della sua ex moglie?» gli chiese Gretchen.

Grey spinse la porta e fece loro cenno di entrare. «So che le ha fatto un bel po' di cose, a conti fatti, e che lei è rimasta nei paraggi abbastanza a lungo da assicurarsi che la pagasse.»

«Ma l'ha fatto?» lo incalzò Josie. «L'ha pagata? Non è nemmeno andato in prigione.»

Grey prese un mazzo di chiavi dalla scrivania. Poi incrociò

gli occhi di Josie con uno sguardo scuro e penetrante. Da parte sua Josie lo fissò senza battere ciglio, finché lui non distolse per primo lo sguardo. «È davvero inquietante.» mormorò. «Questa cosa delle gemelle. Lei e Trinity Payne.»

«Sappiamo che Vance Hadlee era affascinato dalla marchiatura a fuoco.» rispose Josie senza badargli. «Sappiamo che aveva una collezione di marchi per il bestiame e che ne ha usato uno per marchiare la sua ex moglie. Lo stesso marchio è stato impresso sulla pelle di Sharon Eddy ieri, prima della sua morte.»

«Esattamente nello stesso punto.» specificò Gretchen.

«Come fate a sapere tutto questo?»

«Abbiamo parlato con la sua ex moglie.» spiegò Josie.

Lui le fece un sorriso a denti stretti. «Come sapevate di dover parlare con lei? Era un caso riservato. I dettagli, in particolare le foto, non sono mai stati resi pubblici per rispetto nei confronti della signora.»

«È il medico legale della contea di Alcott.» spiegò Gretchen. «Ha eseguito lei l'autopsia di Sharon Eddy.»

«Capisco.» disse Grey grattandosi il naso. Quindi, le ricondusse nel corridoio. «Sapete, il marchio che Vance ha usato su di lei è stato preso come prova. Non l'ha mai recuperato. Secondo la nostra politica, è stato distrutto cinque anni dopo la sua condanna. Si era dichiarato colpevole, quindi non c'erano appelli che ci imponessero di conservarlo più a lungo.»

«Stando a quanto ci ha riferito la dottoressa Feist, il suo ex marito collezionava marchi. Avrebbe potuto procurarsene uno nuovo.»

«Suppongo di sì.» disse l'agente Grey chiudendo la porta del suo ufficio. «Anya... la dottoressa Feist si è trasferita nella contea di Alcott, dunque? Non è andata molto lontano.»

«Non sarebbe dovuta partire affatto.» gli fece notare Josie.

«Vance è pulito da allora.» continuò Grey senza prestarle attenzione. «Suo padre lo ha tenuto sulla retta via.»

«Non può saperlo con certezza.» disse Gretchen.

Lui si fermò vicino a una delle volanti all'esterno e le guardò. «Certo che posso. Questa città non è tanto grande. È piuttosto rurale. La gente di Bly tende a rimanere qui e a frequentare gli stessi ambienti che ha sempre frequentato, compreso Vance Hadlee. Non lascia quasi mai la fattoria. Lo saprei se stesse tramando qualcosa. Nessuno lo ha mai visto con un'altra donna da quando sua moglie se n'è andata.»

Josie lo fulminò con lo sguardo. «Dermot Hadlee la paga per coprirlo?»

L'espressione dell'agente Grey perse la sua fermezza, ma fu subito coperta da un sorriso educato. «Dermot aveva la sua influenza in certe questioni qui. Non voglio dire che non l'abbia fatto. Nessuno si è mai fatto avanti con delle prove, ma ci sono state delle voci. Per quanto mi riguarda, il mio obbligo è quello di difendere la legge, ed è a questo che sono fedele. Ora, volete che vi accompagni alla fattoria degli Hadlee o preferite rimanere qui a insultare la mia integrità ancora un altro po'?»

Gretchen guardò Josie e poi Cyrus Grey. «Possiamo insultare la sua integrità alla fattoria con la stessa facilità con cui possiamo farlo qui.»

Josie vide la scossa che lo attraversava. Non avrebbe saputo dire se stesse trattenendo la rabbia o le risate, ma per un lungo momento Grey non disse nulla, rimanendo con le labbra serrate. Josie tirò fuori il telefono e controllò l'ora. «Il nostro collega ci aspetta alla fattoria, quindi sì, andiamo lì.»

Gretchen sorrise e indicò la loro auto. «Quella è la nostra. La seguiamo.»

Senza dire nulla, Grey salì sulla sua autovettura e accese il motore, sgasando più volte. Mentre tornavano alla loro auto, Josie si assicurò di non passare proprio davanti al suo veicolo.

UNDICI

Josie fissava la canna di un fucile calibro dodici. Nonostante l'aria fredda di febbraio, una goccia di sudore le si formò sulla nuca e le scese lungo la schiena. All'altro capo del fucile c'era un uomo anziano, a occhio e croce sulla settantina, con capelli bianchi e radi a coprire il cuoio capelluto. Un lato del viso era afflosciato leggermente, in un accumularsi di rughe. Due occhi di un azzurro acquoso spostavano lo sguardo da Josie a Gretchen all'agente Grey. Il fucile gli vacillava leggermente tra le mani. Lanciando una rapidissima occhiata, Josie osservò che gli tremava una gamba e lentamente aprì la fondina alla cintura e chiuse le dita intorno all'impugnatura dell'arma.

A bassa voce, Gretchen disse: «Chi diavolo è questo?»

Avevano attraversato l'ingresso dell'azienda agricola, contrassegnato da un grande cartello in ferro battuto, e avevano percorso il lungo vialetto sterrato fino a quando non avevano avvistato una grande casa colonica in pietra. Usciti dal veicolo, erano arrivati in fondo ai gradini che portavano al portico avvolgente, quando la porta d'ingresso si era aperta all'improvviso e quell'uomo ne era uscito, imbracciando il fucile.

«Dermot, mettilo giù.» lo esortò il sergente Grey. «Sono Cyrus. Va tutto bene.»

Dermot Hadlee fece un passo avvicinandosi alla fine del portico, puntando il fucile contro ciascuno di loro. Un'altra goccia di sudore serpeggiò lungo la schiena di Josie. Sentì che anche Gretchen faceva scattare la chiusura della fondina.

«Dermot, andiamo.» continuò Grey con un sospiro. «Sono io, il sergente Grey. Queste due sono con me.»

Dermot socchiuse le labbra nello sforzo di parlare con un lato della bocca paralizzato, ma quello che ne uscì fu solo un grugnito. Alle sue spalle, la porta d'ingresso si spalancò e una donna apparve sul portico. Era vestita con una camicia di flanella sopra una maglietta bianca, un paio di jeans e stivali sporchi di fango. Lunghi capelli castani le scendevano lungo la schiena. Si avvicinò a Dermot e gli tolse con un gesto disinvolto il fucile dalle mani. Con grande destrezza, azionò la leva di rilascio dell'azione e aprì il fucile, estraendo i due bossoli non ancora esplosi per scaricare l'arma e infilò i bossoli in tasca. Tenendo il fucile al fianco, con la canna rivolta verso il terreno, fece un cenno verso una sedia a dondolo vicina. «Papà, vai a sederti.»

Dermot la fissò con gli occhi che lampeggiavano di rabbia, ma la donna tenne il punto. «Ne abbiamo già parlato, papà. Non puoi puntare un fucile in faccia alle persone. Vai a sederti così io scopro cosa sta succedendo qui...»

Lui mantenne per un attimo il suo sguardo di fuoco sul viso della figlia prima di agganciare una gamba e trascinarla attraverso il portico fino alla sedia a dondolo che scricchiolò quando vi si sistemò, tenendo sempre gli occhi puntati sul trio di agenti di polizia.

«Mi dispiace.» disse la donna, facendo loro cenno di andare verso i gradini. «Cosa posso fare per te, Cyrus?»

Al comportamento di Dermot Hadlee non fu data alcuna spiegazione, ma era evidente che aveva avuto qualche problema di salute, quasi sicuramente un ictus, e che non era la prima volta che puntava un fucile contro gli ospiti. Il fatto che il sergente Grey avesse deciso consapevolmente di non avvertire Josie e Gretchen era un'altra questione.

Grey procedette alle presentazioni. «Le detective sono qui per parlare con Vance e per notificare un mandato di perquisizione.»

La donna mise da parte il fucile, appoggiandolo contro una delle balaustre di legno del portico, e scese i gradini verso di loro. «Lark Hadlee.» si presentò. «Posso vedere qualche documento d'identità?»

Josie lasciò andare la presa sull'impugnatura della pistola e con mani sudate presentò le sue credenziali. Gretchen fece lo stesso. Lark studiò i loro documenti con un'espressione impossibile da interpretare. «Di cosa volevate parlare con Vance?»

«Di un omicidio.» disse Josie.

Se Lark ne fu sorpresa, non lo diede a vedere. Incrociò le braccia sul petto e guardò con attenzione il sergente Grey, che alzò le mani in aria. «Non posso farci niente, tesoro. Non è di competenza mia. Sono qui per cortesia.»

Dermot riuscì a dire: «Vallo a prendere.»

Sgranando gli occhi, Lark girò sui tacchi e risalì le scale. Spalancò la porta d'ingresso e urlò il nome di Vance.

Nell'attesa, Josie e Gretchen si scambiarono un'occhiata. Non avevano trovato alcuna prova che Vance Hadlee si fosse risposato e, considerando la somiglianza con gli altri membri della famiglia, era plausibile che Lark fosse la sorella. Vedendo che Vance non dava segni di risposta, Lark entrò in casa. Un attimo dopo, alle loro spalle sentirono degli pneumatici che scricchiolavano sulla ghiaia e voltandosi videro Mettner che si fermava dietro l'auto di Josie e Gretchen. Scese, attirando un'occhiataccia di Dermot e lo sguardo stanco del sergente Grey. Dal portico, Josie sentì Dermot biasciare un verso che doveva stare per «Chi è questo?»

«Immagino sia un altro detective di Denton.» bofonchiò il sergente Grey guardando Josie e Gretchen. «Dico bene?»

Mettner si avvicinò al terzetto allungando una mano per presentarsi a Grey, che per un attimo rimase a fissare il palmo della mano tesa come se fosse ricoperto da qualche sostanza disgustosa. Mettner non ritirò la mano e, anzi, aggiunse: «Sono qui per assistere al mandato di perquisizione.»

Con un sospiro, Grey strinse la mano di Mettner e, voltandosi verso Dermot, disse: «Avevo ragione.»

Dall'interno della casa si sentì sbattere una porta e un secondo dopo la voce di Lark, udibile nonostante le parole fossero ovattate. «Non lo so. Esci da qui e basta. L'ha detto papà.»

Passò ancora una manciata di minuti in un silenzio imbarazzante, interrotto soltanto dal ritmico scricchiolio della sedia a dondolo su cui sedeva Dermot. Finalmente Vance Hadlee uscì dalla porta d'ingresso, con indosso una maglietta bianca macchiata e un paio di jeans che non si era preoccupato di abbottonare. Aveva gli scarponi slacciati e alcune ciocche di capelli erano dritte sulla testa. Lo stesso sorrisetto che avevano visto nella foto della patente gli serpeggiava sul viso. Si fermò in mezzo al portico a osservare la scena. Poi scese i gradini, mantenendo lo sguardo puntato sul sergente Grey.

«Cyrus.» esclamò. «Le mie condoglianze. Ci è dispiaciuto molto quando abbiamo saputo di Piper.»

La postura del sergente Grey si irrigidì. La vampata di rabbia che Josie aveva visto alla stazione di polizia gli apparve di nuovo sulle guance. Prima che potesse rispondere, Lark si affacciò sul portico. «Mi dispiace che non siamo venuti alla funzione.» disse. «Papà aveva l'influenza.»

Cyrus Grey deglutì e si affrettò a cambiare argomento passando alle presentazioni - prima Josie e Gretchen, quindi Mettner - per poi spiegare a Vance il motivo della loro presenza, compreso tutto ciò che gli avevano raccontato al Dipartimento di Polizia di Bly.

Tre linee orizzontali incresparono la fronte di Vance mentre i suoi occhi si spostavano da Grey a Josie, Gretchen e Mettner. Da vicino, Josie comprese cosa intendeva la dottoressa Feist quando aveva detto che i suoi occhi erano come stelle cadenti. Se non fosse stato un bastardo, sarebbe stato persino affascinante.

«Aspettate un attimo...» disse. «Credete che abbia ucciso qualcuno?» Scosse la testa, con forza, e i capelli assunsero una nuova forma disordinata. «E voi pensate che io... che io abbia marchiato a fuoco questa donna? Siete una gabbia di matti...» e, tornando a guardare Grey, disse: «Cos'è questa storia di Anya? Non la vedo da dieci anni. Lo sai bene, Cyrus. Tutti quanti lo sanno. Se n'è andata e non si è mai guardata indietro.»

«Lo stesso tipo di marchio che ha usato quando ha aggredito la sua ex moglie è stato impresso sulla nostra vittima prima che morisse.» disse Josie.

Gretchen si lanciò subito nell'interrogatorio, cercando di approfittare dell'effetto sorpresa: «Conosce Sharon Eddy?»

Un'emozione fugace attraversò l'espressione di Vance e anche se Josie non riuscì a distinguere se fosse di allarme o di confusione, non aveva dubbi che avesse riconosciuto il nome della ragazza; ma il modo in cui Vance Hadlee e Sharon Eddy potessero essere collegati rappresentava un mistero, dal momento che Josie e la sua squadra non ne avevano trovato alcuna traccia. Serrando gli angoli della bocca, Vance si guardò intorno alla ricerca di aiuto da qualcuno dei presenti. Non ne ottenne alcuno. Dermot guardò suo figlio, con il lato sano della bocca arricciato in un ghigno. Con un sospiro, Vance rispose: «Non conosco nessuna persona che si chiami Sharon Eddy.»

Josie si era preparata con una foto della patente di Sharon. Tirò fuori il telefono e lo girò verso di lui avvicinandosi in modo che potesse vederlo. Lark scese qualche gradino e sbirciò da sopra la sua spalla. L'espressione di Vance era vuota: il nome della ragazza aveva suscitato una qualche forma di riconoscimento, ma non il suo volto. A meno che non fosse un ottimo attore.

«Non la conosco. Non l'ho mai vista.»

«Dove si trovava ieri?» gli chiese Mettner.

«Sono stato qui.» rispose Vance.

«Tutto il giorno?» insistette Josie.

«Sì, tutto il giorno. Lark, diglielo.»

La sorella si voltò e tornò sul portico, piazzandosi accanto alla sedia del padre. «È stato qui tutto il giorno.»

«E i vostri veicoli?» chiese Gretchen. «I veicoli della fattoria erano tutti presenti nella giornata di ieri?»

«Sì.» risposero all'unisono Lark e Vance.

Gretchen tirò fuori il mandato e glielo porse. «Ci risulta che ci siano diverse strutture all'interno della proprietà.»

Prima di scrivere il mandato, avevano consultato una vista satellitare della fattoria su Google Maps, dove comparivano la casa, due grandi stalle, una sala di mungitura, due serbatoi, un fienile, due garage grandi e uno più piccolo. La dottoressa Feist aveva detto loro che l'officina di Vance si trovava in uno dei vecchi garage.

Josie disse: «Abbiamo un mandato di perquisizione per gli attrezzi per la marchiatura a fuoco.»

Vance si lasciò sfuggire una risata incredula. «Mi state prendendo in giro, vero? È una specie di scherzo? Quello che è successo tra me e Anya tanti anni fa è una questione privata. Non avete il diritto di...»

«Lei è stato condannato per aggressione.» sottolineò Josie. «Le ha lasciato una cicatrice permanente. Non la si può definire una questione privata, Mr. Hadlee. È stato un crimine. E no, questo non è uno scherzo. Perquisiremo la fattoria alla ricerca degli attrezzi per la marchiatura. La preghiamo di restare qui con il sergente Grey.»

Vance guardò il sergente Grey in cerca di aiuto, ma quest'ultimo si limitò a una scrollata di spalle. «La legge è la legge, Vance. Lo sai bene.»

«Questa è tutta una stronzata.» protestò Vance.

«Se le cose stanno così...» disse Grey, «allora non hai nulla di cui preoccuparti. Lascia che facciano il loro lavoro.»

Vance si voltò a guardare Josie, Gretchen e Mettner. «È stata Anya a farvi venire qui? Perché sta riportando a galla questa storia dopo così tanto tempo?»

«La dottoressa Feist non ha fatto altro che eseguire l'autopsia di Sharon Eddy, come previsto dal suo lavoro.» disse Gretchen. «Si è limitata a riferirci le sue scoperte. Siamo qui di nostra iniziativa.»

«Vorremmo iniziare.» aggiunse Mettner.

Lark si fece avanti e fece loro un cenno. «Venite, vi faccio fare un giro.»

DODICI

Lark li condusse all'interno della casa colonica, attraverso un grande soggiorno in cui ardeva il fuoco in un enorme caminetto, poi attraverso la sala da pranzo, in cui la luce era piuttosto soffusa, e in un corridoio. Da lì, la seguirono su per una rampa di scale di legno che era così vecchia da cedere in alcuni punti. Al piano superiore, davanti a loro si presentò un altro corridoio, con la moquette sciupata. Elaborati disegni floreali si snodavano sulla carta da parati dal pavimento al soffitto. In tutto c'erano quattro porte, tutte bianche e chiuse. In nessuna parte della casa c'erano foto e nemmeno il minimo indispensabile di arredamento. Era un ambiente che avrebbe potuto essere confortevole con il giusto tocco, ma alle cure della famiglia Hadlee doveva solo essere funzionale. Era un posto dove vivere, ma non si presentava come una casa.

Lark indicò l'ultima porta del corridoio. «Questa è la stanza di mio fratello. Immagino che vogliate iniziare da qui.»

«Dovremo dare un'occhiata a tutta la casa...» precisò Josie, «ma questo è un buon punto di partenza.» Fece un cenno a Mettner. «Il detective Mettner può iniziare dall'altra parte del corridoio e noi lo incontreremo al centro. Per lei va bene?»

Lark annuì.

Mettner si infilò un paio di guanti e si diresse verso l'estremità opposta del corridoio, scomparendo dietro una delle porte. Lark fece un gesto indicando la porta della camera da letto di Vance. «Io vi aspetterò qui e poi vi accompagnerò quando avrete finito.» Guardò indietro nella direzione in cui Mettner si era diretto e abbassò la voce. «Staccate la moquette dietro il suo comodino. È lì che tiene le cose che non vuole che mio padre trovi. O almeno, è lì che le teneva di solito.»

Josie lanciò un'occhiata a Gretchen, abbastanza a lungo da capire dalla sua espressione che era altrettanto incuriosita da questa offerta. Fuori, Lark era stata coerente con il resto della famiglia, testimoniando che Vance era stato a casa per tutta la giornata del giorno precedente e che tutti i veicoli di famiglia erano rimasti all'interno della proprietà; ma dentro casa, lontano dalle orecchie del padre e del fratello, si apriva una crepa nel fronte unito.

«Lark, lei ha visto fisicamente suo fratello ieri?» le chiese Josie.

Infilandosi le mani nelle tasche dei jeans, Lark scrollò le spalle. «No. Di solito lo vedo al mattino per la mungitura. Cominciamo intorno alle quattro, massimo alle quattro e mezza. E andiamo avanti fino alle sei o alle sei e mezza. Tutto il tempo necessario, insomma. Mio padre non può più darci una mano come prima, da quando ha avuto l'ictus. Ha problemi a muovere tutto il fianco destro, quindi fa una grande differenza se Vance mi aiuta oppure no. Di solito è ancora sveglio dalla sera prima. Qualche volta mi aiuta, qualche altra sta per i fatti suoi. Nei giorni in cui mi dà una mano, una volta finito, io mi occupo delle faccende quotidiane e invece lui torna a dormire. Per la mungitura pomeridiana di solito vengono ad aiutarci un paio di ragazzi della scuola superiore. Una volta avevamo dei braccianti che venivano a lavorare per noi, ma qualche anno fa mio padre ha scoperto che poteva prendere degli "stagisti" dalla scuola locale, così ora facciamo in questo modo.»

«Ha mai visto suo fratello ieri?» chiese Gretchen.

«No. In realtà non l'ho proprio visto.» ammise Lark. «Ma non sono stata qui. Ero fuori a lavorare. Se è uscito, non me ne sono accorta. Vance passa la maggior parte del tempo in casa, nella sua "officina" oppure prende uno dei quad e se ne va in giro per i pascoli a controllare che non ci siano aperture nelle recinzioni che poi mi "incarica" di riparare. Ma da quando papà è stato colpito dall'ictus, ormai un anno fa, ha iniziato a portare l'escavatore lungo il confine nord della proprietà per dei lavori. Si è messo in testa che vuole ricavarci un laghetto.» A queste parole alzò gli occhi al cielo. «Perché è di questo che abbiamo bisogno: di lui che fa delle buche per un laghetto invece di aiutarci a gestire la fattoria.»

«Non mi sembra molto corretto.» osservò Josie.

Lark sospirò. «Sì, beh, mio fratello non ha mai avuto un particolare interesse per l'agricoltura, ma solo per il reddito che gli entra in tasca e per lo status che gli conferisce in città.»

«E suo padre?» chiese Gretchen. «Cosa fa durante il giorno?»

«Può ancora guidare, quindi ogni tanto va in città a fare rifornimenti. I ragazzi del negozio di trattori caricano il camion per lui. Io lo scarico quando torna. Se non è impegnato nei rifornimenti, va in una delle grandi officine a lavorare sui trattori. Ne abbiamo uno che si rompe in continuazione. Nei limiti delle sue condizioni non lavora più agilmente come prima, ma si arrangia e quello che non riesce a fare da solo, lo faccio io per lui.»

«Ha visto Vance giovedì?» le chiese Gretchen e Lark annuì.

«L'ha visto giovedì...» disse Josie, «ma non ieri. Quando ha rivisto suo fratello dopo giovedì? Fisicamente, intendo.»

«Fisicamente? Giusto un attimo fa, là fuori.»

«Perciò, questa mattina non si è presentato per la mungitura?» le chiese Gretchen.

«No, l'ha saltata di nuovo. Ma posso occuparmene anche da sola, senza problemi. Ci vuole solo più tempo.»

«Se non vedeva Vance da giovedì...» continuò Josie, «come faceva a sapere che era qui quando siamo arrivati?»

«L'ho sentito arrivare verso le tre del mattino. Quando si ubriaca... quando si ubriaca bene e torna disfatto, non quando è solo arrabbiato e cattivo... il tipo di ubriaco che è veramente devastato, quello che cade spesso. È inciampato qui, mentre percorreva il corridoio. L'ho sentito imprecare.»

«Non è uscita dalla sua stanza?» le chiese Gretchen.

Lark guardò di nuovo alle loro spalle, come se si aspettasse di ritrovarsi di fronte qualcuno in mezzo al corridoio. Difficile capire se si aspettasse di vedere Mettner o Vance. «Non esco mai quando è in quelle condizioni, se posso evitarlo.»

«Chiaro.» disse Gretchen. «Lei resti qui e nel frattempo noi perquisiamo la sua stanza. A proposito, avremo bisogno dei nomi e delle informazioni di contatto delle persone che vi hanno aiutato con la mungitura pomeridiana di ieri.»

Lark non disse nulla. Si avvicinò alla porta e la spinse per aprirla.

Josie si infilò un paio di guanti di lattice, e lo stesso fece Gretchen, ed entrarono nella camera da letto di Vance. L'odore di sudore e di birra stantia le colpì immediatamente. Buona parte della stanza era occupata da un letto matrimoniale, con coperte e lenzuola tutte arrotolate sul fondo. Una parete era occupata da una grande cassettiera di legno sopra la quale c'erano due foto incorniciate: una di Dermot molto più giovane, una donna che assomigliava molto a Lark e due bambini piccoli. La famiglia Hadlee al completo. Erano seduti su una tovaglia da pic-nic, rannicchiati l'uno sull'altro. Gli angoli della bocca di Dermot erano sollevati in quello che Josie suppose potesse passare per un sorriso. Sua moglie, Susanna, esibiva un sorriso che non era molto più convincente di quello del marito, eppure aveva comunque un aspetto sorprendente, con zigomi alti, labbra carnose e lunghe ciocche lucide divise da un ciuffo bianco che spiccava sul resto della capigliatura scura. L'unica cosa fuori posto era quello che sembrava un ingombrante apparecchio acustico all'orecchio sinistro. Vance era seduto in grembo alla madre e sorrideva alla macchina fotografica. Lark stava dietro i genitori, con un'espressione seria. La foto non aveva la nitidezza delle immagini moderne e aveva iniziato a ingiallire ai bordi.

L'altra cornice conteneva la foto di una coppia di sposi sorridenti nel giorno delle nozze. Josie si immobilizzò quando si rese conto che non si trattava di Dermot Hadlee e sua moglie, ma di Vance e Anya. Si trovavano in un pascolo verde e collinare, sotto un pergolato bianco abbellito con fiori e tessuti bianchi e vaporosi. Il sorriso di Vance era ampio, la sua espressione rifletteva la felicità dell'abbandono più totale. Quella di Anya era più sommessa. Era possibile che all'epoca non lo sapesse o non se ne rendesse conto, ma una parte di lei, nel profondo, doveva nutrire dei dubbi sul matrimonio per il quale aveva ripetutamente sacrificato le sue ambizioni di carriera.

La voce di Gretchen la fece trasalire. «Ha divorziato da dieci anni e ha ancora la foto del matrimonio sulla cassettiera. Nessuno si berrebbe la storia che ha voltato pagina.»

Un brivido percorse la schiena di Josie, fino a pizzicarle i capelli sulla nuca. «No, infatti.» sussurrò in modo che Lark non sentisse. Il sorrisetto di Vance le balenò nella mente. Non sentiva la mancanza di Anya, ne era certa. Era arrabbiato con lei per quello che pensava gli avesse fatto. Rendere pubblica una "questione privata". Umiliarlo. Impegnarlo con una condanna penale. Questo era il punto di vista di un abusatore. Quello che Anya aveva fatto in realtà era stato farsi valere, ritenerlo responsabile delle sue azioni e lasciare una situazione pericolosa e velenosa.

Gretchen disse: «Non sembra nemmeno lei.»

Anche se si trattava chiaramente di lei, sebbene più giovane, più formosa e dai lineamenti più freschi, Gretchen non aveva torto: non assomigliava affatto alla donna che conoscevano. Persino il suo vestito era un oggetto elaborato ed eccessivamente ricamato che Josie non poteva immaginare che Anya Feist avesse scelto per sé. «Non sembra lei perché non è lei. Non più.»

Sentendosi una guardona, Josie si allontanò rapidamente e aiutò Gretchen a perquisire la stanza. Trovarono riviste pornografiche, profilattici, diverse centinaia di dollari in contanti, qualcosa che sembrava cocaina e diversi piccoli sacchetti pieni di pillole. Sfortunatamente, non era abbastanza per incriminare Vance Hadlee per possesso o detenzione di sostanze stupefacenti a scopo di spaccio.

Nessun attrezzo per la marchiatura.

Lo scomparto sotto il comodino di Vance conteneva solo foto di famiglia della sua prima infanzia e di quella di Lark, quando la madre viveva ancora con loro nella fattoria. Mentre Josie le sfogliava, osservò com'era cambiato il sorriso di Susanna Hadlee nel corso degli anni. Era luminoso e gioioso il giorno del suo matrimonio e poco dopo la nascita dei suoi figli. Poi, quando i bambini erano cresciuti, i muscoli intorno alla sua bocca sono diventati più rigidi. I suoi sorrisi si erano fatti meccanici, forzati. La luce nei suoi occhi si era lentamente spenta, come una candela morente al termine dello stoppino. Poi non c'erano più foto. Sentendosi di nuovo un'intrusa, Josie infilò di nuovo le foto nello scomparto e lo richiuse. Dopo aver perlustrato il resto della stanza senza trovare nulla, tornarono nel corridoio dove Lark le attendeva. La donna fece un gesto verso la stanza accanto a quella di Vance, che scoprirono essere la sua. La perquisirono, ma non trovarono nulla di rilevante, a parte un coltello a serramanico sotto il cuscino. Non le chiesero spiegazioni in proposito. Josie era abbastanza sicura di sapere per quale motivo tenesse un coltello sotto al cuscino. Una volta che Mettner ebbe concluso le ricerche nelle camere a lui assegnate, si spostarono tutti e quattro al piano di sotto.

Lark li accompagnò meticolosamente nel resto della casa. Non trovarono nulla. Tornando fuori, trovarono Dermot, Grey e Vance seduti sulle sedie del portico. Vance e Dermot si scambiarono uno sguardo; invece, Grey mantenne un'espressione vuota, ma visto il modo in cui batteva il piede sulle assi del portico, come se stesse ascoltando una melodia che nessun altro poteva sentire, si sarebbe detto che si stesse godendo lo spettacolo della perquisizione della fattoria degli Hadlee. Josie si sentì sollevata dal fatto che i veicoli erano parcheggiati a lato della casa, lontano dagli sguardi degli uomini. Gli Hadlee avevano due cassonati, uno nero e uno argentato, un fuoristrada rosso e una berlina bianca. Lark indicò il pick-up più recente, quello di colore argento che brillava alla luce del sole. «È quello che guida Vance. Di solito.»

Gretchen si avvicinò all'auto. «Di solito?»

Lark fece un cenno alla piccola berlina bianca. «Qualche volta si mette alla guida di quel vecchio catorcio. Quando non vuole che papà sappia dove è stato. Il furgone ha il GPS; invece, quella vecchia carriola non ce l'ha.»

Iniziarono con il furgone di Vance. All'interno c'erano molti rifiuti, tra cui diverse bottiglie di alcolici vuote. Gli altri veicoli erano più puliti e curati. All'interno, non trovarono nessun attrezzo per marchiare né il guanto mancante di Sharon Eddy. Quando ebbero finito, Lark disse: «Vi porto negli altri edifici. Potrebbe volerci un po', sono piuttosto sparpagliati.»

Lei iniziò ad allontanarsi, addentrandosi nella proprietà, e loro la seguirono. Davanti a loro si intravedevano i tetti delle stalle, come due piccole gobbe. Sul retro della proprietà, gli odori degli animali, del mangime e del letame si mescolavano a creare un fetore impressionante che fece tossire Gretchen fino alle lacrime. «Buon Dio...» mormorò. «Non so cosa sia peggio tra un cadavere e questo...»

Mettner rise sommessamente. «Ci si fa l'abitudine.»

«Ci si farà anche l'abitudine...» replicò Josie, «ma è piuttosto sgradevole.»

«Non è una cosa a cui vorrei fare l'abitudine...» rispose Gretchen.

«Dovremmo dividerci di nuovo.» propose Mettner indicando le stalle. «Io posso occuparmi di quelle.»

«Buona idea.» convenne Josie. «Noi ci occupiamo degli edifici più piccoli. Ci vediamo più tardi.»

Mettner si avviò precedendole. Lark proseguì sulla destra e, mentre camminavano, intravidero altre costruzioni. Fece un cenno in direzione di quella più vicina. «Vance passa molto tempo nel garage più piccolo. È lì che... è successo, sapete?»

Josie si affrettò a seguirla; Gretchen, invece, rimase indietro di qualche passo. «Che è successo cosa?»

Da sopra una spalla, Lark rispose: «La faccenda di Anya.»

TREDICI

Lark attraversò un'ampia distesa d'erba e imboccò un sentiero fangoso segnato da solchi paralleli lasciati da pneumatici. «Mio padre la chiama "quella faccenda di Anya".» spiegò poi.

Josie e Gretchen si affrettarono a raggiungere Lark, affiancandola man mano che apparivano altre strutture. Il primo garage indipendente che incontrarono era piccolo e vecchio. Il portellone del posto auto era tenuto fermo da un lucchetto affisso alla maniglia a circa mezzo metro da terra. Lark si frugò nelle tasche dei jeans finché non trovò un mazzo di chiavi. Quando si chinò per inserire la chiave nella serratura, la camicia di flanella e la maglietta bianca sottostante si sollevarono, esponendo una striscia di carne chiara sopra la vita. Vicino al fianco sinistro c'era una linea curva di carne rosa leggermente in rilievo. Iniziava sotto la cintura e scompariva sotto la camicia.

Josie diede una gomitata alle costole di Gretchen, ma anche lei aveva già puntato lo sguardo su quel segno. Il portellone si aprì con un cigolio. Al centro del posto auto c'era un vecchio e logoro divano arancione che si afflosciava su un lato. Sopra un tavolino scrostato c'era un posacenere pieno di mozziconi di sigaretta e accanto una bottiglia di vodka piena solo a metà. Un angolo della stanza era occupato da una piccola stufa a legna. Le pareti erano tappezzate di scaffali traboccanti di attrezzi e apparecchiature di vario tipo. Su uno degli scaffali c'erano dei marchi. Decine di marchi di tutte le dimensioni e le forme immaginabili. Josie e Gretchen si avvicinarono e iniziarono a rovistare tra i ripiani.

Indugiando vicino alla porta, Lark disse: «Papà ha portato via la sua fornace per la marchiatura dopo quello che è successo con Anya.»

Josie si guardò alle spalle per cogliere Lark, con lo sguardo fisso sulla stufa a legna, che aggiunse a bassa voce: «Ma ha altri modi.»

Gretchen spostò lo sguardo dagli scaffali a Lark. «Si direbbe che lei ne abbia fatto esperienza direttamente.»

Lark non disse nulla.

«Le ha fatto del male.» incalzò Gretchen.

Le dita di Josie si soffermarono su un marchio a forma di H. «Lark, ha paura di suo fratello?»

«Paura di Vance?» rise Lark. «No. Non ho paura di lui. So esattamente di cosa è capace e non mi fa paura.»

«Quel marchio sulla schiena gliel'ha fatto lui, però, dico bene?»

Di nuovo, Lark evitò di rispondere.

Josie le chiese: «Quello non le ha fatto paura?»

«Il dolore non fa paura.» disse Lark. «È solo dolore. Mio fratello è uno stronzo e un fannullone che si esalta nel far sentire le persone piccole e vulnerabili. È un parassita. Può farmi male quanto gli pare. Ma non c'è motivo al mondo per cui dovrei avere paura di lui.»

«E non le viene mai il timore che possa ucciderla?» le domandò Gretchen.

«No.»

«Però lei pensa che sia capace di uccidere qualcuno.» affermò Josie.

Lark ripiegò di nuovo le braccia sul petto. «Certo che ne è capace. Ma non mi ucciderà. Ha bisogno di me per gestire la fattoria. Papà non vivrà per sempre e senza di me Vance porterebbe questo posto alla rovina. Dopo la morte di nostro padre, io comprerò l'azienda. Gli farò un'offerta a cui non potrà resistere. Ho dei soldi che i genitori di mia madre ci hanno lasciato in un fondo fiduciario. Non ci penserà due volte ad accettare la mia offerta. Quando avrò il pieno possesso di tutta la proprietà, mi assicurerò che non ci metta mai più piede.»

«Non ha mai pensato di rivolgersi alla polizia dopo che le ha fatto del male?» le domandò Gretchen. «Come ha fatto Anya?»

«Così che nostro padre potesse risparmiargli la galera come ha fatto con Anya, riportandolo qui? Quando si vive con una tigre, non ti conviene inimicartela.»

«Ma se ha ricevuto dei soldi dai genitori di sua madre, perché non se ne va da qui?» le chiese Gretchen. «Non sono sufficienti per cominciare un'altra vita da qualche altra parte?»

Lark protese il mento in avanti. «Perché dovrei andarmene io? Questa è la mia fattoria, più di quanto sia di mio fratello e più di quanto sia di mio padre a questo punto. Sono io che gestisco questo posto. Ci tengo. Perché dovrei rinunciarvi per colpa loro?»

«Non fa una piega.» disse Gretchen.

Spostando un'altra serie di marchi di varie forme di lettera, Josie trovò una scatola di preservativi nascosta in fondo allo scaffale. «Suo fratello si intrattiene con delle donne qui dentro?»

«Sì. Non chiedetemi quali donne perché non le conosco. So solo che le rimorchia in qualche bar della zona. Certe volte le vedo andare via quando esco per la mungitura mattutina.»

Josie si segnò mentalmente di fare una capatina nei bar della zona e di chiedere in giro di Vance Hadlee. «L'agente Grey ha detto che nessuno ha visto suo fratello con una donna da quando Anya se n'è andata.»

Lark rise. «A Cyrus piace pensare di avere sotto controllo

tutto quello che succede in questa città, ma è tutt'altro che così: non ha idea di quello che succede. Negli ultimi quattro o cinque anni non è praticamente mai uscito di casa, se non per lavoro.»

«Per quale motivo?» si informò Gretchen.

«Per via di sua figlia, Piper. Il marito le ha sparato in testa, anni fa, e il proiettile non le ha lasciato granché. Da allora Cyrus si è occupato di lei... e si è ridotto l'ombra di se stesso.»

«È morta di recente.» disse Josie. «L'ha detto lei all'agente Grey che le dispiaceva aver perso la sua funzione.»

Lark annuì. «Sì, è stato molto triste. La gente in città dice che alla fine il suo corpo ha ceduto.»

Se Lark aveva detto la verità e il marito di Piper le aveva sparato, poteva essere accusato di omicidio anche se lei fosse morta anni dopo, purché la sua morte fosse legata alle ferite riportate nello sparo.

«Cos'è successo al marito di Piper?» chiese Josie.

«È andato in prigione per un po'.» Si appoggiò allo schienale e girò la testa da un lato all'altro come per controllare se ci fosse qualcuno fuori. Tornando a guardare Josie e Gretchen, spostò il peso da un piede all'altro e, leccandosi le labbra, disse: «Lui è... è uscito l'anno scorso. È successo dopo che papà ha avuto l'ictus. Comunque, non è tornato in città, il che sicuramente è un bene. Tanto non godeva della simpatia della gente di Bly nemmeno prima di allora.»

«Come si chiama?» chiese Gretchen.

«Mathias Tobin.» rispose Lark.

«Come mai non godeva di grande simpatia nemmeno prima?» si informò Josie.

Ormai erano andate fuori tema, ma avevano la netta sensazione che Lark avesse bisogno parlare, di togliersi qualche peso dallo stomaco. Avevano già appreso più cose su Vance e sulla sua routine quotidiana, nonché sul suo alibi traballante, di quante ne avessero ottenute al loro arrivo. Josie non riusciva a immaginare come fosse per Lark vivere sempre con Vance e

Dermot. In base alle foto nello scomparto segreto del fratello, Lark doveva avere un paio d'anni più di lui, il che significava che si stava avvicinando alla quarantina, eppure non aveva un compagno, né tantomeno una famiglia propria, e viveva ancora nella fattoria di famiglia. Sicuramente aveva degli amici e si assentava dalla fattoria di tanto in tanto, ma la vita di tutti i giorni doveva sembrarle isolata. Non era la cosa peggiore tenerla impegnata in una conversazione, anche se riguardava il genero del sergente Grey.

«Tutti qui pensano che abbia ucciso una ragazza secoli fa.» continuò Lark. «La polizia ha detto che si è trattato di un incidente, quindi non è mai stato accusato o interrogato o altro, ma una volta che le voci iniziano a correre, non c'è niente che possa fermarle.»

«Jana Melburn?» chiese Josie.

Lark la guardò con aria sorpresa. «Come fa a saperlo?»

Aggirando la domanda, Josie sorrise. «Parrebbe che in questa città non si possa parlare con qualcuno senza che il suo nome venga fuori.»

Lark annuì. «È una città piccola in una contea piccola. La gente si è fissata molto su quel caso. Faceva la receptionist in uno degli studi medici locali. Qui ce ne sono solo due, quindi praticamente era conosciuta in tutta la zona. Io l'avevo incontrata, visto che era lo studio a cui ci rivolgevano sempre. Tutti erano d'accordo sul fatto che fosse molto dolce e avevano ragione. Quando una ragazza carina e benvoluta viene trovata morta, non c'è verso che la gente riesca a smettere di parlarne. Dev'essere per il mistero, immagino. L'avranno uccisa o è stato un incidente? Dava alla gente qualcosa di cui parlare. Tutti quanti si erano fatti una propria opinione, ognuno aveva una sua teoria. Io credo che a nessuno sia mai importato qualcosa di Jana Melburn. La sua morte era solo una fonte di intrattenimento.»

Prima che Josie potesse fare altre domande, squillò un cellulare. Tutte e tre si controllarono le tasche, ma fu Lark a tirare fuori il telefono e a rispondere. Dalla sua parte della conversazione, sembrava che Vance si fosse stancato di aspettare che Josie, Gretchen e Mettner concludessero le loro ricerche. Dopo qualche parola spiccia, Lark riattaccò e posizionandosi all'ingresso del garage, disse: «Continuate pure e prendetevi il tempo che vi occorre.»

Josie e Gretchen finirono di setacciare ogni angolo del garage. In tutto c'erano quarantadue marchi, ma nessuno corrispondeva a quello usato su Sharon Eddy. In silenzio, Lark le condusse in un altro garage, che perquisirono da cima a fondo, senza però trovare nulla. Si incontrarono poi con Mettner e tutti e tre perlustrarono il resto della fattoria. Ore più tardi, erano senza energie, avevano fame, puzzavano di sterco di mucca e si ritrovavano a mani vuote.

Incamminandosi per tornare verso la casa principale, Mettner si accostò a Josie e le diede un colpetto sul gomito. Lei lo guardò in faccia e capì che voleva discutere di qualcosa, ma non davanti a Lark.

Josie tossì, attirando l'attenzione di Gretchen. Lavoravano insieme da così tanto tempo che a Josie bastò un'aggrottata di sopracciglia e un breve cenno del capo nella direzione di Mettner per farle capire che lei e Mettner avevano bisogno di rimanere un momento da soli. Così, Gretchen concentrò la sua attenzione su Lark e cominciò a farle una serie di domande sulla fattoria di modo che Josie e Mettner potessero rallentare fino a trovarsi diversi passi alle loro spalle.

«Cosa c'è?» disse Josie.

«Ci sono armi in tutta la proprietà.» disse Mettner. «Fucili a canne mozze, carabine, persino due pistole: una nella camera da letto di Dermot Hadlee e l'altra in uno dei fienili.»

«Non sono sorpresa.» gli rispose. «Dermot Hadlee ci ha puntato in faccia un fucile quando io e Gretchen siamo arrivate qui.»

Mettner scosse la testa. «Il punto è che sono tutti a

portata di mano e Vance Hadlee non dovrebbe avere accesso alle armi da fuoco. Non dopo quello che ha fatto alla dottoressa Feist.»

«Hai ragione.» concordò Josie. «Ma sai benissimo che lui, suo padre e persino sua sorella diranno che nessuna di quelle armi gli appartiene.»

Mettner fece un verso di esasperazione. «E con questo che vorresti dire? Che non dovremmo fare nulla?»

«Non sto affatto dicendo questo.» disse Josie. «Dovremmo assolutamente fare qualcosa. Sto solo dicendo che, a parer mio, non ci porterebbe da nessuna parte.»

Quando girarono intorno alla facciata della casa, Josie notò Vance appoggiato alla balaustra del portico, con un sorriso che gli andava da un orecchio all'altro. Il sergente Grey era in piedi accanto alla sua macchina e li guardava mentre si avvicinavano. «Voi tre avete l'aria di essere distrutti. Avete trovato quello che siete venuti a cercare?»

Mettner disse: «Abbiamo trovato un totale di cinque armi da fuoco non protette.»

Grey non emise un fiato, né lasciò intendere niente dalla sua espressione. Vance, invece, disse: «E con questo?»

Mettner alzò lo sguardo su di lui. «Credo che lei sappia che le è vietato possedere armi da fuoco a causa della sua condanna per aggressione aggravata.»

Il sorriso di Vance si allargò. «Meno male che non sono in possesso di armi da fuoco, allora.»

«Ma dal momento che le armi da fuoco in questa proprietà non sono messe in sicurezza e lei vi può avere accesso, niente vieta che venga accusato di possesso di armi da fuoco non autorizzato.»

Dalla sedia a dondolo, Dermot biascicò qualche parola: «Che marea di stronzate.»

Lark non parlò, ma coprì con una mano il sorrisetto che le spuntava sulle labbra. Vance passò lo sguardo da Mettner al sergente Grey. «Cyrus, di' a questo pezzo di merda che non sono in possesso di nessuna arma da fuoco.»

Josie vide la mano di Gretchen volare verso la fondina. Mettner teneva lo sguardo fisso su Vance, senza battere ciglio. Josie guardò Grey, che abbassò il mento sul petto e chiuse gli occhi. Lentamente, scosse la testa.

«Cyrus.» gracchiò Dermot.

Vance scese lentamente i gradini e si fermò a pochi metri da Mettner e gli puntò un dito contro il petto. «Lascia che ti dia un consiglio, coglione. Non ti conviene presentarti nella mia fattoria e iniziare a lanciare accuse a destra e a manca. Non so chi diavolo ti credi di essere, ma...»

«Mr. Hadlee...» lo interruppe Mettner con voce ferma e chiara, «non ho l'abitudine di accettare consigli dai criminali che trattano le donne come bestiame. Lei è stato trovato in possesso di armi da fuoco. Verrà incriminato di conseguenza.»

Fece un cenno con la mano verso il sergente Grey, che se ne stava ancora in piedi vicino alla sua autovettura e scuoteva la testa da una parte all'altra. Dopo un attimo di silenzio, aprì gli occhi e guardò Vance. Un pesante sospiro gli uscì da qualche parte nel profondo del petto. «Sali su questa dannata macchina, Vance.»

Dermot inciampò alzandosi in piedi e la sedia a dondolo si rovesciò a terra. Lark si precipitò al suo fianco, stringendogli il fragile braccio tra le mani. «Papà, fermo!»

Un rossore si insinuò sul volto di Vance. Con le mani strette ai fianchi, fece un altro passo verso Mettner.

«Maledizione, Vance.» esclamò Grey. «Vieni qui. Non costringermi ad ammanettarti, per l'amor del cielo.»

Josie sentì lo scatto della fondina quando Gretchen la aprì. Per sua fortuna, Mettner rimase dritto e immobile. Per ogni grammo di minaccia che trasudava dal corpo di Vance Hadlee, Mettner mostrava il doppio della sicurezza.

Il sergente Grey aprì la porta posteriore dell'auto di pattuglia. «Vance.»

Passò qualche altro secondo in cui Josie riuscì a percepire la tensione come una nuvola che si addensava e li avvolgeva tutti, finché Dermot disse: «Vai.»

Vance lanciò un'occhiata al padre. Poi, a testa bassa e con il viso più rosso di prima, si diresse verso l'auto di Grey e salì sul retro.

Grey chiuse la portiera e guardò Josie, Gretchen e Mettner con uno sguardo segnato dalla più totale stanchezza e irritazione. «C'è qualche altro ginepraio in cui voi tre volete frugare prima di andarvene?»

«Dobbiamo visitare i bar della zona.» disse Josie. «Quelli che Vance frequenta.»

La sorpresa gli balenò sul viso, ma la coprì subito.

«Immagino che vogliate che vi faccia qualche presentazione.»

«No.» disse Gretchen. «Le stiamo facendo la cortesia di dirle che continueremo le nostre indagini qui nella sua giurisdizione.»

«Io vengo alla stazione di polizia con lei.» gli disse Mettner. «Per compilare tutte le pratiche che servono.»

Il sergente Grey non si degnò di rispondere a Mettner; aprì la portiera del lato guidatore, salì in macchina e strizzando gli occhi contro il sole del tramonto, guardò Josie e Gretchen: «Va bene, voi due signore divertitevi nel vostro giro tra i pub. Vorrei poter dire che è stato un piacere, ma non lo è stato. Mi auguro di non rivedervi più da queste parti.»

QUATTORDICI

C'erano due bar a Bly e nessuno dei baristi che vi lavoravano avrebbe ammesso di avere Vance Hadlee come cliente. La gente del posto, che era stipata in ogni bar per l'uscita del sabato sera, era ancora meno entusiasta di vedere due detective della polizia venute da fuori città di quanto lo fosse stata la famiglia Hadlee e si rifiutava di parlare con loro. Se volevano sapere delle attività notturne di Vance e delle donne con cui si intratteneva, non lo avrebbero saputo da nessuno in quei due bar. Esauste e affamate, trovarono Mettner ad attenderle nel parcheggio della polizia di Bly e tornarono in carovana alla loro stazione di polizia, fermandosi solo una volta per prendere qualcosa da mangiare. Dopo che ebbero compilato i loro rapporti ed ebbero aggiornato Noah e il capo Chitwood su tutto ciò che avevano scoperto in quella fase dell'indagine, Josie e Gretchen chiusero la giornata.

Tornata a casa, Josie si ritrovò nell'ingresso, con le chiavi dell'auto ancora in mano, ad aspettare che Trout le venisse incontro da un'altra stanza. Ma non lo fece. L'unica cosa che la raggiunse fu il delizioso profumo di arrosto, seguito da un vocio proveniente dalla cucina. C'era solo una persona capace di far provenire quel genere di profumi dalla cucina di casa sua, ed era la loro amica Misty Derossi. Lo stomaco di Josie brontolò in risposta a quegli stimoli.

«Sono a casa!» annunciò.

Nel giro di un attimo, sentì il ticchettio delle unghie di Trout sul pavimento di parquet che usciva dalla cucina e si dirigeva verso di lei con al seguito Harris Quinn, il figlio di sette anni di Misty. Josie si mise in ginocchio, pronta ad afferrare uno dei due o entrambi per evitare che la facessero cadere.

«JoJo!» strillò Harris, saltando tra le sue braccia spalancate. Lei lo abbracciò forte e poi lo lasciò andare per dare a Trout delle grattatine sulla schiena. Dopo averlo accarezzato a sufficienza, Josie si alzò e tutti e tre andarono in cucina.

Trovò Misty in posizione davanti ai fornelli intenta a utilizzare un passaverdure per schiacciare le patate in una grande ciotola che Josie non si era mai nemmeno accorta di possedere; era più a suo agio Misty nella cucina di Josie e Noah di quanto non lo fossero loro come padroni di casa. In effetti, accoglievano con piacere le sue visite perché significava che una volta tanto avrebbero mangiato bene. Senza contare che così potevano passare del tempo con due delle persone a loro vicine con cui si trovavano meglio. Eppure, le cose non erano sempre andate così: anni addietro, dopo che Josie e il suo primo marito, Ray Quinn, si erano separati, lui aveva iniziato a frequentare proprio Misty e Josie, ritrovandosi sopraffatta dalla gelosia, l'aveva detestata con tutta se stessa; ma dopo la morte di Ray, Misty aveva dato alla luce il bambino che avevano avuto insieme, Harris, e Josie si era affezionata all'istante a quel bambino. Ci era voluta una maratona di piccoli passi perché le due donne potessero colmare le divergenze che il risentimento di Josie aveva creato, ma alla fine ce l'avevano fatta e, dopo sette anni, Josie non riusciva neanche a immaginare come sarebbe stata la sua vita senza l'amica e suo figlio.

«Oh, ciao!» la salutò Trinity, seduta a tavola insieme a

Drake, che si stava già rimpinzando di un antipasto preparato da Misty che, a giudicare dall'aspetto, dovevano essere sfogliatine agli spinaci. Josie si chiese se questa volta avesse aggiunto della crema di formaggio. Si chinò e ne prese un pezzo dal piatto di Trinity. Harris la prese per l'altra mano. «JoJo, la mamma deve parlarti di una cosa molto importante.»

Josie si mise a sedere e Harris le salì sulle ginocchia. Imitando Josie, allungò la mano dall'altra parte del tavolo e cercò di prendere la sfogliatina dal piatto di Drake, che però, con gesto fulmineo, gli afferrò la manina prima che arrivasse al piatto.

«Harris, non prendere il cibo dai piatti degli altri.» lo rimproverò la madre.

«Ma JoJo l'ha fatto!» si lagnò il bambino.

Con un sorrisetto diabolico, Drake lasciò la mano di Harris e gli si avvicinò per fargli il solletico sotto il braccio. Josie riuscì a malapena a tenerlo sulle ginocchia tanto lui indietreggiava ridacchiando. Quando si calmò, Drake gli passò due bocconi.

Josie si voltò di nuovo verso Misty. «È tutto a posto?»

Harris era tutto concentrato sul suo piatto. Misty alzò gli occhi al cielo. «Sì, è tutto a posto. O lo sarà dopo che gli avrai parlato.» disse puntando il passaverdure contro Harris.

Josie gli passò un braccio intorno alla vita e lo strinse a sé. «Che succede?»

Lui fece una scrollata di spalle e, con la bocca ancora piena, disse: «Chiedilo alla mamma.»

«No.» disse Misty. «Devi dirglielo tu.»

Con un sospiro, Harris si girò per poter guardare Josie negli occhi. «La mamma dice che devo parlarti dell'Uomo dei Boschi perché ora ho tanti incubi.»

«Chi?» disse Trinity.

Harris prese un bocconcino e lo strinse tra il pollice e l'indice, facendo fuoriuscire la crema di formaggio dalle estremità.

Dato che non rispondeva, Josie gli diede l'imbeccata: «Harris, chi è l'Uomo dei Boschi?»

Misty lasciò cadere il passaverdura nel lavandino e si avvicinò, accarezzandogli i capelli biondi con gesto pieno d'amore. «Va tutto bene, tesoro. Parla con la zia JoJo. Ti assicuro che ti sentirai meglio.»

Harris fece un respiro profondo, lo trattenne per un paio di secondi e poi lo rilasciò. «L'uomo dei Boschi è un signore che vive nel bosco e prende i bambini piccoli e non li riporta mai più alle loro mamme.»

«Sembra piuttosto spaventoso.» constatò Drake.

Senza alzare lo sguardo dal suo bocconcino, Harris annuì. «Chi te lo ha detto?» gli chiese Josie.

Harris cominciò a dondolare i piedi avanti e indietro. «I miei compagni di scuola.»

«I tuoi compagni di scuola ti hanno parlato di questo... di questo Uomo dei Boschi?» ripeté Josie.

Un altro cenno di assenso.

«Per mia esperienza, i bambini a scuola sono fonti notoriamente inaffidabili.» commentò Trinity.

Harris la guardò di sottecchi e lei sorrise.

«A quanto pare, ne parlano tutti di questo... uomo.» chiarì Misty. «Non so come sia cominciata o perché, ma ora Harris ha delle crisi notturne. Ce le ha quasi ogni notte e non importa quante volte gli dica che l'Uomo dei Boschi non esiste, lui non mi crede.»

«Perché esiste, mamma!» protestò il bambino incrociando lo sguardo della madre.

Josie lo abbracciò di nuovo. «In realtà...» obiettò, «non esiste. Sai come faccio a saperlo?»

«Come?»

«Perché lavoro per la Polizia. E se un uomo del genere si aggirasse per i boschi portando via dei bambini alle loro mamme, noi lo sapremmo. Non c'è un solo genitore a Denton che abbia denunciato la scomparsa dei propri figli e non abbiamo avuto segnalazioni di uomini nei boschi che cercassero di rapire dei bambini.»

Lui la guardò e lei capì dalla sua espressione che aveva ancora dei dubbi. «Non appena arriverà anche lo zio Noah, lui ti dirà la stessa cosa.» gli garantì.

Questo sembrò essergli d'aiuto, anche se non sembrava del tutto convinto quando disse: «Okay.»

«Sai, quando avevo la tua età, i bambini a scuola dicevano la stessa cosa.» gli raccontò Drake. «Dicevano che c'era un uomo spaventoso nel bosco che ci dava la caccia, ma alla fine si sbagliavano. Non c'è mai stato nessun uomo che dava la caccia ai bambini. Erano solo dicerie.»

«È vero.» confermò Trinity. «Anche nella mia scuola giravano voci molto simili.»

Harris passò lo sguardo da Drake a Trinity. «Cosa sono le dicerie?»

Josie lo tenne stretto a sé e nel frattempo gli adulti gli fecero un corso accelerato su cosa erano le dicerie. Con la mente tornò a Lark Hadlee e a quello che aveva detto sul caso di Jana Melburn:

"...ma una volta che le voci iniziano a correre, non c'è niente che possa fermarle... Dava alla gente qualcosa di cui parlare. Tutti quanti si erano fatti una propria opinione, ognuno aveva una sua teoria. Io credo che a nessuno sia mai importato qualcosa di Jana Melburn. La sua morte era solo una fonte di intrattenimento".

Josie si ripropose di parlare del caso con Trinity quando sarebbero state sole. Per il momento, avrebbe cercato di godersi la serata con quella composizione di parenti naturali e acquisiti che era la sua famiglia. La verità era che era contenta della loro compagnia, soprattutto sapendo che Noah era ancora al lavoro: si sentiva come se l'esperienza all'azienda agricola degli Hadlee avesse lasciato una sorta di macchia residua sulla sua coscienza.

La normalità di cenare e guardare un film con le persone che amava era meravigliosa, eppure, con il passare della serata, i pensieri sul caso si fecero di nuovo strada nella sua mente. Non riusciva a smettere di pensare a Rosalie Eddy. Forse perché le ricordava così tanto la sua defunta nonna, Lisette Matson. Forse perché era stata così coraggiosa e allo stesso tempo così concreta. La fermezza con cui aveva affrontato la notizia della morte della nipote le ricordava il modo in cui sua nonna aveva affrontato le tante tragedie della loro vita. Come Lisette, Rosalie era una donna d'acciaio.

Da quando si infilò nel letto, Josie passò quasi tutta la notte a rigirarsi tra le coperte, suscitando i lamenti del cane, che dormiva ai suoi piedi. Era ancora sveglia tra le tre e le quattro del mattino, quando Noah prese posto nel letto accanto a lei e senza dire una parola, rotolò verso di lei e la prese tra le braccia. Lei sentì il calore del suo petto nudo contro il sottile tessuto della sua maglietta. La sensazione e l'odore di suo marito le provocarono un'ondata istantanea di rilassamento che scaricò ogni tensione dal suo corpo.

«Come mai sei ancora sveglia?» le chiese accarezzandole un orecchio.

«Secondo te perché?»

«Mettner mi ha parlato della nonna di Sharon Eddy, di come ha affrontato la situazione. Ha detto che gli ha ricordato Lisette.»

Vedendo che Josie non gli rispondeva, aggiunse: «Lo prenderemo, Josie. Puoi starne certa.»

«Sei riuscito a combinare qualcosa oggi, dopo che io e Gretchen ce ne siamo andate?»

Noah le diede un bacio nell'incavo dietro l'orecchio. «Ti metterai a dormire se te lo dico?»

Con le sue dita cercò il suo avambraccio e ne tracciò i muscoli dal polso al gomito. «Può darsi. Altrimenti, puoi schiarirmi le idee.»

Lui ridacchiò, sospirandole tra i capelli. «Sono felice di schiarirti le idee in qualsiasi momento. Abbiamo parlato con i colleghi di Sharon Eddy e non è emerso niente che susciti dei sospetti. Non ci sono ex fidanzati di cui preoccuparsi. Nessuno che la pedinasse. Nessun cliente che si sia mai comportato in modo inappropriato. Nessuno che sia stato visto bazzicare nei dintorni nelle settimane o nei giorni precedenti il suo omicidio. Non si era mai lamentata di nulla con nessuno. Non ci sono stati motivi di tensione con nessuno, almeno per quel che siamo riusciti a scoprire. Alla fine, siamo riusciti ad accedere al suo telefono. Anche lì non c'è molto. I dati di navigazione GPS del telefono la collocano ai margini di Hempstead Trail alle sei e quarantatré del mattino. Poi niente.»

«Vuol dire che qualcuno l'ha spento.» ne dedusse Josie.

«Già. Qualcuno abbastanza intelligente da sapere che saremmo stati in grado di usarlo per seguire i movimenti di Sharon se fosse stato acceso. È un vicolo cieco. Abbiamo rintracciato i suoi amici e abbiamo parlato con loro. Stessa storia dei suoi colleghi, niente di rilevante per la sua morte. C'era un ragazzo che frequentava occasionalmente.»

«Come si chiama?» chiese Josie.

«James Michael Bishop, Jr. Abbiamo fatto un controllo prima di rintracciarlo ed è risultato pulito.»

«Ha un alibi?» chiese Josie.

«Sì, e solido.» disse Noah, stringendola ancora di più. «È venuto fuori che è un paramedico della città. Giovane, appena entrato in servizio. Indovina con chi ha fatto l'apprendistato?»

Josie provò la strana combinazione di disagio, tristezza e affetto che sentiva sempre quando si parlava del nipote di Lisette Matson, perduto alla nascita, ma con una parentela di sangue. «Sawyer Hayes.»

«Esatto.» disse Noah. «Bishop era di turno con Sawyer il giorno in cui Sharon è scomparsa ed è stata poi uccisa. Infatti, quella mattina ha salvato un bambino in un asilo nido di West

Denton che era stato trovato privo di sensi. È stato piuttosto impressionante, a sentire Sawyer.»

«Questo Bishop deve essere un ragazzo in gamba. Sawyer non è il tipo che si impressiona tanto facilmente.» sospirò Josie. «Sharon aveva buon gusto in fatto di uomini. Hai trovato qualche collegamento tra Sharon e Vance Hadlee?»

«Neanche mezzo.»

Josie sospirò. «Questo non ci porta da nessuna parte.»

«Non necessariamente. Siamo ancora su Vance Hadlee...» disse Noah. «A proposito, siamo andati a parlare con i ragazzi del liceo che hanno aiutato Lark Hadlee con la mungitura pomeridiana. Hanno detto di non aver visto per niente Vance venerdì. Il suo alibi è inesistente. Solo perché non siamo riusciti a trovare il collegamento, non significa che non ci sia. Per lo meno non è più in circolazione.»

Josie pensò al modo in cui Dermot Hadlee era riuscito a controllare gran parte degli eventi della giornata, anche con tutte le limitazioni fisiche che l'ictus gli aveva procurato. Non si illudeva che Vance Hadlee avrebbe trascorso un periodo significativo dietro le sbarre, se fosse stato accusato.

Josie si girò in modo da poter guardare Noah negli occhi e gli passò una mano tra i folti capelli e lo baciò. «Non voglio più parlare di lavoro...» sussurrò.

Lui non esitò, rispondendo al suo bacio con le sue labbra, affamate e insistenti e lasciando che le sue mani trovassero tutti i punti giusti del suo corpo, disse: «Abbiamo cose migliori di cui parlare.»

QUINDICI

Quando Josie si svegliò era sola nel letto e per di più infastidita, non appena si accorse di aver dormito fino a tardi. Era già metà mattina e anche se non sarebbe dovuta andare al lavoro prima del pomeriggio, finché Trinity e Drake erano ospiti a casa sua, voleva essere presente il più possibile. Dopo una doccia veloce, trovò sua sorella che sbirciava dalla finestra della cucina e Trout che sonnecchiava sulla passatoia vicino al lavandino.

«Che succede?» le chiese Josie raggiungendola alla finestra.

«Lezioni di grigliata, seconda parte.» disse Trinity guardando Noah e Drake che uscivano dal lato della casa e portavano in giardino una griglia nuova di zecca.

«Ecco perché mi ha lasciato dormire...» mugugnò Josie. «Non glielo avrei mai permesso.»

I due uomini di casa si fermarono vicino alla porta sul retro. Stavano discutendo. Dopo un minuto, afferrarono ciascuno un lato della griglia e la sollevarono dalla passerella di cemento per portarla sul prato. Una volta che furono a una ventina di metri dalla casa, la depositarono a terra. Noah si inginocchiò e aprì la minuscola cassetta sotto il blocco centrale, studiandone l'interno.

«Venti dollari che fanno saltare in aria quell'aggeggio nel giro di un'ora.» propose Trinity.

«Non è una scommessa che voglio accettare.» gemette Josie. «Non voglio nemmeno sapere quanto ha sborsato mio marito per quell'arnese. E per giunta a febbraio. Chi è che fa le grigliate in inverno?»

«Ne rimarresti sorpresa. All'inizio della mia carriera ho scritto un pezzo sui consigli per le grigliate invernali. Non escluderei che voglia imparare ora per poi poterle organizzare in estate.»

Josie guardò la sorella con espressione contrariata. «Non vorrà usare quell'affare per tutta l'estate... questa è una scommessa che accetto!»

Trinity fece un sorriso sornione. «Andata.»

Josie si avvicinò alla caffettiera, scavalcando il cane, pescò due tazze dall'armadietto soprastante e versò del caffè in una tazza per sé e in una per Trinity. «Ho bisogno di conoscere i dettagli sul caso di cui ti stai occupando. Quello della contea di Everett.»

Trinity recuperò la panna, lo zucchero e il cucchiaio sul tavolo della cucina. «Davvero?» chiese, con gli occhi pieni di curiosità. «A cosa è dovuto questo improvviso interesse?»

Josie si sedette e allungò una delle due tazze sul tavolo verso la sorella. «C'è un collegamento tra l'omicidio che abbiamo scoperto ieri e la città di Bly. È tutto quello che posso dirti.»

Trinity versò generose dosi di panna e zucchero nel suo caffè. «Ha a che fare con il mio caso? Il caso di Jana Melburn?»

«No. Non lo so. Gretchen, Mettner e io abbiamo fatto un salto al Dipartimento di Polizia di Bly e uno dei loro agenti mi ha scambiata per te.»

«Conciata così?» esclamò Trinity, indicando la tenuta di Josie.

Abbassando lo sguardo sulla sua polo della polizia di

Denton e sui suoi pantaloni neri, Josie disse: «Che c'è di male? Sono i vestiti che porto al lavoro.»

«Non è questo il punto.» ribadì Trinity, mescolando panna e zucchero nel suo caffè. «Che cosa ha detto quell'agente?»

«Era un po' arrabbiato.» disse Josie. «Ha detto che ti aveva già riferito tutto quello che volevi sapere.»

«È una bella scemenza.» si schernì Trinity. «Ho fatto due richieste di accesso al fascicolo del caso di Jana Melburn ed entrambe le volte mi è stato negato. Tutto quello che volevo sapere è in quel fascicolo. Certo, un agente mi ha rifilato il classico repertorio, ma non è che ci potessi combinare granché. La mia fonte, Hallie Kent, ne sapeva molto di più di quanto non mi abbia detto lui. Conosceva qualcuno che si occupava degli archivi del Dipartimento di Polizia ed è riuscita a ottenere la copia di un sacco di documenti, almeno fino a quando quella persona non è andata in pensione, ma non è tutto quello che mi serviva. Non era abbastanza. È possibile che ci siano delle informazioni che potrebbero aiutarmi a fare chiarezza, ma non ho modo di accedervi perché sono bloccata da questi agenti.»

Josie si allungò sul tavolo e prese la panna, lo zucchero e il cucchiaio, preparandosi il caffè esattamente come Trinity aveva preparato il suo. «Ho qualche dubbio che sia legale chiedere a qualcuno dell'archivio di fare delle copie dei fascicoli della polizia e consegnarli di nascosto a un civile...»

«Se sei un agente di polizia che si preoccupa di ciò che è ammissibile in tribunale.» disse Trinity. «Non è un mio problema. Ho una fonte ed è affidabile.»

«Giusto.» convenne Josie. Come giornalista, Trinity non era tenuta a rispettare gli stessi obblighi della polizia in termini di documentazione. Non stava costruendo un caso che sarebbe andato in tribunale. Non era soggetta alle procedure della polizia o dell'elaborazione delle prove. Non avrebbe mai dovuto affrontare una valanga di richieste di invalidazione delle prove da parte degli avvocati della difesa. Non avrebbe dovuto rinunciare a qualche dettaglio della sua storia solo perché qualcuno, da qualche parte, non aveva seguito alla lettera la procedura. Non era nemmeno necessario che rivelasse le sue fonti durante la trasmissione, purché fossero affidabili e lei avesse potuto verificare i fatti o i documenti che le avevano fornito. «L'agente con cui hai parlato era il sergente Cyrus Grey?»

«Te lo dico subito...» disse Trinity sparendo al piano di sopra e tornando pochi istanti dopo con il suo portatile e la cartellina che Josie aveva quasi rovesciato il giorno prima. La aprì e iniziò a scorrere una pila di appunti che aveva preso di suo pugno. Josie riconobbe la sua calligrafia. «Sì, il sergente Grey era una delle persone con cui ho parlato al Dipartimento di Polizia di Bly. Non è stato particolarmente disponibile. Ha detto che la morte di Jana Melburn è stata un incidente e che avrei fatto meglio a "non svegliare il cane che dorme", perché per la sua famiglia sarebbe stato doloroso riportare alla luce quella storia dopo tutti questi anni.»

Josie bevve un sorso del suo caffè, assaporandone il dolce aroma prima di chiedere: «Non hai detto che è stata la famiglia di Jana a contattarti? La sorella adottiva, se non sbaglio. Hallie Kent.»

«Esatto. Jana Melburn non conosceva la sua famiglia biologica.» disse Trinity. «È cresciuta in una casa famiglia a Bly insieme a Hallie.»

Dal fondo del fascicolo tirò fuori la stampa di una mappa satellitare di Google. Mettendo da parte il caffè, la aprì e la spianò sul tavolo. Era una composizione di diverse pagine, incollate insieme per creare l'immagine completa della cittadina di Bly. Josie riconobbe il grande edificio grigio nel centro della città che ospitava il Dipartimento di Polizia e la fattoria degli Hadlee a diversi chilometri di distanza. Trinity indicò un gruppo di case a pochi chilometri dalla stazione di polizia. Una di queste era stata cerchiata con un pennarello rosso. «Qui è dove è cresciuta Jana. Una coppia del posto aveva preso in affidamento diversi bambini, tra cui Jana e Hallie. Quando Hallie aveva circa sedici anni, il marito morì di cancro al pancreas. A quel tempo, la coppia aveva in affidamento solo Hallie, Jana e un altro bambino, un ragazzo di nome Mathias Tobin e la moglie li ha tenuti tutti e tre, dal momento che Hallie e Mathias erano ancora adolescenti, sedici e diciassette anni rispettivamente, e prossimi alla maggiore età. Jana aveva sette anni ed era molto legata ai suoi fratelli adottivi più grandi, e la donna non voleva sconvolgere le loro vite, a meno che si fosse reso assolutamente necessario. Perciò ha deciso che non avrebbe accolto altri bambini. Non voleva farlo dal momento che era rimasta sola. E circa un anno e mezzo dopo la morte del marito, è morta anche lei, per un attacco di cuore.»

«Cosa è successo a Jana, Hallie e Mathias?» le chiese Josie. «Tutti e tre hanno dovuto lasciare la casa-famiglia. Hallie e Mathias erano già adulti, avevano entrambi un lavoro da quando avevano raggiunto l'età per lavorare, così hanno racimolato un po' di soldi e preso una casa in affitto. Poi hanno ottenuto l'autorizzazione a occuparsi di Jana finché non sarebbe uscita dal sistema di affidamento. Si sono presi cura di lei. L'hanno cresciuta come se fosse figlia loro. Mi sembra di averti detto che è stata Hallie a contattarmi...»

«Hallie è rimasta a Bly per tutto questo tempo?» le chiese Josie.

Trinity annuì. «Hallie ha detto che non poteva andarsene dopo la morte di Jana. Non le sembrava giusto. Jana era come una figlia per lei e non poteva lasciare il luogo dove Jana era morta senza aver avuto qualche risposta che le consentisse di chiudere con il passato. Hallie non ha mai creduto che la morte di Jana fosse stata un incidente, però non è mai riuscita a dimostrare il contrario. Quando l'anno scorso hanno lanciato il mio programma, Hallie si è messa immediatamente in contatto con la redazione, perché pensava che avrei voluto occuparmi del caso, considerando il mio legame locale con la Pennsylvania centrale. Sfortunatamente, non ho visto i suoi messaggi fino a poco tempo fa. Ma non appena li ho letti, ho accettato di approfondire.»

«Quanto tempo fa è successo?» le chiese Josie. La tormentava ancora il pensiero che proprio nel fine settimana in cui Sharon Eddy era stata trovata uccisa, con un inconfondibile marchio sul corpo a testimonianza che l'assassino stava cercando di attirare l'attenzione della dottoressa Feist, Trinity si trovava in città per indagare su un caso avvenuto per l'appunto nella contea nella quale la dottoressa aveva vissuto e lavorato. Doveva esserci stato un elemento scatenante, un evento che doveva aver messo in moto l'omicidio di Sharon Eddy. Ma Josie non riusciva a capire cosa fosse, almeno per il momento.

«L'anno scorso, tra la fine dell'estate e l'inizio dell'autunno.» disse Trinity indicando la cartella. «Mi ci è voluto un po' di tempo per mettere insieme tutto questo materiale.»

Dal giardino sul retro risuonò un fortissimo scoppio. Trout alzò la testa di scatto, si guardò intorno in tutta la cucina e, non vedendo alcuna minaccia immediata, si rimise a dormire.

Trinity si alzò di scatto dalla sedia e andò a guardare fuori. «È tutto a posto.» disse. «Non sta andando a fuoco niente. Per adesso.»

Josie tornò a studiare la cartina. Erano stati cerchiati e segnati altri due luoghi: il primo aveva tutto l'aspetto di un distributore di benzina. L'annotazione di Trinity recitava: "ultimo avvistamento". Poi, a qualche chilometro di distanza dalla stazione di servizio c'era un altro segno, in un'area boschiva tra una strada a due corsie e un laghetto. L'annotazione recitava: "ritrovamento del corpo".

Sedendosi sulla sedia, Trinity puntò un dito sulla stazione di servizio. «Jana Melburn non aveva un'auto propria. Ovunque dovesse andare, si spostava a piedi o si faceva dare un passaggio da altre persone. All'epoca frequentava l'università pubblica, quindi tutti i suoi risparmi finivano in tasse scolastiche e libri di testo. Il suo fratello adottivo, Mathias, aveva un furgoncino. Vecchio e malandato. Senza GPS. Quando Jana aveva bisogno, il più delle volte, se ne aveva il tempo, lui le dava un passaggio. Quella sera del 15 maggio 2013, intorno alle nove, Jana Melburn è uscita di casa e si è recata a questa stazione di servizio, dove ha comprato una Coca Cola e un pacchetto di sigarette. Mentre era dentro, Mathias si è fermato alla pompa e ha iniziato a fare il pieno: stava tornando dal lavoro e da lì sarebbe rientrato a casa. Jana è uscita, lo ha visto e hanno parlato per circa cinque minuti. Poi Mathias si è allontanato e Jana ha preso un'altra strada.»

«Non doveva tornare a casa anche lei?» chiese Josie.

«È proprio qui che la cosa si fa davvero interessante. Mathias ha raccontato alla polizia e a Hallie che alla stazione di servizio Jana gli aveva detto che si sarebbe incontrata con una persona, ma non aveva voluto dirgli di chi si trattava. Quando lui aveva insistito perché glielo dicesse, lei aveva risposto in modo enigmatico sul fatto che stava cercando di scoprire da dove veniva.»

«Che cosa significa?» chiese Josie.

«Mathias ha detto che sul momento aveva pensato che lei stesse parlando dei suoi genitori naturali. Non ti scordare che Mathias, Hallie e Jana erano stati tutti dati in affidamento. Ad ogni modo, Mathias ha detto alla polizia che trovava sospetto il fatto che lei incontrasse qualcuno per parlare dei suoi genitori naturali alle nove di sera e ancora più sospetto il fatto che non volesse dargli ulteriori informazioni; così, le aveva detto che avrebbe fatto meglio a lasciar perdere e tornare a casa con lui, visto che era tardi e buio, ma lei non ne ha voluto sapere. Era un'adulta, gli aveva risposto, e quindi lui l'aveva lasciata andare. Ha detto di aver provato a seguirla con il suo furgone, ma di averla persa quando è rimasto bloccato a un semaforo e lei ha svoltato in una strada secondaria.»

«E a quel punto Mathias è tornato a casa?»

Trinity scrollò le spalle. «Ha detto di aver girato in macchina ancora per un po' per cercarla, ma non è stato in grado di dire per quanto tempo, forse un'ora. E alla fine, non essendo riuscito a trovarla, si è arreso ed è ritornato a casa. Aveva anche provato a chiamarla, ma lei non aveva risposto, partiva direttamente la segreteria telefonica. La polizia ritiene che Jana avesse spento il telefono subito dopo aver lasciato la stazione di servizio, perché non è stato possibile effettuare la triangolazione o servirsi del GPS per vedere dove fosse stata la notte in cui è scomparsa. A quel punto Mathias ha iniziato a pensare di aver reagito in modo eccessivo. Le aveva fatto da padre per dieci anni e ormai lei ne aveva diciannove. Ha detto di aver pensato che doveva essere arrivato il momento di concederle un po' di spazio. Per questo alla fine era tornato a casa a dormire. La mattina dopo, lui e Hallie si sono accorti che Jana non era tornata a casa. Hanno chiamato la clinica medica dove Jana lavorava e hanno scoperto che Jana non si era presentata al suo turno quella mattina.»

La dinamica era molto simile a quella di Sharon Eddy.

«Sia Hallie che Mathias hanno provato a chiamare il telefono di Jana, ma non hanno ottenuto risposta.» riprese Trinity. «Allora hanno contattato la polizia, ma dal momento che Jana aveva diciannove anni, non avrebbero accettato una denuncia di scomparsa prima che fossero passate ventiquattro ore.

Hallie e Mathias sono andati a cercarla. Hanno chiamato tutti i conoscenti di Jana, ma nessuno l'aveva vista né sentita. L'hanno cercata ovunque, ma non sono riusciti a trovarla.»

«Mathias, Jana e Hallie vivevano ancora insieme a quel punto?» chiese Josie.

«Sì.» disse Trinity.

«Hallie aveva visto Mathias quella sera, quando era tornato a casa?»

«Sfortunatamente, no. Stava lavorando all'azienda di produzione tessile di cui era dipendente all'epoca. Il suo turno terminava verso mezzanotte. Quando è tornata a casa, le porte delle camere da letto di Mathias e Jana erano chiuse. Pensava che stessero entrambi dormendo.»

«Il che significa che Mathias non aveva un alibi. Hallie crede alle dichiarazioni di Mathias su ciò che è successo l'ultima volta che ha visto Jana viva?»

«Sì.» disse Trinity. «Dice che Mathias non potrebbe mai mentire su una cosa del genere.»

«Nemmeno Hallie aveva qualche idea su chi dovesse incontrare Jana?»

«No. Hallie dice che Jana non ha mai detto una parola sul voler fare un tentativo di ritrovare i suoi genitori naturali. È rimasta scioccata di sentirlo, in realtà. Non ne avevano mai parlato prima.»

«Hallie non ha mai avuto sospetti su Mathias?»

«Hallie mi ha detto che Mathias era a tutti gli effetti il padre di Jana. Sia lei che Mathias prendevano molto sul serio il loro ruolo di genitori sostitutivi per la sorellina adottiva. Pertanto, Mathias non avrebbe mai fatto del male a Jana. Anzi, Hallie mi ha detto che non avrebbe mai fatto del male a nessuno.»

«Ma tutti gli altri a Bly pensavano che invece ne fosse capace e che fosse stato lui a farle del male.»

Trinity annuì. «Mathias Tobin ha avuto una sfortunata storia di accuse che gli sono state mosse fin dagli anni del liceo.»

SEDICI

Josie sentì il caffè sciaguattare nello stomaco. «Che tipo di accuse?»

«Tre ragazze con cui frequentava il liceo lo hanno accusato di violenza sessuale. Le accuse sono state mosse e poi archiviate quando le ragazze hanno ritrattato.»

Josie la guardò con un'espressione stupefatta. «Trinity, non credi che questo sia uno di quei casi in cui "dove c'è fumo, c'è fuoco"? Se è stato accusato in modo credibile di aggressioni violente, non è azzardato pensare che abbia ucciso Jana Melburn.»

«Sì, era questo il problema.» disse Trinity seria. «Ecco perché, molta gente ha pensato immediatamente che l'avesse uccisa lui quando è venuto fuori che era stata l'ultima persona a vedere Jana viva, se non si contava la commessa della stazione di servizio, che li aveva visti parlare insieme. Mathias ha poi ammesso di averla seguita con il suo furgone. Perciò non è azzardato pensare che l'abbia uccisa.»

«Ma non c'erano prove di omicidio?»

Trinity sfogliò una pila di pagine all'interno della cartella e trovò un rapporto, che passò sul tavolo a Josie.

Rapporto autoptico. Nome della deceduta: Jana Melburn.

Intanto che Josie scorreva velocemente il rapporto, Trinity le raccontò i punti salienti. «Jana è stata trovata in un burrone, sul ciglio della strada, vicino al lago Latchwood, a circa tre chilometri dalla stazione di servizio. Non riportava alcun segno visibile di ferite e non le era stato portato via niente.»

Josie sentì un brivido lungo la nuca al pensiero di come, anche in questo caso, le circostanze fossero stranamente analoghe a quelle del caso di Sharon Eddy. Trovò la causa del decesso: trauma cranico contundente. La modalità della morte era stata definita accidentale. Proseguendo nella lettura, scoprì che, sebbene Jana non avesse riportato lividi, lacerazioni o abrasioni in nessuna parte del corpo, aveva subito gravi fratture multiple sia alla nuca che alle orbite oculari, oltre a un ematoma subdurale e a un'emorragia cerebrale generale. «Trinity...» disse Josie. «A questa ragazza hanno spaccato la testa come un uovo.»

Gli occhi di Trinity brillavano di una determinazione d'acciaio. «Lo so.»

«Eppure è stata considerata una morte accidentale.»

«Ora capisci perché voglio occuparmene.»

Josie sospirò. Trovò il nome del medico legale che aveva redatto il referto dell'autopsia. Dottoressa Anya Feist. Josie sentì il cuore sprofondare. Puntò un dito sul nome. «È per questo che sei qui.»

Trinity sospirò. «Conosco già Anya. Non è necessario che tu faccia le presentazioni.»

«Ma vuoi andare a parlare con lei. Questo rapporto... se credi che Jana Melburn sia stata uccisa, significa che il rapporto dell'autopsia è sbagliato. Significa che Anya si è sbagliata e che non è stata fatta giustizia.»

Trinity la fissò.

«Volevi che ti facilitassi le cose.» concluse Josie.

«Non volevo che mi facilitassi le cose. Magari che le mediassi. Nel caso fossimo arrivati a tanto. Come ho detto, conosco Anya. La rispetto. E profondamente. Soprattutto dopo il suo lavoro sul caso delle ragazze scomparse. Era relativamente nuova a Denton quando è successo. Ma il lavoro che ha fatto è stato incredibile.»

E le aveva richiesto un certo tributo. A tutti loro, ma soprattutto ad Anya, che aveva eseguito decine di esami e autopsie sui corpi di giovani donne.

«Ma Anya è umana, quindi non è perfetta.» aggiunse Trinity. «Doveva essere giovane quando Jana Melburn è morta. Beh, non giovanissima, ma comunque intorno alla trentina, non poteva avere molta esperienza come medico legale. Non è impensabile che abbia commesso degli errori.»

«E se davvero ne avesse commessi?» chiese Josie. «Come la metteresti in quel caso? Andresti in televisione sulle reti nazionali e la crocifiggeresti?»

«No.» disse Trinity. «Le chiederei di darmi la sua versione, di spiegarmi le sue ragioni. Se la cosa andasse in televisione, le darei la possibilità di presentare la sua versione dei fatti. Josie, te l'ho detto, non so nemmeno se c'è abbastanza materiale per un programma. Sto solo facendo qualche domanda in giro.»

Ma Josie aveva capito, dalla contrazione della mascella di Trinity e dal fuoco nei suoi occhi, che intendeva già realizzare un episodio di *"Crimini irrisolti con Trinity Payne"* sul caso di Jana Melburn. Forse non aveva ancora incominciato a lavorarci consapevolmente o non aveva dedicato alcuna risorsa della produzione, ma ormai aveva intenzione di andare fino in fondo, in un modo o nell'altro.

«Non mi piace.» disse Josie.

Trinity fece scivolare una mano sul tavolo fino a toccare le dita di Josie. «Non hai mai evitato la verità, anche quando significava che le persone a cui tenevi e che rispettavi avevano commesso errori madornali. Tutto quello che voglio è cercare di mettere le cose in chiaro una volta per tutte: è stato un omicidio o un incidente?»

Josie sospirò. «Che altro hai?»

Trinity le passò altri rapporti, a partire da quello iniziale sulla persona scomparsa a quelli redatti dopo il ritrovamento del corpo di Jana. Man mano che Josie li leggeva iniziava a delinearsi un quadro più completo. Stando a quanto dichiarato da Mathias Tobin, quando l'aveva incontrata alla stazione di servizio, Jana Melburn aveva detto che aveva intenzione di incontrare qualcuno per parlare dei suoi genitori naturali, ma non aveva voluto dire con chi o dove avessero programmato di incontrarsi. Tuttavia, la polizia non aveva trovato alcuna prova, tra i suoi effetti personali, dell'esistenza di tale persona, né tanto meno del fatto che era stato pianificato un incontro. Né era stata in grado di ricavare l'informazione da colloqui con amici e colleghi. Nemmeno dal telefono di Jana erano emersi risultati. Nonostante quella che sembrava essere un'indagine esaustiva, la polizia non era stata in grado di scoprire un bel niente: né un nome, né un messaggio, né un'e-mail, né una lettera e nemmeno un numero di telefono sconosciuto. Se Jana si era davvero messa in contatto con qualcuno riguardo ai suoi genitori naturali, Mathias era la prima e unica persona a cui ne aveva parlato.

«Qualcuno ha mai cercato di rintracciare la sua famiglia biologica?» chiese Josie. «Per vedere se era stata in contatto con loro o con qualcuno a loro collegato?»

«Hallie l'ha fatto.» disse Trinity. «È venuto fuori che la madre di Jana è morta di parto. Suo padre era già in prigione, ed è per questo che Jana è stata data in affidamento. A quanto pare, nessuno dei due aveva parenti disposti ad accoglierla. Suo padre è stato ucciso in prigione quando lei aveva cinque anni. Nessuno è mai venuto a cercarla. Gli unici parenti biologici con cui Hallie è riuscita a mettersi in contatto sono dei lontani cugini che vivono in altre parti del paese... insomma, piuttosto lontano da Bly. Nessuno di loro ha ammesso di aver provato a contattare Jana.»

E anche in caso contrario, pensò Josie, non c'era niente che lo dimostrasse. La versione dei fatti raccontata da Mathias suonava come una menzogna. Josie tornò a concentrarsi sui rapporti. Due giorni dopo l'ultima volta che Jana era stata vista, era stata trovata alla base di un ripido burrone accanto al lago di Latchwood, sul fondo del quale c'erano alcune grosse rocce. Non aveva ferite che potessero indicare che era rimasta coinvolta in una colluttazione, ma solo gravi ferite alla testa.

«Non si può provare che sia stato un omicidio.» disse Josie. Alzò lo sguardo in tempo per vedere l'espressione severamente accigliata di sua sorella e aggiunse: «E non lo dico per proteggere in qualche modo Anya. Lo dico perché è vero. Non si può dimostrare che sia stato commesso un omicidio.»

«Le ferite lo dimostrano.» argomentò Trinity. «Josie, fai questo lavoro da molto tempo. Queste sono le ferite che si vedono solo quando qualcuno cade da un edificio alto o viene investito da un'auto o...» a queste parole agitò le mani in modo concitato, «se qualcuno viene colpito alla testa con una mazza da baseball o un oggetto del genere!»

«È difficile esprimere una valutazione senza aver visto il luogo in cui è stata trovata...» argomentò a sua volta Josie, «ma se il burrone era così ripido come suggeriscono i rapporti, potrebbe essere morta per una caduta.»

Trinity sfogliò di nuovo le pagine del fascicolo finché non trovò una fotografia, che fece scivolare sul tavolo. «Questa ragazza non è morta per una caduta accidentale.»

Nella foto era ritratta Jana Melburn. Faceva un bel sorriso. Era una foto scolastica e, a giudicare da quello che si vedeva, doveva essere all'ultimo anno. Come nella foto del diploma, i capelli biondi e ricci le ricadevano sulle spalle. Questa foto era più nitida, tanto che mostrava le lentiggini su un naso sottile e le sfumature dorate degli occhi marroni.

«Cosa sai di Mathias Tobin?» chiese Josie. Trinity trovò un'altra foto nel fascicolo e gliela consegnò. Era uno scatto di un giovane uomo che stava in piedi in una piccola cucina a controllare una pentola su un fornello. Lo stesso ragazzo della foto del diploma, solo molto più giovane. Indossava un paio di pantaloni bianchi da football e una maglietta nera, con le maniche strappate, che rivelavano braccia muscolose. Aveva i capelli scuri, li portava lunghi e raccolti all'indietro. Un sorriso imbarazzato gli affiorava sulle labbra mentre girava la testa per guardare la macchina fotografica. Aveva il naso leggermente storto, come se glielo avessero rotto e non fosse mai stato sistemato correttamente. Non dimostrava più di vent'anni.

«Ancora niente, a parte quello che ti ho detto.» disse Trinity. «Dopodomani dovrei incontrarmi con Hallie per esaminare il fascicolo e cercare di completare le cose che ancora non so.»

Allungò un'altra foto verso Josie. In questa, si vedevano Jana, Mathias e Hallie insieme su una spiaggia. Jana era nel pieno dell'adolescenza, stava seduta sulle spalle di Mathias, con le braccia protese ai lati. Accanto a loro, Hallie guardava Jana con la testa rovesciata all'indietro dal ridere. Alle loro spalle, si infrangevano le onde dell'oceano.

«Sono abbastanza sicura che Mathias Tobin sia andato in prigione per un po' dopo il caso Melburn.» sentenziò Josie. «Per aver sparato in testa alla moglie.»

«Cosa?» chiese Trinity con un sussulto. «Stai scherzando, vero?»

«Anch'io ho le mie fonti. Se quello che mi hanno detto è esatto, la moglie si chiamava Piper. Controlla.»

«Oh, puoi scommetterci.» esclamò Trinity aprendo il suo portatile. «Ho fatto una ricerca su Internet su di lui e non ho trovato nulla.»

«Allora prova ad accedere ai documenti penali della contea

di Everett.» le suggerì Josie, passando nel frattempo in rassegna i documenti che Trinity aveva messo in mezzo al tavolo.

«Per quanto riguarda il caso Melburn, non riesco proprio a immaginare cosa ti serva ancora. Questo fascicolo sembra piuttosto completo.»

«Ne dubito.» ribatté Trinity. «Il Dipartimento di Polizia di Bly sta nascondendo qualcosa. Me lo sento.»

Alla seconda lettura delle dichiarazioni dei testimoni, Josie si accorse di un nome. Carolina Eddy. La commessa della stazione di servizio. L'ultima persona che aveva visto Jana Melburn viva.

Non poteva essere una coincidenza.

Il telefono di Josie squillò con il nome della dottoressa Feist che lampeggiava sullo schermo.

Trinity sospirò. «Altro lavoro.»

Josie si premette il telefono all'orecchio. «Dottoressa Feist?»

Non ottenne risposta, solo silenzio, seguito da un fruscio. Poi le giunsero dei suoni, come se venissero da lontano. Per prima, individuò la voce di un uomo.

Un uomo: *«Voglio solo parlare.»*

La dottoressa Feist: *«Non abbiamo nulla di cui parlare.»*
«Te lo chiedo per favore. Vattene da casa mia.»

Seguiva una risatina. *«Vuoi chiamare la polizia? Come hai fatto l'altro giorno quando è saltato fuori un cadavere in questa città? Per quale motivo mi hai tirato in mezzo a una faccenda come questa? Per quale motivo? E dopo tutto questo tempo?»*

«Stavo soltanto facendo il mio lavoro, Vance.»

Quel nome ebbe l'effetto di un attizzatoio rovente nello stomaco di Josie. Stringendo il telefono in una mano, corse in giardino. «Noah!» strillò. «Anya è in pericolo.»

DICIASSETTE

Josie andò a sbattere contro la portiera del lato passeggero quando Noah svoltò bruscamente per imboccare una strada secondaria e il telefono le rimbalzò tra le mani, ma lo afferrò prima che cadesse sul tappetino. Premendoselo di nuovo contro l'orecchio, riuscì a sentire ancora le voci della dottoressa e di Vance Hadlee. Noah schiacciò con un dito lo schermo della console, terminando la chiamata in vivavoce con Mettner.

«Sta arrivando.» disse Noah. «Con un'unità di rinforzo.»

Josie cercava di prestare metà della sua attenzione a quello che le diceva lui e l'altra metà alla dottoressa e l'ex marito, anche se in quel momento la conversazione era incentrata soprattutto su Vance che ripercorreva a nastro tutto quello che avrebbe voluto dire alla ex moglie nei dieci anni dalla separazione. «Mi hai deluso e tradito...» stava dicendo. «Dopo tutto quello che avevo fatto per te...»

Guardando gli edifici che passavano, Josie calcolò che ci sarebbero voluti dieci, al massimo quindici minuti prima di arrivare. «Mio Dio, Noah!» lo esortò. «Facciamo in fretta.»

Noah martellò il clacson con i palmi delle mani, suonando

ai due veicoli che li precedevano. Questi si spostarono di lato e lo lasciarono passare, anche se uno dei conducenti gli mostrò il dito medio. «Starà bene.» la rassicurò Noah.

«Non possiamo saperlo.» disse Josie. Aveva il cuore in gola. Tutto il caffè che aveva bevuto quella mattina minacciava di tornare su.

Noah schiacciò il pedale dell'acceleratore e ci dava dentro con il clacson ogni volta che un'auto si metteva in mezzo alla corsia o un pedone accennava ad attraversare. «Quel tizio dovrebbe essere dietro le sbarre. Che diavolo è successo?»

«È intervenuto Dermot Hadlee.» disse Josie. «Ha una forte influenza nella contea di Everett.»

«Beh, nella nostra città non ha un bel niente. Perché Anya non ha chiamato la polizia?»

Intanto, Josie sentiva cosa stava dicendo Anya al telefono: «Non c'è nulla di cui discutere, Vance. Per favore, vattene subito.»

«Perché avrebbe dovuto spiegare all'operatore del centralino cosa stava succedendo.» chiarì Josie. «Le sarebbe servito del tempo e avrebbe dovuto farlo di fronte a Hadlee. Io conosco già la loro storia e il pericolo che rappresenta; quindi, ha pensato che o avrei risposto e li avrei sentiti e sarei corsa lì, oppure sarebbe partita la segreteria telefonica e avrei avuto una registrazione di quelli che potevano essere i suoi ultimi momenti.»

Noah prese un'altra curva così bruscamente che le gomme stridettero. «Non permetteremo che accada.»

Nel frattempo, Hadlee le rispondeva: «...pensi che me ne andrei adesso? Dopo tutti questi anni che hai passato a nasconderti da me? Sei fuori di testa. Pagherai per quello che mi hai fatto passare, stronza presuntuosa.»

L'acido le bruciava la gola. «Noah.» gracchiò Josie.

Le parole di Hadlee si interruppero bruscamente e le sirene rimbombarono a tutto volume, provenendo contemporaneamente dal telefono e dall'esterno dell'auto, mentre Noah si introduceva a tutta velocità in un isolato di pittoresche villette a schiera, dove videro che l'auto di Mettner e una pattuglia si erano appena fermate davanti al numero civico della dottoressa Feist.

Josie ebbe l'impressione di sentire la voce di Hadlee, che diceva: «Ma che cazzo...» prima che il suono delle voci degli uomini lo interrompesse.

L'auto sbandò quando Noah si fermò dietro l'auto di Mettner. Saltarono fuori insieme. Josie infilò in tasca il telefono e mise una mano sull'impugnatura della pistola. Si erano infilati i giubbotti antiproiettile prima di uscire di casa. Correndo sul prato anteriore, Josie si guardò intorno. La porta d'ingresso era socchiusa. Un agente in uniforme fece il giro della casa per accedere dal retro mentre l'altro seguiva Mettner all'interno, da dove si sentiva la voce di Hadlee.

«Che diavolo succede? Hai chiamato la polizia, brutta puttana?»

Josie attraversò la porta per ultima. Vide che il soggiorno era così come lo aveva visto le poche altre volte che ci era stata: tutto arredato in toni di bianco e giallo. Un divano a due posti e una poltrona. Un tavolino da caffè. Un televisore su un piccolo mobiletto. Fiori freschi e luminosi, quadri astratti a tinte pastello. Si era aspettata di trovare le stanze completamente devastate, invece ogni cosa era al suo posto. Hadlee era al centro del salotto, mentre Anya stava dietro una sedia. Attraverso la calca di corpi che adesso riempiva la stanza, Josie incrociò lo sguardo della dottoressa, in cui vide la paura lasciare il posto a un accenno di sollievo. Josie fece il giro del muro di agenti che si erano piazzati di fronte a Hadlee e lasciò l'impugnatura della pistola per allungare la mano verso la Feist. Anche lei allungò una mano per aggrapparsi a quella di Josie; era umida e la strinse con forza. Josie la portò via, dirigendosi verso la cucina, ma senza mai perdere di vista il soggiorno.

«Signore...» disse Mettner. «Devo chiederle di venire con me.»

«Vaffanculo.» sbottò Hadlee, sputando verso Mettner. Lo sputo gli finì sulla maglietta, ma lui non si mosse. Non sembrò accorgersene nemmeno, cosa che, apparentemente, fece arrabbiare ancora di più Hadlee. «Hai un problema personale con me, sbirro?»

«Sto solo facendo il mio lavoro, signore.» disse Mettner. «E in questo momento le sto chiedendo di venire con me.»

L'agente in uniforme si avvicinò e Hadlee indietreggiò. «Mi state prendendo in giro, vero? Stavo parlando con mia moglie.»

«La sua ex moglie.» lo corresse Noah. «E lei non è il benvenuto in casa sua.»

«Tutto l'opposto direi.» disse Hadlee.

«Mr. Hadlee...» disse Mettner. «Andiamo a parlare fuori.»

Vance Hadlee si guardò intorno con quel sorriso presuntuoso che gli arricciava il labbro superiore. «Quattro agenti di polizia per "parlare" con me solo perché voglio vedere quella puttana maledetta di mia moglie? Ma avete perso la testa tutti quanti? Questo è abuso di potere della polizia. Potete scommetterci che farò causa al vostro dipartimento. Tra un mese vi metterò tutti in lista di disoccupazione. E se non mi credete, guardate quanto velocemente sono uscito dai casini in cui avete cercato di mettermi ieri.»

«La invitiamo a intentare con un avvocato qualsiasi reclamo che ritenga di avere nei nostri confronti in un secondo momento.» dichiarò Mettner. «Per adesso deve venire con noi.»

Ma vedendo che Hadlee non si muoveva di un passo, Mettner riprese, sempre con calma: «Mr. Hadlee, possiamo affrontare la situazione nel modo più semplice, quando vorrà uscire fuori e parlare con noi, oppure possiamo fare le cose nel modo più difficile, arrestandola. A lei la scelta.»

Noah disse: «Andiamo.»

Hadlee non collaborò, ma fece una lenta scansione della

stanza. Josie sentì il battito del cuore aumentare. Poi poté constatare l'agilità che lo aveva reso una stella del football al liceo: si mosse così velocemente da apparire poco più che una macchia indistinta e caricò in avanti. Tutti urlarono contemporaneamente, intimandogli di fermarsi, ma era troppo tardi. Hadlee stava già volando verso Mettner e prima che qualcuno potesse reagire, andò a sbattergli contro. Caddero a terra insieme. Noah e l'agente in uniforme si gettarono su Hadlee per allontanarlo da Mettner, ma non prima che avesse il tempo di sferrargli un pugno proprio sotto l'occhio sinistro. Appena un attimo dopo, la faccia di Hadlee era schiacciata sul tappeto del salotto, l'agente in uniforme gli stava mettendo le manette e Noah gli stava leggendo i suoi diritti.

Josie lasciò Anya sulla soglia della cucina e andò da Mettner tendendogli una mano per aiutarlo a rimettersi in piedi. Intanto, Noah e il collega di pattuglia portarono verso la porta Hadlee, che si contorceva e protestava. «Le vostre accuse non reggeranno!» urlava. «Vi farò causa! La pagherete tutti, compresa tu, Anya. Ero venuto solo per parlare con te! Che razza di persona chiama la polizia quando qualcuno vuole soltanto parlare?»

Sulla guancia di Mettner si stava già formando un bozzo. «Stai bene?» gli chiese Josie.

«Sì...» mormorò Mettner toccandosi il viso. «Che gran figlio di puttana...»

La dottoressa Feist fece un passo avanti per raggiungerlo e tenendogli la nuca ferma con una mano, tastò la contusione con le dita dell'altra.

«Ahi!» si lamentò lui.

«Ehi, tu, maiale!» ringhiò Hadlee dalla porta. «Non toccare mia moglie!»

Josie si accorse che la dottoressa fu scossa da un brivido nel momento in cui i suoi occhi si spostarono verso la porta per vedere finalmente l'ex marito che veniva trascinato fuori da casa sua, nonostante i tentativi di divincolarsi, incastrato com'era tra

Noah e l'agente di pattuglia. Lasciò andare Mettner. «Non mi sembra che ci sia nulla di rotto.» mormorò. «Ma dovresti fare una radiografia e metterci del ghiaccio.»

«Grazie, dottoressa.» disse Mettner. «Ma non ho bisogno di fare una radiografia. Non è la mia prima scazzottata. Lei, piuttosto? Sta bene?»

Josie vide che infilava le mani nelle tasche dei jeans per nascondere il tremito. «Sì.» disse. «Grazie per essere venuti. Grazie a tutti. Volevo chiamare la polizia, ma temevo che l'avrei fatto diventare ancora più aggressivo.»

«Ha fatto la cosa giusta.» disse Josie.

«Che cosa è successo?» le chiese Mettner, tirando fuori il telefono per aprire l'applicazione per prendere appunti.

La dottoressa si guardò intorno per la stanza. «Stavo per uscire per andare al lavoro. Quando ho aperto la porta ho visto che mi aspettava fuori, sul portico. Sono andata nel panico. Non lo vedevo da quasi dieci anni. Sono stata al sicuro qui per tutto questo tempo. Avevo smesso di guardarmi alle spalle da un pezzo ormai. Voglio dire che, anche se avevo ottenuto un ordine restrittivo quando ho lasciato Bly, non è altro che un pezzo di carta, ci sarebbe voluto ben altro per impedirgli di farmi del male, se avesse voluto. Per anni mi sono aspettata di ritrovarmelo davanti a ogni passo, anche se poi non è mai successo.»

«La validità degli ordini restrittivi dura tre anni.» spiegò Josie. «Non ne ha chiesto un altro dopo la scadenza del primo?»

La dottoressa annuì. «Certo che l'ho fatto. Ma una volta passati altri tre anni senza che lui si facesse vivo, ho pensato che avesse voltato pagina, o quantomeno che avesse smesso di essere ossessionato da me.»

A Josie tornò in mente la foto del matrimonio che aveva visto sulla cassettiera di Vance Hadlee. Non avevano modo di sapere se avesse mai cercato di scoprire dove si fosse nascosta o se avesse mai avuto intenzione di rimettersi in contatto con lei, ma non c'era il minimo dubbio che la sua ossessione per lei non era mai sparita.

«No, anzi...» aggiunse, «non è mai stato ossessionato da me. Era ossessionato solo dall'idea di possedermi e poi, più tardi, è diventato ossessionato dall'idea di vendicarsi per il torto che riteneva gli avessi fatto.»

Mettner alzò lo sguardo dai suoi appunti. «Non c'è ombra di dubbio che Hadlee ritiene che lei abbia avuto un effetto negativo sulla sua vita, dal momento che prima lo ha denunciato per quello che le aveva fatto e poi lo ha lasciato. Le persone come lui non riescono mai ad assumersi la responsabilità delle proprie colpe.»

«Perciò, lei stava uscendo quando se lo è ritrovato davanti sul portico...» disse Josie, riprendendo il filo del discorso. «E che cosa è successo dopo?»

«Mi sono precipitata dentro casa e lui è entrato subito dopo di me, prima ancora che potessi reagire. È successo tutto troppo in fretta. Credo che mi abbia spinto, ma non ne sono sicura. È tutto molto confuso. Il mio cuore batteva così forte...»

«Va tutto bene.» la rassicurò Mettner. «Può richiedere un nuovo ordine restrittivo qui a Denton. Nel momento in cui lei gli ha chiesto di andarsene e lui non l'ha fatto, si è reso colpevole di violazione di domicilio.»

«Il che comporta una pena di appena novanta giorni in questo caso, perché sarebbe considerata semplice violazione di domicilio.» precisò Josie. «Ne vale comunque la pena, però...»

«Lo farà solo arrabbiare di più.» disse la dottoressa. «Peggiorerà le cose.»

«Allora lo accusiamo di aggressione a un agente di polizia.» disse Mettner. «Sporgerò denuncia. Questo lo terrà occupato per un po', e spero anche dietro le sbarre, e nel frattempo potremo cercare di risolvere il caso di Sharon Eddy. Non credo che Dermot Hadlee avrà qui l'influenza che ha nella contea di Everett.»

«Anya...» disse Josie, «dovrebbe comunque sporgere denuncia contro di lui per la violazione di domicilio. Soprattutto se ha intenzione di chiedere al tribunale un nuovo ordine restrittivo.»

«Lo so, lo so.» rispose lei con un brivido.

«Se non si sente a suo agio a stare qui, può venire a stare con me e Amber.» disse Mettner.

«O con noi.» le offrì Josie. «Sono sicura che anche Gretchen sarebbe felice di ospitarla.»

La dottoressa le si avvicinò e strinse la spalla di Josie. Una lacrima le scivolò sulla guancia. «Lo so. So che siete tutti disposti ad aiutarmi e di questo vi ringrazio. Ci penserò su.»

Rivolgendosi a Mettner, Josie disse: «Non è da escludere che ti possa servire quella radiografia. Servirebbe a documentare che ti ha aggredito.»

Mettner sospirò. «Lo so, lo so.»

Mentre usciva dalla porta, Josie disse: «A proposito del caso di Sharon Eddy, devo farle alcune domande su un caso avvenuto a Bly e che potrebbe essere collegato.»

La dottoressa sgranò gli occhi per la sorpresa. «Davvero? Di quale caso si tratta?»

«Il caso Jana Melburn.» disse Josie. «Le suona familiare?»

Anya Feist scosse la testa. «Vagamente. Era un omicidio? Ci sono stati alcuni omicidi durante il periodo in cui ho lavorato lì. Erano tutti di residenti nella città di Bradysport. È la città più grande della contea di Everett, da cui proveniva la maggior parte dei decessi che ci capitavano. Se non ricordo male, tutti i casi erano il risultato di lotte per il territorio di spaccio. All'epoca c'erano due bande a Bradysport che si scontravano frequentemente per stabilire quale delle due dovesse controllare i quartieri della zona a sud-est della città. Ferite d'arma da fuoco, in ogni singolo caso.»

«No.» disse Josie. «Questo era qualcosa di diverso.»

«Potreste parlare con il mio supervisore, Garrick Wolfe.

Lavorava nell'ufficio del medico legale della contea da molto più tempo di me.»

«Posso parlare con lui...» disse Josie, «ma è lei che ha eseguito l'autopsia.»

«Oh...» disse la dottoressa. «Beh, Josie, nella mia carriera ho fatto centinaia, se non migliaia, di autopsie. Non le ricordo tutte.»

«Me ne rendo conto.» disse Josie. «Mi stavo solo chiedendo se Jana Melburn l'aveva colpita in modo particolare. Avendo passato la giornata a Bly ieri, posso dire che non ci sono molte persone in città che non abbiano sentito parlare del suo caso. Davvero non se ne ricorda?»

«No, mi dispiace...» disse lei scuotendo la testa. «Proprio non mi viene in mente così su due piedi. Quando è successo?»

Josie pensò alla data dell'omicidio di Jana. «Dovrebbe essere stato proprio nel periodo in cui lei se n'è andata.»

Un sorriso triste si dipinse sulle labbra della dottoressa. «Ero a pezzi a quel tempo e i ricordi di tutto quel periodo sono piuttosto confusi. Continuavo a fare il mio lavoro, ma l'unica cosa a cui riuscivo a pensare era a trovare un modo per andarmene da quella città e allontanarmi per sempre da mio marito. Mi parli del caso. Chissà, magari mi aiuterà a ricordare...»

«Una diciannovenne trovata in fondo a un burrone.» riassunse Josie. «Vicino al lago Latchwood.»

La Feist trasalì. «È molto simile al caso di Sharon Eddy.»

«Per questo gliene parlo. Ma Jana Melburn aveva riportato gravi ferite alla testa e lei, nel rapporto, ha dichiarato che si era trattato di un incidente. Invece, la gente di Bly credeva che fosse stato un ragazzo del posto, Mathias Tobin.»

«Un momento...» la fermò per prendersi un attimo, strizzando gli occhi mentre cercava di ricordare. «Ne ho un vago ricordo. Però, Josie è successo dieci anni fa e nel bel mezzo di un periodo in cui stavo curando un'orribile ferita inflittami da mio marito, che ero sicura che mi avrebbe ucciso quando avessi trovato il coraggio di lasciarlo. Questo non l'ho mai confessato a nessuno, che Dio mi aiuti, ma in quel momento l'unica cosa che avevo in mente erano le quindici ore e quarantatré minuti in cui mio marito mi aveva tenuta prigioniera e torturata. Un calvario che si ripeteva nella mia mente giorno dopo giorno. Andavo a lavorare perché avevo bisogno di soldi se volevo allontanarmi da lui, per cercare di trovare un posto sicuro. Andavo avanti a tentoni. Garrick mi aiutava quando ne aveva la possibilità, ma è del tutto possibile che mi sia sfuggito qualcosa. Mi dispiace.»

Josie annuì. «Lo capisco.»

La dottoressa era scossa dai tremiti dalla testa ai piedi. «Da allora, ho cancellato molti ricordi di quel periodo. Ho dovuto farlo per sopravvivere.»

Josie colmò la distanza che le separava e la cinse in uno stretto abbraccio. La sentì irrigidirsi tra le sue braccia per un breve momento, poi fu scossa da un altro sussulto. «Va tutto bene, dottoressa. So come si sente...»

Con molta lentezza, un po' della tensione le si scaricò di dosso e dopo un minuto buono, anche lei le avvolse le braccia intorno alle spalle e si tenne stretta, ma non smise di tremare neanche per un istante, e andò avanti così a lungo che Josie cominciò a temere che stesse per avere uno shock. «Farò tutto il possibile per tenerla al sicuro.» le assicurò parlandole all'orecchio. «Lo faremo tutti.»

Sentì che annuiva. Noah apparve sulla porta e vedendole così si voltò senza emettere un fiato e le lasciò sole. Josie non avrebbe saputo dire quanto tempo stesse passando, ma rimase al suo posto finché Anya non smise di tremare, si liberò dall'abbraccio, fece un passo indietro asciugandosi le lacrime dalle guance e, guardando ovunque tranne che verso Josie, disse: «Se pensa che sia importante, cercherò di ricordare quello che posso. Jana Melburn, ha detto, giusto?»

«Sì.»

«Cercherò di farmi tornare in mente qualcosa. Se potesse farmi avere il referto dell'autopsia, mi sarebbe utile...»

«Nessun problema.» disse Josie.

«Pensa davvero che i due casi siano collegati?»

«Non possiamo escluderlo. Devo parlare di nuovo con la nonna di Sharon.»

«Se trova un collegamento dopo averle parlato, me lo faccia sapere.»

DICIOTTO

Josie lasciò la dottoressa Feist alle mani esperte dei suoi colleghi e partì alla ricerca di Rosalie Eddy. Non la trovò in casa, così, la chiamò al cellulare; quando le rispose, Rosalie le disse che si trovava in una vicina agenzia di pompe funebri e Josie le chiese di richiamarla non appena fosse rientrata in casa, ma lei insistette perché la raggiungesse direttamente alle pompe funebri. Il parcheggio era deserto, c'era solo un'auto, che Josie sapeva essere intestata a Rosalie. Varcata la soglia, i suoi piedi affondarono nella spessa moquette bordeaux. Dopo aver parlato con il direttore, Josie fu condotta in una grande stanza nel sotterraneo dell'impresa, un ambiente dalle pareti tappezzate da bozzetti di diversi tipi di bare, dove trovò Rosalie: indossava un abito a stampa floreale e si appoggiava al suo bastone, intenta a studiare una semplice cassa di legno. Accorgendosi che Josie le si avvicinava, si voltò a guardarla con un sorriso malinconico. «Costano tutte così tanto, anche quelle che si definiscono "economiche". E ogni volta che devo sceglierne una, costano ancora di più.»

«Lo so bene.» disse Josie.

Rosalie la guardò stupefatta. «È molto giovane per avere esperienza di queste cose.»

«Ho seppellito il mio primo marito otto anni fa e mia nonna tre anni fa, Mrs. Eddy.»

Rosalie annuì. «Mi dispiace sentirlo. Mi dispiace di averla fatta venire qui, detective, ma non sarei riuscita a concentrarmi se avessi saputo di doverla incontrare più tardi. Mi sarei chiesta per tutto il tempo se avesse qualche novità da darmi. Procediamo, se non le dispiace. Ha delle novità, dico bene?»

«Sì.» rispose semplicemente Josie.

Rosalie la studiò per un lungo momento. «Niente di buono, mi sembra...»

«No, purtroppo no. E a parte le novità ho anche qualche altra domanda.» Josie si guardò intorno nella stanza. Aveva aiutato la madre del suo defunto marito Ray a scegliere una bara in una stanza come quella. Anni più tardi, aveva dovuto sceglierne una per sua nonna Lisette, con l'aiuto di suo nipote, Sawyer Hayes. Non sospettava che ci fosse così tanta scelta.

Rosalie si voltò e si diresse lentamente verso la porta. «Va bene. Andiamo, c'è una panchina bella morbida nel corridoio.»

Un attimo dopo, erano sedute fianco a fianco sulla panchina imbottita e Josie stava guardando da una parte e dall'altra del corridoio, immerso nel silenzio e nella tranquillità: ogni suono sembrava essere stato risucchiato all'istante in quel posto e sembrava che persino le loro voci non arrivassero molto lontano; se qualcuno si fosse avvicinato, non sarebbero riuscite a sentirlo.

«È sicura di voler stare qui?» le chiese Josie. «Potremmo andare al piano di sopra oppure fuori. Posso portarla dove preferisce.»

Rosalie le accarezzò una mano. «Perché non la facciamo finita e basta, eh?»

«D'accordo.» concesse Josie con un respiro profondo. «Mrs. Eddy, Sharon è stata uccisa.»

Rosalie chiuse gli occhi, il suo busto oscillò un paio di volte. «Come?»

«È stata strangolata.» le disse Josie. «Aveva un ematoma

subdurale alla nuca. Aveva solo un'altra ferita, una bruciatura sul fianco, lasciata da quello che ha tutta l'aria di essere un marchio da bestiame.»

La nonna di Sharon spalancò gli occhi. «Un marchio da bestiame?»

Josie annuì. «Abbiamo esaminato altri casi che riportano delle somiglianze e sono queste che mi portano alle domande che devo farle: la madre di Sharon, sua figlia, come si chiama?»

«Carolina. Come la Carolina del Nord e del Sud. Perché me lo chiede? Non penserà che abbia a che fare con la morte di mia nipote, vero?»

«Quando è stata l'ultima volta che ha visto sua figlia?» le domandò Josie.

«Sarà stato più o meno un anno fa, cioè quando Sharon ha preso il diploma. Mi ci erano voluti mesi per rintracciarla. Ha sempre il cellulare irraggiungibile, oppure non è in regola con i pagamenti... oppure è in prigione, come quando finalmente ero riuscita a mettermi in contatto con lei. Le avevo detto che Sharon si stava per diplomare e mi aveva risposto che sarebbe uscita per allora e che avrebbe senz'altro partecipato alla cerimonia. Ovviamente non ha tenuto fede alla promessa. Si è presentata due giorni dopo, senza nemmeno scusarsi. Era la solita di sempre. Aveva un aspetto abbastanza curato, ma in carcere aveva messo su peso, come sempre, ed era pallida come un fantasma. Dentro non era riuscita a procurarsi le droghe come fa qui fuori, ma riconoscevo i segni che da quando era uscita aveva già ricominciato a prendere qualcosa. Non le ho permesso di vedere Sharon, anche perché comunque non credo che lei volesse vederla dopo che si era persa il grande giorno.»

«Saprebbe come mettersi in contatto con sua figlia adesso?» le domandò Josie.

«Potrei darle il suo numero, ma sono abbastanza sicura che non sia più attivo. Detective... non ha risposto alla mia domanda. Mia figlia ha qualcosa a che fare con l'omicidio di

Sharon? Quella ragazza ha avuto una dipendenza dalle droghe fin da quando era una ragazzina. So che ha fatto cose terribili per alimentare la sua dipendenza, ma so che non è mai stata violenta.»

«Non è per questo che le sto chiedendo di parlarmi di sua figlia.» la rassicurò Josie. «Quello che voglio sapere è se qualcuno della vostra famiglia ha mai vissuto a Bly.»

«Sì.» disse Rosalie. «È da lì che veniamo. Ce ne siamo andate circa sette anni fa.»

«Quando ho parlato con lei l'altra sera, mi ha detto che vi eravate trasferite da Bellewood.»

«Esatto, ci eravamo trasferite da Bly a Bellewood. Noi tre: io, mia figlia e mia nipote. Neanche un minuto dopo il nostro arrivo, Carolina si era già cacciata in un mare di guai. Allora ho preso Sharon e mi sono trasferita a Denton. Era un nuovo inizio per noi. Un vero nuovo inizio.»

«Cosa intende dire?» le chiese Josie. «Sta dicendo che vi eravate trasferite da Bly a Bellewood per un nuovo inizio?»

Rosalie appoggiò il bastone al bordo della panchina e si lisciò il vestito sulle ginocchia. «Avevamo dovuto farlo dopo la faccenda di quella povera ragazza che era morta.»

«Jana Melburn?»

«Proprio lei. Vedo che ha fatto le sue ricerche...»

«Non così tante come pensa.» disse Josie. «Cosa può dirmi della "faccenda" di Jana Melburn?»

«Se la conosce, allora sa già che è stata vista in una stazione di servizio un paio di giorni prima di essere trovata morta. La mia Carolina lavorava in quella stazione di servizio. All'interno c'era un piccolo minimarket dove vendevano merendine, bibite e sigarette... questo genere di cose. Mia figlia ha visto quella ragazza la notte in cui è scomparsa. L'ha vista entrare e comprare una bibita in lattina e un pacchetto di sigarette. Quando è tornata fuori, c'era quel ragazzo, il giocatore di football che aveva molestato quelle cheerleader, e Jana si è fermata a parlare con lui.»

«Sua figlia è riuscita a sentire quello che si dicevano?»

«No...» rispose Rosalie. «Li ha solo visti, ma non ha sentito una parola. In seguito, ha detto di non averci neanche più pensato fino a quando, un paio di giorni dopo, la polizia è andata a parlare con lei. Jana Melburn aveva parlato con quel ragazzo per un minuto o due e poi se n'era andata. A piedi. Il ragazzo aveva fatto il pieno di benzina e poi se n'era andato. Ma sembrava che nessuno in città volesse credere che le cose si fossero limitate a questo. Mia figlia ha detto di essersi sentita costretta a raccontare che quei due avevano avuto una sorta di discussione accesa, quando invece non è andata affatto così.»

«Chi è stato a farle pressioni?» chiese Josie. «La polizia?»

Rosalie annuì. «È iniziato con loro. Non le hanno mai chiesto di cambiare la sua versione, ma continuavano a venire a casa e a chiederle: "Sei sicura di quello che hai visto?", "Sei sicura che non ci sia stata una discussione?" o "Sei assolutamente sicura che non abbiano avuto un alterco fisico?". Avevamo entrambe la sensazione che volessero che lei cambiasse la sua storia. Come se fosse più facile per loro attribuire la morte della ragazza a quel giovane.»

«Pensa che sia stato Mathias Tobin a uccidere Jana Melburn?»

Rosalie sospirò. «Come potrei pensare in un modo o nell'altro? Non ne so abbastanza per farmi un'opinione. So solo quello che diceva la gente in città: che quel ragazzo era stato l'ultimo a vederla prima che fosse trovata morta. La polizia ha ritrovato il suo corpo in fondo a un burrone e dicevano che aveva battuto la testa. Chi sono io per dire se qualcuno è un assassino sulla base di queste cose?»

Il ragionamento di Rosalie suonava estremamente corretto e logico, ma Josie sapeva che altri non facevano altrettanto quando commentavano pubblicamente un crimine.

«Comunque...» riprese Rosalie, «mia figlia si è attenuta alla verità. Dopo un po', soprattutto quando la polizia non ha accusato il ragazzo di omicidio, la gente ha cominciato a prendersela con lei. Sembrava che volessero che lei mentisse per far arrestare quel ragazzo. Un giorno una donna è entrata nella stazione di servizio e le ha detto: "Tu sai che quel ragazzo ha violentato tre cheerleader e non riesci a dire una piccola bugia a fin di bene per farlo rinchiudere per sempre". Glielo garantisco, sono rimasta sconvolta. Una piccola bugia a fin di bene? Stavamo parlando della vita di una persona. E quello fu solo l'inizio. Ben presto sembrava che l'intera città le si fosse rivoltata contro. Quando sono iniziate a circolare le voci che potesse essere stata Carolina a uccidere Jana, ho capito che dovevamo andarcene.»

«La gente aveva cominciato ad accusare Carolina di aver ucciso Jana?» specificò Josie.

«Come ho detto, è stata l'ultima a vedere quei due ragazzi insieme. La gente veniva a dirle: "Come facciamo a sapere che non sei stata tu a seguirla e a spingerla in quel precipizio?" Senza considerare che mia figlia non conosceva nemmeno quella ragazza!»

«C'era un video dell'incontro?» si informò Josie. «Il parcheggio aveva delle telecamere di sorveglianza?»

Rosalie scosse la testa. «Non lo so, di questo mia figlia non ha mai parlato. Sta di fatto che ci siamo trasferite a Bellewood ma, come ho detto, mia figlia non ha perso un attimo a mettersi nei guai. È stato allora che ho preso mia nipote e ci siamo trasferite per ricominciare qui a Denton. Il fatto di essere rimasta al fianco di mia figlia quando è stata perseguitata per quello che era successo a Jana, di averla aiutata come potevo è tutta un'altra questione, che non c'entrava niente con l'abuso di droghe che incideva sulla vita di mia nipote. Ma dovevo fare ciò che era meglio per Sharon.»

Una lacrima scivolò lungo la guancia di Rosalie. Josie si avvicinò e le prese la mano. Rimasero a lungo senza parlare.

Alla fine, Rosalie riprese: «Mi sta chiedendo di cose che pensavo fossero ormai passate. La mia Sharon aveva solo nove anni quando Jana Melburn è morta. Che cosa sta succedendo?»

Josie le strinse la mano. «È quello che sto cercando di capire, Mrs. Edddy. C'è un collegamento di qualche tipo tra il caso di Jana Melburn e l'omicidio di Sharon. Solo che non sono ancora riuscita a capire quale sia.»

DICIANNOVE

Tornata in centrale, Josie trovò tutta la squadra riunita nella sala grande, compresa Amber Watts, l'addetta stampa e fidanzata di Mettner. Appollaiatasi sul bordo della scrivania, con il tablet in mano, Amber si mise ad ascoltare il resoconto che Josie fornì al capo Chitwood sul caso dell'omicidio di Sharon Eddy. Da parte sua, il capo se ne stava in piedi accanto alle scrivanie collettive dei detective con le braccia incrociate sul petto magro, ad ascoltare con attenzione. Quando Josie ebbe concluso, Chitwood disse: «Mi stai dicendo che qualcuno ha preso questa ragazza di diciannove anni, Sharon Eddy, e prima di ucciderla e abbandonare il suo corpo vicino al torrente, l'ha marchiata a fuoco con lo stesso tipo di marchio che quello stronzo del marito del nostro medico legale ha usato su di lei dieci anni fa in una contea completamente diversa?»

«Proprio così.» confermò Josie.

«E mi stai anche dicendo che c'è stato un caso famoso in quella stessa contea che sei riuscita a collegare a quello di Sharon Eddy nel corso delle tue indagini? Come si chiama? Mel... qualcosa?»

«Jana Melburn.» disse Josie.

«Non è famoso.» lo corresse Gretchen, guardando il capo da sopra gli occhiali da lettura. «L'ho cercato su Internet. Non è neanche finito sui giornali locali. Anzi, non ha ricevuto la benché minima attenzione da parte della stampa. L'unica informazione disponibile su questa ragazza è il suo necrologio.»

«Non è esatto.» puntualizzò Mettner. «C'è un piccolo approfondimento sul caso su Crimebusters.Net»

«Come sei riuscito a trovarlo?» gli chiese Gretchen. «Io ho passato ore a setacciare il web.»

«Non è lui che l'ha trovato.» le spiegò Noah. «È stata Amber.»

«Ehi!» protestò Mettner, suscitando le risate di Amber. «Questi forum online stanno diventando sempre più popolari. Sono finita nella tana del bianconiglio un paio di volte dopo aver guardato una puntata di *Dateline* di troppo.»

«Non capisco come mai il suo caso non sia mai stato trattato nei notiziari.» disse Mettner.

«Perché non hanno mai indagato.» affermò Josie. «Era stata dichiarata come morte accidentale. Il resto sono tutte voci e congetture di persone che vivevano nella zona.»

«Non tutti i decessi sono coperti dalla stampa, specialmente quando avvengono in mezzo al nulla.» convenne il capo Chitwood. «Everett è una piccola contea. Tutte le notizie che arrivano dalla contea di Everett provengono dalla città di Bradysport, dove c'è un grosso problema di droga.»

«È vero.» convenne Amber. «In quella zona ci sono un sacco di decessi e una buona dose di omicidi, ma la stampa non li copre tutti quanti. In effetti è difficile da credere, in un'epoca in cui sembra che su Internet ci sia di tutto, ma Gretchen ha ragione: non c'è nulla di sostanziale su Jana Melburn online. Anche le informazioni che ho trovato su Crimebusters.Net non dicono un granché.»

Mettner annuì. «Si tratta per lo più di tentativi multipli da parte di un utente che usa il nickname HKent e sostiene di essere la madre di Jana per iniziare nuove discussioni esortando altri utenti a non dimenticare il caso e a considerarlo un omicidio.»

«Hallie Kent.» disse Josie. «La sorella adottiva di Jana.»

«In una delle discussioni che HKent ha avviato, si legge una conversazione amichevole di un gruppetto di persone, mai meno di tre e non più di cinque, che parlano delle possibilità che si sia trattato effettivamente di un incidente.» aggiunse Amber. «Ma non sono approdati a niente.»

«La polizia si sta tenendo ben stretto il fascicolo.» disse Josie. «Neanche Trinity è riuscita a ottenere molto da loro.»

Il capo Chitwood si accigliò. «Tua sorella sta preparando una puntata sul caso?»

«Per il momento non c'è abbastanza...» disse Josie, «ma sta facendo delle ricerche per vedere se c'è del materiale per farci un episodio.»

«Scopri con chi ha parlato. Trova chi è la sua fonte.» la spronò il capo. «Devi parlare anche con questa persona. Ci deve essere un motivo per cui questo caso è finito sia sul suo radar che sul nostro allo stesso tempo.»

«Sono d'accordo.» disse Josie. «Martedì Trinity si incontrerà con Hallie Kent. Andrò con lei.»

«Il collegamento tra il caso di Jana Melburn e Sharon Eddy è che la madre di Sharon è stata una delle ultime persone a vedere Jana viva.» osservò Mettner, riportando la conversazione sulla loro indagine.

«Allora dobbiamo trovare sua madre.» sentenziò il capo Chitwood.

«Ci stiamo già lavorando.» disse pronto Noah, facendo un cenno verso lo schermo del suo computer. «Carolina Eddy era nel carcere della contea di Bellewood il mese scorso per reati di droga. È stata rilasciata su cauzione. Non sappiamo dove si trovi al momento, però il suo ultimo indirizzo conosciuto è un ricovero a Bradysport. Ho chiamato la struttura e hanno detto che non la vedono da una settimana.»

«Continua a lavorarci.» gli ordinò il capo. «Quinn, cosa sappiamo di questo Mathias Tobin?»

«Non è coinvolto.» disse Gretchen. «Il fatto che la dottoressa Feist abbia dichiarato la morte di Jana Melburn un incidente lo ha tenuto lontano dalla prigione, almeno per quel caso.»

«Ma il suo nome continua a saltare fuori, Palmer.» obiettò il capo. «È l'ultima persona che ha visto questa Jana Melburn ancora viva, stando a quanto ha detto Quinn.»

«Per questo vale la pena andare a parlargli.» disse Noah. «Viveva con Jana al momento della sua morte. È cresciuto con lei. Sicuramente la conosceva meglio di tante altre persone.»

«L'ho cercato.» disse Josie. «Lark Hadlee aveva ragione: è stato condannato per tentato omicidio cinque anni fa.»

«Lark Hadlee aveva detto anche che era uscito di prigione.» le fece notare Gretchen. «Ma quella per tentato omicidio è una condanna che arriva facilmente a vent'anni.»

«Lo so...» disse Josie. «Ma la sua condanna è stata annullata e ormai è stato rilasciato da sette mesi, lo scorso luglio.»

«Come mai è stata annullata?» chiese Mettner.

«Non lo so. Posso solo vedere i documenti, niente di più. Dovrei parlare con il procuratore distrettuale della contea di Everett o con il suo avvocato.»

«Questo spiega perché la contea di Everett non ha emesso un mandato di arresto per l'omicidio della moglie, ora che è deceduta per le ferite riportate.» disse Gretchen. «Se la condanna per tentato omicidio è stata annullata, avrebbero avuto un bel po' di difficoltà a dimostrare l'omicidio.»

«E per quanto riguarda Mathias nello specifico?» domandò il capo. «Non possiamo andare direttamente a parlare con lui?»

«Stesso discorso di Carolina Eddy: non riusciamo a trovarlo.» disse Josie. «Non ha nemmeno un cellulare. L'ultimo indirizzo conosciuto è un centro di recupero a Bradysport. Ho chiamato e dicono che non lo vedono da mesi.»

«Per l'amor del cielo!» sbottò il capo. «Tutta questa storia puzza di bruciato.»

«Come ho detto prima...» disse Josie, «Trinity andrà a parlare con Hallie Kent martedì. Potrebbe sapere qualcosa.»

«È meglio che iniziate a trovare queste persone e qualche risposta, e prima di subito!» disse il capo alzando la voce quasi fino a sbraitare. «Questo assassino è venuto nella nostra città e ha ucciso una ragazza perché aveva un qualche collegamento marginale e insignificante con il caso di Jana Melburn, e poi ha lasciato il suo corpo marchiato in un modo che solo il nostro medico legale avrebbe potuto riconoscere. L'ha lasciata qui come un gatto pulcioso lascia le sue prede sul portico del suo padrone. Non intendo permettere che continui. Non nella mia città.»

«La buona notizia è che se dietro tutto questo c'è Vance Hadlee, per ora è in carcere.» osservò Mettner.

«Non ci rimarrà a lungo.» commentò Gretchen. «Se suo padre ha avuto abbastanza influenza e denaro per ottenere un patteggiamento per quello che ha fatto alla dottoressa Feist, e per evitare di essere accusato di possesso non autorizzato di armi da fuoco, quasi sicuramente riuscirà a far uscire suo figlio su cauzione fra non molto...»

«Non riuscirà a esercitare la sua influenza fino a qui, nella contea di Alcott.» la contraddisse Noah.

«No.» concordò Gretchen. «Non ci riuscirà, ma i soldi non gli mancano e può permettersi di assumere un buon avvocato difensore. Vance uscirà su cauzione in un giorno o due, ne sono convinta.»

Il cellulare di Josie prese a vibrare, traballando sulla sua scrivania. Il nome "Needle" lampeggiò sullo schermo. Come sempre accadeva ogni volta che Larry Ezekiel Fox la contattava, Josie si sentì avvolgere da una coltre di terrore.

«Chi è?» le chiese Noah, vedendo che lasciava saltellare il telefono sulla sua scrivania.

«È Nee...» iniziò a dire, ma si fermò. Lei era l'unica persona che chiamava Zeke con il soprannome "Needle", perché glielo aveva dato lei da bambina. Noah lo sapeva, ma nessun altro ne era al corrente. «È Zeke.» si corresse al volo.

I colleghi la fissarono; sebbene non sapessero che lei lo aveva sempre chiamato Needle, non erano completamente ignari della storia che lei e Zeke condividevano. Dopo che Josie era stata rapita da neonata, la donna che si era spacciata per sua madre, Lila Jensen, si era data alla droga e Zeke era stato il suo spacciatore. In tenera età, Josie aveva iniziato a chiamarlo "Needle" perché portava sempre degli aghi alla sua mamma. Sebbene non avesse fatto molto per impedire a quella donna di abusare di Josie, era intervenuto un paio di volte quando Lila aveva dato il peggio di sé. Per questo, Josie aveva vissuto il resto della sua vita provando un forte rancore nei suoi confronti per non aver fatto di più; eppure, con il passare degli anni, non aveva potuto fare a meno di chiedersi quanto sarebbero state peggiori le cose se Needle non fosse corso in suo aiuto neanche nei momenti più critici.

Il telefono smise di vibrare e lo schermo tornò nero.

Nutriva ancora molto risentimento nei suoi confronti, per quanto si sforzasse di combatterlo. L'anno precedente, nel corso delle indagini su un caso, Needle le aveva salvato la vita, prendendosi una pallottola destinata a lei. Allora, Josie aveva fatto del suo meglio per prendersi cura di lui da quel momento, ma Needle non era molto propenso a farsi curare. Gli aveva dato il suo numero, casomai avesse avuto bisogno di qualcosa; quella era la prima volta che la chiamava. Una strana sensazione le solleticò la gola. Preoccupazione? Aveva superato qualche barriera emotiva che le aveva permesso di preoccuparsi dell'uomo che rappresentava il momento più brutto della sua vita? Needle era un criminale da sempre e, prima di ogni altra cosa, era un sopravvissuto. Non poteva certo aver bisogno del suo aiuto. Molto più probabilmente voleva che lei gli desse qualcosa.

Con le dita sfiorò lo schermo. Voleva affrontare quel problema proprio in un momento del genere?

Nell'attimo in cui allontanava il telefono, questo riprese a suonare, facendola trasalire. Il nome di Zeke apparve ancora una volta. Lanciò un'occhiata a Noah.

«Sta a te decidere se rispondere o lasciarlo suonare.» le disse lui. «Possiamo inviare una pattuglia all'East Bridge per verificare se è tutto a posto.»

Con un sospiro, Josie prese il telefono e, senza prestare attenzione agli sguardi di tutti gli altri, disse: «Non vorrà parlare con uno dei nostri agenti...» Accettò la chiamata e si premette il telefono all'orecchio. «Zeke? Che succede?»

«JoJo?» disse lui con voce graffiante. «Ho pensato che volessi venire quaggiù. Sono abbastanza sicuro di avere davanti un cadavere.»

VENTI

Non lontano dalla zona centrale di Denton, l'East Bridge attraversava un ampio ramo del fiume Susquehanna. Sotto il ponte prosperava un focolaio di attività di spaccio, per quanto il Dipartimento di Polizia cercasse di contrastarlo. Ci viveva anche un piccolo numero di senzatetto della città, che trovavano riparo sotto tende e altre abitazioni di fortuna. Zeke si era costruito una piccola baracca a circa mezzo chilometro dall'East Bridge, lungo la riva del fiume, in un boschetto di arbusti, lontano dalla maggior parte delle persone che si riunivano al ponte. Quando arrivarono, Josie e Noah lo trovarono seduto fuori, su una sedia da campeggio che lei gli aveva comprato un paio di mesi prima. Era di un verde oliva, proprio come la giacca logora che le sembrava avesse sempre indossato da quando lo conosceva. Un sorriso quasi sdentato gli si allargò sul viso quando la vide. La sua barba bianca era più lunga di quanto lei l'avesse mai vista ed era ingiallita alle estremità. «JoJo!»

Josie gli porse una stecca di sigarette, che lui cullò al petto come se tenesse in braccio un neonato, guardandola quasi con amore. «Cosa posso fare per te in cambio?»

«Non devi fare niente, Zeke.» disse lei. «Prendila e basta.»

Si alzò e scomparve nella sua baracca, nascondendo la confezione. «Lo apprezzo molto, piccola JoJo.» gli sentirono dire dall'interno.

«Cos'è questa storia del cadavere?» lo interpellò Noah.

Senza badare a rispondergli, Zeke uscì, passando davanti a loro, e si diresse verso il fiume. Josie e Noah lo seguirono finché non si furono lasciati alle spalle gli alberi. Sotto i loro piedi, il terreno si trasformò in una distesa di rocce e fango ghiacciato. Davanti a loro, il fiume scorreva con acque agitate. Josie non poté fare a meno di pensare al luogo in cui era stato ritrovato il cadavere di Sharon Eddy sulla riva di Kettlewell Creek. Si guardò intorno, ma non vide nulla di strano. Zeke li accompagnò al bordo dell'acqua e indicò il cielo dall'altra parte del fiume. Il sole stava calando rapidamente, la luce del giorno stava svanendo. Sopra la riva opposta, tre avvoltoi collorosso e una manciata di corvi volteggiavano, sfruttando le correnti termiche. Josie spostò lo sguardo dalle loro ali tese al terreno proprio di fronte a loro. L'altra sponda del fiume era sempre stata troppo ripida per essere utilizzata dagli abitanti dell'East Bridge. Lungo l'argine correva una strada, ma era poco utilizzata, soprattutto in inverno, quando c'era un rischio maggiore che le auto trovassero zone ghiacciate e finissero in acqua.

Noah disse: «Cosa dobbiamo guardare?»

Ma Josie l'aveva già visto. Qualcosa di rosso si staccava dalla boscaglia altrimenti marrone e grigia lungo il pendio che portava dal fiume alla strada. Lo indicò. «Laggiù.»

«Come fai a sapere che è un corpo?» chiese Noah. «Molte persone ci vanno a gettare la spazzatura.»

Zeke alzò un sopracciglio e gli lanciò appena un'occhiata di sfuggita prima di rivolgersi a Josie. Le sue mani scomparvero nelle tasche della giacca e ne uscirono con una sigaretta e un accendino. «Ieri sera sono venuto qui fuori per una pisciata e ho visto un paio di fari. Non è che sia una cosa insolita, ogni tanto qualcuno ci passa su quella strada, ma questi fari si sono fermati proprio in mezzo alla carreggiata. Poi si sono allontanati e subito dopo ho visto le luci dei freni. Nello stesso posto.»

Josie disse: «Stai dicendo che l'auto si è fermata e ha fatto inversione in modo che il bagagliaio fosse rivolto verso il fiume?»

Lui si mise la sigaretta tra le labbra e ci parlò intorno. «Sì. Poi, un paio di minuti dopo, ho sentito un altro rumore. Come se qualcosa di pesante fosse caduto e si fosse schiantato sulla riva. E dopo un altro rumore, come quello di un bagagliaio che si chiude. Infine, l'auto è tornata da dove era venuta.»

«A che ora è successo, Zeke?» gli chiese Josie.

«Non lo so. Ieri sera.»

«Riesci a restringere il campo? Più vicino all'ora di cena o verso mezzanotte? O questa mattina presto?»

Zeke si accese la sigaretta e fece un lungo tiro, buttando fuori una nuvola di fumo mentre rispondeva. «Non lo so. È successo tardi. Lo so perché era molto silenzioso. Doveva essere già notte fonda.»

Josie sapeva che non aveva un orologio. L'unico accesso a un orologio era il suo telefono, e non aveva la più pallida idea di come facesse a tenerlo in carica in un posto così. Tuttavia, doveva fare un altro tentativo: «Riflettici, Zeke. Riesci a restringere almeno un po' l'orario? Nell'arco di un paio d'ore?»

«E come diavolo faccio a sapere che ora era, JoJo? Tenevo in mano il cazzo, non il telefono.»

«Perché non hai chiamato qualcuno ieri sera? O almeno questa mattina?» gli domandò Noah.

Zeke non lo degnò di uno sguardo nemmeno questa volta; tenne gli occhi fissi su Josie e, pizzicando la sigaretta tra il pollice e l'indice, disse. «Non è nella mia natura farmi gli affari degli altri...»

Josie represse un'alzata di spalle. «Non l'avrei mai detto.»

«Oh, andiamo, JoJo. Pensavo che fossimo in buoni rapporti.»

Sì, per quanto buoni potessero essere i loro rapporti, pensò

Josie. Lui era ancora dall'altra parte della legge, con una lunga storia di piccoli crimini al suo attivo.

«Per quale ragione hai aspettato a chiamarmi?» gli chiese.

Zeke fece un altro tiro e la cenere gli cadde sul bavero della giacca, ma non si preoccupò di spazzolarla via. «Perché non ero sicuro se fosse spazzatura o un corpo. Il tuo fidanzato ha ragione: la gente ci scarica un sacco di immondizia laggiù. Il Comune viene sempre a fare una grande pulizia in primavera e in autunno, ma poi la gente viene e ne scarica di più. Comunque, quando ho visto quegli uccelli ho capito che non si trattava di spazzatura.» Con la sigaretta tra le dita indicò di nuovo gli avvoltoi. «Li vedo sempre e solo quando girano intorno a una carcassa. Di solito sono cervi. Altre volte si tratta di selvaggina più piccola. Però non ho mai visto un animale vestito di rosso.»

«Sei riuscito a vedere che tipo di auto era?» continuò Josie. «La marca, il modello, il colore? Un dettaglio qualunque?»

Lui scosse la testa. «Mi dispiace, JoJo. Era troppo buio.»

«Sei riuscito a vedere chi c'era alla guida?»

Zeke tirò un'ultima boccata di sigaretta prima di gettarla nel fiume. «Era troppo lontano.»

Noah disse: «Sei riuscito a capire se c'era più di una persona nell'auto?»

«No.»

Per le esperienze precedenti con Zeke, Josie sapeva bene che non avrebbe detto nulla a meno che non glielo avessero chiesto espressamente. «Che cosa hai visto, Zeke?»

Lui si frugò di nuovo nelle tasche finché non trovò un'altra sigaretta e se la infilò in bocca, ma senza accenderla. «Te l'ho detto. Una macchina. I fari. Ho sentito dei rumori. E nient'altro. Come ho detto, era buio e mi trovavo sulla riva opposta del fiume. Ma la luce dell'abitacolo all'interno dell'auto si è accesa quando si è aperta la portiera del lato del guidatore. Quella è l'unica portiera che si è aperta.»

«Sei riuscito a scorgere qualche dettaglio del conducente

quando ha aperto il bagagliaio?» chiese Josie. «Alto, basso, grasso, magro, uomo, donna?»

Zeke scosse la testa, con la sigaretta tra le labbra. «Era troppo buio per dirlo. Il conducente era solo una sagoma scura.»

«E l'auto?» chiese lei. «Scura? Chiara? Una berlina? Un fuoristrada?

Zeke si accese la sigaretta e fece uscire il fumo dalle narici.

«Chiara, credo. Una berlina. Era bassa da terra. Non era un fuoristrada.»

Josie guardò quella macchia di rosso che sbucava in mezzo alla boscaglia, misurando la distanza. Al buio, senza lampioni e senza i fari di altri veicoli a fare luce, sarebbe stato impossibile capire molto altro da quel punto di osservazione.

«Grazie, Zeke.» disse, sollevata dal fatto che quelle parole non le sembrassero più delle lame di rasoio sulla lingua.

«Qualsiasi cosa per te, JoJo.» replicò lui. La pelle rugosa intorno ai suoi occhi grigi e pallidi si increspò quando lui le sorrise. «Senti... pensi di potermi procurare un sacco a pelo?»

VENTUNO

La donna con il cappotto rosso era stata scaricata come un sacco della spazzatura. Dalla strada, Josie poteva vedere il percorso che il suo corpo aveva fatto lungo il pendio, schiacciando le sterpaglie secche e spostando lattine di birra e altri rifiuti quando era rotolato verso il luogo del suo riposo finale. Era atterrata a faccia in giù, con le braccia e le gambe distese in una posizione innaturale. I riccioli biondi brillavano alla luce del sole calante, impigliati in un cardo rinsecchito. Indossava una gonna nera che si era impigliata in un rovo e ora era sollevata su un lato. Una ballerina nera le era rimasta infilata a un piede. L'altro piede era scalzo. Sulle sue gambe c'erano abrasioni dove i corvi e gli avvoltoi avevano tentato di banchettare. Josie e Noah avevano dovuto spaventare diversi uccelli quando erano arrivati. Dal momento in cui erano scesi dall'auto, l'odore di decomposizione li aveva colpiti in modo inconfondibile.

Nel frattempo, i membri della Squadra di Raccolta delle Prove avevano raggiunto la scena e avevano iniziato a muoversi con attenzione e lentezza intorno al corpo. Le loro tute in Tyvek bianche da scena del crimine risaltavano in netto contrasto con i toni marroni dell'inverno dell'argine. Josie e Noah li avevano chiamati sul luogo del ritrovamento dopo aver scacciato gli avvoltoi e aver confermato che quello che Zeke aveva visto era, in effetti, un cadavere. Noah era tornato sulla sponda opposta del fiume con un paio di agenti di pattuglia per fare una visita agli abitanti dell'East Bridge. Era un'impresa ardua, ma dovevano scoprire se qualcun altro, oltre a Zeke, aveva visto o sentito qualcosa la notte precedente. Josie alternava momenti in cui stava seduta nella sua calda auto e momenti in cui stava in piedi sul ciglio della strada, osservando il lavoro della squadra di Hummel. Mettner e Gretchen erano andati a casa a riposare.

Sentì dei passi smuovere la ghiaia alle sue spalle e un attimo dopo la raggiunse la voce della dottoressa Feist. «Un altro corpo?»

Josie le lanciò un'occhiata. La sua corporatura esile era inghiottita da un giubbotto imbottito di colore blu. I capelli biondo-argentato le ondeggiavano sulle spalle. Le guance e la punta del naso erano arrossati.

«Sì, un altro corpo.» rispose Josie.

«Ne troviamo parecchi di cadaveri...» constatò la dottoressa. «Ma questo, a poche ore dal ritrovamento di Sharon Eddy, in una discarica, in prossimità di un corso d'acqua... ho un gran brutto presentimento.»

Anche Josie aveva un gran brutto presentimento. Rimasero in silenzio, osservando la Squadra che montava i faretti per farsi luce nel sopraggiungere della sera. Montarono anche una tenda pop-up sul corpo e vi puntarono sopra delle luci alogene. Infine, Hummel diede loro il segnale che erano autorizzate a entrare nella scena del crimine. Si misero le tute in Tyvek e la dottoressa Feist recuperò i suoi strumenti dal suo furgone. Scendere dalla riva ripida fino al luogo in cui si trovava il corpo si rivelò difficile con i copriscarpe: Josie rischiò di cadere due volte e anche la dottoressa inciampò, ma solo una volta, e quando raggiunsero il corpo, tirò fuori la macchina fotografica e iniziò a scattare delle foto; Josie aspettò che lei finisse di documentare ogni dettaglio. Le mosche ronzavano intorno al corpo, passando da un'estremità all'altra. In quel punto la puzza di morte era quasi insopportabile. Da vicino, la terra che macchiava i vestiti della donna e le incrostava i capelli era più evidente, così come i punti sulla parte posteriore delle gambe in cui i corvi e gli avvoltoi avevano iniziato il loro macabro banchetto. Un'altra ferita si apriva sul dorso della mano sinistra.

La dottoressa fece un primo piano di ciascuna ferita. «Uccelli spazzini.» disse. «Lo si capisce dalla forma triangolare delle ferite. Sono state prodotte post mortem. Se fossero avvenute prima della morte, quando il flusso sanguigno era ancora attivo, mi aspetterei di vedere molto più sangue.»

Un osso della mano era visibile in corrispondenza del punto in cui gli avvoltoi avevano strappato la carne. Le sue unghie erano lunghe e sapientemente curate e smaltate di un rosso brillante. Josie si guardò intorno alla ricerca della ballerina mancante, ma non la trovò.

«Tenga questa.» disse la dottoressa, porgendo la macchina fotografica a Josie, che gliela prese guardandola mentre si inginocchiava accanto al cadavere. Per prima cosa, la Feist infilò le mani della donna in un paio di sacchetti per preservare qualsiasi traccia che potesse trovarsi sotto le unghie. «È in pieno rigor mortis.»

«Significa che è morta da circa dodici ore?» chiese Josie.

Senza alzare lo sguardo, la dottoressa iniziò a rovistare nelle tasche del cappotto. «Sa che non posso stabilire l'ora esatta basandomi solo su questo. Devo misurare la sua temperatura interna e fare dei calcoli in base alla temperatura ambientale. Fa piuttosto freddo, il che potrebbe rallentare il processo, ma potremmo aspettarci una finestra tra le dodici e le quindici ore. Potrò darle una risposta più definita quando avrò completato l'autopsia.»

Se la vittima fosse stata uccisa dalle dodici alle quindici ore precedenti, l'omicidio sarebbe stato commesso nelle prime ore del mattino di domenica. In qualsiasi momento tra l'una e mezza e le quattro e mezza di domenica mattina. Questo era coerente con quanto aveva detto Zeke in merito al fatto che il corpo era stato scaricato nel cuore della notte.

La dottoressa estrasse un cellulare dalla tasca del cappotto della vittima.

Josie chiamò Hummel, che lo acquisì come prova.

«Mi aiuti a girarla.» disse la dottoressa.

«Sicura di volerla girare? Proprio adesso che è in pieno rigor mortis?» le chiese Josie.

«Sì.» rispose convinta la dottoressa. «Forza.»

Josie mise da parte la macchina fotografica e si accovacciò accanto alla Feist, pronta a girare la donna prendendola per le gambe. Invece la dottoressa, già con una mano sulla spalla della vittima, si bloccò.

«Cosa c'è?» disse Josie.

«Se...» si interruppe di colpo, le dita cominciarono a tremare.

Josie la guardò in faccia. «"Se" che cosa?»

«Josie, se ha un marchio, come quello di Sharon Eddy, non credo che dovrei essere io a fare l'autopsia. Se Vance ha qualcosa a che fare con questo...» si interruppe di nuovo tenendo gli occhi ancora puntati sulle ciocche bionde della vittima.

«Non c'è problema, dottoressa.» la rassicurò Josie. «Continui pure.»

«Se è stata uccisa sabato sera tardi o domenica mattina presto e poi è stata scaricata qui, è possibile che sia stato Vance. Non si è presentato a casa mia fino a quasi mezzogiorno di oggi. Certo, ora è in prigione, ma non lo era quando questa donna è stata uccisa o quando è stata lasciata qui.»

I conti tornavano: sebbene il sergente Grey avesse arrestato Vance Hadlee sabato pomeriggio, sapevano che era stato rilasciato quasi immediatamente e il fatto che Dermot Hadlee fosse riuscito a far uscire il figlio dalla cella della centrale nel pieno del fine settimana e nel giro di poche ore, dimostrava quanta influenza avesse ancora quell'uomo nella sua città. Questo significava che l'ex marito della dottoressa poteva essere tornato a casa la sera prima. Josie sapeva anche che aveva raggiunto la casa della dottoressa domenica con un pick-up. Lo avevano visto parcheggiato lungo la strada quando lo avevano tratto in arresto. Ma gli Hadlee avevano anche una berlina bianca. Poteva aver usato quella per rapire e uccidere la donna rinvenuta da Zeke, tornare a casa sua a Bly e ritornare a Denton diverse ore più tardi, a bordo di uno dei pick-up, diretto alla casa della dottoressa.

«Se c'è un collegamento con lui, di qualunque natura sia, allora non è opportuno che io sia coinvolta. Anche se c'è solo una remota possibilità che sia stato lui a fare questo.»

«Sì, è vero.» convenne Josie. «Ha in mente qualcuno?»

«Conosco un medico legale che lavora nella contea di Lenore e del quale ho fiducia. Anzi, sono sicura che non gli dispiacerebbe occuparsene. Non hanno tanti casi come ne abbiamo noi.»

«Intanto diamo un'occhiata.» la esortò Josie.

Insieme, la dottoressa aggrappata alla parte superiore del corpo e Josie alla parte inferiore, fecero forza sugli arti irrigiditi della donna, in modo da poterla girare a faccia in su. La prima cosa che Josie notò fu il modo in cui il sangue si era depositato nella parte più bassa del corpo, facendo diventare la sua pelle di un brutto viola tendente al rosso. La seconda cosa che Josie notò fu che aveva gli occhi spalancati. Da azzurri che erano stati in vita, nella morte si erano velati da una patina lattiginosa.

«Opacità corneale.» spiegò la dottoressa. «Di solito la cornea si vede chiaramente, giusto?»

«Sì.» disse Josie, con lo stomaco che le si rivoltava, incapace di staccare gli occhi da quelli della donna. In quel momento fu contenta che fosse atterrata a faccia in giù, perché sapeva per esperienza che la prima cosa di cui gli uccelli spazzini di solito si nutrono sono i bulbi oculari. «Perché la cornea è trasparente. Nella parte posteriore della cornea c'è uno strato di cellule, che presentano uno sviluppo a nido d'ape, che regolano l'idratazione o la quantità di acqua o di liquido che entra nella cornea. Quando una persona muore, queste cellule si rompono e i fluidi entrano nella cornea, facendola diventare sempre meno trasparente. Di solito lo possiamo vedere circa due ore dopo la morte e diventa sempre più opaco con il passare del tempo.»

«Si può capire l'ora della morte da quanto sono opachi gli occhi?» le domandò Josie.

La dottoressa fece una mezza scrollata di spalle. Con le dita, abbassò delicatamente le palpebre inferiori della donna. «Sì, si può, ma non è il metodo migliore per farlo. A dire il vero, per determinare l'ora del decesso usando l'opacità corneale, il modo migliore sarebbe rimuovere il bulbo oculare.»

Josie cercò di reprimere il suo sussulto, ma tanto la dottoressa non la stava guardando e poco dopo continuò: «Posso misurare il livello di potassio nell'umor vitreo, che è la sostanza gelatinosa che si trova tra la lente dell'occhio e la retina, e questo mi darà una buona indicazione sull'ora della morte. Ma in realtà è altrettanto facile fare come faccio di solito e usare la temperatura corporea tenendo conto della temperatura ambientale del luogo in cui è stato trovato il corpo. Ma per questo devo portarla all'obitorio. Oppure, come ho detto, può occuparsene il mio collega.»

La dottoressa controllò l'attaccatura dei capelli e la bocca della donna, alla ricerca di ferite visibili. Anche Josie guardò, ma riuscì a vedere solo altra sporcizia e detriti provenienti dalla boscaglia secca.

«È da un po' che faccio questo lavoro...» disse Josie. «La maggior parte dei corpi che recuperiamo, che sono ancora relativamente intatti, hanno gli occhi chiusi.»

La dottoressa controllò intorno alle orecchie della donna. «Gli occhi aperti dopo la morte sono molto meno comuni di quelli chiusi. Di solito, se sono aperti post mortem, è a causa di un qualche tipo di tumore del sistema nervoso centrale, di un'insufficienza epatica o di un'altra malattia. Certe volte è il risultato di una terapia farmacologica. In questo caso, come per Sharon Eddy, con tutta probabilità è il risultato di spasmi muscolari che si sono verificati mentre il corpo si spegneva. Guardi un po' qua...»

Con una mano tenne sollevato il mento della donna e con l'altra indicò un anello di contusioni intorno alla gola. Erano praticamente indistinguibili dalla decolorazione causata dalla sedimentazione del sangue, ma Josie riuscì a distinguere un disegno. Impronte di dita.

Porca puttana, pensò Josie. «Mi passi la macchina fotografica.» le disse la Feist.

Josie prese la macchina fotografica e gliela porse, e la dottoressa procedette a documentare le contusioni sulla gola. In quel momento, lo sguardo di Josie fu attratto da qualcosa di piccolo e nero accanto al corpo. A un'ispezione più attenta, si rese conto che si trattava di una borsetta. Dopo averla fatta notare alla dottoressa, Josie chiamò Hummel, che la fotografò e infilandosi i guanti la estrasse con cura dal punto in cui era rimasta intrappolata sotto il corpo.

«La cinghia è rotta.» notò. «Deve essere successo durante la discesa e poi la borsa è rimasta intrappolata sotto di lei.»

Aprì la cerniera e frugò all'interno fino a trovare una patente di guida. La tese in modo che Josie potesse vederla. Nella foto, gli occhi azzurri della donna erano caldi e chiari, e trasudavano intelligenza. I riccioli biondi, privi di sporcizia e sterpaglie, le ricadevano sulle spalle. «Keri Cryer.» lesse. «Età: trentacinque anni. Viveva nella zona centrale di Denton.»

Josie memorizzò l'indirizzo mentre Hummel rimetteva la patente di Keri Cryer nella borsa che poi depositava in un sacchetto per le prove. La dottoressa finì di fotografare i segni di strangolamento, posò la macchina fotografica e si lasciò sfuggire un respiro tremolante. «Molto bene, Keri, adesso diamo un'occhiata al tuo fianco.»

Ci vollero un po' di strattoni, ma insieme riuscirono finalmente ad allontanare dai fianchi di Keri il cinturino della gonna e la biancheria intima. Quando videro le vesciche sul fianco sinistro, la dottoressa sussultò. Josie fissò il marchio. Quello che stava guardando era ancora meno in rilievo di quello trovato sul corpo Sharon Eddy. Solo la parte superiore del ferro di cavallo e una metà della freccia erano impresse nella pelle. Sopra e sotto c'erano altre bruciature.

«Non gli deve aver reso le cose facili.» constatò Josie. «Deve aver reagito.»

La dottoressa si asciugò una lacrima e si chinò per guardare meglio. «Ha ragione. Non è riuscito a marchiarla completamente.»

«Oppure ci ha rinunciato.» disse Josie.

«Bene.» disse la Feist. Si prese ancora un istante per guardare il corpo. «Auguriamoci che abbia lottato abbastanza da sottrargli un po' di DNA che vi aiuterà a metterlo in prigione a vita.»

VENTIDUE

Keri Cryer viveva in un appartamento al primo piano di un fabbricato di mattoni a due piani nel quartiere degli affari nel centro di Denton. Si trovava a pochi isolati da molte delle principali attività commerciali della città. Trovare dove parcheggiare l'auto era un'impresa impossibile, ma la casa si trovava a pochi passi da tutto ciò di cui una persona poteva avere bisogno. Dopo che il corpo di Keri Cryer era stato esaminato e rimosso dalla riva del fiume, Josie e Noah erano tornati alla stazione di polizia per redigere rapporti, preparare mandati e scoprire quante più informazioni possibili su di lei. Al momento non aveva alcun mezzo a motore registrato a suo nome. Aveva preso in affitto l'appartamento a Denton da circa cinque mesi. Prima di allora aveva vissuto a Bradysport.

A Josie non sfuggì che Keri Cryer aveva vissuto nella città più grande della contea di Everett prima di trasferirsi a Denton.

Avevano ottenuto un mandato di perquisizione per il suo appartamento e avevano chiamato la padrona di casa solo per poi scoprire che viveva al secondo piano dello stesso edificio. Quando Josie e Noah arrivarono era già buio. La padrona di casa li stava aspettando sul portico, circondata dalla luce che illuminava l'esterno. A giudicare dall'aspetto, doveva avere sui sessant'anni. Era magra, indossava un abbigliamento informale con jeans e un maglione color crema, sopra il quale portava uno scialle viola, dalle cui pieghe spuntava una mano via via che salivano i gradini del portico. «Scarlett Claire March.» si presentò. Per prima cosa strinse la mano a Noah. «Questa è casa mia. Siete della polizia?» Poi prese la mano di Josie nella sua, con gli occhi castani che si illuminarono. «Non importa, l'ho riconosciuta dalla televisione. Beh, non avrei immaginato che avrei incontrato qualcuno di famoso!»

Josie le rivolse un sorriso a denti stretti. Di certo non si considerava famosa. Era apparsa in televisione in qualità di detective decine di volte, ma erano gli episodi di *Dateline* che aveva fatto con Trinity dopo aver scoperto che erano gemelle che davano sempre alle persone l'impressione di incontrare una celebrità. In certi momenti Josie si pentiva di aver partecipato a quegli episodi, in particolar modo quando la sua notorietà provocava l'antipatia della gente. Per fortuna, questa non sembrava essere una di quelle volte.

Josie si passò una mano tra i capelli. «Miss March, come le ha detto il mio collega per telefono, siamo qui per parlarle della sua affittuaria, Keri Cryer. Abbiamo un mandato per perquisire il suo appartamento. È l'unica inquilina della casa, è esatto?»

«Sì, è l'unica persona a cui affitto.» confermò Miss March. «Anche se ultimamente ha invitato spesso un fidanzato. Aveva detto che si fermava qui solo qualche volta, ma l'ho visto molto spesso.»

Josie chiese: «Quando è stata l'ultima volta che lo ha visto?»

Miss March fece una scrollata di spalle. «Oh, non saprei proprio. Due o tre giorni fa, direi.»

«Quest'uomo ha le chiavi dell'appartamento?» chiese Noah.

«Certamente no. Non è nominato nel contratto d'affitto!»

«Bene.» disse Noah. «Tutto quello che ci occorre è che ci faccia entrare.»

Da qualche parte sotto le pieghe dello scialle, apparve un'altra mano con un portachiavi. «Sono ben disposta a farvi entrare, ma nel contratto di affitto che ho stipulato con Keri c'è scritto che devo darle un preavviso di ventiquattro ore prima di entrare. Ma, d'altronde, se siete qui, immagino che si tratti di un'emergenza.»

«In un certo senso è così, signora...» si limitò a dire Josie, senza stare ad approfondire con la padrona di casa che la sua affittuaria era morta e che il medico legale non aveva ancora avuto la possibilità di rintracciare i parenti più vicini e avvisarli. D'altra parte, l'ultima volta che avevano parlato con lui, il collega della dottoressa Feist aveva detto di non aver avuto fortuna nel rintracciare i parenti più stretti. Nemmeno Josie ci era riuscita usando i database della polizia a sua disposizione. Avrebbero avuto i contatti del telefono di Keri non appena Hummel avesse usato la GrayKey per accedervi, ma ci sarebbe voluto un po'.

Come se le avesse letto nel pensiero, Noah disse: «Miss March...»

«Mi chiami Scarlett, caro.»

Noah le sorrise. «Scarlett, per caso ha un contatto per le emergenze di Keri tra le sue informazioni?»

Lei si accigliò. «Oh, no. Non ditemi che è successo qualcosa a quella povera ragazza!»

«Non siamo autorizzati a fornire molti dettagli in questo momento...» spiegò Josie, «ma abbiamo davvero bisogno di parlare con il suo parente più stretto.»

Le chiavi tintinnarono mentre Scarlett se le premeva sul cuore. «Il suo parente più stretto...» le fece eco con un filo di voce. «Oh, povera, povera Keri. Quella povera ragazza. Beh, cari, mi dispiace dirvi che non ha nessun parente stretto. Nessuno di cui valga la pena di sapere, comunque. Sentite cosa facciamo, visto che fa molto freddo qui fuori, perché non andiamo dentro? Così voi due potete dare un'occhiata per tutto quello che vi serve, e intanto io vado a prendere la sua domanda di affitto e a vedere chi ha messo come contatto di emergenza. Così possiamo parlare ancora un po'.»

Pochi secondi dopo, Scarlett aveva aperto la porta d'ingresso e li stava conducendo attraverso l'appartamento in modo che potessero fare un breve giro, accendendo le luci man mano che procedeva. Era un appartamento piccolo, ma caratteristico. L'edificio era una delle case storiche più vecchie di Denton e aveva ancora i rivestimenti in legno originali e una spessa carta da parati Toile de Jouy d'epoca che raffigurava uccelli che svolazzavano da un albero all'altro. I mobili che Keri aveva scelto erano più moderni, poco costosi e nemmeno sufficienti a riempire l'ambiente. Nel soggiorno c'era un piccolo divano. La sala da pranzo era vuota. Nella cucina c'era un piccolo tavolo con due sedie. C'era una camera con un letto matrimoniale e una cassettiera. In quasi tutte le stanze c'erano scatoloni disfatti. Una volta accertato che nell'appartamento non c'era nessun altro, compreso il fidanzato di Keri, si infilarono i guanti in lattice e iniziarono a guardarsi intorno.

Josie iniziò dal bagno, dove di ogni articolo trovò un doppione: due spazzolini da denti, due asciugamani, due salviette, due flaconi di shampoo, due saponette e altri articoli da toilette, alcuni dei quali per donne e gli altri per uomini. La padrona di casa ci aveva visto giusto: sembrava proprio che il fidanzato di Keri vivesse con lei. A meno che non stesse cercando una nuova casa. Ma, del resto, a giudicare dai tre test di gravidanza negativi nel cestino, sembrava che non fosse così. Trovò Noah in camera da letto.

«Un paio di scarpe da ginnastica da uomo e forse un cambio di vestiti per un paio di giorni.» annunciò, tenendo tra le mani un paio di jeans da uomo.

Delle due l'una: o il fidanzato di Keri non possedeva molti vestiti oppure, davvero, si era fermato lì solo per un periodo transitorio. «Dobbiamo scoprire chi è quest'uomo.» sentenziò Josie.

Continuarono a cercare qualsiasi cosa che potesse aiutarli a capire chi avesse voluto uccidere Keri Cryer. Ma non c'era granché. Scarlett si era messa ad aspettarli in salotto, vicino alla porta d'ingresso, con lo scialle stretto intorno alle spalle, anche se ormai erano in casa. «Per caso conosce il nome del fidanzato di Keri?» le chiese Josie.

Scarlett scosse la testa. «Mi dispiace, ma non lo so. Sono sicura che me l'ha detto una volta o l'altra, ma l'ho dimenticato. Mikey, forse. Matty? Mark? Ho trovato il suo contatto di emergenza, ma non credo che sia giusto.»

«Perché dice così?» le chiese Noah.

Scarlett aprì lo scialle. In una mano teneva un fascio di fogli spillati insieme. Lo porse a Noah. «Il suo contatto per le emergenze è il suo vecchio principale, ma è stata licenziata, miei cari. Per questo è venuta a stare qui.»

Noah prese la domanda di affitto e la sfogliò prima di consegnarla a Josie. Il suo vecchio datore di lavoro era un avvocato di cui Josie non conosceva il nome.

«Keri era un avvocato?» si informò Noah.

«Un paralegale.» precisò la padrona di casa.

«Lo sa perché è stata licenziata?» le chiese Josie. «Glielo ha detto?»

Scarlett si appoggiò alla porta d'ingresso e richiuse lo scialle. «Sì, lo so, me l'ha detto. Mi ha raccontato tutto. Voleva disperatamente ottenere questo appartamento. L'affitto è conveniente perché qui non c'è parcheggio e, a dire il vero, in questa zona della città c'è molto rumore. C'è un sacco di gente che va a fare compere e passano molte auto. A un isolato di distanza, c'è una piccola sala per concerti dove il comune invita i musicisti a esibirsi per tutta la primavera e l'estate. Non c'è un attimo di tregua. Tutti gli inquilini che ho avuto in precedenza hanno finito per andarsene perché la zona è troppo trafficata e troppo rumorosa. Mi sono assunta un rischio con Keri. Non aveva gli occhi per piangere, in realtà, ma era onesta.»

«Sa per quale motivo era così disperata?» si informò Josie.

«Era disoccupata da un paio di mesi e aveva appena ottenuto un nuovo lavoro qui a Denton. Aveva bisogno di un posto dove vivere. Aveva quasi finito tutti i risparmi, quindi non poteva permettersi di stare in albergo finché non avesse trovato una sistemazione. Aveva abbastanza soldi per il deposito cauzionale e il primo mese di affitto, e aveva un lavoro assicurato. Vi dico che mi faceva così pena che ho finito per prepararle anche da mangiare per il primo mese che è stata qui!»

«È stato gentile da parte sua.» disse Noah. «Cucinare per una persona in difficoltà nonostante fosse stata appena licenziata.»

Scarlett sbuffò verso l'alto, facendo svolazzare la sua frangia castano-grigia. «Oh, caro, è perché non era stata licenziata per un motivo valido, per come la penso io.»

«Come sarebbe?» chiese Josie, cercando di continuare a farla parlare.

«Quella dolce ragazza era stata licenziata perché si era innamorata. Se questo è un motivo legittimo per licenziare una persona, non so che fine abbia fatto questo mondo. Non pensate male, non si era innamorata di un uomo sposato o cose del genere. Né tantomeno del suo capo. Si era innamorata di un cliente. L'hanno licenziata perché c'era un conflitto di interessi o qualche sciocchezza simile...»

«Non c'è dubbio che il fidanzato abbia vissuto qui per un po'... era lui la persona per cui l'hanno licenziata?» le chiese Noah.

«Credo di sì.» disse Scarlett. «All'inizio della storia non veniva qui. Ha iniziato a farsi vivo solo qualche settimana fa. Lei non ha mai parlato molto di lui, se non per dire che erano innamorati e che avevano intenzione di mettere su famiglia una volta che si fossero rimessi in piedi. A quanto pare, erano cresciuti entrambi in affidamento. Non insieme, però. Non mi ha mai raccontato la storia di questo ragazzo, ma solo che era stato un bambino dato in affidamento come lei, con l'unica differenza che non aveva mai conosciuto la sua famiglia. Keri, invece, ha sempre saputo chi erano i suoi genitori, ma avrebbe preferito non saperlo. Sua madre e suo padre sono entrambi in prigione per aver dato fuoco a una casa con dentro un'intera famiglia.»

Josie sentì un brivido dietro la nuca. Non poteva essere una coincidenza che Jana Melburn, Hallie Kent e Mathias Tobin fossero stati tutti ragazzi inseriti nel sistema di affidamento, proprio come Keri Cryer. «È stata Keri a raccontarglielo?»

Scarlett annuì con fare solenne. «Ve l'ho detto, quella povera ragazza mi ha raccontato ogni singolo dettaglio della sua vita. Mi piaceva di più proprio per questo. Aveva circa otto anni quando i suoi genitori sono stati arrestati. Stanno scontando l'ergastolo. Aveva un paio di parenti da parte del padre, ma nessuno la voleva. Non è triste? Una persona dolce come Keri...»

Josie non lo disse, ma Keri poteva essere stata fortunata a non finire con i familiari di un assassino che non avevano interesse a crescerla.

«Sono quelli i suoi parenti più stretti. Tecnicamente.» osservò Noah.

«Tecnicamente.» concordò Scarlett. «Ma non sono suoi parenti. Non li vede e non parla con loro da anni. Per molto tempo è cresciuta pensando che i genitori fossero innocenti. Si è iscritta a giurisprudenza perché pensava di poterli aiutare a uscire. Non potendo permettersi la scuola di legge, ha lavorato come assistente legale. Ma poi mi ha detto che aveva ottenuto i fascicoli dei processi. Ha usato quella... oh, qual è quella legge? Quella che permette di ottenere i documenti pubblici?»

«La Legge sulla libertà di informazione.» disse Josie.

«Sì! È quella. Ha ottenuto le trascrizioni dei processi. Le ha lette tutte. In cuor suo sapeva di essersi sbagliata su di loro per tutto quel tempo. L'ha definito lei stessa il sogno di una bambina stupida.»

«Ma lavorava per un'organizzazione il cui scopo era quello di rimettere in libertà le persone ingiustamente incarcerate?» le chiese Noah.

«No. Avrebbe voluto, ma non era abbastanza remunerativo e gli avvocati facevano la maggior parte del lavoro. Non c'era bisogno di lei. Ha lavorato per uno studio di difensori penalisti. Poi si è innamorata di un cliente. È stata licenziata. Ha trovato lavoro presso lo studio di un altro avvocato difensore di Denton e si è trasferita.»

«E lei non era preoccupata che il cliente di cui si era innamorata fosse un criminale?» chiese Noah. «Visto che lavorava per uno studio di avvocati penalisti?»

«Mi aveva assicurato che lui non aveva mai avuto problemi.» confermò la padrona di casa. «Era solo un grande malinteso.»

«Sono abbastanza sicuro che tutti i criminali dicano così.» disse Noah. «Soprattutto quelli colpevoli.»

Scarlett fece spallucce. «Ho pensato: perché avrebbe dovuto dirmi la verità su tutto il resto e non su questo? Inoltre, se avesse fatto qualcosa di veramente terribile, non sarebbe stato in prigione?»

Lo sarebbe stato, pensò Josie. A meno che non fosse stato recentemente scagionato e rimesso in libertà.

«Si direbbe che voi due foste molto legate.» constatò Josie.

Scarlett sorrise, la pelle agli angoli degli occhi si increspò. «Oh, il fatto è che mi sentivo un po' sola a vivere al piano di sopra per conto mio, tutto qui. Mi sono presa cura di Keri quanto più ho potuto da quando è arrivata qui. Poi ha iniziato a lavorare, costretta a fare un sacco di straordinari. Allora, ho cercato di lasciarla in pace perché potesse andare avanti con la sua vita.»

«Sa dov'era ieri o l'altro ieri?» le domandò Noah. «Sa

quand'è stata l'ultima volta che è passata da casa? O a che ora se n'è andata?»

«No. Sono impegnata fino alle orecchie a ritinteggiare la cucina. Non ci ho fatto caso.»

«Keri si sarebbe confidata con lei se avesse avuto problemi con qualcuno?» le domandò Josie.

«Con chi, per esempio?»

«Con il suo ragazzo?» suggerì Noah. «Magari le cose non andavano così bene come Keri le dava a credere...»

Scarlett scosse la testa. «Oh, no. Sento molto dal piano di sopra. Quei due non facevano altro che ridere e fare... l'altra cosa. Non litigavano mai. Credetemi, se non mi fosse sembrata così felice e spensierata, avrei detto la mia sul fatto che lui era qui in continuazione.»

«E non veniva nessun altro?» continuò Josie. «Nuovi amici? Qualche collega? Keri le ha mai detto qualcosa?»

«No, niente. Non a me, comunque.»

«E qualcuno che si aggirava nei paraggi ultimamente? Una persona che si appostava, che magari teneva d'occhio la casa?» suggerì Noah.

«Non ho notato nessuno, ma ho delle riprese video al piano di sopra che posso mostrarvi. Non ho mai cercato niente del genere, ma questo non significa che non ci sia. Ho le telecamere solo nel caso in cui sparisca qualcosa o ci sia un'effrazione. Presumibilmente si vedrà anche il fidanzato.»

<h1 style="text-align:center">VENTITRÉ</h1>

Nel filmato di videosorveglianza che Scarlett mise a loro disposizione erano inquadrati sia la facciata della casa che parte della strada; per di più, risaliva a due settimane prima. Ne fece una copia per loro, in modo che potessero portarla in centrale. Cominciarono subito a lavorarci: si vedeva Keri che entrava e usciva dal suo appartamento con regolarità. Anche il suo ragazzo andava e veniva con una certa frequenza, alcune volte insieme a lei, altre volte per conto suo. Se ne deduceva che o Keri gli aveva dato segretamente una copia della chiave del suo appartamento, oppure aveva l'abitudine di lasciargli la porta aperta. Nel momento in cui Josie lo vide, rimase colpita da quanto le fosse familiare il suo aspetto, sebbene ora fosse più vecchio e più magro, portasse i capelli più corti e sembrasse camminare con un'andatura leggermente ricurva; invece, il naso ce l'aveva ancora storto. Josie non ebbe la minima ombra di dubbio che quello che stava guardando era Mathias Tobin. Tirò fuori la foto della sua ultima patente di guida, che risaliva a quattro mesi prima. Doveva averla aggiornata dopo essere stato rilasciato.

«Abbiamo una corrispondenza.» disse Noah, spostando lo

sguardo dalla foto della patente al fermo immagine sul volto del fidanzato di Keri. «Dobbiamo andare a parlare con lui.»

«Chiamerò Scarlett.» disse Josie. «E le chiederò di avvertirci immediatamente se si presenta a casa sua.»

«Dovremmo far intervenire la Squadra di Raccolta delle Prove a casa di Keri e raccogliere tracce di DNA, giusto per avere una conferma. Telefono a Hummel.»

«E intanto io posso preparare un mandato per sequestrare la berlina bianca degli Hadlee.» si offrì Josie. «Così Hummel la può analizzare alla ricerca di eventuali prove che Keri Cryer sia stata caricata a bordo.»

Lavorarono di filato dalla sera di domenica fino alla mattina del lunedì. Quando Gretchen si presentò per dare loro il cambio, seguita dal capo pochi minuti dopo, con gli occhi che bruciavano Josie e Noah li ragguagliarono sui nuovi progressi fatti fino a quel momento e che stavano aspettando che il collega della dottoressa Feist terminasse l'autopsia di Keri Cryer.

«Fatemi capire bene...» disse il capo. «Abbiamo una seconda vittima con lo stesso marchio che l'ex marito della dottoressa Feist le ha inflitto dieci anni fa, e anche questa seconda vittima ha un collegamento con il caso dell'incidente a Bly.»

«Proprio così.» confermò Josie. «Questo però è un collegamento molto più forte. Un collegamento molto più evidente.»

«Visto che tutta la gente di Bly pensa che a uccidere quella ragazza sia stato il nuovo fidanzato della seconda vittima? Come si chiamava? Jana Melburn?»

«Esatto.» disse Noah.

«Questo ragazzo...» disse il capo. «Come si colloca in questi omicidi?»

«Beh, è stato ripreso mentre entrava e usciva dalla casa di Keri Cryer nelle ultime due settimane.» disse Josie. «E non è in quelle riprese nell'arco di tempo in cui Sharon Eddy è scomparsa e poi è stata uccisa...»

«Ma non sappiamo dove fosse perché non siamo riusciti a localizzarlo per parlargli.» intervenne Noah.

«Per quanto riguarda Keri Cryer...» disse Josie, «Mathias Tobin è uscito prima di lei giovedì mattina e da allora non è più tornato.»

«In questo modo avrebbe avuto il tempo di uccidere sia Sharon Eddy che Keri Cryer.» disse Gretchen. «Capo, vuole emettere un mandato di cattura per questo tizio?»

«Voglio che andiate a parlargli.» disse il capo. «Questo è sicuro. E voglio che cerchiate di tenere la stampa lontana da questa storia. Ma diramate comunque un allarme. Se qualche unità lo vede, deve portarlo qui per interrogarlo. Avete detto che non ha un'auto, vero?»

Noah scrollò le spalle. «Non c'è nulla di registrato né a suo nome né a quello di Keri Cryer.»

Il capo si accigliò. «È difficile trasportare un corpo senza un mezzo. Sappiamo che Keri Cryer è stata trasportata in una berlina.»

«Solo perché non c'è nessun veicolo registrato a suo nome o a quello di Keri Cryer non significa che non abbia accesso ad altri veicoli in qualche modo.» osservò Noah.

«Ecco perché dobbiamo trovare un modo per parlargli.» sentenziò Josie.

«Il telefono?» chiese Gretchen. «Dovrà pur avere un telefono. Come faceva a tenersi in contatto con Keri, altrimenti?»

«Non abbiamo trovato nulla nei database a suo nome.» disse Josie. «Ma Hummel sta lavorando per ottenere tutte le informazioni possibili dal telefono di Keri Cryer. Sono sicura che ci sarà qualcosa.»

«Cos'altro sappiamo di questa donna?» chiese il capo. «Non avete trovato nessun indizio nel suo appartamento?»

«Abbiamo trovato molti test di gravidanza negativi, quindi la padrona di casa non sbagliava quando ha detto che Keri Cryer e Mathias Tobin stavano cercando di mettere su famiglia.» disse Josie. «Poi abbiamo trovato un computer portatile, che Hummel sta esaminando. Abbiamo trovato anche alcuni documenti del suo vecchio studio, Downey, Downey & O'Neill. Una lettera di licenziamento, questo genere di cose. Li abbiamo chiamati per sapere se avevano informazioni su Mathias Tobin, ma non sono stati in grado di fornirci nulla. Ho chiesto di Keri Cryer, ma mi hanno risposto che non discutono di questioni di competenza delle Risorse Umane.»

«E al nuovo studio di Keri Cryer?» chiese Gretchen. «Vi siete messi in contatto con loro?»

«Ho appena parlato con il suo supervisore allo studio.» disse Noah. «Ha detto che è brava, lavora sodo, è intelligente e non gli ha mai creato problemi. Ha detto che due colleghe gli hanno raccontato che dovevano incontrarla per un drink sabato sera in un bar a pochi isolati da casa sua, ma lei non si è presentata.»

«Dai filmati di sorveglianza della padrona di casa abbiamo visto che ha lasciato il suo appartamento a piedi sabato sera intorno alle nove.» ricapitolò Josie. «Abbiamo controllato le riprese delle telecamere del traffico e delle telecamere di sorveglianza delle attività commerciali vicine. C'è voluto un po' di tempo perché ci sono diversi percorsi da casa sua al bar a piedi, ma alla fine l'abbiamo individuata. Siamo riusciti a seguirla fino a circa quattro isolati di distanza dal bar. A quel punto, tutto ciò che siamo riusciti a ottenere è un video delle sue gambe, in pratica, da un negozio che si trova a quasi un intero isolato di distanza. Non si vede un accidente, se non lei che scende dal marciapiede e si avvicina a un'auto - una berlina bianca, da quello che possiamo dire, ma troppo lontana per leggere la targa - e si mette a parlare con la persona al volante. Poi sale e l'auto se ne va.»

«Speriamo che una volta che Hummel sarà entrato nel suo telefono, le coordinate GPS ci indichino dove è andata.» commentò Noah.

«Ne dubito.» rispose il capo. «Se quello di Keri Cryer è

simile all'omicidio di Sharon Eddy, l'assassino l'avrà convinta a spegnere il telefono quando è salita in macchina.»

«Ma come?» chiese Noah.

«Che ne so io.» disse il capo. «Magari potrete chiederlo all'assassino quando lo catturerete!»

«Avete ricavato qualcos'altro dalle telecamere stradali?» chiese Gretchen.

«Abbiamo ripreso l'auto con altre telecamere fornite dagli esercizi commerciali locali.» rispose Josie. «Ma nessuna ripresa è abbastanza vicina o nitida per vedere la targa o chi c'era alla guida.»

«Il riconoscimento automatico delle targhe?» chiese Gretchen.

«Ci stiamo ancora lavorando.» rispose Noah. «Ma per ora non è saltato fuori niente. Le telecamere li seguono solo per qualche isolato e una volta usciti dal quartiere commerciale non abbiamo più nulla.»

«In mattinata manderemo altre unità a recuperare i filmati.» aggiunse Gretchen.

«Dobbiamo anche scoprire dove si trovava Vance Hadlee nel periodo di tempo che intercorre tra il momento in cui Keri Cryer è salita su quell'auto e quello in cui il suo corpo è stato abbandonato vicino al fiume.» li esortò il capo. «Non dimentichiamoci che tutto questo è accaduto prima che si presentasse dalla nostra dottoressa e prendesse a pugni Mettner.»

«Vedremo cosa riusciremo a scoprire...» disse Noah, «anche se, ora che è in prigione, dovremo rivolgerci per forza al suo avvocato.»

Il capo incrociò le braccia sul petto. «Torniamo su Mathias Tobin. Sembra che la violenza lo segua ovunque vada, ma non c'è nulla di concreto.»

«Però non poteva sapere del marchio, giusto?» chiese Gretchen. «Quando abbiamo parlato con la dottoressa Feist, il suo nome non è mai venuto fuori.»

«Andate a chiederglielo di nuovo.» disse il capo.

«Possiamo farlo...» disse Josie, «però, Signore, questi omicidi sono collegati al caso di Jana Melburn. Mathias Tobin se l'è cavata con poco più che semplici accuse da parte della gente della sua città. Che motivo avrebbe ora, dieci anni più tardi, dopo essere stato rilasciato per un crimine completamente diverso, di puntare un riflettore così forte sul caso Melburn? Tutto questo non fa altro che riportare su di lui un'attenzione indesiderata. Di nuovo.»

«Josie ha ragione.» disse Noah. «Non ha senso che sia coinvolto in questa storia, soprattutto perché è appena uscito di prigione.»

«Ma ovunque posiamo lo sguardo, salta fuori il suo nome.» obiettò Chitwood. «Dobbiamo scoprire perché.»

VENTIQUATTRO

Josie faceva le fusa di piacere mentre Noah le massaggiava i piedi; era distesa sul divano e poggiava i piedi sulle sue ginocchia. Trout si era steso accanto a lei, premuto contro il suo fianco, e russava soddisfatto. Dopo aver dormito quasi tutto il giorno, Josie e Noah si erano alzati, avevano fatto la doccia e avevano portato il cane a fare una lunga passeggiata. Erano di riposo fino al giorno dopo, quindi stavano approfittando di ogni minuto libero, anche se Keri Cryer e Sharon Eddy non si allontanavano mai dalla mente di Josie. Aveva mandato un messaggio a Gretchen e uno a Mettner, che era entrato di turno, per farsi dare qualche aggiornamento, ma per il momento ce n'erano pochi: erano riusciti a far sequestrare la berlina bianca degli Hadlee e Hummel si era messo al lavoro per analizzarla. Era un modello vecchio e il sistema GPS era stato disattivato, perciò, non c'era modo di ottenere una mappatura di dove fosse stata nelle ultime quarantotto ore. La sorella e il padre di Vance Hadlee insistevano nel ribadire che era stato alla fattoria con loro, anche se, sotto la pressione di Gretchen, Lark aveva ammesso di non averlo visto fisicamente da quando era tornato dopo essere stato portato in cella dal sergente Grey, sabato sera. Nessuno dei due aveva notato se la berlina fosse sparita o meno per un certo periodo di tempo. Quanto a Mathias Tobin non era stato avvistato da nessuna parte. Dove era andato a cacciarsi? Aveva praticamente convissuto con Keri Cryer e adesso che lei era morta non era più tornato nel suo appartamento. Sembrava ancora che fosse lui quello che aveva più da rimetterci dal rinnovato interesse che gli omicidi di Sharon Eddy e Keri Cryer avevano acceso sul caso di Jana Melburn, per non parlare del fatto che non c'era ancora alcuna prova che lui fosse a conoscenza del marchio della dottoressa Feist; eppure, c'era qualcosa che a Josie non quadrava nel modo in cui era scomparso. Non riusciva a smettere di pensare al fatto che le donne che avevano fatto parte della vita di Mathias Tobin - Jana Melburn, Piper Grey e per ultima Keri Cryer - erano tutte morte.

Josie avrebbe tanto voluto poter parlare con sua sorella di tutta quella faccenda, ma si sarebbe dovuta accontentare di accompagnarla a Bly il giorno seguente per parlare con Hallie Kent che, essendo cresciuta sia con Jana che con Mathias, si era già dimostrata un'ottima fonte di informazioni per Trinity. Siccome Gretchen non era riuscita a cavarne niente quando l'aveva contattata per sapere se avesse avuto qualche notizia di Mathias e ammesso che la squadra non lo trovasse entro l'indomani, andandoci a parlare Josie avrebbe avuto modo di scavare un po' più a fondo, nella speranza di poter fare luce su molte cose.

In sottofondo si sentivano i rumori dalla cucina: posate che tintinnavano, pentole che sferragliavano, qualcosa che sfrigolava. Trinity e Drake avevano deciso di preparare la cena e, ovviamente, né Josie né Noah avevano avuto niente da ridire; anzi, i profumi che si diffondevano dal corridoio le facevano brontolare lo stomaco.

«Ecco cosa dovremmo fare d'ora in poi.» propose. «Dobbiamo sfruttare questo afflusso costante di ospiti che sanno fare da mangiare. In questo modo, non causeremmo mai più un incendio in cucina.»

«Sì!» convenne Noah ridendo. «Ma così non avremmo più tempo per stare da soli.»

«Hmm...» fece Josie. «Se dobbiamo scegliere tra il tempo per stare per conto nostro e metterci a tavola, preferisco morire di fame.»

Prima che Noah potesse risponderle, suonarono al campanello e Trout saltò in piedi, corse alla porta e cominciò ad abbaiare furiosamente. Con un lamento, Josie si alzò dal divano e andò ad aprire. Sullo scalino d'ingresso trovò Anya Feist, avvolta in un cappotto e in un cappello di maglia, con il viso segnato dal pallore e dall'angoscia.

«Si accomodi.» disse Josie.

Trout, riconoscendo il suo odore, si sciolse immediatamente in un turbinio di scodinzolii e mugolii, e prese a saltare per leccarle le mani. La dottoressa si prese un momento per accovacciarsi e salutarlo. Trinity apparve sulla porta della cucina, con le mani avvolte nei guanti da forno e rimase a occhi spalancati nel ritrovarsela di fronte. Josie le lanciò uno sguardo di avvertimento. Sebbene quel giorno Josie avesse ottenuto da Trinity una copia del referto dell'autopsia di Jana Melburn e l'avesse lasciata all'obitorio, in modo che la dottoressa potesse esaminarla quando fosse stata pronta, Josie non aveva detto alla dottoressa della possibilità che la televisione dedicasse un servizio al caso Melburn. Perciò, si sentì sollevata quando Trinity scomparve di nuovo in cucina.

Rimettendosi in piedi, la dottoressa guardò da un capo all'altro dell'ingresso e annusò l'aria. «Se non è un buon momento posso tornare...»

«No.» disse Noah, arrivando dal soggiorno. «Rimanga. Ci sono Trinity e Drake. Stavamo per metterci a tavola. Sono sicuro che ce n'è in abbondanza. Ci farebbe piacere se si unisse a noi.»

La dottoressa gli rivolse un debole sorriso. «Non ho molta fame.» disse guardando Josie, come per chiedere soccorso.

Guardando Trout, Josie disse: «Stavo per portare il cane a fare una passeggiata. Perché non si unisce a me?»

Con aria sollevata, la dottoressa annuì e aspettò che Josie si infagottasse e mettesse la pettorina a Trout. Fuori già era buio, la notte scendeva presto in inverno, ma i lampioni facevano molta luce. Quando furono a mezzo isolato di distanza, la dottoressa disse: «Ho parlato con il mio collega della contea di Lenore. L'autopsia di Keri Cryer è proprio quella che ci si aspetta. Sono sicura che lei e Noah sarete informati non appena tornerete al lavoro. La causa della morte è lo strangolamento manuale. La modalità è l'omicidio. L'ora del decesso è tra mezzanotte e le due del mattino di domenica. Aveva delle abrasioni sulle braccia, che molto probabilmente sono l'evidenza di contusioni da difesa. C'era anche una frattura del cranio che, secondo lui, è avvenuta poco prima della morte. Non ci sono lesioni a stampo, quindi non sappiamo con cosa sia stata colpita. Non ha lacerato la pelle.»

«L'assassino le sottomette colpendole alla testa.» disse Josie.

«Sembra che sia così. A parte questo, Keri Cryer aveva avuto da poco un rapporto sessuale.»

«L'ultima volta che ha visto il suo ragazzo è stato giovedì mattina.» disse Josie. «Potrebbe essere stato un altro?»

«Non posso dirlo con certezza, ma sicuramente potrebbe essere stata con il fidanzato. Se avesse avuto un rapporto sessuale da tre a cinque giorni prima del decesso, l'esame lo mostrerebbe comunque. Questo è il lasso di tempo in cui lo sperma può vivere all'interno del corpo femminile dopo un rapporto sessuale. Non c'erano prove che il rapporto sessuale non fosse consensuale. Il mio collega ha prelevato un campione e lo ha inviato per l'analisi del DNA. E un altro campione di DNA è stato prelevato dal cappotto della ragazza ed è stato inviato subito al laboratorio.»

«A proposito del suo ragazzo...» disse Josie, «crediamo che si trattasse di Mathias Tobin.»

«Oh mio Dio...» esclamò la dottoressa fermandosi di botto. Guardò il cielo scuro e fece un respiro profondo fino a ricomporsi. Trout tirò il guinzaglio, non rendendosi conto che si erano fermate. Dopo un attimo, Josie disse: «Anya?»

La dottoressa abbassò lo sguardo, senza incrociare gli occhi di Josie e, lentamente, riprese a camminare. «Per questo Gretchen mi ha chiesto se mi ricordavo di Mathias Tobin e se lui sapeva della marchiatura che mi ha lasciato Vance. Non abbiamo avuto modo di parlare a lungo perché ero impegnata in un caso di annegamento accidentale. In realtà sono venuta da lei stasera per discutere del caso di Jana Melburn, di cui le avrei parlato tra un minuto. Per quanto riguarda Keri Cryer, è possibile che i due campioni di DNA trovati sul suo corpo provengano da persone diverse. Per questo li abbiamo fatti analizzare. O forse no. Dio mio, è una follia. Pensavo che tutto questo fosse storia passata. Mi sembra davvero incredibile pensare che stia tornando a galla tutto quanto. Aver visto Vance ieri è stato come...» si interruppe, ritrovandosi a corto di parole.

Josie le accarezzò la spalla. «Mi dispiace, è davvero un brutto momento per lei.»

La dottoressa si asciugò una lacrima che le stava colando sul viso. «E tutti voi siete così gentili. Se avessi avuto intorno a me delle persone come voi quando ero giovane... se avessi avuto un sistema di supporto così buono allora... non lo so. Può darsi che adesso le cose sarebbero state diverse. O magari sarebbero andate allo stesso modo. Senta, mi dispiace di non aver accettato l'invito a cena. Ma per quanto tutti i membri della squadra siano stati fantastici con me, non me la sento di... stare in mezzo a tante persone stasera.»

«Lo capisco.» la rassicurò Josie. «Probabilmente è meglio così. Vuole che sia completamente sincera? Mia sorella sta facendo delle ricerche sul caso di Jana Melburn con l'obiettivo di farci un episodio per il suo programma.»

La dottoressa gemette. «Oh no...»

«Le ho chiesto di non contattarla per adesso. Anche se mia sorella non ha idea di cosa stia succedendo tra lei e Vance, o qui a Denton con l'omicidio di Sharon Eddy, e ora anche con quello di Keri Cryer, ha accettato di non parlare con lei per il momento. Però non so per quanto tempo ancora riuscirò a trattenerla. Sa come diventa quando si impunta su qualcosa...»

La dottoressa fece una risata secca. «Sì, certo, lo so bene. È famosa per questo. Ma suppongo che avrei dovuto immaginarmi che sarebbe successo.»

VENTICINQUE

Si fermarono quando Trout si attardò ad annusare freneticamente la base di un palo del telefono.

Josie chiese: «Cosa intende dire?»

«Ho visto il rapporto dell'autopsia di Jana Melburn. Mi ha fatto tornare in mente molte cose.»

Trout si liberò sul palo e poi riprese la strada per un'altra annusatina. Josie aspettò che la dottoressa continuasse.

«Quel caso era stato estremamente difficile. Da quello che ricordo, la polizia non aveva assolutamente alcuna prova che lasciasse supporre che Jana Melburn fosse stata ammazzata. Io sono andata sul posto con loro. Era del tutto plausibile che fosse caduta, che fosse ruzzolata giù dal terrapieno e che avesse battuto la testa.»

«Le ferite alla testa erano piuttosto gravi.» osservò Josie. «Le orbite degli occhi erano in frantumi. La nuca...»

«Me lo ricordo.» la interruppe la Feist. «Ma mi creda se le dico che, in assenza di prove di omicidio, un patologo è obbligato a dichiarare che la morte è stata accidentale o non determinata. Josie, talvolta in una brutta caduta le ferite anomale si producono e basta. Deve credermi, questo caso mi ha fatto pensare. E ha ragione, in condizioni normali questo tipo di lesioni non sono causate da una caduta come quella, ma non è impossibile. Sebbene le probabilità siano estremamente basse, può sempre succedere.»

Era lo stesso argomento che lei stessa aveva usato con sua sorella il giorno precedente.

«Deve sapere...» proseguì la dottoressa, «che anche alla luce di tutto ciò, avrei voluto comunque dichiarare la modalità del decesso come omicidio. Proprio come lei, e come sua sorella, non riuscivo a capacitarmi di quanto fossero gravi quelle ferite.»

Si fermarono di nuovo per permettere a Trout di ispezionare una striscia d'erba. «Perché non l'ha fatto?» chiese Josie.

«Nella bozza iniziale del mio rapporto l'avevo classificato come omicidio.» riprese la dottoressa. «Ma ho subìto pressioni per cambiarlo e mi dispiace ammettere che ho ceduto. Come ho detto, quello è stato un periodo molto difficile per me. La prego di capire che non sto usando la mia crisi personale o la situazione con il mio ex marito come una scusa, ma solo come una spiegazione.»

«Chi è stato a farle pressioni?» le domandò Josie.

«Il mio capo. Il mio mentore, Garrick Wolfe.»

Il braccio di Josie subì uno scossone quando Trout procedette per la sua strada. Lei lo seguì, ma continuò a guardare la dottoressa, che teneva lo sguardo fisso sui suoi piedi. Cercò di pensare a chi avesse tratto vantaggio dal fatto che il caso non fosse stato classificato come omicidio. Mathias Tobin. Supponendo che fosse la persona che la polizia aveva sempre avuto in mente come sospetto.

«Quando ha discusso del caso con la polizia...» disse Josie, «cosa hanno pensato? Avevano in mente un sospettato?»

«All'epoca? Se avevano un sospettato, non ne hanno certo parlato con me, ma d'altronde non era di mia competenza discutere dei sospetti, solo dei risultati delle mie osservazioni. So che propendevano per l'omicidio, proprio come me, a causa delle ferite, ma non avevano altre prove oltre a quelle. Lo hanno detto chiaramente. Credo che fossero frustrati e sconcertati quanto me, ma cosa potevamo fare?»

«Da quello che ho capito...» riassunse Josie, «Mathias credeva che Jana stesse per incontrare qualcuno la sera in cui è morta. La polizia non ne ha parlato con lei? Che forse aveva incontrato qualcuno e lui l'aveva uccisa?»

«L'avevo sentito dire, sì, ma non sono riusciti a trovare nessuno né alcuna prova che lei dovesse incontrarsi con una persona. Il fatto è che non c'era nulla su cui basarsi.»

«Non le hanno suggerito di indicare la modalità del decesso come indeterminata? Anziché accidentale, intendo.» le chiese Josie.

«Può darsi che l'abbiano fatto, ma non me lo ricordo.»

«Però si ricorda che Garrick Wolfe le ha fatto pressioni per indicarlo come accidentale.»

La Feist annuì.

«Immagino sappia che Mathias Tobin era diventato il principale sospettato dell'indagine. Sia la polizia che i cittadini di Bly erano convinti che Jana l'avesse uccisa lui.»

«Non ne avevo idea.» disse la dottoressa. «Io me ne sono andata poco dopo la morte di Jana. Da allora non ho più parlato con nessun abitante della contea di Everett o di Bly. Non fino a oggi, quando Vance si è presentato alla porta di casa mia. Non avevo idea che questa... questa leggenda si fosse sviluppata intorno alla morte di Jana Melburn.»

«Lei conosceva Mathias Tobin?» chiese Josie.

«Ho dovuto cercarlo nell'annuario. Mi ci sono volute un paio d'ore per trovarlo, però sì, una volta che l'ho visto in faccia, mi sono ricordata di lui. Aveva un anno in meno di me e Vance ed era alle superiori con noi. Io e Vance frequentavamo gli stessi ambienti di Mathias. Tutti i giocatori di football e le loro fidanzate uscivano insieme.»

«Lo conosceva bene?»

La dottoressa scosse la testa. «Non bene, no. Per niente, in realtà. Ce l'ho presente, ma non ricordo di aver mai parlato direttamente con lui. Ricordo bene, però, che era stato accusato di violenza sessuale da tre cheerleader. Non avrei sicuramente avuto contatti con lui dopo quella vicenda.»

«E le tre cheerleader?» chiese Josie. «Ha mai parlato con qualcuna di loro?»

«No. Ma anche loro erano un anno più piccole di me. Avevano il loro gruppo e, sebbene fossi la ragazza di Vance, non ero la benvenuta. Mi consideravano presuntuosa e arrogante. Onestamente, se ripenso a quel periodo, non lo so nemmeno io come abbiamo fatto io e Vance a finire insieme e neanche come ho fatto a sopravvivere alle superiori. Senza di lui sarei stata una ragazza solitaria, se non addirittura un'emarginata. Ero molto più interessata allo studio che al football e quelli di noi che si concentravano principalmente sugli studi non venivano trattati bene in quella scuola.»

«Sa cosa è successo in merito a quelle accuse?»

Trout si fermò di nuovo, questa volta per annusare un cespuglio di agrifoglio ai margini della proprietà di un vicino. La dottoressa alzò gli occhi al cielo. «Questo lo ricordo perché è stato a dir poco spaventoso. Mathias era stato accusato e gli era stata applicata una cavigliera, ma gli avevano comunque dato il permesso di andare a scuola e giocare a football, nonostante molte persone avessero protestato.»

«Non c'è da stupirsi che il football fosse più importante della sicurezza delle ragazze.» esclamò Josie. «Purtroppo, in molti posti, questa è la realtà dei fatti.»

«Sì, beh, è una brutta realtà.»

«Sono perfettamente d'accordo.»

«Alla fine, quelle ragazze hanno ritrattato e le accuse sono cadute. Non mi piacevano perché, come ho detto, non mi trattavano bene, però ne sono rimasta sconvolta. Temevo che in qualche modo fossero state costrette a ritrattare o che, avendo visto come le accuse erano state gestite fino a quel momento, con Mathias che era stato favorito rispetto a loro, avessero deciso che non valeva la pena di andare avanti con un processo.»

«Ha mai parlato con qualcuna di quelle ragazze?» le chiese Josie.

«No. Forse avrei dovuto, ma chi ero io per andare a parlarci? Sono finita in una relazione violenta e ne sono uscita solo quando mio marito mi ha impresso un marchio che mi rimarrà per tutta la vita.»

«Ha mai parlato di Mathias con Vance?»

«Sì. Ho espresso più volte il mio disgusto per quello che era successo, ma lui ha risposto che non c'era nulla di cui preoccuparsi perché non era possibile che Mathias avesse fatto le cose di cui lo accusavano quelle ragazze. Mi creda se le dico che abbiamo discusso animatamente su questo argomento. Tanto che non sono andata a vederlo giocare per il resto dell'anno. E non ne è stato contento.»

«Vance e Mathias erano amici?» chiese Josie.

«No, non direi. Non li ho mai visti insieme, se non agli allenamenti o alle partite di football. Credo che la questione fosse solo che Vance voleva difendere il suo compagno di squadra. Senza contare che, con Dermot come allenatore, Vance trattava la squadra come una famiglia. E la famiglia la difendi. Stai al suo fianco. Non me l'ha mai detto apertamente, ma credo che pensasse che quelle ragazze si fossero inventate tutto. Quelle accuse erano una macchia per l'intera squadra, ecco come la vedeva Vance. Dio santo, ero proprio un'idiota. Ripensandoci, non riesco a credere di aver provato qualcosa per lui.»

«A quel tempo era una persona diversa.» le ricordò Josie. «Era una ragazzina. Facciamo un salto in avanti fino al momento in cui ha preparato il rapporto sull'autopsia di Jana Melburn: la polizia non aveva discusso con lei alcun sospetto e lei non aveva alcun sentore che Mathias Tobin o chiunque altro fosse responsabile, o potesse essere ritenuto tale, della morte della ragazza?»

«No.»

«Allora perché cambiare la conclusione da omicidio a incidente? Avrebbe potuto dichiarare la modalità del decesso come indeterminata.»

La dottoressa sospirò. «Garrick. Sapeva che la polizia non aveva indizi, come lo sapevo io. Era preoccupato che se avessimo classificato la morte di Jana come un omicidio, il caso non sarebbe mai stato risolto e avrebbe causato un sacco di paura e scompiglio nella comunità. La gente avrebbe pensato che ci fosse un assassino a piede libero. Se avessi dichiarato il decesso come indeterminato, per certi versi sarebbe stato peggio che classificarlo come omicidio. La gente sarebbe stata comunque spaventata, pensando a un assassino a piede libero. Garrick pensava che la cosa migliore per tutti fosse classificarlo come incidente.»

«Non è corretto considerare un incidente la morte di una persona solo perché si pensa che sia la cosa migliore per la comunità.» disse Josie.

La dottoressa si premette una mano sul cuore. «Lo so bene e, Josie, glielo giuro, se ci fosse stato anche solo uno straccio di prova che indicasse un omicidio, oltre all'entità delle ferite alla testa di Jana Melburn e al mio istinto, non avrei mai accettato. Ma non c'era. Non c'era nulla. Inoltre...» ma si fermò e dopo un paio di istanti di silenzio, Josie le chiese: «Cosa c'è?»

«Non riesco a dirlo.»

«Me lo dica.» la esortò Josie.

«Garrick conosceva Dermot, il mio ex suocero. Sono cresciuti insieme. Erano amici. Vance era come un nipote per lui. Garrick mi aveva promesso che avrebbe parlato con Vance e che avrebbe fatto tutto il possibile per evitare che continuasse a perseguitarmi una volta che me ne fossi andata.»

Josie ebbe un tuffo al cuore. «In cambio della classificazione della morte di Jana Melburn come accidentale nel referto dell'autopsia?»

La Feist fece una smorfia. «Non esattamente. Non ha mai detto chiaramente: "D'accordo, se inserisci la modalità di decesso accidentale nel tuo rapporto, terrò Vance lontano da te per sempre". Non è andata proprio così, ma è venuto fuori durante le nostre discussioni sul rapporto. Era... implicito.»

Josie pensò alla foto del matrimonio tra Vance e Anya che aveva visto sulla cassettiera nella sua stanza a casa Hadlee. Era una donna molto più giovane e quasi irriconoscibile rispetto a quella che le stava davanti in quel momento. Una donna senza alcun sostegno familiare, manipolata in una vita che non voleva davvero, maltrattata, picchiata, logorata. Una donna che, una volta trovato il coraggio di dire al marito che voleva andarsene, era stata selvaggiamente aggredita e marchiata come un animale. Una donna che viveva nella paura ogni momento della sua vita in una comunità in cui la famiglia del marito aveva più potere del sistema giudiziario. Josie sapeva bene come scendere a compromessi e prendere decisioni difficili da un luogo dove si convive con la paura, ma non poté fare a meno di chiedersi se, trovandosi nella stessa situazione, avrebbe considerato l'offerta sottintesa del suo mentore di tenere lontano da lei il marito violento in cambio di una morte accidentale, soprattutto alla luce del fatto che non c'era uno straccio di prova che suggerisse che non si trattava di un incidente. «Capisco.» disse infine.

La dottoressa emise un respiro. «Grazie. Non sono orgogliosa di quello che ho fatto, di averne tenuto conto quando ho preso la mia decisione, ma Josie, l'unico motivo per cui mi sentivo tranquilla nel dichiarare la morte di quella ragazza un incidente era perché, come mi aveva fatto notare Garrick, se la polizia avesse trovato in seguito le prove che Jana era stata uccisa, avremmo sempre potuto cambiarlo in un secondo momento. Ma da quello che mi ha detto, non l'hanno mai fatto.»

«Ha ragione.» convenne Josie. «Almeno, per quanto ne so,

ma questo non ha impedito all'opinione pubblica di fare congetture o di attribuire a Mathias Tobin il ruolo del cattivo.»

«Perché è stato l'ultimo a vederla viva?»

«Proprio così. Da quanto ho appreso finora, Mathias ha seguito Jana quella notte finché non l'ha persa in una strada secondaria. Anche lui viveva con lei. Erano fratelli adottivi. Infatti, lui e l'altra sorella adottiva, Hallie Kent, avevano cresciuto Jana da quando aveva nove anni. Era come un padre per lei. Credo che questo abbia dato alla gente la convinzione che potesse avere un motivo per ucciderla; tenderei a dire che quella relazione di parentela, e il fatto che avesse precedenti accuse contro di lui per un crimine violento, devono aver contribuito.»

«Beh, se l'ha uccisa lui, ha fatto un ottimo lavoro per non lasciare alcuna traccia di sé. Lei ha detto che era il fidanzato di Keri Cryer, giusto? Questo è un collegamento diretto con il caso di Jana Melburn, per il quale ho eseguito l'autopsia. È un sospettato?»

«È un indiziato.» specificò Josie. «Dobbiamo parlare con lui.»

«È riuscita a parlare con la nonna di Sharon Eddy?»

«Sì, ci sono riuscita.» disse Josie. «Sua figlia, cioè la madre di Sharon, era la commessa della stazione di servizio dove Jana e Mathias sono stati visti parlare per l'ultima volta la sera in cui è scomparsa.»

«Santo cielo. Sharon Eddy non poteva avere più di dieci anni quando Jana Melburn è morta.»

«Infatti, ne aveva nove.» precisò Josie.

«Quali sono le ragioni per cui qualcuno avrebbe dovuto fare una cosa del genere? Perché uccidere la figlia della donna che ha visto Mathias e Jana insieme per l'ultima volta? Non ha senso. Anche l'omicidio di Keri Cryer non ha senso. Perché uccidere la fidanzata del fratello adottivo e padre di Jana Melburn? A cosa poteva servire?»

Trout si fermò di nuovo, questa volta annusando l'aria, cercando di distinguere qualcosa che nessuna di loro due sentiva. «Anya...» disse Josie. «L'assassino sta cercando di attirare la sua attenzione. È evidente dai collegamenti con il caso Melburn, perché è stata lei a fare l'autopsia. E il marchio a fuoco? Era un modo per destare la sua attenzione. Non sono sicura della correlazione tra il caso Melburn e il suo marchio, ma quello che l'assassino ha fatto è stato mandare un chiaro messaggio a lei.»

La dottoressa non trattenne oltre le lacrime. «Santo cielo, queste povere donne. Sono morte entrambe per colpa mia. Non posso... Che razza di persona farebbe una cosa del genere? Perché darsi tanto da fare? Se questo assassino ha qualcosa contro di me, dovrebbe venire a prendere me!»

«È arrabbiato.» disse Josie. «Ed è davvero malato di mente. Vance è il sospettato più ovvio, soprattutto in considerazione del fatto che ha marchiato entrambe le vittime e che cova ancora molto rancore nei suoi confronti. Ma Anya, c'è qualcun altro del suo passato che potrebbe essere arrabbiato con lei?»

«Abbastanza da uccidere due donne innocenti? No.»

«E qualcuno che possa semplicemente avercela con lei?» ipotizzò Josie.

La Feist si morse il labbro inferiore.

«Cosa c'è?» chiese Josie.

Lei distolse lo sguardo. «Porca miseria, non riesco a credere che queste cose saltino fuori proprio adesso. Dopo tutti questi anni. È stato il periodo peggiore della mia vita. Ero un disastro dal punto di vista emotivo. Ho fatto cose di cui non vado fiera, cose che non farei mai più, né ora né mai.»

«Mi dica chi sostiene di non aver mai fatto qualcosa di cui si vergogna e le dimostrerò che è un bugiardo.» disse Josie. «Me lo dica e basta.»

«Ho avuto una relazione. Beh, non la si può proprio definire una relazione. Ero separata da Vance da mesi, in attesa che il tribunale sistemasse le cose: l'aggressione dal punto di vista penale e il divorzio dal punto di vista civile. L'uomo con cui stavo, beh, non aveva nessuno. Sua moglie era morta l'anno precedente e sua figlia era all'università, anche se dopo un mese o due dall'inizio della nostra relazione era tornata a vivere con lui. Era ancora così sconvolta dalla morte della madre che aveva dovuto sospendere gli studi. Ma stare insieme non era una buona prospettiva per nessuno dei due. Era molto complicato. Ad ogni modo, non era una cosa seria e non pensavo che sarebbe durata. E siccome non pensavo che sarebbe durata, ho rotto io. Solo che non gli ho detto che l'avrei lasciato. Me ne sono andata e basta, senza una parola, e non mi sono mai guardata indietro.»

Josie si sentì sprofondare la terra sotto i piedi.

«Come si chiama quest'uomo?»

«Cyrus. Cyrus Grey.»

VENTISEI

La mattina seguente, mentre si dirigeva insieme a Trinity verso la città di Bly, Josie si sentiva ancora in preda alle emozioni. Con la mente continuava a ritornare alle rivelazioni della dottoressa Feist, prima fra tutte quella su Garrick Wolfe, che le aveva fatto pressioni affinché nelle sue conclusioni sul rapporto dell'autopsia di Jana Melburn dichiarasse che si era trattato di un decesso accidentale, per quello che era, a suo dire, il bene della comunità. Ma cosa pensava che sarebbe successo nella sua comunità? A fronte dell'ambiguità delle misteriose motivazioni che avevano spinto Garrick Wolfe a richiedere che la dottoressa dichiarasse che la morte di Jana Melburn era stata accidentale – tanto da farle un'offerta velatamente ambigua come "se lo fai, io provvederò a far sparire per sempre il tuo ex marito violento" - la certezza era che dovevano essere molto più pressanti di quello che le aveva detto la dottoressa. Noah avrebbe rintracciato Garrick Wolfe mentre il resto della squadra avrebbe continuato a scavare nella vita di Keri Cryer e avrebbe cercato di localizzare Mathias Tobin.

Poi era seguita la rivelazione su Cyrus Grey. A quel punto la dottoressa aveva continuato ad addurre ogni tipo di giustificazione per la breve tresca che aveva avuto con lui. Cyrus Grey era stato gentile con lei, l'aveva fatta sentire al sicuro, l'aveva fatta sentire meno sola e, nei momenti più difficili, le aveva dato le cose che desiderava da anni, le cose di cui aveva dovuto fare a meno quando stava con Vance Hadlee. Stare con Cyrus Grey si era dimostrata una breve tregua dalla cruda realtà. Non era stato amore, ma anche se fosse stato amore, portare avanti una relazione con un agente di polizia che era attivamente coinvolto nel caso contro suo marito era un problema enorme. Alla fine, Cyrus aveva comunque rappresentato un periodo della vita di Anya che lei voleva chiudere per sempre. Veniva da sé chiedersi quale fosse il punto di vista di Cyrus Grey sulla questione.

«Hai intenzione di continuare a stare in questo stato di catalessi silenziosa per tutto il resto del viaggio?» si lamentò Trinity.

Girandosi a guardarla, Josie le fece un sorriso. «Oh, scusami. Sto pensando a un caso. A un paio di casi.»

«Oh, adesso sono diventati un paio?»

Josie non aveva bisogno di guardare la sorella per capire che una delle sue sopracciglia era fortemente inarcata. «Sì.»

«Sono collegati al mio caso? Tutti e due?» L'eccitazione nella sua voce aveva conferito a quelle ultime parole una sfumatura trafelata.

«Sì.» ammise Josie. «Ma sai che non posso parlarti del lavoro.»

«Stiamo andando a parlare con Hallie Kent insieme...» le fece notare.

«Te lo chiedo come cortesia professionale nei miei confronti e come favore da una sorella all'altra: lascia perdere per adesso.»

«Ma sembra che questa storia possa diventare molto più grande...» a queste parole, Trinity si interruppe un attimo, poi riprese: «Promettimi un'esclusiva.»

«Un'esclusiva di cosa?»

«Se questo si rivela un caso enorme, parlerai solo con me.»

«Trinity, io odio parlare con la stampa. E comunque, ancora

non so di che cosa si tratta, ma sono dell'opinione che tutte le parti in causa meritino un po' di riservatezza.»

Seguirono alcuni secondi di silenzio, riempiti solo dal fruscio del riscaldamento. «Se faccio una puntata su Jana Melburn...»

«Sappiamo entrambe che hai già deciso di fare una puntata su Jana Melburn...» la interruppe Josie.

«Sì, questo è vero, ma prima la dovrò sottoporre all'approvazione dei produttori e della mia emittente. Quindi, se le dedico un episodio e viene fuori che è così profondamente collegato a quello su cui stai lavorando, che i tre casi diventano inscindibili l'uno dall'altro, allora tu, come contatto della Polizia di Denton alle prese con queste indagini, mi concederai un'esclusiva.»

«Non ti prometto niente.» insistette Josie. «E poi diciamola tutta: non hai bisogno di me per un'esclusiva. Otterrai quello che vuoi, che io sia coinvolta o meno.»

Trinity sbuffò lievemente. «Scelgo di prenderlo come un complimento.» Allungò una mano e alzò il volume della radio. «E adesso ascoltiamo un po' di musica finché non arriviamo a Bly.»

Hallie Kent viveva in una piccola casa con i rivestimenti bianchi costruita lungo una delle vie principali di Bly. La porta d'ingresso si aprì ancora prima che Trinity potesse suonare il campanello e Hallie Kent le fece accomodare all'interno. Un divano bianco e una poltrona con schienale avvolgente fronteggiavano un caminetto spento. Sopra il caminetto c'era un televisore, sintonizzato sul canale del notiziario dell'emittente locale, la WYEP, con il volume abbassato a un ronzio appena percettibile. Fino a quel momento, la Polizia di Denton era riuscita a tenere lontano dalle orecchie dei giornalisti sia l'indagine su Sharon Eddy che quella su Keri Cryer. Hallie fece un gesto in direzione del divano e Trinity e Josie si sedettero fianco a fianco. Sul tavolino da caffè c'era una foto incorniciata simile a quella del diploma che Josie aveva visto nel fascicolo di Trinity. Jana Melburn, in tocco e toga, era raffigurata in piedi tra Hallie, che esibiva un'espressione raggiante, e Mathias Tobin. In questa foto, Hallie e Mathias tenevano ciascuno un braccio intorno alle spalle di Jana. Tutti e tre sorridevano alla macchina fotografica: una perfetta immagine di un nucleo familiare unito e felice. Accanto a questa c'era un'altra foto che li ritraeva tutti insieme: Jana era più giovane, doveva avere tra gli undici e i dodici anni. Anche in questo caso si era piazzata in mezzo tra Hallie e Mathias, che la abbracciavano con fare protettivo. Capelli e vestiti fradici, i tre facevano sorrisi a trentadue denti che andavano da un orecchio all'altro. Alle loro spalle c'era l'insegna del parco divertimenti Knoebel di Elysburg, che Josie riconobbe per aver portato Harris con Noah l'estate precedente.

Hallie trascinò una sedia sul pavimento di parquet, voltando le spalle al caminetto e al televisore in modo da poterle guardare in faccia. In quel preciso istante, un gatto grigio sfrecciò ai piedi del camino, accompagnato dal tintinnio del campanellino appeso al collare. Si fermò sulla soglia di quella che, a occhio e croce, doveva essere la cucina e scrutò Josie con grandi occhi verdi.

Seguendo lo sguardo di Josie, Hallie disse: «Oh, quella è Flynn. Non le piacciono molto le persone.»

«È bellissima.» si complimentò Josie.

La gatta alzò una zampa e se la leccò più volte, sempre tenendo d'occhio Josie.

«Grazie.» disse Hallie. «È una gatta blu di Russia. È ottima per stare in casa, perché non perde molto pelo. Però non apprezza per niente stare in compagnia. Anzi, mi sembra incredibile che non abbia ancora lasciato questa stanza. Evidentemente dovete piacerle.»

Come per smentire le parole della sua padrona, la gatta se

ne andò via, scomparendo in cucina, accompagnata dal tintinnio del campanello.

«Immagino di essermi sbagliata.» ridacchiò Hallie nervosamente. Si passò due volte le dita tra i corti capelli scuri prima di intrecciare le mani in grembo. Le nocche sbiancarono. Con voce strozzata, disse: «Vi ringrazio davvero per essere venute. Lo apprezzo molto. Non avete idea di cosa significhi per me.»

Trinity sorrise, sfoderando il fascino che le aveva fatto guadagnare milioni di ammiratori durante la sua carriera televisiva. «Il piacere è tutto mio, Hallie. Mi dispiace solamente che ci sia voluto così tanto tempo per poter organizzare questo incontro. Spero che non le dispiaccia, ma ho portato...»

«So chi è...» esclamò Hallie, interrompendola. «È sua sorella. Josie Quinn. L'ho riconosciuta dalla televisione. Ho visto le puntate di *Dateline*. E anch'io sono entusiasta di conoscervi entrambe.»

Josie si sforzò di sorridere. «Hallie, sono qui per parlare di due indagini in corso di cui mi sto occupando nella mia giurisdizione e che ritengo possano avere un collegamento con quanto è accaduto a Jana.»

«Una persona del suo dipartimento mi ha chiamato ieri.» disse Hallie.

«Sì.» confermò Josie. «Era la detective Gretchen Palmer, ma abbiamo ancora qualcosa da chiederle. Non posso raccontarle molti dettagli, ma vorrei il suo permesso di ascoltare la sua conversazione con Trinity e magari farle anche io qualche domanda.»

Hallie sorrise. «Nessun problema. Da dove cominciamo?»

Trinity tirò fuori dalla borsa la sua cartellina e la tenne sulle ginocchia. «Innanzitutto, voglio ringraziarla per avermi inviato il fascicolo che ha preparato. C'è molto materiale qui. È raro cominciare con una documentazione tanto ricca.»

«Mi ha aiutato la mia amica Bella.» spiegò Hallie con un sorriso. «Bella Crooke. Come le ho detto, lavorava all'archivio del dipartimento di polizia.» A questo, il suo sorriso vacillò. «Ho dimenticato di chiederglielo l'ultima volta che abbiamo parlato... non è necessario che riveli che è stata lei a procurarmi tutti quei rapporti e quelle cose, vero?»

«No.» disse Trinity. «Non è necessario.»

«Non le serve parlare con lei, giusto? Perché già era nervosa all'idea di aiutarmi. Anche se, visto che è in pensione, a questo punto tenderei a dire che non avrà importanza.»

«No, non occorre parlare anche con lei.» la rassicurò Trinity e, accarezzando la cartella, aggiunse. «Tutto ciò che mi avete già fornito è tutto quello di cui ho bisogno. Tuttavia, ritengo che ci siano molte cose del fascicolo delle indagini che la sua amica non è riuscita a ottenere. Sto cercando di ottenerle io, ma per il momento, forse, lei può aiutarmi. Jana viveva con lei al momento della sua scomparsa, è esatto?»

«Sì, Jana e Mathias, vivevamo tutti insieme come una famiglia.» disse agitando una mano. «Non qui. Ho dovuto lasciare quella casa qualche anno fa. Il proprietario ha venduto l'edificio.»

«Che lei sappia...» chiese Trinity, «la polizia ha mai indagato su Jana? Ha fatto dei controlli sul suo telefono? Ha parlato con i suoi amici o con i suoi colleghi? Qualche compagno con cui andava a scuola?»

«Oh...» disse Hallie. «Cioè, vuole sapere se hanno davvero indagato sulle circostanze della sua morte o se l'hanno semplicemente definita un incidente per poi andare avanti?»

Trinity sorrise. «Precisamente.»

«Da quello che mi ricordo, hanno esaminato la sua vita con molta attenzione, soprattutto dopo che Mathias ha raccontato i fatti della sera in cui è morta; Jana gli aveva detto che si sarebbe incontrata con qualcuno. A quanto pare, era una cosa importante. Pensavano che se avessero trovato quella persona sarebbero stati in grado di trovare il suo assassino. E così pensavo anch'io... ancora non mi capacito di come abbiano fatto a non scoprire chi è stato: avevano il telefono di Jana e so che hanno guardato cosa conteneva. Non sono mai riuscita a recuperarlo. Non ho mai recuperato nulla. Sono venuti a casa nostra, hanno perquisito la sua stanza e hanno portato via alcune cose. Studiava biologia a scuola. Voleva entrare a Medicina, studiare genetica. Per questo aveva accettato di lavorare in quello studio medico come receptionist. Ad ogni modo, hanno preso i suoi libri di testo, alcuni testi che aveva scritto, il suo computer portatile. Ma da quello che mi risulta non hanno mai trovato nulla. Come ho detto, la mia amica, Bella, ha avuto accesso al fascicolo. L'ha esaminato e mi ha detto che non avevano trovato nessuna pista. Ma d'altro canto, se ne avessero trovata una, non saremmo qui a parlare, no?»

Josie cercò di ricordare quali rapporti le aveva mostrato Trinity. «E gli amici e i colleghi? Sa se la polizia ha interrogato qualcuno di loro?»

Hallie annuì lentamente. «Bella ha detto che ci sono stati degli interrogatori, sì.»

«Ma nessuno ha parlato dell'identità della persona che Jana avrebbe incontrato quella sera, stando alla versione di Mathias?» domandò Josie.

«No. Non che io sappia.»

«E lei, Hallie?» le chiese Trinity. «Ha qualche idea su chi potesse essere quella persona?»

Gli occhi di Hallie si posarono sulle foto accanto a Josie, con un'espressione corrucciata. «Non lo so. Ed è una cosa che mi ha assillato per tutto questo tempo. Jana mi diceva sempre tutto. Voglio dire, ero sua madre! Beh, qualcosa di simile. Era come se lo fossi. Quando tornava a casa, mi raccontava ogni piccolo dettaglio della sua giornata. Io sapevo tutto di lei.»

Josie non stette a sottolineare che sapeva, soprattutto grazie alla sua esperienza di agente di polizia, che di fatto gli adolescenti non raccontano tutto ai loro genitori e neanche solo alla madre. Nonostante che i genitori diano quasi sempre per scontato che i figli lo facciano.

«Allora perché non le ha detto che si sarebbe incontrata con qualcuno quella sera?» chiese Trinity con delicatezza.

Hallie si passò una nocca sotto un occhio, catturando una lacrima prima che potesse rotolare lungo la guancia. La sua voce si fece roca. «L'unica cosa che mi viene in mente è che stava cercando i suoi genitori naturali e pensava che se me lo avesse detto avrebbe ferito i miei sentimenti. Forse non voleva che mi offendessi. Dopo tutto, si ricordava a malapena dei nostri genitori della casa-famiglia. Noi eravamo davvero i suoi genitori, Mathias e io. Forse non voleva che la reputassimo un'ingrata nel cercare di trovarli. Non vi mentirò... mi sarei sentita triste e magari anche spaventata per quello che avrebbe potuto scoprire, ma vorrei che me lo avesse detto. Avrei potuto darle una mano. Ho trovato tutti quelli che ho potuto dopo la sua morte... parlo dei parenti lontani. E a nessuno di loro importava nulla di lei. Non erano mai stati in contatto. È risultato un vicolo cieco.»

«Mi rendo conto che è un'ipotesi azzardata...» disse Josie, «ma ha mai parlato con la commessa della stazione di servizio che era di turno quella sera? È possibile supporre che abbia detto qualcosa a Jana mentre faceva i suoi acquisti?»

Hallie alzò gli occhi al cielo. «Sta parlando di quella tossicodipendente e bugiarda patologica di Carolina Eddy?»

«Quindi ha parlato con lei?» chiese conferma Josie.

Accanto a lei, Trinity stava annotando il nome della commessa e cominciò a cercare nella cartella dei documenti per verificare se era citata.

Hallie intrecciò le dita e cominciò a rigirarsele in grembo. «Certo che l'ho fatto, proprio la sera dopo, quando io e Mathias stavamo cercando Jana. Siamo tornati alla stazione di servizio per sapere se Jana fosse tornata o se Carolina avesse sentito o visto qualcosa e lei ha detto che non ne sapeva niente, ma in città aveva la reputazione di raccontare frottole. Chissà cosa può aver visto o sentito davvero... ha continuato a lavorare alla stazione di servizio per molto tempo dopo la morte di Jana e di tanto in tanto io ci andavo a fare quattro chiacchiere, per vedere se cambiava la sua versione dei fatti. Per vedere se mi diceva la verità.»

Trinity trovò il rapporto e disegnò una stella accanto al nome della figlia di Rosalie Eddy. «Quindi lei pensa che questa Carolina Eddy abbia mentito su ciò che ha visto o sentito la notte in cui Jana è scomparsa?»

Hallie fece una scrollata di spalle. «Non ne ho idea! È proprio questo il punto. Non potrei mai crederle.»

«Carolina Eddy ha mai cambiato la versione dei fatti?» le chiese Josie.

Hallie scosse la testa e abbassò le spalle. «No. Non l'ha mai cambiata.»

«D'accordo.» disse Josie passando a un altro argomento. «Sa se Jana si vedeva con qualcuno quando è morta?»

«No. Era completamente presa dai suoi studi. Come ho detto, mi diceva sempre tutto. Non usciva con nessuno.»

«Hallie, so che crede che Jana sia stata uccisa.» disse Trinity. «Chi pensa che l'abbia uccisa?»

Hallie si prese un minuto in cui rimase in silenzio. Da qualche parte, lontano, in un'altra stanza, un campanellino tintinnò e poi qualcosa fece un tonfo. Hallie non ci prestò attenzione e disse: «Non lo so. Penso che debba essere stata quella persona misteriosa che era andata a incontrare, non credete? Mi sembra la spiegazione più ovvia. Voglio dire, possiamo anche supporre che sia stato qualcuno che non c'entrava niente, o magari che l'abbia uccisa una persona che conosceva, ma in questo caso, questa persona non sarebbe rientrata tra i sospetti a quest'ora?»

Josie riconobbe il cipiglio sul volto di Trinity. Avrebbe voluto sottolineare l'ovvio: Mathias era stato sospettato proprio perché conosceva Jana e anche perché la persona misteriosa di cui sosteneva che Jana gli avesse parlato non si era mai materializzata, ma non c'era modo di dirlo senza sembrare insensibile. Pertanto, Trinity andò avanti. «So che vuole scoprire cosa è successo a Jana e, dopo aver esaminato il materiale che mi ha fornito, sono d'accordo con lei nel ritenere che sia stata uccisa. Ora, in questo fascicolo non c'è nulla che lo dimostri, se non che le ferite alla testa erano così gravi che risulta difficile credere che le abbia riportate in una caduta accidentale.»

«Esattamente!» esclamò Hallie afflosciando il busto per il sollievo e intrecciando strette le dita.

«E proprio perché credo che Jana sia stata uccisa...» riprese Trinity, «sono intenzionata a dedicare una puntata del nostro programma al suo caso.»

«Oh, mio Dio, la ringrazio.» esclamò Hallie. I suoi occhi erano lucidi di lacrime non versate. «Ho aspettato così a lungo e ho lottato così tanto per cercare di sistemare le cose. Con il passare degli anni sembra che le persone che si dimenticano di Jana siano sempre di più. Smettono di interessarsene. È come se non fosse mai stata importante. Come se la nostra piccola famiglia non avesse mai significato niente.»

Rilassando le dita, si premette una mano sul petto mentre le lacrime che le brillavano negli occhi le scendevano sulle guance. «Per me è importante.»

Trinity si avvicinò e strinse una delle mani di Hallie. «Lo capisco, Hallie. Lo capisco davvero. È per questo che sono qui. Ma, a prescindere da questo, deve capire che non ci sono garanzie che parlarne in televisione possa contribuire a risolvere il suo caso. Qualche volta scopriamo nuove informazioni o riceviamo una segnalazione che portano alla risoluzione di un'indagine e a risolvere il caso. Ma la maggior parte delle volte non succede nulla. Mandiamo in onda l'episodio e, nonostante le segnalazioni, ci ritroviamo con quello che abbiamo iniziato che, nel caso di Jana, non è molto.»

«Lo capisco.» disse Hallie tirando su con il naso. «Sono

disposta a correre il rischio. Mi va bene anche se non se ne ricaverà nulla. Voglio solo che Jana abbia una possibilità di avere giustizia.»

Trinity sorrise di nuovo. «Molto bene. Ora parliamo di Mathias. So che lei è convinta che non sia stato lui a fare del male a Jana. Però, Hallie, credo che ci sia la possibilità che sia proprio Mathias il responsabile della morte di Jana. Ho bisogno che lei mi assicuri di essere psicologicamente preparata ad affrontare questa eventualità, se è a questo che porterà la nostra puntata.»

Stupefatta, Hallie impallidì di colpo. Si asciugò le lacrime e riportando le mani di nuovo in grembo, intrecciando e attorcigliando di nuovo le dita, disse: «Non è stato Mathias a far del male a Jana. Non farebbe mai del male a nessuno.»

«Mi ha detto lei stessa che è stato accusato di stupro quando era alle superiori. Non una, ma ben tre volte.»

«Sì, perché l'avreste scoperto comunque e ho pensato che fosse meglio che lo sentiste da me. Ma Mathias non ha mai torto un capello a quelle ragazze. Glielo posso giurare che non ha mai fatto del male a nessuno.»

Josie si chiese se Keri Cryer fosse a conoscenza della storia delle accuse contro Mathias. Sicuramente qualcosa del genere doveva essere venuto fuori durante il processo per aver sparato a Piper. Keri aveva sempre creduto nella sua innocenza, come Hallie?

«Da quello che mi risulta, quelle ragazze si sono limitate a ritrattare le loro dichiarazioni.» affermò Josie. «Ma l'innocenza di Mathias non è stata mai dimostrata.»

Hallie scosse vigorosamente la testa. «Questa dannata città e i suoi pettegolezzi. Ogni volta che succede qualcosa da queste parti, sembra quello stupido gioco per bambini, il gioco del telefono! Solo che la persona che inizia non conosce i fatti.»

Josie si protese in avanti, appoggiando i gomiti sulle ginocchia. «Ci racconti quali sono i fatti, allora, Hallie.»

VENTISETTE

Hallie si stava sbiancando le nocche a furia di continuare a giocherellarci. Per un attimo Josie pensò che avrebbe finito per schioccarsi un dito. Dalla direzione della cucina giunse un altro rumore, come se qualcosa fosse stato urtato, seguito dal tintinnio del campanellino di Flynn. Anche stavolta, Hallie non ci fece caso. Teneva gli occhi fissi sulle fotografie accanto a Josie.

«Si prenda il tempo che le serve...» le disse Trinity con tono rassicurante. «Siamo venute per ascoltarla.» Tirò fuori un blocchetto di carta e una penna. «Se non le dispiace, vorrei prendere appunti.»

Tornata al presente, Hallie le rivolse un sorriso malinconico e annuì. «Le accuse di stupro. Giusto. Le aggressioni sono avvenute durante le feste, dopo le partite. C'è un posto qui nei dintorni, in mezzo ai boschi, dove i ragazzi vanno a fare baldoria. Lo sanno tutti. Anche gli adulti lo sanno, ma non si disturbano a impedirlo. Come l'allenatore di football, per dirne uno! Lui lo sapeva, ma non ha mai detto una parola sul fatto che i giocatori ci andassero. Comunque, una delle ragazze è stata aggredita a uno di quei ritrovi. Era buio, lei si era ubriacata e si era allontanata dal gruppo. Qualche giorno dopo l'accaduto, ha raccontato tutto ai suoi genitori, che l'hanno accompagnata alla polizia. In seguito, qualcuno che era alla festa ha detto di aver visto Mathias che tornava dalla direzione in cui la ragazza era stata aggredita. Lei ha raccontato alla polizia che era stato Mathias. Quando si è saputo che la ragazza era andata alla polizia, altre due ragazze si sono fatte avanti e hanno detto che erano state aggredite l'anno precedente in circostanze simili. E anche loro hanno detto che il responsabile era Mathias.»

«Cosa ha fatto cambiare la loro versione dei fatti?» chiese Josie.

«Il caso stava per essere portato in tribunale. Mathias aveva ottenuto un avvocato difensore d'ufficio, il quale, una volta esaminata la documentazione, ha constatato quanto fossero inconsistenti le prove: non c'era nemmeno il DNA. All'inizio hanno tutte dichiarato che era troppo buio e che erano troppo ubriache per vedere bene, poi hanno cambiato le loro dichiarazioni dicendo che era stato Mathias. In ogni caso, l'avvocato era abbastanza sicuro di poter mettere in dubbio la loro testimonianza al processo.»

«Ma non si è mai arrivati a tanto.» disse Trinity. «Dico bene?»

«Sì. L'avvocato della difesa è riuscito a dimostrare che nei due casi dell'anno precedente, Mathias era al lavoro quando si erano verificate le aggressioni. Avevano i cartellini del suo datore di lavoro. Non era nemmeno ancora entrato nella squadra!»

«E l'altra ragazza?» chiese Josie. «Quella che ha sporto denuncia qualche giorno dopo l'aggressione?»

«Nel corso della preparazione del processo ha deciso di non andare avanti. Ha detto che non poteva dire con certezza che Mathias fosse il ragazzo che le aveva fatto del male.»

«Ma lui era lì quella notte.» la incalzò Trinity. «Proprio come era con Jana la notte in cui è stata uccisa.»

Hallie fece un verso di esasperazione. Si alzò e uscì dalla stanza. Da qualche parte nella casa giunse di nuovo il tintinnio del campanellino della gatta. Pochi istanti dopo, Hallie tornò con un grande album di fotografie, con la copertina blu screpolata. Lo porse a Trinity. «Ormai nessuno stampa più le foto, eppure a Jana piaceva avere un album fotografico da poter tenere tra le mani.»

Josie guardò l'album mentre Trinity ne sfogliava le pagine. Alcune foto ritraevano dei bambini piccoli con una coppia di anziani. Man mano che i bambini crescevano, si riconoscevano sia Mathias che Hallie. Poi compariva un'altra bambina, di circa quattro anni, paffuta e bionda. A mano a mano che diventava grande, risultava chiaro che stavano guardando Jana che cresceva. A un certo punto la coppia scompariva e nella maggior parte delle foto Jana era già adolescente ed era ritratta insieme a Hallie e Mathias poco più grandi di lei. Anche lo sfondo cambiava, passando da una casa dall'aspetto rustico a un appartamento angusto. C'erano foto da cui erano state duplicate quelle che Trinity teneva nella sua cartella e le due che erano incorniciate sul tavolino di Hallie. C'erano alcune foto in cui si vedevano Hallie e Jana da sole, ma per la maggior parte l'album era pieno di fotografie in cui c'erano soltanto Mathias e Jana: lui che le leggeva dei libri, che giocava con lei ai videogiochi, che la aiutava a fare i compiti, che faceva dei lavoretti con lei, che faceva e riceveva una manicure casalinga, con Mathias che sfoggiava un bel sorriso e metteva in mostra le sue unghie appena smaltate di rosso sangue. Tipico, pensò Josie. La mamma era raramente presente nelle foto perché era sempre dietro la macchina fotografica.

Hallie si mise davanti a loro mentre Trinity sfogliava lentamente le pagine.

«So cosa state per dire: Mathias è stato accusato di violenza sessuale, è stato accusato dell'omicidio di Jana e poi accusato di aver sparato alla sua stessa moglie. Ma vi assicuro che non avrebbe mai fatto del male a nessuno. È gentile e onesto. Lo conosco da quando eravamo bambini. Lo potete vedere con i vostri occhi: si capisce quanto tenesse a Jana. Quando nostra madre affidataria è morta, non era tenuto a prenderci con sé. Era già uscito di casa. Non aveva certo le risorse per aiutarmi a crescere Jana, ma l'ha fatto lo stesso. Eravamo felici. Eravamo una famiglia. Non voglio solo convincere la polizia che Jana è stata uccisa e trovare il suo vero assassino, voglio riabilitare il nome di Mathias.»

Trinity chiuse l'album delle fotografie per restituirlo a Hallie, che se lo strinse al petto mentre tornava a sedersi. Il campanellino di Flynn, che ora tintinnava più forte, annunciò il suo ritorno. Si precipitò dalla porta della cucina fin sotto la sedia di Hallie, sbirciando Josie e Trinity tra le sue gambe.

«Hallie...» disse Trinity con cautela. «Nei nostri contatti per e-mail e telefono, mi ha parlato di Mathias, ma non mi ha mai detto che è stato in prigione per aver sparato in testa alla moglie.»

Hallie strabuzzò gli occhi e con i polpastrelli scavò nella copertina di vinile screpolata dell'album fotografico. «Non è stato lui. Non l'ha fatto lui. È stato scagionato.» A ogni affermazione, la sua voce si alzava di un'ottava.

In tono delicato, Josie chiese: «Cosa sa dirci dell'uccisione della moglie?»

«Non siamo riuscite a trovare molte informazioni.» aggiunse Trinity. «I servizi della stampa che riguardano le vicende di questa zona sono praticamente inesistenti.»

Hallie rilassò le dita. Si alzò e ripose l'album sulla mensola del caminetto sotto il televisore prima di riprendere il suo posto. «Lo so. Bradysport occupa le prime pagine dei giornali. A nessuno interessa quello che succede in questa provincia.»

«Cominci dall'inizio.» la esortò Trinity. «Come si sono conosciuti Mathias e sua moglie?»

«Lavoravano entrambi al negozio di forniture per trattori. Lui lavorava lì da molto tempo, e credo che lei avesse appena lasciato l'università o qualcosa del genere e quindi aveva cominciato a lavorare lì anche lei. Hanno lavorato insieme per diversi anni prima di iniziare a frequentarsi, mantenendo la cosa segreta il più a lungo possibile.»

«Perché tenerla segreta?» chiese Trinity.

Josie ricordò quello che la dottoressa Feist aveva detto sulla sua relazione con Cyrus Grey: sua figlia aveva appena lasciato l'università in quel periodo; la dottoressa non aveva specificato quale anno avesse frequentato ma, supponendo che avesse iniziato l'università a diciotto anni, al massimo non poteva avere più di ventidue anni, il che significava che Mathias era di gran lunga più vecchio di lei. «C'era una certa differenza d'età, immagino... Lui era molto più grande di lei.»

Trinity le lanciò un'occhiata, ma non le chiese come facesse a saperlo. Hallie cambiò posizione, accavallando un paio di volte le gambe.

«C'era una differenza di dieci anni, sì. Ma non credo che sia per questo che l'hanno tenuto segreto.»

«Davvero?» chiese Trinity. «Dieci anni sono un divario notevole.»

«Può darsi.» disse Hallie. «Ma erano adulti quando si sono conosciuti. Immagino che qualcuno possa trovarlo strano, ma in realtà non era questo il motivo per cui l'hanno tenuto segreto. Il vero motivo era che il padre di Piper è un poliziotto.» Fermandosi, le guance le si tinsero di rosso e guardò Josie. «Senza offesa.»

Josie sorrise. «Non c'è problema.»

Hallie aveva ragione. In molte relazioni c'è un notevole divario di età nella coppia. Non è una cosa rara. A un rapido calcolo, Josie riteneva che ci fossero almeno dieci anni di differenza tra la dottoressa Feist e il sergente Grey quando avevano stretto la loro relazione, anche se all'epoca lei aveva già superato la trentina. Tuttavia, Josie era certa che il motivo per cui Mathias e Piper avevano tenuto nascosta la loro relazione non aveva tanto a che fare con il fatto che il padre fosse un agente di polizia, quanto piuttosto con le accuse e le voci che seguivano Mathias ovunque andasse. «Stavano insieme quando Jana è morta?»

«No. Si sono conosciuti in seguito. Mi pare un anno dopo la sua morte. Sono sicura che si sono sposati due anni più tardi, perché era proprio l'anniversario della sua morte. All'epoca ero molto arrabbiata con lui.»

«Perché era scappato per sposarsi in segreto?» la incalzò Trinity.

Piazzata tra i piedi della padrona, Flynn zampettava sui lacci delle scarpe da ginnastica. Hallie si abbassò per mandarla via, ma la gatta continuò imperterrita. «No. Non mi è mai importato che si fosse sposato. Erano affari suoi. Solo non capivo come avesse potuto farlo a una distanza così ravvicinata dalla data della morte di Jana. Mi sembrava scorretto. Nel primo anniversario della sua morte, io e lui avevamo deciso di passare la giornata insieme. Abbiamo pranzato nel ristorante preferito di Jana e poi siamo andati a visitare la sua tomba e a portarle dei fiori. Ci ha aiutato a superare la giornata perché lo abbiamo fatto insieme, proprio come abbiamo trascorso quasi dieci anni della nostra vita crescendola come nostra figlia. Pensavo che avremmo trascorso così l'anniversario della sua morte ogni anno. Sono rimasta spiazzata quando ho scoperto che aveva scelto di sposarsi di nascosto quel giorno. Mi disse che non significava nulla, che non aveva scelto quella data di proposito, che avevano semplicemente deciso di farlo. Non sono mai riuscita a capire come la data della morte di Jana significasse così poco per lui, ma alla fine cosa posso saperne io?»

«Il padre di Piper ha scoperto del matrimonio segreto?» chiese Josie.

Flynn continuò a tirare i lacci della scarpa da ginnastica sinistra di Hallie fino a quando non si furono completamente allentati. Hallie cercò di nuovo di fermarla, ma senza successo. «Oh, sì. Una volta sposati, non si sono più preoccupati di mantenere il segreto. Il padre di Piper è andato su tutte le furie. Poi, come se non bastasse, tutti gli amici di Piper hanno smesso di parlarle.»

«Per quale motivo?» chiese Trinity.

«Quelle stupide chiacchiere: che era uno stupratore, che era un assassino. Che l'aveva fatta franca per anni. Questo è quello che diceva la gente. Tutti in città pensavano il peggio di lui. Niente di tutto ciò era vero, ma non importava. Poco dopo il matrimonio è stato persino licenziato dall'azienda di forniture per trattori perché tutte quelle voci si erano scatenate di nuovo e il suo capo riteneva che causassero troppe distrazioni. Da quel momento ha avuto difficoltà a trovare lavoro. Veniva assunto in un posto, ci lavorava qualche settimana e, non appena qualcuno scopriva il suo collegamento con Jana, veniva licenziato di nuovo e doveva ricominciare a cercarsi un impiego. Poi, un giorno era andato in giro a cercarsi un lavoretto e quando è tornato a casa, ha trovato Piper sul pavimento della cucina, che perdeva sangue dappertutto. Ha chiamato i soccorsi e la polizia lo ha arrestato.»

«E la pistola?» chiese Josie. «È stata recuperata?»

La gatta si mise al lavoro sull'altra scarpa da ginnastica della padrona. Hallie questa volta non cercò nemmeno di fermarla. «Era in casa. Era di Piper. Ha sempre avuto una pistola. Suo padre le aveva insegnato a sparare e le aveva comprato una pistola per difendersi. La polizia ha concluso che si era trattato di una lite domestica e che Mathias le aveva sparato. Sopra c'erano le sue impronte, come c'era da aspettarsi visto che era la loro pistola e una volta o l'altra lui doveva averla tenuta in mano. Non che abbiano cercato molto, anzi per niente, ma la polizia non ha mai individuato altri sospettati.»

«Mathias non aveva un alibi?» le domandò Trinity.

Hallie intrecciò di nuovo le dita e un rossore le salì sul viso. Flynn continuava a giocherellare con i lacci delle scarpe allentati. «Sì, ce l'aveva. Quel pomeriggio era andato alla fattoria della famiglia Hadlee, in cerca di un lavoro. Pensava che Dermot, essendo stato il suo allenatore di football e tutto il resto, magari gli avrebbe dato qualcosa da fare alla fattoria. Dermot gli ha detto che ci avrebbe pensato, ma quando la polizia è andata da lui per verificare l'alibi di Mathias, Dermot ha detto che non lo vedeva da anni.»

Trinity la guardò stupefatta. «Questo tizio, Dermot, il suo vecchio allenatore di football, ha mentito?»

«Sì. Non so per quale motivo. Non abbiamo mai saputo perché.»

Avendo conosciuto Dermot Hadlee, Josie era certa che avesse avuto le sue ragioni. «Può darsi che Dermot abbia mentito per lo stesso motivo per cui il responsabile dell'azienda di trattori aveva licenziato Mathias...» ipotizzò Josie, «non voleva che la reputazione della fattoria fosse macchiata.»

Anche mentre lo diceva, il sospetto le solleticava la nuca. Una cosa era non dare un lavoro a una persona perché non si voleva che fosse associata alla propria attività; un'altra cosa era mentire su un fatto irrilevante e mandare in prigione una persona per un reato grave che non aveva commesso. «Dermot Hadlee era ancora nel Consiglio comunale a quei tempi?»

«Sì.» rispose Hallie. Si tolse entrambe le scarpe da ginnastica e le spostò delicatamente da un lato, in modo che la gatta potesse giocarci a piacimento e, infatti, tempo un secondo la gatta prese a fare la lotta con la scarpa sinistra della padrona, facendo tintinnare il suo campanellino.

Trinity guardò Josie e poi buttò giù qualche appunto.

Josie pensò al modo in cui Carolina Eddy era stata costretta a lasciare la città: gli abitanti volevano che dicesse una bugia bianca per mandare Mathias in prigione, perché erano tutti convinti che l'avesse già fatta franca con uno stupro. Dermot era della stessa idea dopo l'uccisione di Piper Tobin? Aveva considerato Mathias una macchia per la cittadina e aveva soltanto voluto sbarazzarsi di lui?

«Mathias ha assunto lo studio Downey, Downey & O'Neill per difenderlo.» continuò Trinity. «Da quello che ho potuto dedurre dalle mie ricerche su Internet, si tratta di uno studio di consulenza legale di grande esperienza. Sembra che abbiano cercato a fondo altri sospetti.»

Hallie guardò Flynn che trascinava la sua scarpa da ginnastica verso la cucina. «Avrebbero potuto farlo, e l'hanno fatto quando lui li ha assunti. Quando Mathias è stato arrestato per la prima volta, aveva un altro avvocato d'ufficio. Nessuno di noi due aveva i soldi per un buon avvocato. Downey, Downey & O'Neill sono entrati in scena dopo che era stato in prigione per qualche anno.»

«È riuscita ad andare a trovarlo mentre era in prigione?» le chiese Trinity.

«Andavo ogni fine settimana.» disse Hallie. «Era vicino a Erie, quindi dovevo farmi più o meno sei ore di macchina all'andata e al ritorno, ma non avevo intenzione di lasciarlo marcire in quel posto da solo. Gli avevo promesso che avrei fatto tutto il possibile per dimostrare la sua innocenza.»

Josie le chiese: «È stata lei a rivolgersi allo studio Downey, Downey & O'Neill?»

«Oh, no. Non avevo comunque i soldi per permettermelo. Avevo cercato di trovare un buono studio che accettasse il suo appello pro bono, ma nessuno voleva averci niente a che fare. Poi un giorno sono andata a trovarlo in carcere e mi ha detto che aveva trovato qualcuno che poteva aiutarlo. Gli ho chiesto in che modo e lui mi ha risposto solo che non dovevo preoccuparmi. E io ero così felice che non mi ci sono soffermata. L'unica cosa che volevo era che tornasse a casa, e lui sembrava abbastanza sicuro di ciò che questo studio poteva fare.»

Josie le chiese: «Ha mai incontrato nessuno di questo studio?»

«Sì. Durante il processo ho incontrato il suo avvocato.»

«E qualcuno dei paralegali?» insistette Josie. «Ha mai incontrato una certa Keri Cryer?»

Poté sentire gli occhi di Trinity fiammeggiarle addosso, ma non le prestò attenzione.

Hallie fece un sorriso esitante. «Può darsi. Ma non saprei. C'era una donna del gruppo che Mathias considerava molto carina e simpatica. Ne parlava spesso in effetti. Può darsi che si chiamasse così.»

Prima che Josie potesse fare altre domande, Trinity disse: «Ma Mathias non è stato assolto in appello, è stato scagionato, grazie alle prove. Prima di questo incontro non sono riuscita a ottenere le trascrizioni del processo o dell'udienza, né il fascicolo dal procuratore distrettuale, ammettendo che me lo avrebbero concesso.» Si girò e guardò con attenzione Josie. «Non è che tu hai qualche documento?»

«No.» rispose Josie. «Non ho nessun fascicolo. Il mio dipartimento non è riuscito a ottenere nulla dallo studio legale.»

Soddisfatta, Trinity si rivolse nuovamente a Hallie. «Senza informazioni da parte del pubblico ministero o dell'avvocato di Mathias, non ho alcuna possibilità. Come nel caso di Jana, né l'uccisione di Piper né l'assoluzione di Mathias sono stati trattati dalla stampa. Sa quali erano le prove scagionanti?»

«Un testimone.» rispose Hallie. «Si è fatto avanti e ha detto di aver visto Mathias nel momento in cui Piper è stata uccisa. Evidentemente non si era fatto avanti prima perché la polizia non aveva mai parlato con lui, ma è stato sufficiente per scarcerare Mathias.»

«Dov'è Mathias adesso?» le chiese Josie.

Hallie si acciglò. «Non lo so. La sua collega... la detective

Palmer ha detto, giusto? Mi ha chiamata ieri per chiedermi se sapevo dove fosse finito o come mettermi in contatto con lui, ma in tutta sincerità non lo so. Non lo vedo da mesi. Quando è uscito, ha passato un periodo in un centro di riabilitazione a Bradysport. Non potevo crederci. Tutte quelle ore di macchina che mi sono fatta, per anni, per arrivare a Erie a fargli visita e... Tutti quegli anni in cui abbiamo vissuto insieme come una famiglia prima di quella storia, e lui non è voluto tornare a casa da me.» Agitò una mano in segno di disappunto. «Voglio dire, questa è casa sua quanto mia. Credetemi, volevo che venisse a stare da me, ma lui ha detto che non poteva. L'ultima volta che ho parlato con lui è stato circa uno o due mesi dopo la sua uscita e mi ha detto che non avrebbe potuto rivedermi finché non avesse riabilitato il suo nome.»

«Perché no?» chiese Trinity.

«Non era sicuro. O questo è ciò che mi ha detto. Mi ha detto che, una volta che fosse riuscito a riabilitare il suo nome una volta per tutte, avremmo potuto tornare a essere una famiglia. Poi è scomparso. Poco dopo il suo numero di telefono è stato staccato. Non è mai tornato al centro di recupero. L'ho cercato dappertutto. Non ho idea di dove sia né se sia vivo. Devo sperare che sia vivo.» Gli occhi le si riempirono di lacrime. Deglutì. La gatta si stancò di giocare con la scarpa da ginnastica che aveva spinto vicino alla porta della cucina e si avvicinò di nuovo alla sua padrona, strusciandole i fianchi contro gli stinchi. «Mathias è tutto ciò che mi è rimasto.»

«Hallie...» disse Josie. «La mia squadra ha scoperto di recente che è stato a Denton.»

Sul viso di Hallie si disegnarono i tratti della confusione.

«A Denton? Non conosciamo nessuno a Denton.»

«Keri Cryer.» continuò Josie. «Era un'assistente legale dello studio Downey, Downey & O'Neill. Evidentemente aveva lavorato al suo caso. Devono essersi frequentati. Lui stava da lei.

L'ultima volta che è stato visto è stato giovedì scorso, nel suo appartamento.»

La gatta saltò in grembo alla padrona, cozzando sulle mani per farsi accarezzare. «L'ultima volta che è stato visto?» ripeté. «Se era nell'appartamento di quella donna, non potete semplicemente chiedere a lei dove è andato? Ho davvero bisogno di parlargli. Ho bisogno di vederlo. Devo dirgli di Trinity e della trasmissione.»

«Non possiamo chiederlo a Keri.» spiegò Josie. «Perché è stata uccisa.»

Hallie alzò le mani per coprirsi la bocca. Sul suo grembo, Flynn si immobilizzò e la guardò. Con la voce ovattata da dietro le mani, disse: «Oh, mio Dio! Che cosa è successo?»

«Non ho l'autorizzazione a parlarne.» rispose Josie.

A denti stretti, con voce abbastanza bassa da essere udita solo da Josie, Trinity disse: «Non posso credere che tu me lo abbia tenuto nascosto.»

«Hallie...» continuò Josie, «sa dirci se c'è un posto dove Mathias andrebbe a nascondersi se fosse nei guai?»

Lentamente, Hallie scosse la testa. Abbassando le mani per accarezzare la schiena della gatta, disse: «Qui. Verrebbe qui. Ma non l'ho visto.»

«Va bene.» concluse Josie. «Allora, quello che ho bisogno che lei faccia è di contattarmi immediatamente se Mathias viene qui o si mette in contatto con lei in qualche modo. Può farlo?»

Hallie si sporse in avanti per prendere il biglietto da visita che Josie le stava porgendo. «Certo.» disse. Poi, guardando Trinity, aggiunse: «Dedicherebbe comunque una puntata del suo programma al caso di Jana? È molto importante per me. Ho bisogno del suo aiuto per riabilitare il nome di Mathias in modo che possa tornare a casa una volta per tutte.»

Trinity le mostrò un sorriso comprensivo. «Sì. Sono ancora interessata a mandare avanti la puntata. Ricordi solo, Hallie, che non posso farle promesse. Posso solo assicurarle che farò del mio meglio per presentare un episodio chiaro e avvincente sul caso di Jana, nella speranza che da questo possa scaturire qualche pista.»

«Hallie...» chiese Josie, «chi era il testimone che si è fatto avanti nel caso di Piper?»

«Era il figlio di Dermot, Vance Hadlee.»

VENTOTTO

Josie si mise al volante e si allontanò da casa di Hallie Kent, con l'acido che le bruciava lo stomaco; una rapida occhiata a Trinity, seduta sul sedile del passeggero, intenta a scribacchiare come una matta sul suo blocco note, le fece capire che si stava annotando altre domande. Una serie infinita di domande. Aveva interrogato Hallie su Vance Hadlee, ma tutto ciò che era riuscita a scoprire era quello che già sapevano, cioè che la sua famiglia possedeva una fattoria nelle vicinanze e lui e Mathias avevano fatto parte della stessa squadra di football alla Bly Hollow High School sotto lo stesso allenatore: Dermot Hadlee. Se mai avevano parlato di ciò che Vance aveva fatto alla dottoressa o di qualsiasi cosa riguardante il loro matrimonio, quegli argomenti non erano arrivati alle orecchie di Hallie oppure lei non li aveva ritenuti abbastanza importanti da discuterne.

Mentre Trinity terminava l'intervista, Josie ne aveva approfittato per mandare un messaggio alla squadra. Non era sicura che nel complesso avesse un significato, ma le era sembrato importante - nonché strano - che Vance Hadlee si fosse fatto avanti per scagionare Mathias Tobin dall'omicidio della moglie. Vance aveva detto la verità? Mathias era davvero stato alla fattoria per chiedere un lavoro a Dermot il giorno in cui Piper era stata uccisa? Vance lo aveva visto? Se lo aveva visto, come mai non si era fatto avanti subito? Nel momento in cui la domanda si era affacciata alla sua mente, Josie aveva intuito la risposta: perché Dermot non l'avrebbe permesso. Dermot Hadlee controllava tutto e, per qualche motivo, non voleva che Mathias venisse scagionato. Josie si sforzò di ricostruire la tempistica nella sua mente: Vance si era fatto avanti solo alcuni mesi prima. Lark aveva detto a lei e a Gretchen che Dermot aveva avuto un ictus l'anno precedente. Mathias era stato scarcerato sette mesi prima, nel luglio dell'anno precedente. Era possibile che Vance si fosse sentito incoraggiato ad andare contro la volontà del padre, una volta che era stato colpito dall'ictus, e che avesse aiutato Mathias? Veniva automatico chiedersi se Lark ne sapesse qualcosa e se fosse in grado di fornire qualche spiegazione in proposito. Per scoprirlo sarebbe stato necessario incontrarla da sola, un'impresa tutt'altro che facile.

Comunque fosse andata, Mathias era stato rilasciato.

Era una coincidenza che i recenti omicidi avvenuti a Denton si fossero verificati dopo che Mathias Tobin era uscito di prigione? Perché non aveva senso. Per quanto poteva dirne Josie, Mathias non poteva assolutamente sapere del marchio della dottoressa.

Josie si fermò a un semaforo rosso, distolta dai suoi pensieri dal silenzio che regnava nell'abitacolo. Lanciò un'occhiata alla sorella. «Pensi di ricominciare a parlarmi?»

Senza alzare lo sguardo, Trinity disse: «Voglio essere sincera. Mi disturba che tu sia in possesso di informazioni che io non ho e che potrebbero essere importanti per la mia trasmissione. Ad ogni modo, capisco che tu hai il tuo di lavoro da fare, proprio come io ho il mio. Lavoro in questo settore da abbastanza tempo per sapere che le forze dell'ordine non possono dire tutto ai giornalisti. E questo lo rispetto. Non posso prometterti che non indagherò su Keri Cryer e sulla sua relazione con

Mathias Tobin, ma per quanto riguarda il mio episodio su Jana Melburn... non ha nulla a che fare con questo. Qualsiasi cosa Mathias abbia fatto o non fatto dopo la morte di Jana non mi aiuterà a capire cosa le è successo davvero, se è stato un incidente o se è stato intenzionale. Per ora voglio concentrarmi su Jana.»

«Ti ringrazio.» disse Josie.

Il semaforo divenne verde e Josie schiacciò sull'acceleratore.

Trinity picchiettò la penna sul finestrino. «Quella è la stazione di servizio dove Mathias e Jana hanno parlato per l'ultima volta.»

Josie fece un verso di assenso e guardò oltre. Un pick-up nero dall'aspetto familiare era parcheggiato accanto a una delle pompe di benzina. Josie rallentò e allungò il collo per cercare di scorgere il proprietario alla pompa. Dermot Hadlee. Si guardarono per un breve momento. Lui la guardò in cagnesco, girando lentamente la testa mentre lei passava. Se c'era qualche dubbio sul fatto che non l'avesse riconosciuta dopo la perquisizione della sua fattoria, quell'espressione minacciosa lo fugava. Josie si voltò per vedere se Trinity lo avesse notato, ma lei aveva di nuovo chinato la testa sul suo blocco, così passarono oltre la stazione di servizio. Cercò di non pensare a Dermot e di concentrarsi invece su Vance Hadlee che si era fatto avanti come testimone per scagionare Mathias Tobin. A Josie non dava l'impressione di essere un tipo altruista; allora, se ci aveva visto giusto, e se Vance si era fatto avanti solo dopo che Dermot era stato debilitato da un ictus, cosa ci avrebbe guadagnato?

Senza contare che, nonostante Vance e Mathias fossero stati nella stessa squadra di football per un anno, nessuna delle persone con cui avevano parlato aveva mai lasciato intendere che i due fossero amici. Hallie non aveva mai detto esplicitamente che i due fossero intimi. Stando a quello che diceva la dottoressa, non lo erano mai stati. Quindi che motivo aveva Vance di farsi avanti per lui dopo che Mathias aveva passato anni in prigione? E che motivo aveva di giurare che Mathias era con lui quando Piper era stata uccisa?

Trinity alzò lo sguardo per un istante e puntò la penna. «Gira qui a sinistra. Il luogo dove hanno trovato Jana è a un chilometro e mezzo di distanza.»

In pilota automatico, Josie svoltò. Vance aveva davvero incontrato Mathias alla fattoria nel momento in cui avevano sparato a Piper? O aveva mentito per far uscire Mathias di prigione? E se aveva mentito, perché l'aveva fatto?

«Gira a destra qui.» le indicò Trinity, agitando di nuovo la penna contro il parabrezza. «Questa è la strada.»

Non era assolutamente possibile che Vance avesse aiutato Mathias a uscire di prigione per bontà d'animo; Vance doveva averci guadagnato qualcosa, oppure doveva essere in debito con Mathias per qualcosa. Ma non avrebbero avuto modo di scoprirlo finché non avessero trovato Mathias, che era introvabile; l'unica che possibilmente ne sapeva qualcosa era Keri Cryer - magari perché Mathias si era confidato con lei – ma ora era morta.

«Rallenta.» le disse Trinity. «Ancora mezzo chilometro e ci siamo. Hallie ha detto che un tempo c'era un segnale. Una croce. Il Comune continuava a rimuoverlo, ma lei lo rimetteva ogni volta.»

Josie cercò di scrollarsi di dosso quella miriade di domande per concentrarsi sulla strada da percorrere: era stretta, con una sola corsia per senso di marcia. Alla loro sinistra c'era una parete rocciosa dove il comune aveva tagliato il fianco di una montagna per ricavarne la strada. Sul lato opposto gli alberi passavano in fretta. A febbraio i rami erano spogli e lasciavano intravedere il lago Latchwood in fondo a un ripido pendio. Josie si chiese se Jana avesse tentato di percorrere quella stessa strada al buio per incontrare la persona misteriosa che Mathias sosteneva esistesse, o se il suo assassino l'avesse semplicemente scaricata in quel punto dopo averla uccisa. Sembrava una strada pericolosa anche in pieno giorno.

«Lassù.» disse Trinity. «Mi sembra di vederlo.»

Davanti a loro Josie scorse una croce di plastica rosa affissa a un albero sul ciglio della strada. Il suo piede schiacciò il freno mentre cercava un punto in cui accostare. Il rombo di un motore attirò la sua attenzione.

«Che cos'è?» chiese Trinity.

Nello specchietto retrovisore, vide un grosso pick-up nero che si dirigeva verso di loro, andando ad almeno il doppio del limite di velocità. «Merda.» disse Josie.

C'era un piccolo spazio per accostare, ma era sul lato opposto della strada, contro la parete rocciosa. Il rombo si fece più forte. Josie sterzò nella corsia opposta e il pick-up le seguì.

«Cosa stai facendo?» strillò Trinity.

«Sta' buona.» disse Josie, riportando il fuoristrada nella loro corsia di marcia.

Di nuovo, il veicolo le seguì.

Trinity si girò di scatto per guardare dal lunotto posteriore. «Mio Dio!» esclamò. «Ci verrà addosso.»

«Mi sembra che sia questo il suo obiettivo.» mormorò Josie. Ruotò di nuovo il volante a sinistra e a destra, ma il pick-up gli restò incollato addosso.

«Ma chi è questo pazzo?» disse Trinity. Aveva il telefono in mano. «Chiamo aiuto. Questo finirà per ammazzare qualcuno.»

Mi sembra che sia questo il suo obiettivo, ripeté Josie nella sua testa. Quando il pick-up andò a sbattere contro la parte posteriore del fuoristrada, facendole sobbalzare, Trinity emise uno strillo. Josie sentì lo strattone dell'urto che le fece rallentare anche se la sua auto stava accelerando. La parte anteriore del pick-up si era incastrata nella parte posteriore del suo fuoristrada. Quando schiacciò più forte il piede sul pedale dell'acceleratore, sentì il metallo stridere. Qualcosa cedette e il fuoristrada avanzò. Questo le permise di guadagnare qualche secondo prezioso per allontanarsi dal pick-up. Ma quel vantaggio non durò che pochi secondi, tanto che con una rapida occhiata nello specchietto laterale constatò con terrore che il pick-up si avvicinava sempre di più, puntando dritto su di loro finché non riuscì a distinguere il volto dell'uomo al volante: Dermot Hadlee.

I suoi occhi brillavano di furore. Un angolo della bocca era piegato, mentre l'altro si arricciava in un ghigno.

Col telefono all'orecchio, Trinity disse: «Stiamo guidando in una Ford Escape blu su Latchwood Cove Road. C'è qualcuno dietro di noi. Ci sta inseguendo...»

Appena il pick-up di Hadlee sbatté ancora una volta contro il loro fuoristrada, l'urtò piegò i loro corpi in avanti e il telefono di Trinity le volò via dalle mani.

«Tieni duro!» le disse Josie.

Di nuovo, schiacciò il piede sull'acceleratore al massimo. Aveva la sensazione che la sua auto si trascinasse la parte posteriore, ma continuò ad avanzare, allontanandosi ancora una volta dal pick-up. Questa volta, non appena lo distanziarono di cinque metri buoni, Josie fece scattare il volante verso destra e schiacciò i freni, arrestando bruscamente l'auto. Trinity urlò, appoggiando entrambe le mani al cruscotto. «Sei impazzita?»

Il pick-up passò come un fulmine davanti a loro e quando a sua volta inchiodò stridendo, Josie si annotò mentalmente la targa; poi schiacciò di nuovo il pedale del gas e diede uno strattone al volante nel tentativo di invertire la rotta della sua Ford Escape nella direzione da cui erano venute. Trinity aveva la testa tra le gambe per cercare il telefono sul pavimento. Le luci di retromarcia del pick-up si accesero. Josie lo tenne sotto controllo con la coda dell'occhio mentre con la parte anteriore del fuoristrada urtava il guardrail lungo il ciglio della strada. Era troppo stretta perché potesse girarsi con un movimento continuo. Doveva per forza fare un'inversione in tre tempi. Inserendo la retromarcia, iniziò a indietreggiare il più velocemente possibile. Sentì qualcosa sferragliare sulla carreggiata. Gli pneumatici delle ruote posteriori colpirono violentemente qualcosa e in un attimo ci rotolarono sopra con uno scossone che quasi le fece cadere dai sedili. Trinity sbatté la testa contro la buca del cruscotto. La cinghia della cintura di Josie le tagliò la clavicola. Si sentì strizzare lo stomaco dal terrore quando si rese conto che il paraurti posteriore era caduto e ci aveva appena fatto retromarcia sopra, così che si era incastrato tra le ruote. Lanciò una serie di imprecazioni.

Messe così, con il veicolo di traverso sulle due corsie, erano un bersaglio fin troppo facile. Josie inserì la marcia e cercò di accelerare, ma gli pneumatici stridettero, bloccati contro il paraurti. Nel tentativo di aggirare l'ostacolo nello spazio ristretto tra la parete rocciosa da un lato e il guardrail dall'altro, si accorse che il pick-up si stava dirigendo verso di loro in retromarcia, avvicinandosi ogni secondo di più. All'improvviso si fermò. Per un fugace istante, Josie si immobilizzò, pensando che fossero salve; ma poi il veicolo di Dermot ricominciò a muoversi, in una doppia manovra che lo portò prima in posizione parallela e poi perpendicolare a loro, col muso di fronte all'auto di Josie. Non aveva trovato ostacoli nella sua inversione a tre tempi e ora il volto pallido di Dermot era una sbavatura dietro il parabrezza mentre dava velocità al suo mezzo, come un missile puntato proprio su di loro. Trinity alzò la testa. Aveva il telefono in mano, ma i suoi occhi erano puntati dritti fuori dal finestrino, sul pick-up in avvicinamento. «Josie!» urlò.

Josie schiacciò il piede sul pedale dell'acceleratore così forte da farsi male. La sua Escape sobbalzò un paio di volte prima di riuscire a superare il paraurti. Ma era troppo tardi. Nel momento in cui cercava di girare il volante nell'ultima fase della manovra per guadagnarsi una via di fuga, il pick-up andò a sbattere contro la portiera del passeggero della Escape.

E non si fermò.

Josie cercò di controllare la direzione del suo mezzo mentre il furgone si spingeva contro, ma era come cercare di lottare contro un gigante. Il volante le sfuggì dalla presa. Il veicolo prese a girare. Josie cercò di accelerare per allontanarsi, ma il pick-up cambiò semplicemente direzione, facendole precipitare più velocemente verso il guardrail. Josie schiacciò sui freni, ma non servì a nulla.

«Josie!» urlò di nuovo Trinity.

Il paraurti anteriore sfondò il guardrail con un forte stridore e il cofano della Escape si inclinò verso il basso. Josie avvertì il momento in cui perse il controllo del mezzo. Sentì l'assenza di peso. Poi il mondo intero ruotò sottosopra. I vetri andarono in frantumi. Sua sorella gridò. La cintura di sicurezza le tagliò il busto come un coltello. Qualcosa di duro entrò in contatto con la sua testa. Prima che il parabrezza si rompesse in mille pezzi, Josie vide un caleidoscopio che le si parava davanti agli occhi. Acqua, rocce, alberi, cielo, alberi, rocce, acqua. Le sue braccia si agitarono per trovare qualcosa di stabile, ma non c'era nulla.

L'impatto finale le causò una scossa in tutto il corpo e la lasciò a penzolare a testa in giù.

Il tempo rallentò. Nelle sue orecchie risuonava un rumore di sfregamento. Alzando le braccia, puntò entrambe le mani contro il tettuccio del fuoristrada, sentendo subito dolore a una spalla. Accanto a lei, sua sorella pendeva floscia.

«Trinity...» disse Josie. Il suono uscì molto più silenzioso di quanto avesse voluto. Era difficile parlare, così appesa a testa in giù con la cintura di sicurezza che la tagliava in due all'altezza del busto. Era difficile respirare.

«Trinity!» Questa volta riuscì a dirlo più forte.

Prima ci fu un mugolio che le procurò un'ondata di sollievo; l'adrenalina che anestetizza il dolore sembrava essersi infiltrata in ogni cellula del corpo di Josie. I capelli di Trinity oscillarono, poi le braccia. Con una mano si appoggiò al tettuccio, proprio come aveva fatto Josie. L'altra la raggiunse e scomparve nel suo grembo.

«Trinity.» disse Josie. «Stai bene?»

La voce di Trinity era pervasa dal panico. «Sono bloccata. Ho un piede bloccato. Non riesco a muoverlo.»

«Va tutto bene.» disse Josie. «È tutto a posto. Penso di poter uscire. Ti aiuto io.»

Staccando una mano dal tettuccio, Josie cercò a tentoni lo sgancio della cintura di sicurezza. Ci vollero diversi secondi ognuno dei quali si protrasse come un'ora. Il respiro di Trinity era affannoso. Josie non riusciva a capire se fosse dovuto al panico o a qualche ferita. «Calmati!» le disse. «Sono quasi riuscita a liberarmi.»

Il pulsante di rilascio scattò sotto le sue dita, la cintura di sicurezza scorse all'indietro e il corpo inerte di Josie cadde, appallottolato in un ammasso confuso di braccia e gambe. La sua testa andò a sbattere scompostamente contro il punto di congiunzione tra il tettuccio e il parabrezza. Ringraziando di non trovarsi più a testa in giù, cercò di muoversi. Le vertigini presero il sopravvento mentre il sangue che le era affluito alla testa defluiva verso il busto e gli arti. Guardando in alto, le sue dita cercarono la maniglia della portiera, la trovarono e la tirarono. Ci vollero alcune spinte e calci per riuscire ad aprirla.

Fu allora che la voce di Trinity le giunse bassa fino a un sussurro. «Josie. Josie! Sta arrivando qualcuno. Sta arrivando qualcuno.»

Intanto lei era già per metà fuori dall'auto, con l'acqua del lago che le lambiva i piedi. Si fermò e rimase in ascolto. Era difficile sentire sopra il battito del suo cuore, ma c'era sicuramente qualcosa o qualcuno che si muoveva verso di loro sulla riva.

Trinity alzò così tanto la voce da starnazzare. «Scarponi, Josie. Vedo degli scarponi.»

«Resisti.» le urlò uscendo dall'auto, incespicando, cadendo in avanti nel lago ghiacciato. L'acqua le finì addosso, schizzandole la faccia. Per fortuna non era profondo nel punto in cui era atterrata, così riuscì ad appoggiarsi ad alcune rocce sotto il pelo dell'acqua e a rimettersi rapidamente in piedi, barcollando e poi girandosi di scatto. Con una mano cercò la pistola e si sentì sollevata quando le sue dita si chiusero intorno all'impugnatura. Aprì la fondina ed estrasse l'arma, facendo il giro dell'auto per liberare Trinity che, ribaltata com'era, era bersaglio facile.

Una cortina rossastra calò sulla sua vista quando rivoli di sangue caldo le colarono dal cuoio capelluto lungo il viso. Gli occhi le bruciavano. Sbattere le palpebre non servì a nulla. Mentre girava intorno alle gomme anteriori del fuoristrada, vide, attraverso la foschia sanguinolenta, una grande figura che si chinava e allungava una mano attraverso il finestrino di Trinity.

Josie puntò la pistola. «Fermo!» comandò. «Allontanati da mia sorella. Subito.»

La figura si raddrizzò e si girò verso di lei, tenendo entrambe le mani in alto, con i palmi vuoti e rivolti verso di lei. «Calma.» disse. «Non vi farò del male.»

Josie sbatté di nuovo le palpebre, ma nei suoi occhi si riversò ancora più liquido rosso fuoco.

«Stai perdendo sangue.» le disse l'uomo. «Molto. Metti giù quella pistola e lascia che ti aiuti. Sono qui per questo.»

Si avvicinò finché lei non riuscì a distinguere il suo volto.

Era Cyrus Grey.

«Non un altro passo.» gli disse, cercando di tenere ferma la pistola.

«Devo avvicinarmi, detective. Temo che, se continuerà a sanguinare, perderà i sensi.»

Con rammarico dovette dargli ragione. Sentiva una debolezza e un'instabilità diffondersi in tutto il corpo, anche se era più probabile che fosse dovuta allo shock dell'incidente che alla perdita di sangue. Non poteva ancora arrendersi. «Come sapeva che eravamo qui?» gli chiese Josie.

Sospirò esattamente nello stesso modo in cui aveva sospirato quando Mettner aveva insistito per denunciare Vance Hadlee per possesso di armi da fuoco. «Una di voi ha chiamato la polizia. Ci sono altri agenti in arrivo e un paio di ambulanze. Io ero il più vicino. Ecco perché sono qui adesso.»

Cercando di combattere le vertigini e la stanchezza, Josie esitò finché non sentì Trinity gridare aiuto. Quando sentì una sirena sulla strada sopra le loro teste, abbassò la pistola e crollò a terra, lasciandosi scivolare sul letto di ciottoli.

VENTINOVE

Il reparto di Pronto Soccorso del piccolo ospedale locale assomigliava a tutti gli altri reparti di Pronto Soccorso in cui Josie aveva mai messo piede: una sala d'attesa che puzzava di vomito e di sostanze chimiche, con le sedie in vinile spaccate e i distributori automatici mezzi vuoti; aree di trattamento chiuse da tendine; infermieri che si avvicendavano da un posto all'altro di gran carriera; pazienti in vari stati di agonia, uno dei quali gemeva a gran voce e senza sosta, indipendentemente da ciò che il personale medico gli somministrava. Dietro una tenda di un rosa sbiadito, Josie giaceva su una barella sotto cinque coperte d'ospedale, e si teneva una garza sul taglio alla fronte. Non aveva idea di quanto tempo fosse passato e non poteva guardare l'ora perché aveva perso il telefono. Un'infermiera era entrata e l'aveva tirata fuori dai suoi abiti ghiacciati e inzuppati, l'aveva aiutata a mettersi due camici da ospedale - uno aperto sul davanti e un altro a coprire l'apertura posteriore - e l'aveva avvolta in tutte le coperte che era riuscita a trovare. Da quel momento aveva iniziato a fare a Josie una serie di domande mentre le puliva il viso con soluzione fisiologica e tamponi di garza. Tanti, tantissimi tamponi di garza. Poco dopo era arrivato un dottore, che aveva esaminato la ferita e l'aveva disinfettata tanto da farla bruciare. Con gli occhi che lacrimavano, Josie aveva resistito all'impulso di spingerlo via. Poi il dottore aveva promesso di tornare per metterle i punti di sutura.

Josie sentiva il cuore che le rimbombava nel petto. Odiava gli ospedali. Nella sua esperienza, non era mai successo nulla di buono quando era entrata in un ospedale; ma questa attesa nello specifico, sdraiata sotto il bagliore delle luci fluorescenti, ad aspettare finché un dottore non fosse venuto a metterle dei punti sul viso, la riportò indietro nel tempo a quella notte di quando aveva sei anni e Lila Jensen, la donna che l'aveva strappata alla sua vera famiglia e che si era spacciata per sua madre, le aveva tagliato la faccia con un coltello. Needle, o come si sforzava di chiamarlo, Zeke, era intervenuto proprio mentre la lama del coltello raggiungeva il mento. In un insolito momento di preoccupazione, aveva insistito perché Lila la portasse al Pronto Soccorso. Lila, come faceva immancabilmente, aveva mentito ai medici su come la figlia si fosse procurata quella ferita, e aveva spaventato Josie, intimandole di mantenere il segreto. C'erano voluti ventisette punti di sutura per chiudere la ferita fisica. La ferita emotiva continuava a incancrenirsi.

Josie cercò di fare il suo esercizio di respirazione inspirando per quattro secondi, trattenendo il fiato per altri sette e rilasciando contando fino a otto; ma il suo corpo non voleva proprio saperne di calmarsi abbastanza da mantenere il respiro nei polmoni per sette secondi interi. Cercò di spostare l'attenzione su qualcos'altro, di concentrarsi sul brusio all'esterno del suo box e di riuscire a sentire la voce di Trinity: sapeva che non era ferita gravemente perché non aveva smesso di parlare un attimo durante tutto il viaggio in ambulanza, ma non sapeva dove l'avessero portata gli operatori una volta arrivate e adesso cominciava a sentire il battito del suo cuore accelerare accorgendosi di non riuscire a individuare subito la voce di sua sorella. Poi giunse alle sue orecchie il rintocco di un ascensore, il fruscio delle porte e, infine: «...sì, sì. No, non l'ho ancora vista. La troverò quando avrò riattaccato. Sto bene. Solo una distorsione, grazie al cielo. Sì, sì. Ci vediamo presto. Drake... devo andare.»

Le parole di Trinity furono soffocate dallo scoppio di una lite tra un paziente e un'infermiera, ma non durò più di qualche attimo perché subito dopo Josie sentì di nuovo la sua voce: «Ehi! Ehi. Sergente Grey.»

Josie si tolse le coperte di dosso e lanciò le gambe oltre il bordo della barella. Contò fino a tre prima di mettersi in piedi. Per fortuna, le vertigini che aveva avvertito durante l'incidente erano passate. Il dolore al collo, alle spalle, ai gomiti e alle ginocchia invece no. L'infermiera le aveva messo ai piedi un paio di calzini grigi antiscivolo per evitare il rischio di scivolare sulle piastrelle quando si fosse messa in piedi. Tenendosi il pezzo di garza sulla testa, si diresse lentamente verso il corridoio e girò a sinistra, seguendo il suono della voce di sua sorella. «Sergente Grey!» chiamò di nuovo Trinity. «Dobbiamo parlare.»

L'aria fredda passò attraverso i calzini dell'ospedale e sulle sue gambe nude. I camici dell'ospedale facevano ben poco per tenere caldo. Arrivata in fondo alla fila di tende, Josie girò a destra e vide Trinity: era seduta su una sedia a rotelle accanto alla postazione degli infermieri, a pochi metri di distanza. Teneva il piede destro sollevato sul poggiapiedi; Cyrus Grey dava le spalle a Josie, piazzato davanti a Trinity con la testa piegata per guardarla in faccia. Dalla come contraeva la mascella, riusciva ad avere un aspetto intimidatorio anche da seduta, con i capelli in disordine e le gocce del sangue di Josie sparse sulla camicia.

«Miss Payne...» stava dicendo il sergente Grey, «come va il piede?»

Trinity lo fulminò con lo sguardo. «Non mi faccia perdere tempo, sergente. Ha sentito cosa le ha detto mia sorella mentre venivamo qui: un uomo di nome Dermot Hadlee ci ha spinte fuori strada. È il proprietario della Fattoria della Famiglia Hadlee, che è nella sua giurisdizione. L'avete tratto in arresto?»

Seguì un attimo di silenzio. Josie si avvicinò.

Trinity agitò il telefono in aria. «Sono passate ore. Quest'uomo rappresenta chiaramente un pericolo. Perché non è stato ancora arrestato?»

Il sergente Grey emise quello che Josie ormai considerava il suo caratteristico sospiro pesante. «Miss Payne, Dermot Hadlee ha avuto un ictus lo scorso anno. Non è in buone condizioni di salute. Dubito fortemente che sia lui il responsabile di tutto questo.»

Josie si avvicinò al sergente Grey. «Io l'ho visto in faccia. Posso identificarlo. E se non bastasse, Dermot Hadlee ha un pick-up Ford F-150 di colore nero intestato a lui...» e riportò il numero di targa che aveva visto poco prima che il veicolo si schiantasse contro di loro.

«Lo abbiamo visto sabato scorso, quando io e la mia squadra abbiamo eseguito un mandato di perquisizione nella sua proprietà. Se andate subito alla fattoria, scoprirete che ha una notevole ammaccatura sulla parte anteriore.»

Cyrus Grey incrociò il suo sguardo. «Come fa a pensare che Dermot Hadlee sia in grado di mettersi alla guida di un pick-up e di buttare fuori strada un'altra macchina per di più?»

«Lark ci ha detto che è ancora in grado di guidare...» e vedendo che il sergente non rispondeva, aggiunse: «Senza contare che è stato capace di caricare e puntare un fucile contro di me.»

Il sergente mantenne il silenzio.

«So cosa ho visto.» affermò Josie. «Oggi Dermot Hadlee ha cercato di ucciderci.»

Il sergente sostenne il suo sguardo per diversi secondi e alla fine disse: «Bene. Supponiamo che l'abbia fatto davvero. Mi sta chiedendo di arrestare un settantenne colpito da ictus che in questa città ha più potere dell'Onnipotente. A quel punto, secondo lei, cosa succederebbe? Onestamente?»

«A dire la verità, non me ne frega un cazzo di quanta influenza ha quell'uomo.» rispose Josie.

Il sergente Grey aprì la bocca per controbattere, ma Trinity non gliene diede il tempo: «Sa, sergente Grey, sono venuta a Bly per preparare una puntata del mio programma sul caso di Jana Melburn, con l'intenzione di dare adito alla domanda se si sia trattato di un incidente o di un omicidio. Ma magari è più interessante la storia di corruzione che ha colpito il suo dipartimento e tutte le altre autorità locali: procuratori distrettuali, giudici, membri del Consiglio comunale. Penso proprio che sia di questo che dovrebbe parlare l'episodio. Dica, è questo che vuole? Perché posso farmi raggiungere qui da una troupe così velocemente da farle venire il capogiro e le punterò le telecamere talmente tanto nel culo che la nazione intera saprà com'è fatto il suo colon. Se questo non la incentiva a fare il suo lavoro, allora chiamerò il mio contatto nell'unità anticorruzione dell'FBI e gli chiederò di indagare sul "potere" di cui ha parlato.»

Vedendo quanto in fretta il volto del sergente perdeva colore, Josie cercò di nascondere il sorriso che le incurvava le labbra.

«Prendiamoci un minuto per calmarci.» propose Grey. «Non sto suggerendo di non fare nulla.»

«Ah, sul serio?» lo apostrofò Trinity. «Perché è quello che sembra.»

Grey si raddrizzò un po', tirando indietro le spalle. «Faccio sempre il mio lavoro, indipendentemente dalle influenze esterne, e lo farò anche adesso. A parte questo, devo ammettere che trovo difficile credere che Dermot Hadlee vi abbia buttate fuori strada.»

«Beh, è stato lui.» reiterò Josie.

Grey si frugò in una tasca e tirò fuori il telefono. «Bene.

Chiamerò la centrale e lo manderò a prendere. Però, più tardi, avrò bisogno di una dichiarazione da parte di entrambe.»

«Avrà la sua dichiarazione non appena ci autorizzeranno a uscire di qui.» gli garantì Trinity.

Mentre il sergente Grey si allontanava per fare la sua telefonata, Trinity rivolse lo sguardo a Josie. Il fuoco nei suoi occhi si attenuò, sostituito dalla preoccupazione. Aprì la bocca per parlare, ma fu interrotta dalla voce di un uomo alle spalle di Josie che disse: «Ms. Quinn? Josie Quinn?»

Josie si voltò e vide il dottore di poco prima. Il suo sorriso non fece nulla per dissipare l'ansia che trasformava gli acidi dello stomaco in lava fusa. «È ora di metterle quei punti di sutura.» le disse.

Trinity le strinse una mano. «Vuoi che venga con te?»

Josie deglutì. Era una donna adulta. Non aveva più sei anni. Gli ospedali non le facevano paura e Lila era morta. «No. Me la caverò. L'unica cosa che ti chiederei è di trovare mio marito, ti dispiace?»

Sentiva i piedi pesanti a ogni passo che faceva per tornare dietro alle tende del suo box. Il dottore aveva circa quarant'anni, era simpatico e gentile, proprio come era stato il dottore che si era preso cura di lei quando era una bambina. Quel dottore aveva capito che c'era qualcosa che non andava, ma finché la piccola Josie non avesse ammesso ciò che Lila le aveva fatto, non avrebbe potuto fare molto. Si era fatta mettere i punti e se ne era tornata nella casa degli orrori di Lila.

Mentre lo guardava sistemare tutto il materiale sul vassoio, Josie cercò di allontanare quel ricordo dalla sua mente. Era stata ricoverata al Pronto Soccorso decine di volte e per i motivi più disparati da quella prima volta e proprio non riusciva a capire perché questa la preoccupasse così tanto. Perché i ricordi affioravano così rapidamente in superficie? Perché era agitata?

Il medico si infilò i guanti e tirò fuori un grosso ago. «Le inietterò nel cuoio capelluto questo farmaco anestetico. Lo sentirà bruciare e sicuramente le darà un po' di fastidio per parecchio tempo, ma le assicuro che è molto meglio che mettere dei punti senza.»

La sua terapeuta, la dottoressa Paige Rossetti, le diceva sempre che non aveva mai affrontato veramente molte delle cose che Lila le aveva fatto, ma Josie non capiva cosa intendesse dire esattamente. In che senso non le aveva affrontate? Le aveva vissute! Ci aveva pensato più volte di quanto volesse ammettere nei decenni trascorsi. Non era questo che voleva dire "affrontare"?

Quando l'ago penetrò nella pelle e le provocò una sensazione di bruciore sulla fronte, si sentì trasportare indietro nel tempo. Era piccola, davvero piccola, e il personale medico l'aveva lasciata sola nella stanza con Lila.

Il mento di Josie era intrappolato nella mano della madre che stringeva le dita sull'osso e tirava la pelle intorno alla ferita, facendola piangere per il dolore. «Ma... mamma» rantolò.

Gli occhi azzurri della madre erano quasi neri dalla furia. Quando parlò con un sussurro rabbioso, gli sputi schizzarono sul naso di Josie. «Non dire una cazzo di parola, mi hai capito?»

Un rantolo le sfuggì dalle labbra. Il dottore si tirò indietro, con aria corrucciata. «Si sente bene?»

Lei non riuscì a spiccicare parola e si limitò ad annuire. Lui le rivolse un sorriso scettico, ma poi iniziò a prepararsi a ricucire. «Sentirà tirare.» la avvertì.

Tutto d'un tratto Josie capì perché la sua reazione a quella situazione era così forte e perché i suoi ricordi traumatici stavano riaffiorando con tanta rapidità e naturalezza. Sebbene non sapesse nemmeno lei quante volte era stata al Pronto Soccorso e per i motivi più diversi da quando Lila aveva cercato di tagliarle la faccia, non aveva mai sperimentato nulla di così simile a quello che era successo quel giorno: i punti in faccia. E quindi, eccola lì, una donna adulta, un'agente di polizia, capace, competente, forte e con tanto di pistola d'ordinanza per giunta! Eppure, quel ricordo le aveva rubato tutta l'aria dai polmoni e si accavallava alle parole che nella sua mente uscivano dalle labbra della dottoressa Rosetti: "un trauma non elaborato".

Il medico fece passare il filo chirurgico attraverso la cruna di un ago per suture. «Userò il filo più sottile che abbiamo, visto che la ferita è sulla linea dell'attaccatura dei capelli. Per qualche giorno la ferita avrà un aspetto sgradevole, ma non credo che si formeranno cicatrici. Per precauzione prenda un po' di olio di vitamina E, così quando toglieremo i punti, eviteremo che rimanga qualche segno.»

Aveva la sensazione che il battito del suo cuore andasse fuori ritmo. Trauma non elaborato o meno, lei era su un lettino d'ospedale e doveva farsi mettere dei punti. Non c'era modo di uscirne. Pensò di aspettare Noah. Se lui fosse stato lì, avrebbe potuto farcela. Oppure poteva fermare tutta l'operazione e chiedere a Trinity di raggiungerla. Prima che avesse il tempo di decidere, sentì una voce molto forte e familiare provenire da qualche parte fuori dalla tenda.

«Al diavolo le vostre procedure! Oggi uno dei miei detective è stato quasi fatto fuori. So che è qui e voglio vederla immediatamente. Non tra un'ora, non tra quindici minuti e nemmeno tra cinque secondi. Voglio vederla in questo istante! Immediatamente. La smetta di farmi perdere tempo e mi trovi la detective Josie Quinn.»

Il dottore fece una smorfia. «È qualcuno che conosce?»

Josie cercò di sorridere, ma il movimento le provocava una sensazione strana a tutta la testa, ora che l'attaccatura dei capelli era stata riempita di farmaci anestetici. «È il mio capo.»

Con un tempismo perfetto, la tenda venne tirata indietro e il volto del capo Chitwood apparve rosso come Josie non l'aveva mai visto. Alle sue spalle stava un'infermiera che con occhi impotenti incrociò lo sguardo del medico e alzò le mani in aria. «Va tutto bene.» la rassicurò il dottore.

Il capo si avvicinò al letto. «Tua sorella mi ha detto che è solo una ferita superficiale.»

«Basterà qualche punto di sutura.» disse il dottore.

Senza badargli minimamente, il capo continuò: «Fraley è con e Mettner, si stanno occupando di un ragazzino scomparso che si è perso nel bosco vicino a casa sua. Gli ho detto di lasciar perdere e di mandare Luke e il cane a cercarlo, e di portare il suo culo qui prima di subito.»

«Grazie.» disse Josie.

Il capo accostò una sedia al letto e vi si accomodò facendo cenno al medico di continuare.

Josie sentì il cuore ripartire all'impazzata nel petto mentre il medico le passava il filo nella pelle e di nuovo ebbe quella sensazione di essere stata sbattuta indietro nel tempo. Sentiva solo la voce arrabbiata di Lila, bassa e grondante di minaccia.

Le dita di sua madre strinsero più forte, facendo temere a Josie che le si strappasse la faccia.

«Ti ho detto di stare zitta. Non una parola. Quello che dico è quello che è successo, hai capito? Se dici a qualcuno, anche a una sola persona, quello che è successo, finisci nello sgabuzzino. Per sempre. E né tuo padre né tua nonna potranno salvarti. Chiaro?»

Il suo corpo era tutto un tremito, una calda umidità si diffuse lungo le gambe e attraverso la camicia da notte. «Lo prometto.» sussurrò.

«Quinn!» gridò il capo facendola riemergere dai ricordi.

Non poteva girare la testa per guardarlo con il medico che le lavorava sulla fronte, ma cercò di concentrarsi su di lui e non su ciò che stava accadendo nella sua testa. «Mi dispiace.» mormorò.

«Volevo che lo sentissi da me.» disse lui. «Il giudice della contea di Alcott ha fissato la cauzione di Vance Hadlee a una cifra elevata, per quanto ragionevole per le accuse e le circostanze, ma suo padre ha pagato la cauzione questa mattina presto. E ora è fuori.»

«Anya...» disse Josie, cercando ancora di ignorare la fastidiosa sensazione dei punti di sutura che le venivano cuciti sulla pelle.

«Gretchen è andata subito a casa della dottoressa e le ha dato una mano a impacchettare le sue cose. Starà a casa sua finché la situazione non si sistemerà. Però, Quinn, dobbiamo capire cosa diavolo sta succedendo... ehi, Quinn! Ti senti bene? Sembra che tu stia per dare di stomaco.»

«Sono i punti di sutura.» disse Josie con voce strozzata.

«Posso darle altra lidocaina se sente dolore...» disse il dottore, «ma l'ho già caricata abbastanza.»

«No, non è quello.» rispose sentendo gli occhi del capo su di sé. Lentamente, alzò una mano e indicò la cicatrice lungo il lato destro del viso. Ormai tutti i membri della squadra conoscevano l'origine di quella cicatrice.

La voce del capo cambiò, l'aggressività si attenuò. «Ehi, Quinn...» le disse. «Ti ho mai raccontato di quando Kelsey cadde al parco giochi e sbatté il labbro sul bordo dello scivolo?»

Kelsey era la sorella minore del capo. Anche il padre del capo aveva lavorato in polizia, però era un agente corrotto e disonesto e aveva l'abitudine di intrattenere relazioni inappropriate con informatrici molto più giovani di lui che portavano a gravidanze. Quando Kelsey era arrivata, Bob Chitwood aveva già venticinque anni e siccome il padre non aveva alcun interesse a crescerla, se n'era preso cura lui.

«No.» disse Josie. «Non me ne ha mai parlato.»

«Eh, sì. Si era tirata via un bel pezzo di labbro. Il dottore lo dovette rimodellare e tutto il resto. Solo dodici punti di sutura, però. Aveva otto anni all'epoca. Era spaventata a morte. Mi chiese di cantarle una canzone che le piaceva tanto. Gliela cantavo sempre. Non ho idea del perché le piacesse, ma così stavano le cose. Perciò gliela cantai, proprio là, su quel letto d'ospedale, mentre il dottore le metteva i punti. E lei non si rese conto nemmeno che aveva già iniziato!»

Josie sentì una nuova ondata di ansia. Chitwood non era un tipo caloroso e amichevole. Sì, Josie aveva visto un lato più tenero del suo carattere, ma non riusciva a figurarselo mentre cantava... qualsiasi canzone in realtà. Sapeva quanto fosse difficile per lui esprimere le sue emozioni, e in questo senso erano due gocce d'acqua, ma non si sentiva pronta a vederlo che si rendeva vulnerabile davanti a lei, già che lei era in bilico su un precipizio emotivo.

«La prego di non farlo.» disse.

Ma il capo fece comunque un respiro profondo, preparandosi a cantare. Josie si aspettava una specie di ninna nanna o una canzone per bambini, qualcosa di carino, dolce, melodico e invece, inaspettatamente, Chitwood iniziò a intonare la peggiore e più stonata versione di "Back In Black" degli AC/DC che Josie avesse mai sentito. Suonava così male e talmente stridente che il dottore sobbalzò. Josie apprezzò la lidocaina quando sentì il duro scossone dell'ago. Il dottore si fermò a guardare il capo con un misto di stupore e raccapriccio. Quando fu chiaro che non si sarebbe fermato, riprese, finendo di metterle i punti a tempo di record.

Chitwood si fermò quando il dottore uscì di corsa dalla stanza. Soddisfatto, si appoggiò alla sedia e si mise le mani sullo stomaco. La tenda venne di nuovo scostata e Noah apparve davanti a loro, con un'espressione perplessa.

Spostò lo sguardo da Josie a Chitwood e viceversa prima di correre al suo fianco. Le strinse la mano e Josie percepì che tutto il suo corpo cominciava a rilassarsi. «Stai bene?» le chiese. «Sembrava che qualcuno stesse torturando un gatto qui dentro.»

TRENTA

Josie, Noah e il capo Chitwood si ritrovarono tutti e tre stipati nell'ufficio di Cyrus Grey. Davanti alla scrivania c'erano solo due sedie e Josie si accomodò su una, mentre Noah rimase in piedi accanto a lei, posandole una mano calda sulla spalla. Il capo faceva avanti e indietro nello spazio angusto dietro di loro. Per fortuna, Noah era arrivato all'ospedale con un cambio di vestiti e di scarpe. L'effetto del farmaco anestetico stava iniziando a diminuire, lasciando spazio a una profonda pulsazione che sembrava avvolgerle tutta la fronte. Aveva dato un'occhiata veloce alla ferita nel bagno dell'ospedale e si era sentita meglio nel vedere che il taglio era così vicino all'attaccatura dei capelli che, anche se si fosse cicatrizzato, molto probabilmente non si sarebbe notato. Ora che era fuori dall'ospedale e al sicuro accanto a Noah, l'adrenalina aveva iniziato a diminuire; di conseguenza, ogni bernoccolo e ogni livido che si era procurata nell'incidente si contendevano la sua attenzione, senza contare la stanchezza che pesava sulle sue membra. Trinity aveva già rilasciato la sua dichiarazione e se n'era andata dopo che Drake era passato a prenderla. Josie li aveva guardati andare via con un misto di sollievo e di invidia, sapendo che sua sorella avrebbe avuto qualche ora per concedersi un bel po' di riposo; di fatti, si sarebbe goduta il suo divano prima che potesse farlo lei.

Allungò la mano e strinse quella di Noah. «Avete trovato il bambino scomparso?»

«Io no, ma la nostra giovane rock star dell'unità cinofila, Blue, sì. Il ragazzino si era allontanato parecchio, quindi gli ci è voluta una buona mezz'ora, ma è andato dritto verso lui.»

«Un bel lieto fine.» disse il capo. «La nuova unità cinofila si è rivelata estremamente utile, se posso dirlo io stesso.»

Non c'era niente da obiettare: all'inizio la squadra si era opposta perché la nuova "unità cinofila" era composta dall'ex fidanzato di Josie, Luke, e dal suo segugio, Blue. La loro era stata una storia difficile. All'inizio la situazione aveva creato qualche imbarazzo, ma dopo che Luke e Blue avevano contribuito a risolvere un caso di alto profilo il mese precedente, salvando in questo modo la vita di Josie, non c'erano più state lamentele. Quando il Consiglio comunale aveva respinto la richiesta di Chitwood di dotarsi di un'unità cinofila dedicata, il capo si era rivolto a un'associazione non profit che si occupava di fornire cani da ricerca e soccorso ai dipartimenti di polizia che altrimenti non avrebbero potuto permettersi di disporre di unità cinofile a tempo pieno. «Se solo potessimo usarlo per trovare Carolina Eddy.» mormorò Josie. «O meglio ancora, Mathias Tobin.»

«Cosa diceva Hallie Kent su Mathias Tobin?» chiese Chitwood. «Ho ricevuto il tuo messaggio, ma dammi la versione lunga.»

Josie li aggiornò sulla chiacchierata che lei e Trinity avevano fatto con Hallie Kent.

«Che motivo aveva Vance Hadlee di scagionare Mathias Tobin?» chiese Noah alla fine.

«È quello che mi sono chiesta anch'io. È strano, vero?» convenne Josie, continuando poi a esporre la sua teoria secondo cui Dermot aveva proibito a Vance di fornire un alibi per Mathias, per motivi che nessuno conosceva.

«Possiamo stare seduti tutta la notte a cercare di capire le ragioni per cui Dermot Hadlee fa quello che fa.» disse Chitwood. «Ma dobbiamo davvero mantenere la concentrazione sulle nostre vittime di omicidio. Dovremmo ragionare su tutto questo pensando a loro. Il legame tra Vance Hadlee e Keri Cryer è che Keri lavorava per lo studio legale che ha raccolto la dichiarazione di Vance, che alla fine ha consentito a Mathias Tobin di ottenere di essere rilasciato. Ma qual è il collegamento tra Vance Hadlee e Sharon Eddy? A parte la marchiatura a fuoco, intendo?»

Josie sospirò. «Non lo so. Però qui, partendo da Jana Melburn, tutto sembra seguire la "teoria dei sei gradi di separazione".»

«Sarebbe?» chiese Noah.

«È la teoria secondo cui ogni persona può essere collegata a qualsiasi altra attraverso una catena di conoscenze e relazioni, con non più di cinque intermediari. La madre di Sharon Eddy è stata una delle ultime persone a vederla viva. La dottoressa Feist ha effettuato l'autopsia su Jana. Voleva dichiarare che si trattava di un omicidio o almeno di un caso non determinato, ma il suo capo, Garrick Wolfe, le ha fatto pressioni per dichiararlo accidentale.»

«Perché?» chiese il capo. «Cos'aveva da guadagnarci?»

Josie ripensò alla conversazione che aveva fatto con la dottoressa sull'autopsia e l'implicita offerta di Garrick di impedire a Hadlee di perseguitarla se avesse fatto quello che le aveva chiesto.

«Dubito fortemente che questo Garrick fosse preoccupato per la comunità.» commentò Chitwood. «È amico del padre di Vance Hadlee. Quindi siamo tornati su di lui, che non ha un alibi di ferro per il giorno in cui Sharon Eddy è stata uccisa, ed è plausibile non ne abbia uno nemmeno per il giorno dell'omicidio di Keri Cryer.»

«E se Hummel trova tracce che Keri Cryer è stata nella berlina bianca che abbiamo sequestrato alla fattoria degli Hadlee, Vance sarà ancora più nei guai.» disse Noah.

«Ma uccidere Sharon Eddy e Keri Cryer è servito solo ad attirare l'attenzione sul caso di Jana Melburn. Perché Vance avrebbe dovuto farlo?» si chiese Josie. «Non aveva alcun collegamento con lei. Anche se ci fosse un nesso di cui non siamo a conoscenza... cavolo, e se anche avesse ucciso lui Jana Melburn, che senso avrebbe avuto attirare l'attenzione così? L'omicidio di Keri Cryer ha più relazione con Mathias Tobin che con Jana Melburn.»

«Allora concentriamoci su Tobin.» suggerì il capo.

«Giusto.» convenne Josie. «Ma Vance Hadlee è il motivo per cui Mathias Tobin è un uomo libero. Dobbiamo capire che motivo aveva Vance Hadlee di uccidere la ragazza di Tobin.»

«Ci sta sfuggendo qualcosa.» concluse il capo. «O qualcuno.»

«Secondo me stiamo trascurando Garrick Wolfe.» ipotizzò Noah. «L'ho rintracciato, ma non abbiamo ancora parlato con lui.»

«Le pressioni che ha fatto sulla dottoressa perché dichiarasse accidentale la morte di Jana Melburn non hanno fatto altro che favorire Mathias nel lungo periodo.» constatò Josie. «Voleva che quel caso fosse spazzato sotto il tappeto, quindi non ha senso che l'abbia voluto mettere al microscopio dopo dieci anni. Senza contare che, avendo dato una mano alla dottoressa, non avrebbe alcun senso che adesso si metta a uccidere delle persone solo per mandarle un messaggio dopo tutto questo tempo.»

«Non possiamo saperlo.» disse Noah. «Non abbiamo idea di cosa sappia Garrick Wolfe. L'hai detto anche tu: voleva che il caso fosse nascosto sotto il tappeto. Quello che non si capisce è il perché.»

«Scopritelo.» ordinò il capo. «Proprio come ogni altro dannato nome collegato all'omicidio di Sharon Eddy che salta fuori in quest'indagine, anche Garrick Wolfe ha un collegamento con il caso di Jana Melburn.»

«Però non ha alcun collegamento con Keri Cryer.» obiettò Josie. «E non ha nemmeno alcun collegamento con Mathias Tobin, per lo meno a noi noto. Sapeva del marchio della dottoressa.»

«Però il marchio non ha nulla a che fare con Jana Melburn.» sottolineò Noah. «Perché l'assassino lo usa? Cosa sta cercando di affermare? Sono due casi molto diversi: il caso di violenza domestica della dottoressa e la morte di Jana, eppure tutto riconduce proprio a lei, tranne il marchio. Anche Keri Cryer, in un certo senso, ci riconduce a Jana: Keri era innamorata di Mathias, che è stato non solo un fratello maggiore e una figura paterna per lei, ma anche l'ultima persona a vedere Jana viva. Il marchio è un elemento anomalo. Potrebbe essere un diversivo per impedirci di mettere insieme i pezzi.»

«No.» disse Chitwood. «Il marchio è solo un altro dei sei gradi di separazione da Jana Melburn. Il marchio è stato inflitto alla dottoressa da Vance Hadlee, che ha scagionato l'uomo che si riteneva fosse l'assassino di Jana Melburn.»

«Scagionato per un altro crimine, però...» puntualizzò Noah, «che non era connesso a Jana Melburn. Da quello che questa Hallie Kent ha detto a Trinity e a Josie, è ancora il primo sospettato per la morte di Jana.»

«Ma Mathias l'aveva praticamente cresciuta...» obiettò Josie, ripensando all'album di fotografie che Hallie le aveva fatto vedere: se le foto erano davvero rappresentative del rapporto che c'era tra Mathias e Jana, allora capiva perché Hallie riteneva impossibile credere che fosse stato lui ad averle fatto del male. Aveva appena finito le superiori quando si era assunto la responsabilità di crescerla e prendere su di sé un carico di quella portata era un vero impegno d'amore e, a quanto sembrava, Mathias Tobin aveva voluto un bene profondo a Jana. Le era stato devoto. L'aveva adorata.

Noah disse: «Tu non credi che Mathias Tobin abbia ucciso Jana.»

«Non lo so.» disse lei. «Non lo so e basta. Non ci sono ancora prove che la morte di Jana Melburn sia stata qualcosa di più di uno strano incidente.»

Il capo sospirò.

«Ci servirà una di quelle bacheche di sughero, fili di lana e puntine da disegno molto presto. Ma porca di quella miseria ladra, mi state dicendo che dobbiamo risolvere il caso di Jana Melburn del Dipartimento di Polizia di Bly per capire chi ha ucciso Sharon Eddy e Keri Cryer?»

Cyrus Grey apparve sulla soglia, con un mucchio di documenti in una mano e il telefono di Josie nell'altra.

«Non è detto.» disse Josie. «Gli omicidi di Sharon Eddy e Keri Cryer sono un messaggio diretto alla dottoressa. Dobbiamo solo capire chi aveva le maggiori motivazioni per inviare quel messaggio.»

Il sergente prese posto dietro la sua scrivania, rivolgendo loro un sorriso torvo e fece scorrere il telefono di Josie sul tavolo. «Uno dei miei uomini l'ha trovato sulla scena dell'incidente. La batteria è al limite, ma è intatto.»

Josie borbottò un ringraziamento e se lo infilò in tasca.

Grey sventolò i fogli in direzione di Josie. «Ho la sua dichiarazione da firmare. Dermot Hadlee è stato tratto in arresto due ore fa. Sono sicuro che il suo avvocato si è già messo al lavoro per far cadere le accuse.»

Spinse i documenti sulla scrivania verso Josie, insieme a una penna. Lei lo ignorò e lo guardò negli occhi. «Agente Grey, dov'era venerdì tra le sei del mattino e le nove di sera?»

Noah seguì la sua iniziativa: «E dalle nove di sabato sera alle cinque di domenica mattina?»

TRENTUNO

La stanza cadde nella più totale immobilità. Il sergente Grey rimase impietrito sul posto, con una mano sullo schienale della sedia e una appoggiata sulla scrivania. Josie sostenne il suo sguardo e aspettò. Nel silenzio sentì il ticchettio di una tastiera da qualche parte in fondo al corridoio, delle voci che mormoravano, un telefono che squillava e dei passi che si avvicinavano e allontanavano dalla porta. La fronte le pulsava a tempo del battito cardiaco.

«Scusate...» chiese il sergente Grey, «come dite?»

«Venerdì scorso.» ripeté Josie. «Dove si trovava? Tra le sei del mattino e le nove di sera? E dove si trovava tra le nove di sabato sera e le cinque di domenica mattina?»

«State...» guardò Noah, il capo, poi di nuovo Josie. «Mi state chiedendo degli alibi?»

«Abbiamo una vittima di omicidio di nome Sharon Eddy.» gli spiegò Noah.

«Ne sono consapevole.» rispose il sergente.

«Era la figlia di Carolina Eddy.» chiarì Josie, ma l'espressione di Grey rimase vuota.

«Carolina Eddy era la commessa della stazione di servizio

che la sera della scomparsa di Jana Melburn l'aveva vista viva per l'ultima volta.» spiegò il capo.

Il sergente Grey parve finalmente capire e scosse la testa. «Jana Melburn. Signore benedetto. Ci risiamo. State aiutando Trinity Payne o che altro?»

«Stiamo cercando di risolvere un omicidio.» disse Josie. «Anzi, in realtà, ora stiamo cercando di risolverne due di omicidi.»

«La nostra ultima vittima è Keri Cryer.» disse Noah.

«Non l'ho mai sentita nominare.» disse subito Grey.

«Lavorava per Downey, Downey & O'Neill a Bradysport in qualità di assistente legale dello studio assegnato alla difesa di Mathias Tobin. Faceva parte della squadra che alla fine lo ha fatto prosciogliere dal tentato omicidio, e ora dall'omicidio, di sua figlia.»

«Non ricominciamo.» esclamò Grey, sbiancando in viso e con una nota di avvertimento nella voce.

«Abbiamo appena scoperto che entrambe le vittime hanno un collegamento con il caso di Jana Melburn.» continuò Josie imperterrita.

Il sergente Grey contrasse la mascella prima di rispondere. «Come collegamenti mi sembrano piuttosto laschi. Anzi, direi proprio che vi state arrampicando sugli specchi. Non siete riusciti a incolpare Vance Hadlee, quindi ora state cercando di attribuire la responsabilità di questi omicidi a chiunque vi capiti a tiro? Sono solo il prossimo della lista finché non eliminate tutti gli abitanti di Bly? Vi siete bevuti il cervello? Io sono un rappresentante della legge.»

«Sì.» concesse Josie. «Ma lei è anche un padre che ha appena perso la figlia.»

Grey deglutì due volte prima di rispondere con voce roca. «Gliel'ho detto. Non parli di mia figlia.»

Josie si alzò e avanzò verso la sua scrivania, anche se la testa le pesava come una palla da bowling. Appoggiò entrambe le mani sul piano e si protese verso di lui. «Non è mia intenzione mancare di rispetto a Piper.» Sentendo pronunciare il nome di sua figlia, Grey contrasse le mani, ma Josie non si fermò. «Quello che le è successo è stato un fatto terribile e tragico, ma come rappresentante della legge, deve constatare quello che constato io. Lei era in servizio quando Mathias Tobin è stato accusato da tre cheerleader di violenza sessuale?»

«Da poco.» disse Grey a denti stretti. «Avevo appena iniziato a lavorare in questo dipartimento.»

«Perciò era sicuramente in forza al dipartimento quando Jana Melburn è morta.» continuò Josie. «Sapeva che, fatta eccezione per Carolina Eddy, Mathias era stato l'ultima persona a vederla viva e sapeva che i due vivevano insieme e che tra i due c'era un legame precedente. Sapeva che la maggior parte della gente di Bly credeva che l'avesse uccisa lui. Non è da escludere che possa essere stato scagionato perché Anya Feist non ha classificato la morte di Jana come omicidio. In seguito, Mathias ha sposato sua figlia Piper, che era molto più giovane di lui.»

Una vena sulla tempia del sergente prese a pulsare e il tremolio delle sue mani divenne così evidente che dovette incrociare le braccia sul petto, seppellendo le dita sotto le ascelle.

«Sua figlia ha sposato un uomo che è stato accusato di molteplici violenze, sia dal sistema giudiziario che dalla popolazione locale. E poi cos'è successo? Mathias le ha sparato in testa.» riprese Josie, aspettando di vedere se avrebbe protestato, se avrebbe risposto che non poteva essere vero, visto che Mathias era stato scarcerato; ma non disse una parola.

«Lei ha trascorso anni a prendersi cura di sua figlia a causa delle lesioni catastrofiche che Mathias Tobin le aveva procurato, e alla fine lui è tornato a piede libero. Non solo, ma è passato subito a un'altra donna. Lui e Piper non avevano neanche divorziato, dico bene?»

Il silenzio del sergente le diede la risposta di cui aveva bisogno.

«Non è venuto neanche una volta a trovare Piper quando è stato rilasciato, vero? È andato avanti con Keri Cryer come se sua moglie non significasse nulla per lui. Poi Piper è morta. Ora sua figlia non c'è più e il suo assassino è libero, esattamente come lo è stato negli ultimi quindici anni. Non riesco a immaginare come debba sentirsi.»

Con voce tesa da una rabbia appena celata, Cyrus Grey disse: «Se dovessi uccidere qualcuno, ucciderei quel figlio di puttana. Non donne innocenti. Ma non l'ho fatto. Non so nemmeno dove sia... non che lo stia cercando. Non posso fare nulla per questo, ora.»

Noah si accostò a Josie. «Lei pensa che sia stato Mathias a sparare a sua figlia?»

Grey lo fissò, ma non diede alcuna risposta.

Josie si allontanò dalla scrivania, combattendo una marea crescente di vertigini, e raddrizzò la spina dorsale. «Lei non crede a quello che sostiene Vance Hadlee, vero? Non crede che Mathias fosse con lui al momento dell'uccisione di Piper, che fosse andato alla fattoria per parlare di un lavoro.»

«Avete conosciuto Vance Hadlee.» disse Cyrus Grey. «Credereste a qualsiasi cosa esca dalla sua bocca? La verità è che non so più cosa pensare. Mathias viveva con Piper. L'ha trovata lui. Sulla pistola c'erano le sue impronte. Non c'erano altre prove a suggerire che ci fosse stato qualcun altro. Credetemi, ho cercato. Ma avete ragione. Ci sono state accuse e voci per anni prima di quello che è successo a Piper. Dopo tutto questo tempo, ho pensato che se una cosa sembra un'anatra e starnazza come un'anatra, deve essere un'anatra, per la miseria.»

«Non fa una piega.» convenne Josie. «Ma perché Vance Hadlee avrebbe dovuto mentire?»

«Perché è un rifiuto umano. Non ditemi che non l'avete ancora capito!»

«Non ha mai cercato di scoprirlo?» chiese Chitwood, alle

spalle di Josie. «Non gli ha mai chiesto del motivo per cui si è improvvisamente fatto avanti per scagionare Mathias?»

Il sergente emise uno dei suoi caratteristici sospiri. «Certo che l'ho fatto. L'ho affrontato così a muso duro che mi sono beccato una bella lavata di capo dai miei superiori. Mi è stato detto di lasciarlo in pace. E di lasciare in pace tutta la famiglia Hadlee, altrimenti mi sarei ritrovato per strada a cercare un nuovo lavoro. La mia... la mia Piper era ancora viva allora. Aveva ancora bisogno di assistenza ventiquattr'ore su ventiquattro, il che significava che dovevo tenermi questo lavoro.»

Josie chiese: «Cosa ha detto Vance quando glielo ha chiesto?»

«Si è fatto avanti perché Mathias era alla fattoria quel pomeriggio. Ha detto di non aver detto nulla prima perché Dermot gli aveva detto di starne fuori.»

«Starne fuori, ovvero assicurarsi che un uomo innocente non finisse in prigione?» sbottò il capo.

Grey alzò le spalle. «Vance ha detto che Dermot non voleva che fossero coinvolti in un caso di omicidio. Non voleva che il nome della sua azienda venisse tirato in ballo. Dermot aveva affrontato le conseguenze delle accuse di stupro quando allenava la squadra di football. Aveva detto a Vance di farsi gli affari suoi e lui così aveva fatto. È tutto quello che sono riuscito a ottenere da lui.»

«Vance si è fatto avanti dopo l'ictus di suo padre, quindi?» chiese Josie.

«Esatto, e come ho detto prima, non so più a cosa credere. È possibile che Vance abbia maturato una coscienza negli ultimi anni e così, quando ha visto l'opportunità di fare la cosa giusta e di far uscire Mathias, l'ha colta. Ma è anche possibile che sia lo stesso pezzo di merda che è sempre stato e abbia semplicemente mentito.»

«Vance era amico di Mathias? O di Piper?» si informò Noah.

«No. Non che io sappia. I ragazzi erano stati insieme nella squadra di football al liceo, ma Piper non mi ha mai detto nulla sul fatto che fossero amici. Ho cercato di scoprire qualcosa quando Mathias è uscito, ma non sono riuscito a trovare nulla.»

«Ha una teoria sul perché Vance Hadlee avrebbe mentito per scagionare qualcuno di cui non era nemmeno amico?» gli domandò Chitwood.

«Conoscendo Vance?» disse Grey con una breve risata. «C'era qualcosa in ballo che gli interessava. Non so cosa, e ora che mia figlia non c'è più, non mi interessa nemmeno.»

«Davvero?» lo incalzò Josie. «Se un uomo avesse aiutato l'assassino di mia figlia a uscire di galera, mi importerebbe eccome. Mi importerebbe abbastanza da volerlo eliminare. O magari incastrarlo per omicidio.»

TRENTADUE

Il sergente emise un lungo sospiro. «Per la miseria, parla proprio come sua sorella, che tira fuori tutte queste teorie strampalate. Glielo chiedo di nuovo: si è bevuta il cervello? Io sono un agente di polizia. La legge è la legge. Non è il mio lavoro andare in giro a fare le stronzate da giustiziere. Non so cosa stiate cercando di dimostrare in questo momento, ma se pensate che sia stato io ad ammazzare Sharon Eddy o Keri Cryer, avete perso il cervello.»

«Davvero non le interessa il motivo per cui Vance ha rilasciato quella dichiarazione quando hanno sparato a Piper, o il fatto che possa aver mentito?» gli domandò Noah.

«Mi è importato. Per un po'. Come vi ho detto, mi sono quasi fatto licenziare per questo. Ma adesso? Che differenza fa? Quello che è fatto è fatto. Non importa molto come sia successo. Alla fine, il risultato non cambia: mia figlia è morta e Mathias Tobin è libero.»

«Tutto qui?» disse Josie.

Grey scosse la testa e alzò una mano passandola nella folta capigliatura sale e pepe. In quel momento aveva un'aria sparuta. «Sono stanco.» mormorò. «Avete idea di cosa significhi doversi prendere cura di una persona che ha bisogno di assistenza venti-quattr'ore su ventiquattro, e contemporaneamente fare un lavoro a tempo pieno? Certo, mi aiutavano delle infermiere a domicilio, ma questo non riduceva la tensione di vedere mia figlia affrontare una cosa del genere. L'ho persa solo poche setti-mane fa. Sono esausto e voi non mi state aiutando.»

«Mi dispiace per quello che ha passato.» disse Noah. «E per la sua perdita. Mi dispiace che dobbiamo stare qui a farle queste domande, ma deve capire che abbiamo un lavoro da fare. Mathias era suo genero. Lei ha...»

«Non voglio affrontare questo argomento.» sbottò Grey alzando una mano per impedirgli di continuare. «Ho cercato di accettarlo. Ho fatto del mio meglio, ma è come avete detto voi: Mathias aveva molti più anni di Piper e gli avevano mosso delle accuse, nessuna delle quali poi è rimasta in piedi.»

«Ogni volta ne è uscito pulito.» disse Noah. «Non la faceva impazzire una cosa come questa?»

«Può scommetterci.» rispose il sergente. «Ed è così ancora oggi. Ma ve l'ho detto, sono stanco. Mi convinco sempre di più che non mi è rimasta alcuna voglia di lottare. Che senso ha ormai? Piper se n'è andata.»

Josie sentì un formicolio al cuoio capelluto. Resistette all'im-pulso di grattarsi i punti, mantenendo invece la concentrazione su Cyrus Grey. «Ha mai pensato all'eventualità che se la dotto-ressa Feist avesse classificato la morte di Jana Melburn come omicidio, le cose sarebbero andate diversamente?»

«Qualche volta ci penso.» ammise. «Anche se non avevamo molte prove, se avesse semplicemente stabilito che la modalità della morte era un omicidio, avremmo almeno avuto il via libera per proseguire le indagini, magari invitando i cittadini a fare delle segnalazioni. Abbiamo fatto il possibile per cercare la persona misteriosa che Mathias aveva sostenuto che Jana dovesse incontrare, ma in seguito la dottoressa ha dichiarato che si era trattato di un incidente. E il caso è stato chiuso. Era caduta ed era morta. Non potevamo continuare a dedicargli risorse. Ma se fosse stato un omicidio? Anche un caso irrisolto avrebbe giustificato un po' di manodopera, qualche approfondimento.»

«La dottoressa Feist l'ha delusa.» disse Josie.

«Non arriverei a tanto.»

«Le ferite di Jana erano gravi.» aggiunse Noah. «Non pensava che la conclusione che si era trattato di un omicidio fosse deducibile anche solo in base alle ferite?»

«Personalmente? Sì, certo che lo pensavo. Il mio istinto mi diceva che era stata ammazzata, ma non potevamo dimostrarlo. A parte questo, non sono un medico legale.»

«No, non lo è...» concordò Josie. «Ma lei stesso ha detto che la dichiarazione di Anya di come la ragazza era deceduta avrebbe potuto fare una grande differenza. Potrebbe aver pensato che con più tempo e con maggiori risorse lei sarebbe riuscito trovare le prove che Mathias aveva ucciso Jana. Forse sarebbe stato messo in prigione prima che incontrasse Piper. Forse era amareggiato e arrabbiato con Anya.»

«Io non credo nei "forse".» disse Grey. «Credo solo a quello che ho davanti agli occhi.»

«Quindi non incolpa affatto Anya per la liberazione di Mathias Tobin dieci anni fa?» gli chiese Noah.

«Penso che la colpa sia di molte persone, me compreso. Ve l'ho detto, non c'erano prove che fosse stato lui.»

«Ma lei personalmente deve provare molto più risentimento nei confronti di Anya di altri.» disse Josie. «Voi due avete anche avuto una relazione intima.»

Alzò le mani, con i palmi rivolti verso Josie. «Ehi, andiamo. Questa è storia vecchia. So che avete degli omicidi da risolvere, ma potete lasciare fuori la nostra relazione privata. Non ha niente a che fare con tutto questo.»

«Ne è sicuro?» disse Josie. «Era innamorato di lei?»

«Non ho intenzione di rispondere.»

«Diciamo che ne era innamorato.» disse Josie. «Poi un giorno Anya è scomparsa. Nessun addio. Nessuna telefonata, nessun messaggio e nemmeno uno straccio di biglietto. Se n'è andata e basta. Deve essere stato un brutto colpo per lei...»

Grey deglutì di nuovo. «Anya ha fatto quello che doveva fare. È quello che ho sempre pensato. Non ho mai provato rancore per come sono finite le cose tra di noi.»

Il capo si fece strada in mezzo a Josie e Noah, lanciando un'occhiata incredula al sergente Grey. «Ma davvero?»

Grey abbassò lo sguardo, soffermandosi sulla scrivania. «Sapevo che non era una cosa seria.»

«Ma anche se non lo era...» riprese Josie, «lo avrà visto come un modo schifoso di chiudere le cose. E lei si ritrova qui, dieci anni più tardi a seppellire sua figlia con la consapevolezza che questa donna con cui ha avuto una relazione, che non si è preoccupata abbastanza di lei e non l'ha rispettata abbastanza da dirle almeno che la stava lasciando, avrebbe virtualmente potuto fermare Mathias Tobin o, per lo meno, avrebbe potuto mettere in moto una serie di eventi che avrebbero portato al suo arresto prima che sposasse sua figlia.»

Il sergente tenne lo sguardo fisso dalla scrivania.

«Voi due avevate una relazione intima ed era anche coinvolto in quanto agente nel caso contro il marito di Anya.» aggiunse Noah. «Lei conosceva bene il marchio a fuoco. Ha visto con i suoi stessi occhi ciò che Vance le aveva fatto e immagino che abbia anche toccato con mano il danno psicologico, il terrore, che le ha causato. Perciò, potrà immaginare che effetto abbia avuto su Anya vedere quel marchio sul corpo di un'altra donna.»

«A questo non mi degnerò nemmeno di rispondere.»

«Anya le ha mai parlato del motivo per cui ha dichiarato la morte di Jana un incidente?»

«Sì, ne abbiamo parlato.»

«Le ha detto che il suo capo, Garrick Wolfe, voleva che nel referto indicasse la modalità della morte come accidentale?»

«E Anya non le ha detto che, in cambio di dichiarare che la morte di quella ragazza era stato un incidente, Garrick aveva sottinteso che lui avrebbe potuto impedire a Vance Hadlee di importunarla ancora?» rincarò Noah.

Il sergente non rispose.

«Se lei pensasse che Anya avesse preso una decisione egoistica quando ha preferito dichiarare accidentale la morte di Jana Melburn in cambio della propria sicurezza e, così facendo, abbia inavvertitamente messo Mathias Tobin sulla strada di sua figlia, non vorrebbe vendicarsi?» insinuò Josie.

Grey batté sulle pagine sulla scrivania. «Vorrei che firmaste subito questa dichiarazione, così potrete andarvene tutti dal mio ufficio.»

Noah ricominciò: «Dov'era venerdì dalle sei e mezza del mattino alle nove di sera?»

«E dalle nove di sera alle cinque di domenica mattina?» continuò Josie.

«Ero a casa. Venerdì avevo il giorno libero. L'ho passato a impacchettare alcune cose di mia figlia. Sabato sera ho fatto dei lavori domestici e poi sono andato a letto. Da solo. Non ho un alibi per nessuno dei vostri omicidi. Contenti? Per quanto riguarda l'assurda insinuazione che state facendo che io sarei andato a uccidere una coppia di giovani donne per vendicarmi in qualche modo assurdo di Anya per il lavoro che ha fatto sul caso Melburn, sapete bene quanto me che se in qualsiasi momento fossero emerse delle prove a dimostrazione che Mathias aveva ucciso Jana, la modalità della morte poteva essere cambiata. Certo, non potevamo andare a cercare quelle prove proprio a causa della dichiarazione che era stato un incidente, ma non era detto che la cosa finisse lì. Non ce n'erano abbastanza di prove. Se non mi credete, vi mostrerò quel dannato fascicolo, a patto che promettiate di non condividere ciò che vi mostrerò con Trinity Payne.»

Josie disse: «Mia sorella è già in possesso della maggior parte, se non di tutto, il contenuto di quel fascicolo.»

Grey la guardò stupefatto. «Non è possibile.»

Noah rise.

«L'ha conosciuta.» disse Josie. «Pensa che per lei non sia possibile ottenere ciò che vuole?»

«E come avrebbe fatto?»

«Una fonte.» si limitò a dire Josie.

Grey fece un passo indietro e girò in cerchio dietro la sedia della sua scrivania. «Una fonte, eh?» borbottò. «Fatemi indovinare. Hallie Kent.»

Ora era il turno di Josie di rimanere in silenzio. Anche se Josie aveva intervistato Hallie nell'ambito della sua indagine sull'omicidio di Sharon Eddy, lo scambio di rapporti, documenti e informazioni era avvenuto tra Hallie e Trinity, quindi era a lei che spettava decidere se rivelare o meno l'identità di una fonte.

Grey sbuffò. «Non c'è bisogno che lo confermiate. So già che è stata lei. Vi ha detto come si è procurata il materiale? Vi ha detto la verità?» Li guardò uno per uno e vedendo che non davano alcuna risposta, continuò. «Beh, è ovvio. Perché avrebbe dovuto? Hallie lavorava qui. Nel reparto archivi. È stata licenziata per aver copiato illegalmente del materiale da quel fascicolo. Una delle altre impiegate del reparto, Bella Crooke, l'aveva sorpresa in flagrante e l'aveva denunciata. Bella stava per andare in pensione. Stava preparando Hallie a prendere il suo posto ed è stato così che l'ha beccata.»

Josie trattenne il desiderio di dirgli che aveva ragione, anche se la versione di Hallie sul ruolo di Bella Crooke era stata molto diversa. Invece, chiese: «Bella lavora ancora qui?»

«È andata in pensione lo scorso anno. Se volete parlare con lei, posso chiamarla per voi. Sono sicuro che sarebbe felice di venire a confermare quello che è successo veramente e il fatto che Hallie è una maledetta bugiarda. Immagino che Hallie non sarebbe riuscita a conquistare la fiducia di Trinity Payne se avesse ammesso questa cosa. Sapevo che Jana era sua sorella adottiva. Anche se Hallie si riferiva sempre a lei come a sua figlia. Sapevo che era interessata al caso. Capivo il suo desiderio di sapere cosa c'era nel fascicolo, anzi, con buona probabilità avrei fatto lo stesso se mi fossi ritrovato al suo posto, ma non avrei mai pensato che avrebbe consegnato quella roba alla stampa, soprattutto dopo essere stata licenziata per averla presa senza permesso.»

«Beh, ormai è di dominio pubblico.» disse Josie. «Ho visto i rapporti. C'è parecchio materiale. Magari c'è tutto.»

La vena della tempia ricominciò a pulsare. «Maledetta Hallie Kent.»

«Capisco il licenziamento di qualcuno per aver fatto delle copie di fascicoli, ma perché non vuole che Trinity Payne abbia il contenuto del fascicolo?» chiese Noah. «Sembra che tutti sappiano già tutto quello che c'è da sapere.»

«Non vuole che la stampa abbia il fascicolo perché mostrerebbe la totale incompetenza di questo dipartimento di polizia.» commentò Chitwood.

«No, non la nostra.» lo corresse il sergente Grey. «Di Anya.»

«Come sarebbe a dire?» chiese Josie.

«Sto dicendo che, se il contenuto di quel fascicolo venisse reso pubblico - soprattutto in un formato come quello del programma di Trinity Payne - Anya verrebbe crocifissa. Non importerà a nessuno che non ci sono mai state prove sufficienti per dichiarare l'omicidio. L'opinione pubblica ha deciso molto tempo fa, e in totale assenza di prove di un omicidio, che Jana Melburn è stata uccisa. L'intera città ha sempre creduto che, dal momento che Mathias Tobin l'ha vista per ultimo, deve essere stato lui. L'opinione pubblica non capisce che per dimostrare un omicidio non sono sufficienti le congetture. Guarderanno quello che c'è in quel fascicolo... o, meglio, quello che ancora non sanno che c'è in quel fascicolo, e daranno la colpa ad Anya.»

«Per via dell'autopsia?» chiarì Josie.

«Non solo per quello.»

Chitwood fece un passo avanti e puntò un dito sul petto di Cyrus Grey. «Deve mostrarci cosa c'è in quel fascicolo. Subito.»

TRENTATRÉ

Una ventina di minuti più tardi, i quattro si ritrovarono in una sala conferenze, ammassati attorno a un computer portatile che Cyrus Grey aveva portato dal suo ufficio. Josie si era seduta su una sedia accanto a lui, mentre Noah e Chitwood guardavano da sopra le loro spalle. Con pochi passaggi, il sergente trovò un'anteprima di quello che aveva tutto l'aspetto di un video. Indicò il piccolo riquadro. «Questo è il video dell'ultima volta che Jana è stata vista viva. L'abbiamo preso dalla stazione di servizio.»

«Stando a quanto dice sua madre...» disse Josie. «Carolina Eddy non ha mai parlato di questo video.»

«Non vi ha mai avuto accesso. Il proprietario della stazione di servizio teneva i filmati di sicurezza fuori sede. In questo modo nessuno poteva entrare, svaligiare il posto e distruggere il video. Potevano distruggere le telecamere, ma niente che fosse già stato ripreso. Questo è quello che ha detto, ma credo che in realtà volesse dire che sarebbe stato in grado di capire se i suoi dipendenti lo stavano derubando o meno perché non potevano distruggere i filmati.»

«Sta dicendo che Carolina Eddy non sapeva di questo filmato?» chiese Noah.

«Sapeva che c'erano delle telecamere, ma non aveva accesso a nessun filmato. Non glielo abbiamo mai mostrato. E lei non ha mai chiesto. Non siamo mai stati sicuri di ciò che ha visto esattamente, perché da dietro il bancone all'interno avrebbe potuto vedere solo una parte del lotto. L'abbiamo incalzata perché non c'è corrispondenza tra quello che ci ha detto lei e quello che c'è in questo filmato, ma lei è rimasta fedele alla sua versione dei fatti.»

«Lo faccia partire.» disse il capo.

Il sergente cliccò sulla miniatura e il quadrato si ingrandì fino a riempire l'intero schermo. L'angolazione era dall'alto e mostrava le pompe di benzina e una piccola parte della porta d'ingresso della stazione di servizio. L'immagine era a colori e sorprendentemente nitida. In un riquadro in basso a sinistra dello schermo erano riportate in bianco la data e l'ora. Un camioncino chiaro, vecchio modello e in pessime condizioni, era accostato a una delle pompe di benzina. Ne usciva Mathias Tobin, vestito con jeans sporchi e una logora felpa marrone con cappuccio che presentava tante macchie quanti piccoli buchi. Le suole dei pesanti stivali che portava slacciati erano incrostate di fango. Mentre si avvicinava alla pompa di benzina e usava la carta di credito per pagare il pieno, di lui potevano vedere solo la nuca. Infilava l'erogatore nella bocchetta del pick-up e si appoggiava alla pompa, aspettando che il serbatoio si riempisse. Una volta terminato, rimetteva a posto l'erogatore, chiudeva il tappo del serbatoio e attendeva la ricevuta. Era in quel momento che Jana usciva dalla stazione di servizio. Indossava pantaloni neri attillati e una giacchetta bianca. I lunghi riccioli biondi le rimbalzavano sulle spalle a ogni passo che muoveva verso di lui. In una mano teneva una lattina di Coca Cola, nell'altra un pacchetto di sigarette. Infilava le sigarette nella tasca della giacca mentre tamburellava sul cofano del camioncino. Un sorriso le si allargava sul viso vedendo Mathias trasalire. Ma poi lui ricambiava con lo stesso sorriso quando si girava e vedeva che era lei. Infilandosi lo scontrino in tasca, le andava incontro. Ora erano entrambi davanti al camioncino, uno di fronte all'altra. Si vedevano solo di profilo. Era difficile vedere se muovevano la bocca, ma Josie poteva capire dal linguaggio del corpo e dal modo in cui di tanto in tanto usavano le mani, gesticolando in varie direzioni, che stavano parlando di qualcosa. Nell'angolo inferiore dello schermo, i secondi passavano. Erano quasi tre minuti. Trinity aveva detto che avevano parlato per circa cinque minuti prima di lasciarsi, ma aveva avuto questa informazione da Hallie Kent, che evidentemente non aveva mai visto quel filmato.

«Hallie Kent sapeva di questo video?» si informò Josie.

«Non lo so.» disse Grey. «Sono sicuro che aveva accesso al video. Non sono sicuro che abbia avuto il tempo di trovarlo prima di essere scoperta. Può anche averlo visto e aver deciso di non passarlo a Trinity Payne perché è estremamente compromettente per Mathias.»

«Ma non c'è niente di preoccupante in questo video.» obiettò Noah. «Non c'è nulla di compromettente per Mathias Tobin. Di certo, non c'è alcunché di cui la dottoressa Feist debba preoccuparsi.»

Il sergente Grey alzò una mano. «Aspettate.»

Passava un altro minuto, poi un altro ancora. Erano trascorsi poco più di cinque minuti quando qualcosa nella postura di Mathias cambiava. Sembrava essersi fatto più imponente, sovrastando Jana. Dalla porzione di viso che si riusciva a vedere, la pelle del viso gli era diventata rossa. Le sue labbra si muovevano più rapidamente. Jana faceva un passo indietro, ma non si chiudeva in se stessa. Posava la lattina di Coca Cola sul cofano del camioncino e puntava un dito in direzione della strada. Mathias scuoteva la testa. Alzava una mano e puntava un indice verso di lei. Se Josie avesse dovuto tirare a indovinare, avrebbe detto che con tutta probabilità adesso aveva cominciato a urlarle contro. Tuttavia, era impossibile capire cosa stesse dicendo. Jana si metteva una mano sul fianco e alzava il mento verso di lui nell'espressione universale del "vaffanculo". Aspettava che lui finisse la sua arringa e poi pronunciava una parola. Josie non riuscì a comprenderla. Forse era proprio "vaffanculo". Girava sui tacchi e cominciava ad andarsene. Mathias la inseguiva, la prendeva per il braccio e la faceva girare in modo che lo guardasse. Lei cercava di allontanarsi. Si scambiavano qualche altra parola. Via via che litigavano, si muovevano parecchio, dando una migliore visibilità delle loro facce nei momenti in cui, nel video, erano rivolte verso la telecamera e nonostante l'angolazione fosse comunque inclinata e li riprendesse dall'alto, non era da escludere che un abile lettore delle labbra riuscisse a capire qualcosa di ciò che si stavano dicendo. La discussione durava per un altro minuto. Mathias la tirava a sé, cercando di trascinarla verso il camioncino, gesticolando selvaggiamente con la mano libera. Jana piantava i talloni nel cemento macchiato di benzina e olio, protestando e cercando di staccargli la mano dal braccio. Vedendo però che non ci riusciva, gli mollava un calcio sullo stinco. La presa di Mathias si allentava e lei levava il braccio, allontanandosi dalla sua portata. Lui la chiamava, ma lei scuoteva la testa, diceva qualcos'altro e poi si voltava e correva via. Per qualche secondo Mathias rimaneva a guardare. Poi prendeva la lattina di Coca Cola dal cofano del suo camioncino, si metteva al volante e imboccava la strada nella stessa direzione in cui era andata Jana.

In totale erano trascorsi dodici minuti e trentanove secondi.

Grey chiuse il filmato, riportandolo a una miniatura in mezzo a uno schermo nero. «Come potete vedere, hanno discusso e in modo acceso. Lui le ha messo le mani addosso e poi l'ha seguita. Non ha mai nascosto di averla seguita per controllare che stesse bene, ma in questo video non sembra proprio.»

«Questo però non è sufficiente per condannarlo per omicidio.» obiettò il capo.

«Lo so questo.» disse Grey, girando la sedia in modo da poter guardare Chitwood negli occhi. «Lo sapete tutti. Il pubblico in generale no. L'opinione pubblica sa solo che è stato l'ultima persona a vederla. Non abbiamo mai reso noti i dettagli di ciò che ci ha detto. La gente l'ha capito quando siamo andati alla ricerca della persona misteriosa che Jana avrebbe dovuto incontrare. Se questo video venisse diffuso, Mathias Tobin sarebbe messo in cattiva luce, peggio di quanto non lo sia già. La gente lo guarderebbe e lo condannerebbe a priori. Diavolo, da queste parti l'hanno condannato senza neanche aver visto questo video! Poi darebbero un'occhiata al referto dell'autopsia che ha redatto Anya e direbbero: "Come ha fatto a vedere questo video e a considerare la morte di Jana un incidente?"»

«Anya ha visto questo video?» domandò Noah.

«Glielo abbiamo mostrato, ma abbiamo concordato con la sua valutazione che Jana, avendo avuto una discussione e uno scontro fisico con il fratello adottivo a tre chilometri dal luogo in cui era stato trovato il suo corpo, non dimostrava che fosse stata uccisa.» Batté un pugno sul tavolo. «Non riusciremo mai a passare da questo punto a quello, non lo capite? Ma come ho già detto, alle persone non interessano queste considerazioni. Al pubblico non interessa l'onere della prova. Vede quello che vuole vedere! E in questo caso vedrebbe un medico legale che non ha fatto il suo lavoro, cosa che non è vera. Cosa diavolo succederà quando sua sorella farà una puntata sul caso di Jana?»

Josie indicò lo schermo del computer. «Avete mai fatto esaminare questo video da un esperto di lettura labiale»

Cyrus rise. «Sta scherzando, vero? Non so come opera il vostro dipartimento, ma a Bly non assumiamo esperti forensi per i casi chiusi. Anzi, di solito non li reclutiamo affatto. Sa quanto sarebbe costoso assumere un esperto di lettura labiale per fargli vedere questo filmato? Per cosa poi?»

Non aveva tutti i torti: gli esperti forensi erano estremamente costosi. Eppure, se Trinity avesse messo le mani su quel video, la prima cosa che avrebbe fatto sarebbe stata trovarne uno per farglielo esaminare. D'altronde, la sua rete aveva fondi praticamente illimitati. Josie incrociò lo sguardo di Noah. Lui sapeva cosa le stava chiedendo senza che lei avesse bisogno di parlare. Prima di Josie, aveva frequentato una donna affetta da sordità e aveva imparato un po' di linguaggio dei segni, ma aveva anche imparato a leggere le labbra abbastanza bene tanto che gli era tornato utile in alcuni casi precedenti. Difatti, le fece un cenno con la mano e lei si alzò per cedergli il posto e, rivolgendosi al sergente Grey, disse: «Non sono un esperto, ma sono abbastanza bravo a leggere le labbra. Le dispiace se faccio un tentativo?»

Il sergente fece un sospiro. «Ci abbiamo già provato tutti. Ci avrà provato una mezza dozzina di agenti a leggere le labbra in questo video e non abbiamo ottenuto nulla.»

«Mi lasci provare.» insistette Noah.

«Va bene. Faccia quello che vuole. Non so come questo possa aiutare i vostri casi di omicidio o proteggere Anya, ma faccia pure, ci provi.»

«Ha un taccuino e una penna?» gli chiese Josie. «Così possiamo trascriverlo.»

Grey le lanciò un'occhiata tagliente, ma poi si alzò di scatto dalla sedia, uscì dalla stanza e tornò pochi minuti dopo con un blocco di fogli gialli e una penna che porse a Josie e le fece cenno di sedersi accanto a Noah. Lei tenne la penna in una mano, pronta a trascrivere ciò che Noah diceva, anche se stare china sul blocco le faceva girare la testa. L'effetto del farmaco anestetico era ormai quasi del tutto esaurito e i punti le bruciavano e la pelle tenera che tenevano insieme pulsava.

Noah tirò il portatile verso di sé e fece ripartire il video ancora una volta. Non riuscì a decifrare neanche mezza parola dei primi minuti durante i quali Mathias e Jana erano per lo più di profilo. Ma una volta che iniziava l'alterco fisico, riuscì a capire qualcosa di quello che si stavano dicendo.

Avvicinandosi di più allo schermo, rimandò indietro il video, lo fece ripartire, lo rimandò indietro e lo riprodusse ancora diverse volte, parlando in sincrono con il labiale. «Mathias le dice: "Non puoi andare... non ti sembra ridicolo... no, sospetto... non ti rendi conto... facendo".»

Il capo cercò di colmare gli spazi vuoti. «Non puoi andare a incontrare questa persona? Non ti sembra sospetto? Non ti rendi conto di quello che stai facendo?»

«Non ne sono del tutto sicuro.» disse Noah. «Si gira leggermente in quel punto e non riesco a vedergli le labbra abbastanza chiaramente. Ma qui Mathias si volta un po' di più verso l'inquadratura e dice: "Chi? Dimmelo... non posso lasciarti andare se non me lo dici".»

Grey si appoggiò, con la testa tra Josie e Noah, e guardò attentamente lo schermo mentre Noah ripeteva il segmento. «Mi sta prendendo in giro. È riuscito a capire tutto questo solo guardandogli le labbra?»

«Le guardi anche lei.» lo incalzò Noah.

Mentre ripeteva il segmento per l'ultima volta, mormorava le parole a tempo con Mathias. Quando Josie guardò con Noah che sovrapponeva le parole, divenne inequivocabile e il sergente Grey doveva essersene convinto, perché esclamò: «Che io sia dannato.»

«E invece Jana cosa dice?» chiese Josie.

Noah lasciò che il video continuasse. «Jana dice: "Non puoi dirmi cosa devo fare". Poi aggiunge qualcos'altro e Mathias le risponde: "Ma posso dirti cosa dovresti fare. Ti metterai..." credo che a questo punto dica "nei guai". E lei dice: "Lasciami. Lasciami andare".»

Sullo schermo, i due lottavano, i loro corpi si giravano da una parte e dall'altra. Noah mise in pausa il filmato e lo mandò indietro per poi riprodurlo un'altra volta. «Lui dice: "Per favore, non farlo. Non andare... sembra una truffa". Allora lei gli risponde: "Ti sbagli. So cosa sto facendo. E se ti dicessi..." maledizione... a questo punto si gira dall'altra parte.»

«Ecco.» disse Josie. «Qui il suo viso torna in campo. Riesci a capire cosa dice?»

Noah riprodusse il segmento più volte. «Lei dice: "Non vuoi sapere la verità..." Il resto viene troncato quando lei cerca di allontanarsi di nuovo da lui.»

«La verità su cosa?» si domandò Chitwood.

Il sergente Grey scosse la testa. «La verità sui suoi genitori naturali. Jana stava cercando di rintracciarli, stando a quanto ha detto Mathias nella sua dichiarazione.»

Qualcosa in fondo alla mente di Josie si agitò. «Ma per quale motivo Mathias avrebbe poi voluto sapere la verità sui genitori naturali di Jana? Perché Jana non ha detto che era lei a voler sapere la verità?»

«Forse il tenente ha letto male.» ipotizzò il sergente.

«È possibile.» ammise Noah con un sospiro. «Qui non abbiamo una conversazione completa. Solo pochi frammenti.»

«È più di quello che aveva la polizia di Bly fino a circa venti minuti fa.» precisò il capo. «Fraley, vedi se riesci a decifrare il resto.»

Nella stanza calò il silenzio mentre Noah si rimetteva al lavoro. Verso la fine della discussione, quando la lotta si faceva più fisica, le loro facce erano in una posizione tale da permettere a Noah di leggere il labiale solo per brevi intervalli; difatti, riuscì a cogliere solo frammenti di ciò che si dicevano. «Mathias dice: "Ti sbagli" e poi lo perdo, ma quando si gira di nuovo, riesco solo a cogliere la parola "follia". Jana dice qualcosa che non riesco a capire e che finisce con "potrebbe essere tuo" e Mathias dice "sei pazza... che gente è quella che ti sta riempiendo la testa di..." e poi si gira. Proprio qui, il suo viso torna nell'inquadratura e le dice: "Qualunque cosa tu stia cercando di fare, ti prego di fermarti". Lei gli risponde: "Non vuoi saperlo?" e lui dice...

Aspettate, non riesco a capire cosa stia dicendo, ma quando torna indietro, qui, Mathias dice: "Ti garantisco che non finirà bene. Smettila di fare la mocciosa impicciona e vieni a casa con me".»

A quel punto del filmato, Jana gli dava un calcio e scappava via.

Distolsero tutti lo sguardo dallo schermo per rivolgerlo verso Noah, che disse: «Non c'è altro.»

«Ne è sicuro?» gli chiese il sergente.

Noah alzò le spalle. «Sicuro per quanto mi è possibile esserlo.»

Josie chiese: «Cosa avrà voluto dire con "potrebbe essere tuo"?»

Il sergente fissò lo schermo dove Mathias era congelato nel tempo mentre guardava Jana che scappava. «Che diavolo ne so io. Non era mica incinta. Voglio dire, è quello che dicono le donne quando ti annunciano che sono incinte, no? "È tuo?" Tenderei a dire che "potrebbe essere tuo" abbia lo stesso significato.»

«Ci avevo pensato anch'io.» ammise Chitwood. «Ma poi Mathias dice...» Si chinò oltre la spalla di Josie e lesse dal taccuino. «"che gente è quella che ti sta riempiendo la testa di..." e poi le dà della "mocciosa impicciona". Non si direbbe che stiano parlando di una gravidanza.»

Grey emise un altro sospiro. «Beh, non so cosa pensare di tutto questo. Se la lettura del tenente è corretta, Tobin non è stato del tutto sincero. Io e lui non abbiamo mai parlato di questo episodio. Abbiamo cercato di non parlarci affatto, a dire la verità. Non ho preso io la sua dichiarazione, ma l'ho letta. Diceva che Jana doveva incontrare una persona che l'avrebbe aiutata a trovare i suoi genitori naturali. Questa conversazione potrebbe riguardare proprio questo, ma sembra che ci sia dell'altro. Di qualunque cosa si trattasse, solo loro due sapevano la verità. Lei è morta e presumo che lui si sia dato alla macchia.

Altrimenti gli avreste parlato dopo l'omicidio di Keri Cryer, visto che avete detto che andavano a letto insieme.»

«Sì.» convenne Josie. «Stava da lei, ma non ci è più tornato e non abbiamo idea di dove cercarlo.»

«Beh, non posso aiutarvi. Non ci siamo proprio tenuti in contatto. Aveva ragione su quello che ha detto prima. Non ha cercato di rivedere Piper dopo essere uscito. È scappato e basta. Non sapevo che stesse con un'altra donna. Ho pensato che non riuscisse a guardarci in faccia. Poi, quando non è venuto al funerale di sua moglie...» Si interruppe.

Josie girò la sedia e lo fissò. «Pensa che si sarebbe sentito ben accetto al funerale di Piper?» Non aggiunse l'ultima parte: *incontrandola di persona?*

«Se non l'ha uccisa lui, allora sì, avrebbe dovuto sentirsi giustificato a essere lì. Avrebbe dovuto sentirsi giustificato a venire a trovarla non appena fosse uscito. Avrebbe dovuto desiderare di vederla.»

Eccolo, pensò Josie. Cyrus Grey non si era lamentato di Mathias Tobin. Aveva a malapena pronunciato una parola su quell'uomo. Forse non aveva mai creduto che Mathias avesse sparato a Piper. Forse quando era stato scarcerato, a lui era andata bene. Ma il fatto che non fosse andato a trovarla una volta uscito e poi non fosse andato al suo funerale era un'ammissione di colpa agli occhi di Grey.

«Può darsi che fossero già ai ferri corti quando le hanno sparato.» continuò il sergente. «Quando hanno trovato Piper, non portava la fede nuziale. Ho sempre pensato che se la fosse tolta perché si stavano lasciando e, dopo aver litigato, lei l'aveva buttata via. Ho pensato che fosse per questo che lui non è tornato e non ha mai cercato di rivederla. Dopo che le avevano sparato, non è mai stata abbastanza bene da permettermi di chiederglielo. Ma a prescindere da questo, le doveva il rispetto di venire al suo funerale. Era il minimo.»

«Glielo ha mai chiesto?» gli chiese Noah. «Se avevano

intenzione di divorziare, intendo. Se sapeva cosa ne aveva fatto dell'anello.»

Grey scosse la testa. «Non potevo. Non mi è stato permesso di parlargli, essendo io un agente di polizia e il padre di Piper. E il suo avvocato, il mio capo... non mi hanno mai permesso di parlargli. Una volta che se n'è andato, non ha avuto molta importanza.»

Qualcuno bussò con discrezione alla porta della sala conferenze, interrompendoli. Grey disse: «Avanti.»

La porta si aprì di scatto. La dottoressa Fist apparve davanti a loro, con gli occhi che scrutavano la stanza fino a quando non si posarono su Grey. Il suo volto cominciò a rabbuiarsi, ma poi rimase immobile, respingendo l'ondata di emozioni che l'aveva investita. Deglutendo, cercò di sorridere. Sembrava più che altro che provasse dolore.

«Ciao, Cyrus.» gli disse.

TRENTAQUATTRO

Josie assistette a un susseguirsi di emozioni sul viso di Cyrus Grey prima che riuscisse a riprendersi. Sgomento, rabbia, desiderio e poi paura. Tutti aspettarono una sua risposta, ma lui non aprì bocca. Alle spalle della dottoressa apparve Mettner sulla soglia della porta. «Voleva venire.» disse ai presenti. «Ma non volevo che rimanesse a Bly da sola.»

La dottoressa e il sergente si stavano ancora fissando come se non esistesse nessun altro. Perciò, vedendo che i secondi si allungavano nell'imbarazzo, Josie si alzò e si schiarì la gola. Prendendo spunto dal suo esempio, Mettner disse: «In realtà c'è qualcosa di cui devo parlarvi. Magari andiamo qui fuori nel corridoio...»

La dottoressa o il sergente non diedero a vedere se si fossero accorti che Josie, Noah e Chitwood stavano uscendo dalla stanza e lei si limitò a spostarsi di lato per lasciarli passare attraverso la porta, senza distogliere lo sguardo da Grey. Una volta nel corridoio, Josie lasciò la porta socchiusa. Potevano anche essere vecchie fiamme, ma Josie non si fidava di nessuno a Bly. Sentì il basso mormorio delle loro voci mentre la sua squadra si riuniva in un cerchio stretto in mezzo al corridoio.

«Hai davvero qualcosa da dirci o stavi solo cercando di salvarci da... qualsiasi cosa stesse succedendo lì dentro?» chiese il capo guardando Mettner, che tirò fuori il suo telefono e visualizzò l'applicazione degli appunti. «Hummel ha effettuato le analisi sulla berlina bianca degli Hadlee. Purtroppo, non ne ha ricavato molto.»

«Niente DNA?» chiese Noah. «Neanche un capello?»

Mettner scosse la testa. «Niente. Tuttavia, Hummel ha chiesto a Luke di raggiungerci qui con Blue, visto che ha la certificazione per la ricerca dei cadaveri e ha fatto un segnale quando ha puntato sul bagagliaio.»

«Resti umani?» chiese il capo.

«Esatto.» disse Mettner. «Blue è addestrato a riconoscere la differenza tra resti umani e decomposizione animale. Luke ha confermato che se Blue ha fatto un segnale allora si tratta di un essere umano.»

«Ma hai appena detto che non hanno trovato nulla nel bagagliaio.» ribatté Noah.

«Il cane può ancora avvertirne l'odore, se prima c'erano dei resti lì dentro.»

«Il che significa che a un certo punto c'è stato un cadavere nel bagagliaio di quell'auto.» concluse Josie.

«Appunto.» disse Mettner. «Ma questo è tutto ciò che possiamo dire. Non sono sicuro che sia sufficiente se non possiamo collocare Vance Hadlee a Denton nella notte tra sabato e domenica, o collegare Keri Cryer alla sua auto in qualche modo.»

«È una prova indiziaria.» precisò Noah. «Ma possiamo comunque lavorarci su.»

«No.» disse Josie. «Abbiamo bisogno di qualcosa di più. Dobbiamo continuare a cercare. Cos'altro hai per noi, Mett?»

Mettner guardò di nuovo i suoi appunti. «Hummel è anche riuscito ad accedere al telefono di Keri Cryer. Ecco cosa sappiamo: i dati GPS del suo telefono la collocano nel percorso che ha seguito uscendo dal suo appartamento. A circa tre isolati dal luogo in cui è stata prelevata il segnale è stato spento; perciò, da quel punto non abbiamo altro.»

«L'avevo detto io.» esclamò il capo. «L'assassino le ha fatto spegnere il telefono. E Mathias Tobin? Hai trovato il suo numero di telefono?»

«Un telefono usa e getta.» disse Mettner. «Gretchen sta cercando di rintracciarlo, ma non credo che arriverà a niente. Si sono scambiati alcuni messaggi, per lo più relativi a quando lui doveva andare a casa sua, tranne venerdì e sabato: in quei giorni lui le ha mandato ripetuti messaggi chiedendole di essere contattato il prima possibile. L'avrà chiamata almeno tre dozzine di volte. In realtà, sembra che si siano chiamati a vicenda per la maggior parte del tempo. Ovviamente non c'è modo di sapere quale fosse il contenuto di quelle telefonate.»

«E i messaggi?» chiese Noah.

«Oh, è qui che la cosa si fa interessante.» disse Mettner, alzando un dito. Guardò oltre i due colleghi, verso la porta della sala conferenze. In silenzio, la dottoressa sgusciò fuori nel corridoio, con il sergente al seguito. Erano entrambi rossi in viso.

«Questo è uno dei motivi per cui volevo venire.» disse la dottoressa.

«Ci sono stati una serie di messaggi tra Mathias Tobin e Keri Cryer che riguardano Garrick Wolfe.» disse Mettner.

«Cosa?» esclamò Grey.

Mettner passò un dito sul telefono e lo girò verso di loro. «È più facile se li leggete direttamente. Questi sono gli ultimi messaggi che si sono scambiati prima della scomparsa di Keri Cryer.» Indicò lo schermo. «I messaggi blu sono quelli di Mathias.»

Si chinarono tutti per guardare meglio. Josie sentì il respiro del sergente Grey sulla nuca.

Mathias: *So che sei arrabbiata con me, ma per favore cerca di capire.*

Keri: *Capisco che tu dica di voler mettere su famiglia con me, ma non sei disposto a prendere le distanze dal tuo passato una volta per tutte.*

Mathias: *Non si tratta di prendere le distanze dal mio passato. Non abbiamo bisogno di questo per creare una famiglia.*

Keri: *Meriti che tutti sappiano la verità. Te lo meriti. Non dovresti nasconderti come se custodissi uno sporco segreto. Pensi di poter andare avanti, ma non è così. Tu non te ne accorgi, ma io sì. Hai mai parlato con Garrick?*

Mathias: *No, ma lo farò. Te lo prometto.*

Keri: *Non capisco perché non vuoi andare da lui. Ha pagato le tue spese legali per anni. È ovvio che è disposto ad aiutarti.*

Mathias: *È molto più complicato di così.*

Keri: *No, non è complicato per niente. Puoi scegliere tra startene da solo e creare un futuro insieme a me. Ma per farlo devi anche scegliere la verità e non mi sembra che tu abbia davvero intenzione di farlo.*

Mathias: *Non ho bisogno di sapere la verità per creare un futuro insieme a te.*

Keri: *Sì, invece. Ne hai bisogno, eccome. Non posso credere che tu non te ne accorga. O forse non ti interessa. Mi dispiace Mathias, ma sono esausta. Ho rinunciato a tutto per te e non sembra che tu sia disposto a fare lo stesso. Ti amo ma non voglio rivederti finché non avrai capito cosa vuoi veramente.*

«Questo scambio risale alle ventiquattr'ore successive dall'ultima volta che Mathias Tobin è stato visto lasciare l'appartamento di Keri, ma prima che lei salisse su quell'auto.» osservò Josie.

«Esatto.» disse Mettner.

Chitwood guardò la dottoressa Feist. «Come fanno Garrick Wolfe e Mathias Tobin a conoscersi?»

La dottoressa scosse la testa. «Non si conoscono. O almeno, dieci anni fa non si conoscevano.»

«Cosa può dirci su Garrick Wolfe?» chiese Noah.

«È un brillante patologo. Prima era un brillante internista, ma ha un problema di alcolismo. Un grosso problema. Non l'ha mai detto, ma quando ho iniziato a lavorare per lui ho sentito dire in giro che aveva dovuto abbandonare la professione e passare alla patologia a causa del consumo di alcol. La gente scherzava nei corridoi, dicendo: "È più bravo con i morti che con i vivi". Non ci ho mai creduto molto. Era buono con me. Era gentile e premuroso. Mi ha sempre coperto le spalle. Sempre. Anche sua moglie era così. Sono stati loro a farmi compagnia quando ho lasciato Vance. Dopo che mi aveva marchiata a fuoco.»

«Marie è morta un paio d'anni dopo che tu te ne sei andata.» disse Grey. «Per un tumore al cervello.»

«Oh mio Dio...» sussultò la dottoressa. «Io non... Garrick non ha mai...»

«Lui lo sapeva?» sbottò Grey. «Sapeva dov'eri andata? Glielo avevi detto?»

La dottoressa fece un piccolo cenno. Il dolore che balenò sul volto del sergente fu fugace, ma inequivocabile.

«Mi dispiace, Cyrus.» disse la dottoressa.

«Garrick e sua moglie hanno avuto figli?» chiese Josie.

«No.» disse la dottoressa. «Marie non li voleva. Ha detto...» dovette fermarsi e il dolore le fece raggrinzire la pelle intorno agli occhi. «Diceva che Garrick avrebbe dovuto scegliere tra l'alcol e un figlio e lui sceglieva sempre l'alcol. Lei non voleva avere figli se lui non avesse smesso di bere.»

«Dopo la sua morte, Mathias Tobin è andato in prigione e poi Garrick ha iniziato a pagare le sue spese legali in modo che alla fine potesse essere liberato, sia in appello che grazie a prove a discolpa.» disse il capo.

«Garrick aveva abbastanza influenza sulla famiglia Hadlee da tenere Vance lontano dalla dottoressa per dieci anni.» disse Josie. «È possibile che abbia convinto Vance a rilasciare la dichiarazione che ha permesso a Mathias di uscire di prigione?»

Prima che la dottoressa potesse commentare, si levarono delle grida provenienti dall'atrio. Josie alzò lo sguardo e vide Vance Hadlee che si dirigeva verso di loro, seguito da una collega del sergente con la mano già sulla fondina. «Mr. Hadlee!» gridava. «Mr. Hadlee, si fermi!»

Ma la furia di Vance era concentrata sulla sua ex moglie.

«Puttana arrogante!» ringhiò mentre si dirigeva verso di lei.

La dottoressa si ritrasse visibilmente con gli occhi spalancati, come se cercasse di rimpicciolirsi, come se fosse fatta solo di aria.

«Te ne stai qui con tutti i tuoi amici piedipiatti a ridere di me?» urlò Vance. «Mentre mio padre è in prigione! Per colpa tua!»

Il sergente Grey si mise davanti alla dottoressa. «Vance!» disse. «Fermati dove sei.»

Era a pochi metri dal sergente quando si immobilizzò con il petto gonfio, i pugni stretti lungo i fianchi, un rossore cremisi che gli macchiava le guance e un filo di saliva che gli colava da un lato della bocca. L'agente lo raggiunse e gli mise una mano sulla spalla, ma lui la respinse.

«Vance, devi calmarti.» gli intimò il sergente Grey.

Mettner fece un passo avanti. «Cosa ci fa qui?»

«È venuto a riprendersi il padre.» spiegò l'agente. «Dermot è fuori su cauzione. Lo stanno rilasciando in questo momento. Mi dispiace. Stavamo lasciando una delle aree di visita e lui l'ha vista qui e...»

Mettner guardò Vance. «Beh, c'è anche la dottoressa Feist, che ha ottenuto un'ordinanza restrittiva nei suoi confronti, che lei sta violando in questo momento.»

«Figlio di puttana...» sogghignò Vance. Spostò lo sguardo da Mettner alla dottoressa, che si vedeva appena da dietro la spalla del sergente. «Te la sbatti, ci scommetto.»

«Vance, devi andartene subito.» gli intimò il sergente.

«Ti porti a letto mia moglie, bastardo. Chi diavolo pensi che...»

«Non sono tua moglie, Vance.» gli rispose la dottoressa con voce tremante. «Per favore, vattene.»

Josie si spostò da una parte in modo da trovarsi spalla a spalla con la dottoressa.

«Vance, se non te ne vai subito, saremo costretti ad arrestarti.» gli intimò il sergente. «Non voglio arrestarti due volte in una settimana, e di sicuro non voglio due Hadlee qui dentro nello stesso momento.»

Vance puntò un dito in direzione di Mettner. «Non me ne sono stato con le mani in mano per dieci anni perché un piedipiatti si fottesse mia moglie.»

Questa volta l'agente gli afferrò la spalla con più decisione. Lui cercò di scrollarsela di dosso, ma lei era pronta. Grey fece un passo avanti. «Vance, chiudi la bocca e vattene dalla mia stazione prima che ti sbatta nella stessa dannata cella che tuo padre sta sgomberando.»

Josie avvolse un braccio intorno alle spalle della dottoressa, sentendola tremare.

Vance notò il cambiamento nel tono del sergente. La tensione nel suo corpo si allentò leggermente. Rivolse la sua attenzione a Grey, che ora lo stava allontanando e spingendo verso l'ingresso. «Cyrus, questi stronzi stanno attaccando la mia famiglia. Da quando sono arrivati alla fattoria, ci hanno fatto piovere addosso queste stronzate. Ora questo pezzo di merda si pavoneggia del fatto che si sta facendo mia moglie e me lo sbatte pure in faccia...»

In quel momento le doppie porte dell'ingresso sbatterono, e Vance Hadlee dovette interrompere la sua tirata.

La dottoressa si lasciò cadere nella stretta di Josie. Mettner si girò verso di lei. «Mi dispiace, dottoressa.»

Lei gli rivolse un debole sorriso. «Non è colpa tua, Mett.

Vance Hadlee è sempre stato in grado di creare scandali dal nulla, e può trasformare qualsiasi cosa in un brutto spettacolo.»

TRENTACINQUE

Il sergente Grey tornò nel corridoio un quarto d'ora più tardi, pallido in viso e visibilmente scosso. Josie non era in grado di dire se fosse ancora la presenza della dottoressa a provocare quell'effetto su di lui o se Vance Hadlee fosse davvero riuscito a incrinare la sua facciata perennemente calma. Quando prese la parola, guardò la dottoressa, ma si rivolse a tutti loro. «Si sta facendo tardi. È passata l'ora di cena. Volete andare tutti a casa di Garrick Wolfe e parlargli o volete aspettare fino a domattina?»

«Abbiamo avuto due omicidi nella nostra città nel giro di pochi giorni.» disse Josie. «Non è il caso di perdere altro tempo.»

«Quinn, perché non lasci che Fraley ti accompagni a casa?» le propose Chitwood. «Possiamo occuparcene io e Mettner.»

Josie scosse la testa, sentendola ingombrante come un sacco di patate. «No. Vorrei andare fino in fondo. Oggi non ho rischiato di farmi ammazzare da Dermot Hadlee per poi tirarmi indietro.»

La dottoressa si liberò dalla presa di Josie e si girò verso di lei, le prese delicatamente il viso tra le mani e le fece inclinare la testa in modo da poter vedere la ferita riportata nell'incidente d'auto. «Riposare dopo essere stati feriti non significa tirarsi indietro, Josie.»

«Non si scomodi, dottoressa.» ridacchiò Mettner. «Quando Josie prende una decisione, non c'è modo di convincerla del contrario.»

Josie si liberò dalla presa della dottoressa e le rivolse un sorriso. «Su questo Mettner ha ragione. Dico sul serio, sto bene. Andiamo.»

«Vorrei venire con voi.» propose la dottoressa; nessuno ebbe da ridire.

«Presumo che non abbiate bisogno che vi accompagni per fare le presentazioni.» disse Grey.

«Penso che ce la faremo anche da soli.» gli rispose Josie.

Rivolgendosi alla dottoressa, il sergente le disse: «Prendete il lato sud della montagna. La strada sul lato nord è chiusa. L'ultima tempesta che si è abbattuta sulla città ha causato una frana a circa tre quarti della strada che porta a casa di Garrick Wolfe e non è ancora stata ancora sistemata.»

«Grazie.» disse la dottoressa.

Noah toccò la mano di Josie. «Sono d'accordo con il tuo piano Josie, ma quando è stata l'ultima volta che hai mangiato?»

«Se non vuole riposarsi, deve almeno mangiare qualcosa.» le disse la Feist.

«Va bene.» concesse Josie. «Mangiamo un boccone e poi andiamo a casa di Garrick Wolfe.»

«Allora io torno a Denton.» disse il capo. «Tenetemi informato. Ho messo Palmer al lavoro per cercare di localizzare Mathias Tobin e Carolina Eddy.»

Come suggerito dalle indicazioni di Cyrus Grey, Garrick Wolfe viveva in cima a una montagnola, alla fine di una strada che sembrava non finire mai. O perlomeno, la strada da sud sembrava non finire mai, tanto che Josie si chiese se la strada da nord, quando aperta, fosse più veloce. Noah le aveva trovato dell'ibuprofene prima che si mettessero in viaggio, per attenuare il dolore alla fronte. Mettner si era messo al volante, la Feist al posto del passeggero e Josie e Noah avevano preso posto sul sedile dietro. Nessuno parlava, tranne la dottoressa, che di tanto in tanto dava indicazioni. Percorsero i tornanti tortuosi e a corsia singola della strada di montagna per quello che sembrò un tempo infinito, prima che la dottoressa indicasse a Mettner di svoltare a sinistra. A segnalare l'imbocco del vialetto c'era una semplice cassetta delle lettere nera. Fortunatamente per la testa martellante di Josie, il vialetto era asfaltato e faceva due curve prima di giungere alla vista di una grande casa di legno. Davanti alla casa era parcheggiata una berlina a quattro porte. Di colore chiaro. Mentre le parcheggiavano accanto e scendevano, Josie la indicò. «Se Garrick non ha un alibi per la notte in cui il corpo di Keri Cryer è stato abbandonato alla discarica, dovremmo ottenere un mandato per l'auto.»

«Pensa che ci sia Garrick dietro tutto questo?» le chiese la dottoressa.

«Penso che non dovremmo escludere nulla.» rispose Josie.

Piccole lanterne a energia solare da esterni illuminavano la porta d'ingresso. Le luci di alcune finestre del piano terra erano illuminate.

«Ha sempre vissuto qui?» chiese Noah.

«Da quando lo conosco.» rispose la dottoressa. «Non era l'ideale in caso di maltempo, ma a parte questo, lui e Marie erano felici di vivere qui.»

Si avviò verso la porta d'ingresso. Josie era qualche passo dietro di lei. Abbastanza vicino da vederla alzare il pugno per bussare alla porta ed esitare.

«È aperta.» disse.

Prima che qualcuno potesse rispondere, la dottoressa spinse la porta.

«Aspetti.» la avvertì Josie, ma lei urlò. Con una mano Josie aprì la fondina e intanto con l'altra cercò di afferrare il cappotto della dottoressa. Riuscì ad afferrarne un lembo, ma le scivolò tra le dita quando la Feist si precipitò in avanti e si buttò sulle ginocchia. Fu allora che Josie vide cosa l'aveva spinta a entrare: un uomo sulla settantina, a giudicare dai capelli bianchi, giaceva supino in una pozza di sangue che si allargava a vista d'occhio.

«Garrick!» gridò la dottoressa.

Josie aveva estratto la pistola e fece una panoramica della stanza mentre dietro di lei Noah e Mettner si schieravano in formazione tattica di sicurezza.

Nella sua testa, Josie colse i dettagli della stanza come fossero istantanee. C'erano due poltrone reclinabili, una delle quali con una coperta appallottolata sulla seduta. Una lampada a stelo. Un piccolo tavolino rotondo. Una tazza rovesciata su un lato. Del liquido che macchiava il parquet. Un sentore di whisky. Una bottiglia di Crown Royal senza il tappo. Un libro con copertina rigida sul tappeto rotondo sotto il tavolo. Un volume preso alla biblioteca con la copertina ricoperta dalla pellicola di plastica trasparente. Il pavimento in parquet. Un caminetto con le braci che lentamente si estinguevano. Una porta in penombra sulla sinistra.

Noah entrò per ultimo e gridò: «Libero.»

Nessuna arma in vista, solo molto sangue: Garrick era steso a terra, per metà sul tappeto, indossava una camicia con collo button-down di un azzurro chiaro ora macchiato di sangue.

La dottoressa strappò i bottoni e gli tastò il petto e l'addome. Il volto di Garrick era di un pallore mortale e contorto dal dolore. Agitò un braccio verso la dottoressa, ma lei lo scansò e, avvicinandosi al suo petto, mormorò: «Mio Dio. Josie, mi dia una mano. Ho bisogno di aiuto.»

Josie si girò verso Mettner e Noah. «Io resto qui. Controllate il resto della casa.»

Non era il modo in cui facevano normalmente le cose: la

procedura imponeva di mettere in sicurezza l'edificio prima di prestare soccorso alla vittima, anche se questa era in fin di vita, ma la dottoressa non si sarebbe allontanata da Garrick, perciò, era imperativo che qualcuno rimanesse a proteggerla.

Noah e Mettner giunsero alla stessa conclusione in pochi secondi e Noah disse: «Chiama i soccorsi.»

Josie annuì e li guardò addentrarsi nella casa prima di tornare a guardare la porta d'ingresso, che avevano socchiuso, e poi Garrick Wolfe e la dottoressa, che intanto si era tolta il cappotto e usava una delle maniche per pulire il sangue che ricopriva il torso dell'uomo. Josie prese il telefono e chiamò i soccorsi, continuando a spostare lo sguardo dalla porta d'ingresso alle due figure sul pavimento. Mentre elencava i dettagli alla centrale, seguendo le indicazioni della dottoressa che in quel momento stava ripulendo il sangue intorno a una ferita di un paio di centimetri sul fianco destro, Garrick respirava a fatica, l'addome allo stremo come se gli avessero scaricato addosso un peso di cinquanta chili.

Un altro getto di sangue spruzzò fuori dalla ferita con un gorgoglio che provocò un'ondata istantanea di nausea che scosse tutto il corpo di Josie.

Quando riattaccò, la Feist stava facendo pressione sulla ferita. Di nuovo, Garrick alzò una mano nel tentativo di attirare la sua attenzione e i suoi occhi azzurri, selvaggi e impauriti, vagavano per la stanza, le sue labbra si muovevano per formare delle parole, ma non ne usciva alcun suono.

«Ha uno pneumotorace aperto.» disse la dottoressa. «Devo chiuderlo in fretta. Ce l'avete un kit di pronto soccorso in macchina?»

Josie non riusciva a smettere di fissare la faccia dell'uomo. Stava cercando di dire qualcosa. Da un'altra parte della casa Noah continuava a gridare per segnalare il via libera. «Josie!» urlò la dottoressa con voce forte e decisa. «Devo chiudere questa ferita. Ha un kit di pronto soccorso in macchina? Con un cerotto per pneumotorace esterno?»

Tenendo la pistola a portata di mano, Josie corse fuori verso la macchina. Lei e Noah tenevano sempre un kit di pronto soccorso nella loro auto personale. Era una precauzione che si imparava a prendere quando si faceva quel mestiere da abbastanza tempo. La sua ipotesi era che anche Mettner ne avesse uno. Nel vano portaoggetti non c'era nulla. Sollevando il portellone del portabagagli trovò un mucchio di attrezzatura da caccia. Cominciò a tirarla fuori e a gettarla nel vialetto, alla ricerca di un kit di pronto soccorso, quando sentì che la dottoressa la chiamava con voce alta e decisa. «Josie! Ho bisogno di aiuto, subito!»

Josie abbandonò la ricerca e tornò di corsa in casa. La Feist stava con il busto inclinato sul petto di Garrick, con il gomito destro che faceva pressione sulla ferita e le mani che lavoravano per strappare la copertina di plastica dal libro.

Quando vide Josie, disse: «Faccia pressione su questa ferita mentre io cerco di inventarmi qualcosa.»

Josie si abbassò e il sangue di Garrick le bagnò immediatamente le ginocchia dei jeans. La dottoressa allontanò il gomito e Josie posò un palmo sulla ferita. Anya strappò un quadrato di cellophane dalla copertina del libro. Mettendo da parte il libro, si guardò intorno nella stanza. «Ho bisogno di nastro adesivo, dannazione.»

Da un'altra direzione all'interno della casa, Josie sentì Noah che urlava di nuovo: «Libero!»

La Feist balzò in piedi e corse verso la lampada. Scomparve dietro la poltrona. Un secondo dopo, Josie sentì fruscii e strappi. La luce nella stanza prese a tremolare mentre la lampada oscillava.

Josie lanciò un'occhiata al viso di Garrick, allarmata dalla rapidità con cui stava perdendo quel poco di colore che gli era rimasto. «Anya!»

La dottoressa tornò di nuovo mettendosi in ginocchio; tra le mani teneva delle strisce nere che Josie non riuscì a distinguere. «Che cos'è?» le chiese.

«Nastro isolante. Era intorno al cavo della lampada.» Lo mise da parte e prese la sovracopertina, tirandola in modo da tenderla. «Dobbiamo aspettare che espiri così posso mettere questa sulla ferita. Ho bisogno che lei la tenga in posizione mentre io la copro con il nastro.»

Josie ebbe un tuffo al cuore. Quando sentì il petto di Garrick abbassarsi di nuovo, sollevò la mano e la dottoressa posò la pellicola sulla ferita in modo che Josie la potesse tenere ferma mentre lei la fissava su tre lati. Garrick alzò di nuovo la mano, colpendo la spalla di Josie. Le sue labbra si strinsero e poi si aprirono, nel tentativo di dire qualcosa. La Feist gli scostò i radi capelli bianchi dalla fronte, lasciando una striscia di rosso. «Va tutto bene, Garrick. L'ambulanza è quasi arrivata.»

«Mio...» ansimò lui.

Josie non riusciva a togliersi di dosso la sensazione che lui stesse cercando di dire loro qualcosa. Si chinò, mettendo il suo viso direttamente sopra alle sue labbra «Non si sforzi di parlare.» gli disse. «Lo mimi con le labbra.» e in silenzio aggiunse "in questo modo".

Nei suoi occhi balenò qualcosa: aveva capito. Ci vollero alcuni tentativi prima che Josie capisse cosa stava cercando di dire. O almeno, ebbe l'impressione di averlo capito.

«Non ho idea di cosa stia cercando di dire.» disse la dottoressa.

«Sta dicendo: "Mio figlio".»

La dottoressa si accucciò, scuotendo la testa. «Lui non ha un...» ma ammutolì prima di finire la frase; Josie la guardò, ma Anya Feist non era più concentrata né su di lei né su Garrick. Il suo sguardo era congelato sulla porta dove ora si trovava Mathias Tobin.

TRENTASEI

Josie saltò in piedi, con la pistola puntata su Mathias. «Non muoverti.» disse. «Alza le mani.»

Per un fugace secondo, lui distolse lo sguardo da lei e lo rivolse a Garrick. Il suo volto si contorse in angoscia pura. Poi si voltò e corse via.

«Chiami Mett e Noah.» urlò alla dottoressa e si lanciò all'inseguimento. Per la prima volta da quando erano arrivati, sentì lo schiaffo dell'aria fredda e la quiete che la circondava. Più si allontanava dalla casa di Garrick, più diventava buio. Si fermò un attimo e tirò fuori il telefono per accendere l'applicazione della torcia, cercando contemporaneamente di tenere d'occhio l'area circostante. Una volta accesa, fece una panoramica tutto intorno, tenendo il telefono sotto la pistola in modo che la luce e la canna dell'arma fossero puntate nella stessa direzione. Si sforzò di cogliere qualsiasi rumore in quel silenzio.

All'improvviso si sentì un fruscio e un ramoscello che si spezzava.

Josie si voltò nella direzione da cui era venuto quel rumore e corse verso un'area boschiva vicino al lato della casa. «Mathias!» chiamò. «Mathias Tobin! Mi chiamo Josie Quinn. Sono una detective del Dipartimento di Polizia di Denton. Voglio solo parlare.»

Cercò di muoversi più silenziosamente possibile, sempre a orecchie tese a captare ogni minimo rumore. Ogni volta che lo sentiva, si girava in quella direzione e si faceva strada tra gli alberi, le rocce e le sterpaglie. Ogni suo movimento sembrava rimbombare incredibilmente forte. Persino il suo respiro suonava cacofonico. Ben presto dovette fermarsi del tutto e ascoltare, per poi ricominciare. Un paio di volte si fermò, premendo il fascio di luce della torcia contro il fianco, in modo che non fosse visibile, e cercando di tenere il corpo fermo finché non sentiva di nuovo Mathias che si muoveva. Lui cercava di muoversi esattamente quando si muoveva lei, ma lei lo anticipava ogni volta. «Mathias! Per favore, smetti di correre. Voglio solo parlare!»

Sentì dei passi che si allontanavano nella direzione opposta e li seguì. Gli alberi si diradarono. Entrò in una radura e passò in rassegna l'area con la torcia, ma il fascio di luce del telefono si stava indebolendo. Presto la batteria si sarebbe esaurita. «Mathias! Parliamo. Sto indagando sulla morte di Keri Cryer. Se tieni a lei, devi aiutarmi.»

Si immobilizzò al centro della radura, girando su se stessa in un lento cerchio, con il raggio che si affievoliva man mano che passavano gli istanti. All'improvviso Mathias si materializzò dall'oscurità, a pochi centimetri dalla canna della pistola, proprio al centro del cono di luce. Josie soffocò un sussulto, stringendo le dita attorno all'impugnatura della pistola. «Metti le mani dove posso vederle.» gli ordinò.

Lo vide ruotare le spalle leggermente e con la coda dell'occhio vide entrambe le mani, pallide e vuote.

«Non ti farò del male.» le disse.

Lei studiò la sua espressione. Quello che vi lesse era pura devastazione. Aveva le guance infossate. Non appariva così smunto nel video che la padrona di casa di Keri le aveva fornito.

Vedendolo di persona e da vicino, si accorse di dettagli che non era riuscita a cogliere nelle foto che aveva visto, nemmeno in quella della patente: il punto in cui il ponte del naso si incurvava era più pronunciato e le ciglia dell'occhio sinistro erano bionde, mentre quelle dell'occhio destro erano scure. Fissandolo negli occhi così da vicino, vide che le iridi erano azzurre, ma nell'occhio sinistro c'era una leggera decolorazione, come se una piccola parte della pupilla fosse diventata marrone. Si chiese se fosse il risultato di un colpo. Le sclere degli occhi erano venate di rosso, le palpebre erano gonfie, segno che aveva pianto.

«Keri è morta davvero?»

«Sì, mi dispiace.» disse Josie.

Lo guardò deglutire per la tristezza, con i tratti del viso che si increspavano mentre si sforzava di non lasciarsi andare. «Non ha risposto alle mie chiamate e nemmeno ai miei messaggi. Sapevo che era arrabbiata con me perché abbiamo litigato... ma non è da lei farmi preoccupare. Qualcuno l'ha uccisa, vero?»

Invece di rispondere alla sua domanda, Josie disse: «Ho delle manette in tasca. Visto che sei scappato da una scena del crimine e non hai risposto ai miei comandi, dovrò mettertele per tornare alla casa.»

La paura attraversò i suoi lineamenti. Fece un passo indietro.

«Per favore.» disse. «Non lo faccia. Non posso... non posso tornare in prigione.»

Con voce calma, Josie disse: «Nessuno ha parlato di prigione, Mathias. Voglio solo tornare alla mia centrale, a Denton, e parlare con te.»

«Non ho fatto del male a Keri.» sbottò lui. «Glielo giuro. Non le avrei mai fatto del male. Mai. Io la amo... la amavo.» Una lacrima gli scivolò lungo la guancia e lui la asciugò con il dorso di una mano.

«Tieni le mani in alto.» gli ricordò Josie.

Lui fece come gli veniva comandato. Era un gesto automatico, Josie si rese conto. Una conseguenza del suo passato nel sistema giudiziario.

«Le ho detto che non le farò del male.» le ricordò. «Non farei del male a nessuno. Non avrei fatto del male né a Keri né a Garrick. A nessuno.»

«Allora perché sei scappato?» gli domandò Josie.

«Non posso... non posso dirglielo e non posso rischiare di tornare dentro finché non avrò capito tutto.»

«Tutto cosa?»

Fece un altro passo indietro e stavolta Josie lo seguì. La luce era sempre più fioca. La fronte le pulsava a tempo del battito cardiaco. Una parte silenziosa della sua mente si rese conto che non aveva idea di dove si trovasse o di come tornare alla casa di Garrick Wolfe. Non aveva idea nemmeno se ci fossero altre abitazioni in mezzo a quelle montagne.

«Mathias...» provò ancora Josie. «Se non hai fatto nulla di male, non hai niente di cui preoccuparti.»

Lui abbassò lo sguardo, mentre dalla gola gli usciva un verso che era per metà una risata e per metà un singhiozzo. «Se ci crede, è un'ingenua.»

In quel momento, appariva completamente sconfitto. Il suo corpo sembrò rimpicciolirsi. Le lacrime gli scendevano copiose sulle guance e lui non faceva alcun gesto per trattenerle. Le sue mani, sospese in aria, cominciarono a tremare. Josie si sforzò di concedergli il beneficio del dubbio. Hallie avrebbe potuto avere ragione: Mathias poteva davvero non aver mai fatto del male a nessuno in tutta la sua vita. Era cresciuto in affidamento e in un periodo di diciotto mesi aveva perso gli unici genitori che avesse mai conosciuto, il tutto mentre si batteva contro delle accuse di stupro. Quando queste si erano risolte, alla tenera età di diciotto anni, aveva assunto la custodia della sorella adottiva, molto più giovane di lui, e l'aveva cresciuta, cosa che non era tenuto a fare. Era una responsabilità pesante, che la maggior parte dei ragazzi della sua età avrebbe evitato.

Anni più tardi, una sera, aveva avuto una discussione con la sorellina nel parcheggio di una stazione di servizio. Non c'era dubbio che la ritenesse in pericolo, o addirittura che pensasse che fosse impazzita, e aveva intenzione di portare a termine ciò che stava pianificando, qualunque cosa fosse. Aveva cercato di farla ragionare. Nel giro di due giorni aveva scoperto che era morta e dieci anni più tardi lui era ancora sospettato della sua morte. All'epoca era riuscito ad andare avanti, sposando Piper Grey e iniziando una nuova vita. Poi, un giorno, era tornato a casa e l'aveva trovata con un proiettile in testa. Era finito in prigione. Quando Garrick Wolfe si era fatto avanti e aveva ingaggiato uno studio per farlo scagionare, era finalmente uscito. Di nuovo, aveva trovato qualcuno da amare e con cui stava cercando di mettere su famiglia. Adesso anche lei era morta.

«Mathias...» disse Josie a bassa voce. «Chi è che ti sta facendo questo?»

Lui alzò lo sguardo, cercando di guardarla negli occhi. Josie abbassò un po' la torcia in modo che lui potesse vederla. La sua espressione cambiò, l'agonia lasciò il posto alla speranza. Si sarebbe detto che quella era la prima volta in vita sua che qualcuno lo vedeva davvero.

«È complicato.» disse deglutendo.

«Sono in grado di gestire le cose complicate.» gli assicurò Josie. «Dammi una possibilità.»

Lesse nei suoi occhi prima un tentennamento poi la decisione, riconoscendo la reazione dal suo stesso trauma passato: per quanto qualcuno possa sembrare gentile, disponibile o sincero, la cosa migliore da fare è sempre quella di non fidarsi di nessuno.

«Mathias...» lo supplicò vedendo la luce della torcia affievolirsi sempre più rapidamente.

Rimasero congelati sul posto nel momento in cui si spegneva completamente. Per un breve momento, lo schermo lampeggiò sulla schermata iniziale, con il logo del suo operatore che vi danzava sopra, e poi tutto cadde nel buio.

Nelle vicinanze, un gufo bubolò.

Con una voce così flebile che Josie riuscì a malapena a distinguerne le parole, Mathias disse: «Dermot Hadlee.»

Una scossa la attraversò. «Metto via la pistola, Mathias.»

La fece scivolare nella fondina e la fece scattare in posizione. «Raccontami tutto. Qui. Adesso.»

«Mi dispiace...» disse lui.

Un attimo dopo Josie sentì lo scricchiolio dei suoi passi che si allontanavano da lei. Alzò le braccia in avanti, come per afferrarlo, e inciampò nel vuoto. Cercò di nuovo di seguire il suono dei suoi passi, con i piedi che andavano a tentoni tra le rocce mentre usciva dalla radura. Quando finalmente riuscì a sentirlo respirare, capì che era vicino. La sua voce la raggiunse ancora una volta. «Non faccia un altro passo.»

Di nuovo, lei allungò la mano, affrettando il passo per raggiungerlo. Poi fece un passo nel nulla.

Ci fu una frazione di secondo in cui ebbe l'orribile consapevolezza che il suo corpo stava precipitando nel vuoto. Era caduta da un precipizio. Da un precipizio o da un muro. Protese le braccia in tutte le direzioni alla ricerca di qualsiasi cosa a cui aggrapparsi e poi tutto il suo corpo fu trascinato brevemente verso l'alto prima di ritrovarsi a penzolare, sospesa su un baratro nero. Le cuciture delle maniche del cappotto le tagliavano le ascelle. Delle mani avevano afferrato il tessuto all'altezza delle spalle.

«Alzi la mano.» sbuffò Mathias. «Afferri le mie mani.»

Cercò di allungare entrambe le mani contemporaneamente, ma iniziò subito a scivolare fuori dal cappotto. Un urlo le uscì dalla gola. Aspettò di precipitare, ma non accadde. Il battito del suo cuore si fermò. Nella sua testa contò. Uno. Due. Tre. Riprese vita, rimbombando nel suo petto.

«Piano.» disse Mathias, respirando con affanno. «Una mano. Solo una. La tengo io.»

Josie fece risalire la mano destra, lentamente, molto lentamente, finché non riuscì a sentire le mani di Mathias.

«Si aggrappi a una delle mie mani.» disse lui. «Solo una. Con l'altra la tengo per il cappotto. Una alla volta, d'accordo?»

«Sì.» sussultò lei.

Nonostante l'aria fredda della notte, il sudore cominciò a scendere sul suo viso. La ferita ricucita di fresco bruciava come se qualcuno ci avesse gettato sopra dell'alcol. Lavorarono insieme con piccoli movimenti, piccoli progressi, finché Mathias non l'ebbe afferrata con entrambe le mani. Poi tirò. Lei scalciò leggermente finché i suoi piedi non trovarono un punto d'appoggio lungo la parete rocciosa. Spinse verso l'alto mentre lui la tirava verso il terreno solido. Aveva i polmoni in fiamme. Ogni muscolo del corpo tremava. Strinse gli occhi ricacciando indietro le lacrime, felice che fosse troppo buio perché lui potesse vederle. «Grazie.» gli disse.

Sentì un palmo caldo sulla spalla. Poi lui disse: «Resti qui fino alle prime luci dell'alba. Non cerchi di tornare indietro prima di allora.»

«Aspetta, cosa? Mathias, no!»

La sua voce le giunse già da diversi metri di distanza mentre si allontanava. «Mi dispiace.»

TRENTASETTE

Una squadra di ricerca la ritrovò poco prima dell'alba, rannicchiata su un fianco, tremante e in uno stato di dormiveglia. Le ore successive passarono in modo confuso. Noah. Mettner. Anya Feist. Un'ambulanza. Di nuovo l'ospedale. Cyrus Grey. Era esausta. Delirava così tanto dalla stanchezza che continuava a chiedersi se tutto quello che era successo con Mathias non se lo fosse immaginato; se non fosse che il suo cellulare si trovava in fondo a un precipizio profondo quindici metri.

«Mi ha salvato la vita.» disse a ciascuno di loro, quando le chiesero cosa diamine le fosse successo. Erano tutti riuniti intorno al suo letto al Pronto Soccorso. Noah e Mettner erano coperti di terra, con la barba di due giorni che imbruniva le loro mascelle. La dottoressa Feist sembrava essere stata su uno scivolo lubrificato con il sangue. Solo il sergente Grey aveva un aspetto immacolato nella sua uniforme pulita e stirata di fresco. Ma guardandolo negli occhi, Josie vide che non era molto più riposato di quanto lo fossero gli altri. Ricambiando il suo sguardo, il sergente le rivolse un'occhiata dubbiosa. «Mathias Tobin le ha salvato la vita?»

Josie si toccò la fronte. Un'infermiera era intervenuta per pulire la ferita e con dita agili aveva controllato i punti di sutura prima di dichiarare che Josie sarebbe stata bene con un po' di pomata antibiotica che adesso le si era appiccicata ai polpastrelli. «Sergente, conosce bene il suo ex genero?»

Lui non rispose.

«Cyrus?» lo apostrofò la dottoressa.

Lui non la guardò. «Era imbarazzante. Mia figlia che si sposa con un uomo che era stato sospettato sia di violenza sessuale che di omicidio.»

«E questo ti renderebbe migliore della società?» chiese Noah. «Condannarlo a tuo piacimento senza neanche concedergli il beneficio del dubbio?»

«Non è quello che ho fatto.» si giustificò Grey. «Ho cercato di conoscerlo, chiaro? Ma lui era evasivo.»

Josie pensò al modo in cui Mathias aveva risposto ai suoi comandi in modo automatico. «Perché lei è un ufficiale di polizia. È facile presumere che diffidasse di lei dopo le accuse che gli avevano mosso prima alle superiori e poi con la storia di Jana.»

Mettner si schiarì la gola. «Boss.» disse guardando Josie. «Garrick Wolfe è ancora in sala operatoria. Potrebbe non farcela. Non possiamo interrogarlo. Mathias Tobin ha detto qualcosa?»

«Ha detto che non ha fatto del male a nessuno. Ha detto che non aveva fatto del male né a Keri né a Garrick. Gli ho chiesto... gli ho chiesto chi c'è dietro a tutto questo e...»

«Chi c'è dietro a cosa?» chiese il sergente.

«A cercare di rovinargli la vita negli ultimi vent'anni. Mi ha risposto: Dermot Hadlee.»

«E che motivo avrebbe avuto Dermot Hadlee per rovinare la vita di Mathias Tobin?» domandò Grey.

«Non lo so.» disse Josie. «Vi sto solo raccontando quello che mi ha detto Mathias. Aveva paura. Glielo si leggeva negli occhi.»

«Stiamo parlando di un settantenne colpito da un ictus.» le ricordò Grey. «È impossibile che Dermot Hadlee sia stato a casa di Garrick Wolfe ieri sera e lo abbia accoltellato.»

«Però ha lasciato la centrale prima di noi.» gli fece notare Mettner.

«Ma non abbiamo visto nessuno lasciare la proprietà.» sottolineò Noah. «Garrick Wolfe era appena stato accoltellato. Non c'erano altri veicoli e la casa era vuota. Non può che essere stato Mathias.»

Nella mente di Josie balenarono immagini della sera precedente. Mathias in piedi sull'uscio, con l'aria sconvolta. Mathias intrappolato nel cerchio di luce del suo telefono, con l'aria sconfitta.

«Non aveva sangue addosso. Se avesse accoltellato Garrick, si sarebbero viste tracce di sangue.»

«Non potrebbe essersi cambiato i vestiti?» propose Mettner.

«No.» sospirò Josie, con la vista appannata e le palpebre pesanti; tenerle aperte le richiedeva uno sforzo sempre più insostenibile. «Sono sicura che non è stato Mathias.»

La voce della dottoressa richiamò l'attenzione dei presenti. «Se è entrato qualcun altro in casa di Wolfe, potrebbe essere venuto dalla strada che arriva da nord. Potrebbe aver lasciato la macchina vicino agli alberi abbattuti e aver percorso il resto della strada a piedi. Può essere entrato di soppiatto, aver accoltellato Garrick ed essere uscito prima del nostro arrivo.» disse Josie spostando lo sguardo sul sergente Grey, che disse: «Ha ragione.»

«Avete messo una squadra a sorvegliare la casa, vero?» chiese Mettner.

«Ma certo.» disse Grey. «Abbiamo preso in prestito una squadra dalla Polizia di Stato. Sono già là adesso. Se c'è del

DNA, se ci sono prove che ci indirizzano verso una persona specifica, le troveranno.»

«E se Mathias si è tolto i vestiti insanguinati e li ha nascosti da qualche parte, troveranno anche quelli.» disse Mettner.

«Chi è che conosce bene la zona?» chiese Noah. «Chi sa come arrivare alla casa di Garrick al buio e tornare indietro?»

«Vance.» rispose la dottoressa.

«Che ragioni poteva avere Vance per tentare di uccidere Garrick?» chiese Mettner ma nessuno rispose.

«Mi sembrava di aver capito che Garrick Wolfe fosse un buon amico degli Hadlee.» riprese Noah.

La Feist annuì. «Ed è così, lo è sempre stato. Lui e Dermot sono amici da quando erano piccoli. Dermot non è un tipo con cui è facile andare d'accordo, ma non ho mai notato che tra loro non corresse buon sangue.»

«Non c'è mai stato uno screzio tra di loro.» confermò Grey. «Quando Garrick esercitava la professione di medico, è stato lui a far nascere i figli di Dermot.»

Josie riuscì a malapena a buttare fuori le parole. Quando era arrivata le avevano dato degli antidolorifici. Qualcosa di leggermente più forte del normale Tylenol. Ora sentiva che si stava impossessando del suo corpo. «I figli...» disse.

«Come dici?» le chiese Noah, stringendole una mano.

«Garrick...» disse Josie, «è il padre biologico di Mathias Tobin. Mathias... porta... Garrick ha detto "mio figlio".»

Gli occhi le si chiusero. Sentì il sergente Grey che diceva: «Sta bene? Sembra che sragioni...»

Josie sentì il palmo caldo della dottoressa contro la sua guancia. «È esausta. Però ha ragione. Garrick è il padre biologico di Mathias Tobin.»

«Non capisco.» disse Mettner. «Cosa c'entra questo con gli Hadlee?»

«Niente.» disse Noah.

«Non dimentichiamoci...» disse Mettner, «che Vance Hadlee è stato il testimone che ha scagionato Mathias Tobin. Se gli Hadlee erano tanto decisi a rovinare la vita di Mathias, per quale motivo non l'hanno lasciato a marcire dietro le sbarre?»

«Anya, come diavolo fai a sapere che Mathias è figlio di Garrick?» le chiese Grey. «Lo dici solo perché Garrick ha detto "mio figlio" quando lo stavi rattoppando in casa sua? Era stato pugnalato quattro volte.»

Questa era una novità per Josie, ma la dottoressa aveva dato la priorità a richiudere lo pneumotorace aperto e, quando aveva terminato, Josie era già partita all'inseguimento di Mathias nel bosco.

«Garrick me l'ha confessato prima che lo portassero in sala operatoria.» spiegò la dottoressa.

La voce del sergente si fece piena di rabbia: «E me lo dici solo ora che sei riuscita a parlare con lui? Quei maledetti del personale medico non ci hanno permesso neanche di avvicinarci a lui!»

Lei gli rispose con un verso di frustrazione. «Sono successe molte cose nelle ultime ventiquattro ore, Cyrus. Non darmi il tormento.»

Cyrus abbassò il tono. «Garrick ti ha detto che Mathias Tobin è suo figlio? Ha per caso accennato a chi lo ha accoltellato?»

«Non sa chi sia stato.» rispose. «Ha detto che è stata una persona vestita di nero dalla testa ai piedi, con un passamontagna che gli copriva il viso. È successo così in fretta che non ha fatto in tempo a notare nessun dettaglio.»

Noah sospirò. «Era ovvio.»

Mettner chiese: «Cos'altro le ha detto Garrick?»

«Ha detto di aver avuto una relazione. Mathias è finito in affidamento. Non mi ha detto perché sua madre non è riuscita a crescerlo. Non abbiamo avuto modo di parlarne, ma...»

Un fruscio di carta giunse alle orecchie di Josie. Prima di

cadere in un sonno di piombo, sentì ancora una volta la dottoressa, che diceva. «Ha scritto le sue ultime volontà sul retro di questa diagnosi infermieristica, nel caso non ce la facesse a superare l'intervento. Ha lasciato tutto ciò che possiede a suo figlio, Mathias Tobin.»

TRENTOTTO

Josie sentì le dita di Noah che le scorrevano sulla guancia. Riemergendo dal sonno, si rese conto per la prima volta di quanto si sentisse finalmente al caldo e a suo agio. I suoi piedi sfiorarono il corpo setoso di Trout. Il profumo del dopobarba di Noah suscitò qualcosa in lei. Aprì gli occhi e si ritrovò davanti il viso di suo marito, illuminato dalla luce del giorno che entrava dalle finestre della camera da letto. Sorridergli le provocò un fastidioso pizzicore sulla fronte. Si portò una mano alla fronte per toccare i punti. Li sentiva stretti e duri, e le facevano male.

«Hanno un aspetto migliore di come li senti, stanne certa.» le assicurò Noah.

«Mi fanno male.» si lamentò Josie. «Per quanto tempo ho dormito?»

«Per dodici ore filate.»

«Che giorno è?»

«Giovedì.»

Lentamente i ricordi le riaffiorarono alla mente. Il confronto con Mathias. Il rischio di cadere in un dirupo. La squadra che l'aveva trovata all'alba del giorno prima. L'ospedale pubblico di

Bly. Il ritorno a casa. Dormire, mangiare e infine dormire ancora.

Cominciò a mettersi a sedere, suscitando un gemito da parte del cane. L'intero cranio le pulsava come se qualcuno ci stesse suonando contro un ritmo cadenzato. Nel resto del corpo avvertiva fitte di dolore come un mal di denti. «Avrò bisogno di un po' di ibuprofene.» disse a Noah. «E di un aggiornamento.»

Noah scomparve in bagno e tornò con due pillole. Josie si sedette completamente e le prese senza acqua.

«Fai con calma.» le disse. «C'è la dottoressa di sotto. Ci trovi in cucina quando te la sentirai.»

Mezz'ora dopo, Josie cominciò a sentirsi di nuovo normale, seppur ancora dolorante dappertutto, e fu in grado di raggiungere Noah e la Feist in cucina. Trout la seguì con ansia, rimanendo vicino ai suoi piedi. Noah le porse una tazza di caffè già preparato come piaceva a lei. «Trinity e Drake sono usciti per un brunch.» le disse.

Josie prese posto di fronte alla Feist. «Li ha incontrati prima che se ne andassero? Trinity le ha fatto una delle sue interviste al volo?»

La dottoressa le sorrise e chiuse una mano sottile intorno alla tazza di caffè.

«Sono in grado di gestire sua sorella. È per lei che ero preoccupata e ho pensato di passare a vedere come si sentiva.»

«Mi sento come se mi avessero spinta fuori strada in un fosso e poi, più tardi, la stessa sera, fossi quasi caduta in fondo a un precipizio. Sto bene, dottoressa.» Mandando giù un sorso di caffè, una sensazione di piacere si diffuse in tutto il suo corpo. Guardò di nuovo Noah, che stava in piedi con il fianco appoggiato al bancone della cucina. «Hai detto a Trinity che Dermot è già fuori su cauzione?»

Lui si versò una tazza di caffè. «Certo che sì. Ora è sul piede di guerra. È pronta a dissotterrare tutto ciò che può per distruggerlo. Vuole fare terra bruciata.»

Josie rise. «Trinity che fa terra bruciata? Quasi mi dispiace per lui. Quasi.»

«Ci dev'essere qualcosa in cui potrà scavare, immagino.» disse Noah. «Altrimenti, Dermot non avrebbe avuto motivo di venirvi addosso.»

«Potremmo chiederlo direttamente a lui...» propose Josie, «ma sono sicura che il suo avvocato non vorrà.»

«Come faceva a sapere che eravate in città?» le chiese la dottoressa.

«Siamo passate davanti alla stazione di servizio dove Jana Melburn è stata vista per l'ultima volta e lo abbiamo visto che stava facendo il pieno. Anche lui mi ha vista.»

La Feist fissò la sua tazza, scuotendo tristemente la testa. «Non capisco. Dermot è sempre stato riservato. Un tipo austero. Era severo con i figli, non è mai stato affettuoso né indulgente, ma non è mai stato violento. Non che io sappia per esperienza personale. A questo punto mi chiedo se l'ictus non abbia alterato il suo equilibrio mentale. Non è mai stato una testa calda. È sempre stato un tipo molto calcolatore. Molto attento. Il fatto che abbia cercato di fare del male a lei e a Trinity, o addirittura di uccidervi, è completamente fuori dal suo carattere. È una cosa che mi potrei aspettare da Vance, ma non da Dermot.»

«Nascondono qualcosa tutti e due.» affermò Josie, bevendo un altro sorso di caffè. «Ma non ci diranno di cosa si tratta, quindi dobbiamo lavorare su tutte le piste che abbiamo.»

«Gretchen ha ottenuto un mandato per la berlina di Garrick Wolfe, anche se pare che nel bagagliaio della berlina degli Hadlee ci fossero stati dei resti umani.» le ricordò Noah. «Hummel sta ancora analizzando l'auto di Garrick Wolfe, ma è riuscito a scaricare la cronologia del GPS e ha potuto escludere Garrick dalla lista dei possibili sospetti perché è stato a Bly per settimane e gli unici posti in cui è andato sono il negozio di alimentari, il cimitero e il negozio di liquori. Qualche volta anche in un bar locale.»

Josie mandò giù il resto del caffè, sentendosi la mente già più lucida. «Garrick è fuori dalla lista dei sospettati, ma è riuscito a superare l'intervento? C'è modo di parlare con lui? Potrebbe sapere cose utili per la nostra indagine.»

La dottoressa sospirò. «Ho chiamato l'ospedale. L'intervento non è andato bene. Ha riportato danni interni estesi. L'intestino era perforato in due punti e il suo corpo non ha tollerato molto bene le suture. Il chirurgo è preoccupato per l'infezione del peritoneo, che si sta aggravando. Sembra che abbia ancora un'emorragia interna in qualche punto dell'addome e potrebbe aver bisogno di un altro intervento. Insomma, versa in condizioni critiche. I medici lo hanno intubato, ma non sono sicuri che ce la farà.»

Josie disse: «Mi dispiace, Anya.»

Gli occhi della dottoressa brillarono per le lacrime non versate. «È a me che dispiace. Garrick è stato veramente buono con me. E anche sua moglie, Marie. Mi hanno accolta, mi hanno protetta e Garrick ha continuato a proteggermi anche una volta che mi sono trasferita, ma li ho abbandonati proprio come ho abbandonato Cyrus. Voglio dire, li ho salutati, ma dopo essermene andata non mi sono più guardata indietro. Mi è sembrata l'unica cosa da fare in quel momento, l'unico modo per sopravvivere emotivamente, chiudere con quella vita come se fosse la porta di un vecchio seminterrato, ma ora mi chiedo se sia stata la scelta più giusta. Oggi andrò in ospedale e gli farò un po' di compagnia. È il minimo che possa fare. Non gli resta nessun altro.»

«Gli resta Mathias.» obiettò Josie. «Si sa qualcosa di lui?»

Noah scosse la testa. «Niente, se non che è davvero bravo a nascondersi. L'ultima volta che ho avuto notizie, la Polizia di Stato stava ancora ispezionando la casa di Garrick, ma ormai sono passate ore. Comunque, Cyrus Grey ha detto che avevano trovato alcuni oggetti personali che sembravano appartenere a un uomo in una delle camere da letto libere di Garrick, compreso il telefono usa e getta che Mathias aveva usato per chiamare Keri Cryer. Ha un'applicazione di ride-sharing. È così che si muove. In questo modo è arrivato a casa di Garrick senza utilizzare il suo veicolo.»

«Mathias stava a casa di Garrick.» ne concluse Josie. «Ha senso. Non stava sempre con Keri e non teneva molti vestiti a casa sua. Hallie Kent ha detto che Mathias era passato dalla prigione al centro di recupero di Bradysport prima di far perdere le sue tracce. C'è stato un intervallo di due o tre mesi prima che iniziasse a presentarsi a casa di Keri Cryer. Probabilmente stava da Garrick. A nessuno sarebbe venuto in mente di andare a cercarlo là. Deve averci trascorso un po' di tempo, dato che conosceva abbastanza bene il territorio intorno alla casa da poterlo percorrere al buio. Hanno trovato qualcos'altro a casa di Garrick?»

Noah si acciglìò. «Come cosa? Il guanto di Sharon Eddy e la scarpa di Keri Cryer?»

«Devo saperlo.» disse Josie. Non riusciva a togliersi dalla testa l'incontro con Mathias. L'istinto le diceva che era innocente, anche se nessuna pista che avevano seguito nell'indagine fino a quel momento lo aveva dimostrato.

«No.»

Si sentì riscaldare dal sollievo. Ai suoi piedi, Trout sospirò e appoggiò la testa alla sua caviglia.

«L'unica cosa bizzarra che hanno trovato è un frammento d'osso. Il medico legale ha detto che è molto vecchio.»

Josie rabbrividì. «Hanno trovato un frammento d'osso in casa di Garrick?»

La dottoressa chiese: «Umano?»

«Umano, sì.» confermò Noah. «Il medico legale della contea di Everett è abbastanza sicuro che si tratti di una placca cranica. La manderanno ad analizzare, ma non sono sicuri di poterne ricavare il DNA.»

«Dove l'hanno trovata?» chiese Josie.

«In una scatola di metallo nel garage di Garrick. Cyrus ha detto che il laboratorio cercherà di ricavarne le impronte. All'interno della scatola c'erano alcuni altri oggetti. Un indumento, anche questo vecchio e molto rovinato. Quella che avrebbe tutto l'aspetto di una collana di qualche tipo e forse anche un apparecchio acustico, ma non ne sono sicuri. Tutto era intriso di sporcizia e fortemente deteriorato. Come ho detto, ne sapremo di più quando tutto sarà passato dal laboratorio.»

Josie guardò la dottoressa. «Sembra una scatola di trofei di un serial killer.»

«No.» disse la dottoressa. «Garrick non avrebbe mai... non mi spiego perché tenesse quelle cose, ma so che non farebbe del male a nessuno.»

Prima che Josie potesse fare altre domande, un cellulare squillò. Tutti e tre si controllarono le tasche. Noah tirò fuori il suo e accettò la chiamata. Dopo aver ascoltato per un attimo, disse: «Ho capito. Sì. Glielo chiederò.»

Riattaccò e disse: «Era Mett. Gretchen è di riposo. Ha trovato Carolina Eddy in un ricovero a Bradysport. Abbiamo anche una rapina a mano armata a East Denton. Una persona è rimasta ferita.»

«Ti dispiace occuparti della rapina a mano armata?» gli chiese Josie. «Io vorrei andare con Mett a parlare con Carolina Eddy.»

Lui si avvicinò e la baciò. «Solo se mi prometti di non buttarti giù da qualche dirupo.»

Lei sorrise, inebriandosi del suo profumo. «Sto solo cercando di stare al passo con te, maritino.»

TRENTANOVE

Josie e Mettner seguirono la dottoressa all'ospedale di Bradysport, dove Garrick Wolfe era stato trasferito la sera precedente per l'intervento chirurgico e dove attualmente era ricoverato in terapia intensiva. Aspettarono che la Feist fosse uscita dall'auto e avesse attraversato il parcheggio per entrare nell'edificio prima di allontanarsi e dirigersi verso il vicino ricovero per senzatetto. Nel corso dell'indagine, Gretchen aveva ripetutamente tentato di tracciare le triangolazioni del telefono di Carolina Eddy utilizzando il numero fornito da Rosalie Eddy. Rosalie aveva ragione: era irraggiungibile. Ma avevano continuato a monitorare l'ultima posizione nella speranza che lei lo riattivasse. E così era stato. Difatti, Carolina aveva chiamato Rosalie la sera prima, cosa che Rosalie aveva riferito alla polizia di Denton subito dopo aver riattaccato con la figlia, e sebbene non fosse riuscita a farsi dire dove alloggiasse, con il telefono riacceso Gretchen era stata in grado di individuarne l'ubicazione in un ricovero per senzatetto dove Rosalie aveva riferito che la figlia era stata spesso in passato.

L'unica speranza adesso era che non se ne fosse già andata.

Con Mettner alla guida, percorsero le strade di Bradysport,

attraversando zone residenziali occupate da case modeste, finché non arrivarono a un isolato in cui c'erano diverse attività commerciali. Erano quasi arrivati al ricovero quando Josie vide Carolina che entrava in una lavanderia a gettoni, con una piccola borsa a rete piena di vestiti sopra la spalla. «Fermati.» disse a Mettner. «Credo che sia lei.»

Lui fermò la macchina lì vicino. «Sei sicura?»

Aveva un aspetto molto più emaciato rispetto alla foto che Josie aveva visto sui social media di Sharon Eddy e all'ultima foto della sua patente che avevano trovato nel database del TLO XP, ma Josie ne era certa. «Quei capelli rossi non passano inosservati.» disse. «Andiamo a dare un'occhiata più da vicino.» Mentre si avvicinavano alla lavanderia a gettoni, Josie diede un'occhiata all'interno: un ambiente stretto e lungo, con un'altra entrata sul retro.

Oltre alla donna, Josie vide solo un altro cliente, un uomo che ondeggiava la testa al ritmo di una musica che stava ascoltando da un paio di auricolari blu, intanto che infilava i vestiti bagnati nell'asciugatrice. Alle sue spalle, a metà strada tra l'ingresso principale e quello posteriore, Carolina si stava togliendo il cappotto, lo gettava su una sedia vicina, poi scaricava il contenuto della sua borsa a rete su un tavolo e iniziava a rovistare tra i vestiti.

«Tu vai sul retro.» gli disse Josie.

«Cosa?» disse Mettner.

Josie indicò la porta posteriore. «È una che scappa. Fidati di me. Vai sul retro e appostati vicino alla porta.»

Lui fissò Carolina mentre frugava nelle tasche di un paio di jeans. «Come fai a sapere che è una che scappa?»

«Mett!» lo apostrofò Josie. «Lo so e basta.»

«Ci vediamo là dentro, allora.» mormorò lui.

Josie aspettò di vedere apparire la sua ombra al centro della porta di servizio. La donna, ancora ignara, scuoteva la borsa vuota alla ricerca di eventuali vestiti rimasti impigliati all'interno. L'uomo, invece, si era accomodato su una panchina e si era messo a guardare il telefono. Dondolava ancora la testa al ritmo della musica che gli arrivava dagli auricolari. Josie entrò. Avvicinandosi a Carolina, vide che si era messa a frugare nelle tasche dei suoi vestiti in cerca di spiccioli. Ne aveva già estratti un po' che aveva accumulato sul tavolo accanto alle sue cose. Ma non abbastanza per pagare un carico di lavatrice. Quando Josie si avvicinò fermandosi a un metro e mezzo da lei, alzò di scatto la testa. Vedendola di persona, Josie fu colpita da quanto i suoi tratti assomigliassero, come una goccia d'acqua in effetti, a quelli di Sharon Eddy. In una realtà alternativa in cui Carolina non fosse stata in preda alla tossicodipendenza, avrebbero potuto addirittura passare per sorelle. Se non si teneva conto dei capelli rossi, ovviamente, e della lieve sfumatura giallastra della sua carnagione. Anche la sclera degli occhi era gialla.

«Carolina Eddy...» la chiamò Josie.

La donna rimase immobile a squadrare Josie come se fosse un animale selvatico che avrebbe potuto attaccarla. La guardò attentamente dalla testa ai piedi: la polo della polizia di Denton sotto un sottile cappotto nero che non serviva a nascondere la pistola che portava al fianco. Pantaloni marroni, scarponi. Josie poteva praticamente vedere la parola formarsi come in una bolla di pensiero sopra la sua testa: polizia.

Se la diede a gambe.

Quando raggiunse la porta sul retro, Mettner era già entrato e, sbarrando la strada come un muro, le impedì di uscire. «Fermati.» le disse. «Vogliamo solo parlare.»

Carolina si voltò di nuovo verso Josie. Le sue ginocchia molleggiavano per lo spostamento del peso sulle piante dei piedi. Era pronta a correre.

«Non siamo qui per arrestarti o per crearti problemi di nessun tipo.» le assicurò Josie. «Vogliamo solo parlare con te.»

Carolina girò di nuovo la testa verso Mettner. Era perfettamente chiaro che stava calcolando le possibilità di aggirarlo per raggiungere l'esterno, ma Mettner era abbastanza grosso da occupare tutta la porta. Lui ammorbidì il suo tono. «Carolina a dire la verità siamo qui perché abbiamo delle brutte notizie da darle.»

Carolina si appoggiò sui talloni. «Brutte notizie? Si tratta di mia madre?»

«No.» disse Josie. «Si tratta di tua figlia, Sharon. È stata uccisa venerdì scorso. Tua madre ci ha dato il tuo numero. Abbiamo cercato di rintracciarti. Mi dispiace molto.»

Ma non erano lì per dare una notifica di morte. Sapevano già che Rosalie le aveva parlato di Sharon, ma l'approccio di Mettner funzionò perché immediatamente la postura di Carolina si allentò.

Scosse la testa. «Ho parlato con mia madre ieri sera. Me l'ha detto.» Diresse lo sguardo verso il tavolo dove erano rimasti i suoi vestiti. «Stavo cercando di fare un po' di bucato per avere qualcosa di pulito da indossare al funerale.»

Josie si frugò nelle tasche e tirò fuori una manciata di banconote da un dollaro, che le porse. «Penso che questi ti possano servire.»

Lei fissò le banconote. «Non ho il resto.»

Josie alzò le spalle. «Nessun problema.»

Carolina prese i soldi in fretta come se Josie potesse mordere, allungando in fretta una mano e strappandoglieli per poi allontanarsi ancora più velocemente. Quando si avvicinò a un distributore automatico che erogava singole quantità di detersivo per il bucato, Josie e Mettner la seguirono, per assicurarsi di tenerla da entrambi i lati, in caso avesse tentato di rompere la tregua. Con una rapida occhiata verso l'ingresso della lavanderia, Josie si accorse che l'altro cliente non aveva nemmeno alzato lo sguardo dal suo telefono.

Mettner esibì il distintivo, presentando se stesso e poi Josie, ma Carolina non si disturbò a guardare i loro documenti. Inserì alcuni dollari nella macchinetta e iniziò a schiacciare i tasti. «Se siete ancora qui, immagino che abbiate delle domande.»

«È così, infatti.» confermò Mettner.

Carolina portò la piccola confezione di detersivo in polvere sul tavolo e iniziò a raccogliere i suoi vestiti. «Non ero a Denton quando Sharon è stata uccisa. Non la vedevo da molto tempo. E lei non voleva vedere me, cosa di cui non la biasimo. Non l'ho mai biasimata. Immagino che mia madre vi abbia detto che sono un disastro.»

«Tua madre ci ha detto che hai lottato a lungo con la tossico-dipendenza.» riferì Mettner.

Carolina raccolse i vestiti tra le braccia e, con un sospiro, disse: «Non occorre che mi addolciate la pillola, so cosa pensa mia madre di me.»

«Non siamo qui per parlare dell'omicidio di Sharon, Carolina.» le disse Josie.

Lei si avvicinò alla lavatrice più vicina, ma sopra era stato attaccato un cartello con scritto: "Fuori servizio".

«Allora per cosa siete venuti a parlarmi?»

«Siamo qui per parlare di Jana Melburn.» le disse Mettner.

La sua risposta fu immediata: «Chi?»

«Dieci anni fa tu lavoravi in una stazione di servizio a Bly.» disse Josie per rinfrescarle la memoria e in un attimo vide che le si irrigidivano le spalle e che nel muovere un passo verso la lava-trice di fianco, la sua andatura si faceva più attenta. «Oh, quel-lo...» disse. «Io... non ricordo molto di quella storia. Come ha detto lei, sono passati dieci anni. Io... ero piuttosto incasinata all'epoca... sì, insomma, prendevo un sacco di roba. E da allora sono diventata ancora più incasinata, quindi non credo di potervi aiutare.»

Mentre iniziava a infilare i vestiti nella lavatrice, un calzino cadde e finì sul pavimento. Si chinò per raccoglierlo. Solo in quel momento Josie si accorse di quanto fossero poco coprenti la maglietta e i jeans che indossava, entrambi di una taglia troppo piccola perfino per il suo corpo gracile. L'orlo della maglietta saliva fino alla cassa toracica penosamente in vista. Lì, sul lato sinistro della schiena, più o meno all'altezza dei reni, c'era un piccolo marchio. Era vecchio, la pelle increspata era di un rosa pallido. Non così vecchio come quello della dottoressa, ma comunque risalente a molto tempo prima. La forma era quella di un cuore con una linea a ghirigori che lo attraversava.

Josie degluti. Guardò Mettner per accertarsi che l'avesse notato anche lui e in risposta ottenne un piccolo cenno.

«Va bene.» disse Josie. «Allora parliamo di Vance Hadlee.»

Recuperato il calzino, Carolina si rialzò con gli occhi spalancati. «Non voglio parlare di lui.»

«Ma tu lo conosci.» disse Josie. «Piuttosto bene, non diresti?»

«Non so cosa intende.»

Josie pensò alla droga e ai contanti nella stanza di Vance. «Anche Vance ha problemi di dipendenza, dico bene?»

Carolina si voltò e si allontanò da loro finché non andò a sbattere contro la lavatrice. «Non lo so.»

«Ti è piaciuto passare del tempo con lui alla fattoria? Abbiamo sentito che gli piace intrattenere le donne nella sua officina.» disse Josie.

«Non si può dire che a tutte le donne piaccia, però.» aggiunse Mettner.

Carolina si strinse il calzino al petto, spostando lo sguardo dall'uno all'altro. «Pensate che mi abbia fatto del male. È per questo che siete qui? Non mi ha fatto niente.»

Josie puntò un dito contro il suo fianco sinistro. «Quindi quel marchio che ti ha impresso sulla pelle... era consensuale?»

«Ho detto... ho detto che andava bene. È strano. Un po' perverso, lo so. Eravamo strafatti e in quel momento non mi importava.»

«Per quanto tempo avete avuto una relazione?» le chiese Mettner.

Carolina abbassò lo sguardo sul calzino sporco, come se potesse contenere le risposte. «Non avevamo una relazione di quel tipo. Non è mai stata una cosa seria. Potevamo... era l'unico modo per essere noi stessi quando eravamo insieme. Tutto qui.»

«Cosa vuoi dire?» chiese Josie.

«Non gli è mai importato che io mi facessi. Chiaro ora? Non gli ha mai dato fastidio. Neanche una volta. Veniva a cercarmi quando era annoiato o arrabbiato o aveva bisogno di qualcosa. Di solito si lamentava del fatto che suo padre era uno stronzo. Qualche volta, quando stava davvero male, si lasciava prendere dalle emozioni e piangeva per la morte di sua madre.»

«Pensavo che sua madre se ne fosse andata quando era piccolo.» disse Mettner.

Carolina fece una scrollata di spalle. «Non lo so. Può essere così. O magari ricordo male. Sentite, che cavolo, ci sballavamo insieme, facevamo un po' di baldoria, lui parlava o piangeva o quello che gli pareva. Io lo ascoltavo. Tutto qui. Non ci saremmo mai sposati o che so io. Credetemi, non dimenticherà mai sua moglie.»

«Quando è stata l'ultima volta che l'hai visto?» chiese Mettner.

«Non lo so. Cinque o sei mesi fa. Sono stata via, sapete?»

«Lo vedevi dieci anni fa?» le chiese Josie.

«Dieci anni fa? Lo frequentavo già ai tempi del liceo...» Si interruppe, rendendosi conto del suo errore. «Io... ascoltate, non ho più voglia di parlare, va bene? Voglio solo finire questa cosa.» Tirò su il calzino come se lo offrisse a loro, poi si girò e lo gettò nella lavatrice.

«Allora parliamo di Jana Melburn.» disse Josie. «Sei stata l'ultima persona a vederla.»

«No, no, non sono stata io l'ultima.» la corresse Carolina da sopra le spalle mentre premeva una serie di pulsanti per avviare la lavatrice. «Quel tizio è stato l'ultimo a vederla.»

«Ma hai mentito alla polizia su quello che è successo.» disse Mettner.

Si voltò di nuovo verso di loro, attorcigliando a tornado una ciocca di capelli intorno alle dita. «No, non è così. Io...»

«Abbiamo visto il video, Carolina.» la avvertì Josie. «C'è un bel po' di differenza tra quello che hai detto alla polizia e quello che si vede in quel video.»

Arricciò una ciocca di capelli intorno all'indice. «E con questo?»

«Allora...» disse Mettner. «Quello che non riusciamo a capire è per quale motivo hai mentito. Non la conoscevi nemmeno Jana Melburn, dico bene? Né l'altro ragazzo.»

«No, non li conoscevo.»

«Allora perché preoccuparsi di mentire su quello che era successo tra di loro?» la incalzò Mettner.

Arrotolò la ciocca di capelli intorno al dito, la sciolse e la arrotolò di nuovo.

«Hai sentito di cosa stavano discutendo?» le chiese Josie.

Dato che Carolina non rispose subito, Josie e Mettner aspettarono; era una tecnica che Josie trovava estremamente utile sia nei colloqui che negli interrogatori: non dire nulla. La maggior parte delle persone alla fine si sentiva in dovere di riempire quel silenzio. Ma Carolina non lo fece, così Josie ci riprovò. «L'unico motivo per cui riesco a spiegarmi perché avresti mentito su una cosa del genere è che stavi proteggendo qualcuno. Non può essere Mathias Tobin. Hai detto che non lo conoscevi. Jana era morta. Stavi proteggendo tua madre? Sharon? Hai sentito qualcosa che avrebbe messo in pericolo te?»

Ma anche stavolta, Carolina non disse nulla. Si tirò la ciocca con tanta forza da staccare qualche capello che lasciò cadere sul pavimento e continuò a guardarli fisso con quegli occhi dal colore dell'itterizia, sbattendo lentamente le palpebre. Josie si chiese se stesse cercando di respingerli, di chiudere lì la conversazione.

«Carolina...» riprese Josie. «Quando è stata l'ultima volta che ti sei fatta vedere da un dottore?»

In una frazione di secondo si portò la mano libera al viso, toccando la pelle sotto le guance, da una parte e dall'altra e fece una risata nervosa. «È così evidente, eh? Mi auguravo che non lo fosse per gli altri. I capelli rossi non si sposano bene con questo incarnato, vero? Ho pensato di tingerli di scuro come mia madre e Sharon. Hanno entrambe i capelli scuri. Mia nonna li aveva rossi come me. Dicono che salta una generazione.»

La sua voce era diventata tremolante, quasi affannosa. Josie aveva la sensazione che avrebbe continuato a parlare se non l'avessero fermata. «L'itterizia di solito è un segno di insufficienza epatica. È questo che ti ha detto il medico?»

Carolina annuì. «Me l'ha detto quello del Pronto Soccorso, l'ultima volta che sono andata in overdose. Troppe sostanze per troppo tempo. Però speravo di affrontare il funerale di Sharon senza che mia madre mi vedesse così.» Si toccò la fronte.

«Ti hanno parlato di un trattamento?» le chiese Mettner.

Carolina rise. «Trattamento? Per una come me? Anche se avessi un'assicurazione o potessi permettermela, dovrei smettere di drogarmi per stare meglio, e non ho intenzione di farlo. Mi piacerebbe pensare di smettere, ma è una bugia. No. Me ne andrò in questo modo. E non c'è altro da aggiungere. Possono volerci tanto un altro paio d'anni quanto una manciata di mesi. So solo che cercherò di devastarmi fino alla fine. A cominciare dal giorno dopo il funerale di Sharon.»

«È comprensibile.» disse Mettner. «Ma se è questo che intendi fare, non credi che la famiglia di Jana Melburn meriti finalmente di sapere la verità sulla notte in cui è morta? So che hai avuto difficoltà a fare la madre e che il tuo rapporto con Sharon era teso, ma non vorresti sapere cosa le è successo davvero?»

Josie contò i secondi di silenzio nella sua testa. Quando arrivò a sette, Carolina mormorò: «Sì, direi di sì. So che mia madre lo vorrebbe. È lei che se lo merita dopo averla cresciuta così bene.»

«Allora raccontaci.» disse Josie. «Dicci cosa hai sentito la sera in cui hai visto Jana Melburn litigare con suo fratello.»

Carolina si passò il dorso del polso per asciugare una lacrima che le scendeva sulla guancia e, tirando su col naso, disse: «Dovrò rilasciare una dichiarazione o qualcosa di questo tipo?»

«Non è da escludere.» disse Mettner. «Dipende da quello che scopriremo e dal significato che avrà per la nostra indagine. Dopo aver parlato qui, possiamo andare al dipartimento di polizia di Bly e mettere tutto nero su bianco.»

«Bly?»

«Il caso di Jana è nella loro giurisdizione.» spiegò Josie. «Non siamo noi a stabilire queste regole. Qualsiasi cosa tu dica a noi, dovrai ripeterla a loro e rilasciare una dichiarazione scritta. Saranno loro ad agire in base a ciò che dirai, se sarà necessario.»

«Abbiamo un uomo laggiù di cui ci fidiamo.» disse Mettner. «Puoi parlare con lui e con nessun altro.»

«Come si chiama?»

«Cyrus Grey.» rispose Josie.

Carolina annuì lentamente. «Sì, lo conosco. Sua figlia è morta. Immagino che sia uno a posto. D'altra parte, credo che non abbia molta importanza se quello che sto per dirvi mi farà uccidere. Morirò comunque.»

QUARANTA

Andarono a sedersi su una panchina, facendola mettere in mezzo a loro. Carolina parlava a bassa voce e velocemente, tenendo gli occhi sul contaminuti della lavatrice dall'altra parte della stanza che contava alla rovescia da quarantadue minuti a zero.

«Non ho sentito molto di quello che si sono detti.» esordì Carolina. «Ho guardato fuori dalla vetrata e ho visto che stavano discutendo, così mi sono avvicinata alla porta per sentire meglio. Non volevo aprirla e rischiare di attirare l'attenzione su di me perché altrimenti avrebbero smesso. Ma ho sentito qualcosa. Lui voleva che lei tornasse a casa, ma lei era uscita per incontrare qualcuno. Ha detto che era importante. Erano settimane che lavorava per ottenere "l'informazione". Il ragazzo, Mathias, ha detto che doveva essere una truffa o un qualche raggiro, eccetera eccetera; in pratica non voleva che lei si incontrasse con questo tizio.»

Mettner chiese: «Uno di loro due ha detto il nome di questa persona?»

«No, o almeno io non l'ho sentito. Lui ha cercato di farle dire come si chiamava, ma sembrava che lei non volesse dirglielo. Hanno iniziato a litigare. Poi hanno anche iniziato a darsele. Lui cercava di impedirle di andare.»

Aspettarono che dicesse qualcosa di più, ma Carolina rimase in silenzio. Guardando sopra la sua testa, Mettner incrociò lo sguardo di Josie. Poteva leggere la domanda che voleva farle nei suoi occhi. Era tutto lì? Era quello il grande segreto di Carolina Eddy? Allora per quale motivo aveva detto che quello che stava per dire avrebbe potuto farla ammazzare? Josie guardò le mani della donna, aggrovigliate tra le sue ciocche rosse, che si torcevano fino a far cadere sempre più capelli secchi e rovinati. Intanto, tamburellava con un tallone contro le piastrelle. Si girò a guardare Josie. «Non è che uno di voi due ha una sigaretta? Avrei bisogno di farmi una fumata.»

«Mi dispiace, non fumiamo.» disse Josie. Le tornò in mente Needle, cioè Zeke, e il modo in cui lui si teneva strette le informazioni, rivelandole solo se lei gli faceva le domande giuste. Era esasperante, eppure era una delle cose che lo rendevano tanto abile nel trovare gli stratagemmi per sopravvivere sulla strada, anno dopo anno, e di starsene il più delle volte lontano dai guai con la polizia.

«Carolina...» disse Josie. «Conosci la persona che Jana Melburn doveva incontrare quella sera?»

«Beh, sì.» disse Carolina. «Era Vance Hadlee.»

A sentirlo Josie rimase sbalordita e allo stesso tempo le parve la cosa che aveva più senso. Ogni cosa sembrava ricondurre agli Hadlee. Sui corpi di Sharon Eddy e Keri Cryer c'erano letteralmente i marchi di Vance Hadlee.

Guardandola da sopra la testa di Carolina, Mettner fissò Josie come se avesse appena compiuto un miracolo. «Come fai a saperlo?» le chiese. Come se fosse la cosa più ovvia del mondo, Carolina disse: «Perché me l'ha detto lui.»

«Cioè, Vance Hadlee stava aiutando Jana a trovare i suoi genitori naturali?» precisò Mettner.

Carolina stropicciò il naso. «Cosa? Di questo non ne so nulla. So solo che quella sera erano insieme.»

«Si frequentavano?» chiese Josie.

Carolina scosse la testa. «No, non è che si frequentassero. Voglio dire, sì, Vance avrebbe voluto... com'è che diceva? "Contaminarla". La voleva a tutti i costi, ma lei non era interessata a lui. Sono abbastanza sicura che questo non l'avrebbe fermato, ma poi lei è morta e non ha avuto importanza.»

«Vance ha mai parlato di Jana?» le chiese Mettner.

«Quando gli ho chiesto di lei, sì. Il fatto è che quella sera, quando ho finito il mio turno, l'ho trovato sul retro della stazione di servizio. Aveva un aspetto disastroso. Sembrava come se si fosse strafatto di brutto, ma ha detto che non aveva ancora preso nulla. Voleva sballarsi, così siamo andati a fare due passi. C'è una zona non lontana da lì che è praticamente nascosta da tutto. Credo che qualcuno ci abbia costruito una casa un paio d'anni fa, ma allora era solo un terreno con un mucchio di alberi. Quando veniva a trovarmi quando finivo il mio turno, andavamo lì.»

«Lo facevate spesso?» le chiese Josie.

«Sì. Due o tre volte al mese. Qualche volta di più. Quando la moglie non gli badava, così diceva, cosa che faceva spesso. Lui era fisso a lamentarsi di lei. Sono abbastanza sicura che a quel punto lei lo avesse già lasciato. Il divorzio lo stava trasformando in un mostro. Non l'ha affrontato bene. E appunto aveva cominciato a lamentarsi senza tregua del fatto che lei continuava a raccontare tutta una serie di bufale su di lui a tutti quanti e che lo metteva nei guai con la giustizia; dopo un po' io ho cercato di cambiare argomento, così gli ho chiesto dove fosse stato tutta la notte e lui mi ha risposto che era con una persona. Gli ho chiesto se fosse una donna e lui ha detto che era stato con una ragazza, troppo giovane per lui, che gli era andata male e per questo era possibile che fosse in grossi guai. Non ha mai detto il suo nome. L'ho scoperto solo qualche giorno dopo, quando l'intera città era impazzita perché avevano ritrovato il corpo della ragazza.»

«Come fai a sapere che stava parlando di Jana Melburn?» le chiese Mettner.

Carolina si portò una mano alla gola e se la massaggiò. «Per quello che è successo dopo. Ci stavamo sballando e ho iniziato a prenderlo in giro per quella ragazza. Gli ho chiesto: "Ma quanti anni ha? È per questo che hai detto che ti troverai in grossi guai?" E poi gli ho detto: "Se pensi di essere nella merda con il tuo vecchio per via di quello che è successo con tua moglie, aspetta che scopra che sei un pervertito che se la fa con le ragazzine!" Beh, a quel punto è scoppiato in lacrime e ha cominciato a dire che non era quello il problema. Allora gli ho chiesto: "Che diavolo hai combinato? L'hai investita con il tuo camion o qualcosa di questo tipo?" Io stavo scherzando, ma lui ha perso completamente la testa. È impazzito di brutto.»

«In che senso?» le chiese Josie.

«Ha cercato di farmi fuori. Mi ha sbattuto contro un albero e mi ha messo le mani al collo. Ripeteva che non avrei mai potuto dire a nessuno di lei. Che lei lo conosceva o che si erano incontrati. Diceva che non avrei mai potuto rivelare a nessuno quello che avevo sentito. Mi ha perfino detto di battere due volte le palpebre se avevo capito, e così ho fatto. Dopo aver ripreso fiato, ero arrabbiata con lui e gli ho ricordato che eravamo andati avanti così per tutti quegli anni, con le droghe e a dormire insieme, e non l'avevo mai detto a nessuno e quindi nessuno avrebbe mai potuto dire che ci conoscevamo. Quindi, qualsiasi cosa avesse combinato, non erano affari miei. È stato in quel preciso momento che mi ha detto una cosa.»

«Che cos'è che ti ha detto?» le chiese Mettner.

Le sue dita indugiarono sulla gola. «Che aveva incontrato questa ragazza lungo la strada, a pochi isolati di distanza, dove nessuno avrebbe visto che saliva in macchina con lui. L'aveva incontrata da qualche parte. Lei voleva parlargli. Non mi ha mai detto di cosa e non credo nemmeno che gli importasse. Credo che volesse soltanto entrare nelle sue mutande. L'aveva portata alla fattoria, avevano iniziato a litigare e lui l'aveva colpita.»

«Con cosa?» chiese Josie.

Carolina scrollò le spalle. «Non lo so. Non l'ha detto chiaramente, o io non me lo ricordo. Ha detto solo che l'aveva colpita ancora e ancora. Lei aveva perso i sensi. All'inizio pensava che stesse bene perché non c'era sangue, né lividi o altro. Poi aveva cercato di svegliarla, ma era morta. Così l'aveva presa e l'aveva lasciata in riva al lago. C'è solo una ragazza che è stata trovata morta vicino al lago subito dopo; quindi, so che stava parlando di Jana Melburn. Comunque, Vance è stato a dir poco paranoico per settimane e settimane dopo quel fatto. Era completamente fuori di testa. Continuava a temere di aver lasciato tracce di DNA su di lei in qualche modo, che l'avrebbero fatto scoprire. Ma poi la polizia ha detto che la ragazza era morta per un incidente e tutto è passato.»

Mettner chiese: «Vance ti ha mai parlato di Mathias Tobin?»

Carolina scosse la testa. «No. Cioè, non è esatto. Una volta me ne ha parlato. È stato l'ultima volta che l'ho visto. Era distrutto perché aveva appena rilasciato una dichiarazione. Ha detto che era per aiutare un tizio a uscire di prigione. Il tizio che aveva sparato in testa alla moglie. La figlia del poliziotto.»

«Piper Tobin, la figlia del sergente Cyrus Grey.» confermò Mettner.

«Esatto. Ha detto di aver rilasciato una dichiarazione ad alcuni avvocati secondo cui quell'uomo si trovava con lui quando lei è stata uccisa, in modo da poterlo far uscire di prigione.»

«Perché dici che era "distrutto"?» le chiese Josie.

«Ha detto che in quel modo si era messo contro suo padre. Gli ho detto di non preoccuparsi. Suo padre aveva avuto un ictus più o meno un mese prima. Non era esattamente nelle condizioni per dare del filo da torcere a Vance.»

«Vance era preoccupato che suo padre potesse in qualche modo punirlo per aver rilasciato quella dichiarazione?» le chiese Josie.

«Non lo so. Ha sempre avuto grossi problemi con suo padre e dopo l'ictus Vance si è fatto ancora più scombussolato del solito. Continuava a ripetere che pensava di sapere chi era suo padre e invece con quell'episodio aveva scoperto delle cose che gli avevano fatto cambiare idea.»

«Cose di che tipo?» domandò Mettner.

«Non lo so. Non mi sembra che me l'abbia detto.»

Josie si sentì travolgere da una valanga di emozioni a ogni nuova rivelazione: si sentiva triste per il fatto che la vita della giovane, brillante e dolce studentessa di biologia, Jana Melburn, che aveva trovato un lavoro in uno studio medico per pagarsi l'università, fosse stata stroncata all'età di diciannove anni, e per come Vance Hadlee l'aveva gettata via come se non contasse nulla. Ma aveva significato molto per Mathias Tobin e Hallie Kent, che l'avevano amata e cresciuta come genitori.

Provava rabbia per il fatto che Vance Hadlee l'aveva ammazzata come se fosse stato un suo diritto farlo se qualcosa lo avesse giustificato a sufficienza. Si pavoneggiava per le vie di Bly come se fosse il padrone della città, come se fosse al di sopra della legge, come se avesse il diritto di fare del male alle donne: ad Anya, a Lark, a Jana, persino a Carolina, nonostante lei avesse ammesso che la relazione tra loro era consensuale. Accanto alla rabbia, c'era un senso di confusione: quali informazioni cercava Jana Melburn da Vance Hadlee? Non potevano riguardare i suoi genitori naturali. Hallie aveva rintracciato la sua famiglia biologica e non ne era emerso alcun legame tra loro e Vance.

Josie scandagliò a fondo nella sua memoria alla ricerca di qualsiasi dettaglio che potesse aver permesso a Jana e Vance di incontrarsi. Ci vollero solo pochi secondi: lo studio medico dove Jana lavorava. Era stata Lark Hadlee a dire a lei e a Gretchen che gli Hadlee erano pazienti dello studio medico. Non c'era ombra di dubbio che Vance avesse notato fin da subito Jana. Restava da capire per quale motivo Jana avesse voluto incontrarlo. Quali cose aveva scoperto Vance dopo l'ictus di suo padre che lo avevano reso così agitato? Una delle prime cose, se non addirittura l'unica, che Vance aveva fatto dopo l'ictus di Dermot era stata quella di provvedere alla scarcerazione di Mathias. Ma a quale scopo l'aveva fatto? Che cosa aveva Dermot contro Mathias? Se non era stato Mathias a sparare a Piper Tobin, allora chi era stato?

«Carolina...» disse Josie, «Vance ti ha mai detto qualcosa sull'omicidio della figlia del poliziotto? Sapeva chi era stato a ucciderla?»

Lei scosse la testa. «Non ha detto molto, tranne che non è stato il marito a farlo.»

«Pensi che sia stato Vance?» le chiese Mettner.

«E io come faccio a saperlo?»

«Perché sembra che Vance ti abbia raccontato parecchie cose.» le fece notare Josie. «Quindi ti ha mai parlato di chi ha ucciso la figlia del poliziotto o no?»

«No. Non gli importava molto di lei, gli importava solo che quest'altro tizio potesse uscire di prigione.»

Avevano molti pezzi del complesso puzzle che si era formato nella città di Bly nel corso degli anni e che a un certo punto si era riversato a Denton, eppure il quadro era incompleto. Cosa mancava ancora?

«Carolina, Vance Hadlee ha cercato di ucciderti.» puntualizzò Mettner. «Ha ammesso di aver ucciso una giovane donna e di averne gettato il corpo come se fosse un sacco della spazzatura. Perché hai mantenuto un segreto del genere?»

Quello che Mettner non disse era che non solo un segreto simile era moralmente sbagliato, ma che dal punto di vista legale la rendeva complice di un omicidio. Anche Josie preferì non menzionare questo aspetto. Qualsiasi accusa potesse essere mossa contro Carolina Eddy sarebbe stata esclusivamente di competenza del procuratore distrettuale della contea di Everett. Tutto ciò che Josie e Mettner potevano fare era consegnarla a Cyrus Grey, in modo che potesse raccogliere la sua dichiarazione e poi magari accompagnarlo quando sarebbe andato ad arrestare Vance. La speranza era che, con l'attenzione della stampa nazionale che Trinity sarebbe stata in grado di esercitare, né Hadlee figlio né Hadlee padre sarebbero stati in grado di pagare la cauzione, anche solo temporaneamente. Carolina guardò la lavatrice, a cui mancavano ancora sedici minuti. Si appoggiò al muro alle sue spalle e disse: «State dando troppo credito all'affermazione che io sia una brava persona. Visto che avete parlato con mia madre, dovreste saperlo benissimo.» E siccome nessuno dei due rispose a questa affermazione, continuò. «Volete la verità? Io lo amavo. L'ho sempre amato. Forse lo amo ancora. O forse no, ora che ho finalmente svelato il suo segreto.»

Dovette aver sentito che Josie si irrigidiva accanto a lei, perché si voltò e incrociò il suo sguardo. «So cosa sta pensando. Come potrei amare un uomo come lui? Ha tradito la moglie, è un drogato, ha ammazzato una ragazza. L'ho amato perché non mi ha mai giudicata. Neanche una volta. Sapeva esattamente chi e cosa ero, e gli andava bene così. Nessun giudizio. Non ho mai ricevuto un trattamento del genere nemmeno dalla mia stessa famiglia.»

QUARANTUNO

Josie si trovava accanto a Mettner in un angolo della caffetteria dell'ospedale, teneva tra le mani un bicchiere di carta pieno di caffè e ascoltava il sergente che dava alla dottoressa Feist le notizie sul suo ex marito. Come concordato, Carolina Eddy aveva rilasciato la sua dichiarazione scritta al sergente Grey presso il Dipartimento di Polizia di Bly, dopo aver posto diverse condizioni. Alcune facilmente realizzabili: un caffè, qualcosa da mangiare, delle sigarette. Altre più complesse che richiedevano che Cyrus Grey parlasse velocemente con i suoi superiori e con il procuratore distrettuale della contea. Carolina era convinta che, una volta firmata la dichiarazione, la sua vita sarebbe stata in pericolo.

Josie, che stava ancora curando la ferita sulla fronte, non poteva che essere d'accordo con lei.

Le autorità della contea la sistemarono in un albergo per i giorni successivi, almeno fino a quando Vance non fosse stato messo sotto custodia e non fossero stati sicuri che non sarebbe stato rilasciato su cauzione. Dopo che Carolina si fu stabilita nella sua stanza d'albergo, Cyrus Grey fece eseguire il mandato d'arresto. Anche se il caso di Jana Melburn non era di loro competenza, Josie e Mettner decisero di rimanere per vedere come andavano le cose, soprattutto perché la dottoressa Feist era a Bradysport. Il sergente Grey le aveva voluto dare la notizia personalmente.

Con Garrick Wolfe ancora attaccato al respiratore e in stato di incoscienza, si erano riuniti tutti nella caffetteria.

Josie assistette a un carosello di espressioni sul viso della dottoressa mentre ascoltava le parole del sergente. Dallo sgomento alla tristezza, dalla rabbia al profondo dolore, dal senso di colpa alla vergogna.

«Non ne avevo idea.» disse alla fine. «Voglio dire, ho spesso sospettato che mi tradisse, soprattutto verso la fine, ma non ne ho mai avuto la certezza assoluta, e ormai a quel punto volevo solo andarmene, quindi non mi importava neanche. Mi sembrava che potesse andare a mio vantaggio: se davvero aveva conosciuto un'altra, non si sarebbe preoccupato così tanto di tenermi con sé. Non sapevo che avesse frequentato Carolina Eddy per tutto quel tempo. Di sicuro non sapevo di Jana.» Si passò una mano tra i capelli e si mise a camminare in un piccolo cerchio.

Il sergente Grey aveva l'aria di chi ha il cuore in frantumi, mentre la guardava. «Mi dispiace, Anya. Mi dispiace davvero.»

Lei fece una risata secca. «Ti dispiace che il mio ex marito sia un mostro addirittura peggiore di quanto pensassimo all'inizio? Questo non fa che rafforzare la legittimità delle scelte che ho fatto. Non riesco a credere di non averlo mai beccato a fare qualche porcheria. Pensavo che il tuo dipartimento avesse controllato il telefono di Jana. Davvero non avete trovato nulla?»

«Non abbiamo trovato nulla, davvero.» le fece eco Grey. «Mi devi credere, se avessimo trovato qualcosa, mi sarei occupato personalmente di tutta questa storia.»

La dottoressa si fermò e lo fissò con uno sguardo penetrante. «Come fai a esserne sicuro? E se ci fossero state delle informazioni sul suo telefono e in qualche modo Vance le avesse fatte sparire? O se fosse stato Dermot a farle sparire, se aveva scoperto che era stato Vance ad ammazzare Jana?»

«Gli Hadlee sono influenti, questo è vero.» concesse Grey. «Ma non c'è alcuna informazione che sia mai giunta sulle nostre scrivanie. Dermot arriva più in alto di noi, da quello che ho capito. Non che qualcuno sia mai stato in grado di dimostrarlo.»

«Ma se Vance e Jana si vedevano, come facevano a comunicare?»

«Non si vedevano.» puntualizzò Josie. «Credo che si siano conosciuti nello studio medico. Lei lavorava all'accoglienza. La cosa più probabile è che abbiano parlato in quell'occasione e forse più di una volta. Non lo sapremo mai, ma credo che sia lì che hanno organizzato l'incontro. Jana voleva parlargli di qualcosa. Non poteva riguardare la sua famiglia naturale. Anya, lei ha idea di cosa potrebbe trattarsi?»

«Neanche mezza, ma vorrei tanto saperlo.»

Josie continuò a rifletterci su mentre la conversazione si orientava verso l'arresto di Vance, che il sergente intendeva effettuare una volta lasciato l'ospedale, e a cui la dottoressa voleva assistere.

«Assolutamente no.» dissero all'unisono Grey e Mettner.

«Rimarrò in una delle macchine.» insistette lei. «Potete parcheggiarla in fondo alla strada della fattoria.»

Mentre discutevano, Josie si ritirò nella sua mente, scartabellando le domande senza risposta che circondavano il gruppo di casi che sembravano tutti in qualche modo collegati, per quanto tenuemente, a Jana Melburn, come fossero delle pulci nelle orecchie. Dopo tutto, rimaneva irrisolta la questione degli omicidi di Sharon Eddy e Kerri Cryer.

Vance non aveva un vero alibi per nessuno dei due omicidi e un cane addestrato alla ricerca di cadaveri aveva rilevato odore di resti umani in uno dei veicoli della famiglia Hadlee. Nonostante ciò, non potevano ancora dimostrare che avesse commesso lui gli omicidi. Ancora una volta, Josie non riusciva a comprendere quale fosse il vantaggio per Vance nell'uccidere quelle due donne. A meno che l'omicidio di Sharon Eddy non fosse stato in qualche modo un avvertimento rivolto a Carolina affinché continuasse a mantenere tutti i suoi segreti. Quanto all'omicidio di Keri Cryer, poteva essere considerato una pugnalata verso Mathias, anche se lui l'aveva scagionato? Aveva lasciato i corpi nella giurisdizione della dottoressa con lo stesso marchio che aveva impresso su di lei per spaventarla? Metterla in difficoltà? Vance era certamente abbastanza arrogante da commettere gli omicidi in modo così sfacciato e credere di poterla fare franca. Ma allora qual era il fattore catalizzatore? Perché, dopo dieci anni, aveva deciso di iniziare a uccidere? Era dovuto all'ictus di Dermot Hadlee? Ne era stato colpito l'anno precedente, ma gli omicidi erano iniziati solo pochi giorni prima. Era stata la morte di Piper? Quella era certamente più recente e, per quanto ne sapevano, Vance poteva aver ucciso anche lei. Ma una cosa del genere Vance non l'avrebbe detta a Carolina? D'altronde, le aveva detto tutto il resto. Era per questo che Vance si era schierato a favore di Mathias e lo aveva fatto uscire di prigione? Ma allora non si spiegava il motivo per cui Vance si era scomodato tanto per lui, considerando che, se Mathias fosse andato in prigione per l'omicidio che lui aveva commesso, Vance non sarebbe mai stato sospettato. E chi aveva accoltellato Garrick Wolfe? Qual era il suo ruolo in tutta quella faccenda?

Josie sentì Mettner che le dava un colpetto. «Va tutto bene, Boss?»

«Sì, tutto bene.»

La dottoressa e il sergente stavano ancora discutendo sulla possibilità che lei presenziasse o meno al momento dell'arresto di Vance Hadlee.

Mettner disse: «Vieni con me.»

Lei lo seguì verso l'area ristorazione, dove un insieme di

banconi offriva un'ampia selezione di piatti tra cui scegliere, alcuni già pronti e altri preparati su ordinazione. «Cosa c'è che non va?» gli chiese mentre prendevano in esame una varietà di tramezzini preconfezionati.

«I pezzi non combaciano e sicuramente è una cosa che dà fastidio anche a te.»

«Oh, certo. Non abbiamo fatto un solo passo avanti verso la soluzione dei nostri omicidi.»

«Non credo che sia a questo che ci porteranno le prove.» disse Mettner. «Abbiamo molti elementi circostanziali, ma niente di concreto. Speravo che se avessimo sbrogliato la matassa di Bly, qualcosa sarebbe venuto a galla.»

«Anch'io.» disse Josie. Si avvicinarono al bancone della pizza. Davanti a loro stavano una donna e un ragazzo che si tenevano per mano e studiavano il menù. Dovevano essere madre e figlio, a giudicare dalla somiglianza. «Credo che il problema sia che stiamo affrontando l'intera questione dalla prospettiva sbagliata.»

«Cosa intendi dire?»

«Che secondo me ci stiamo concentrando troppo su Vance Hadlee e anche su Mathias Tobin.»

Mettner rise. «Beh, è tutto quello che abbiamo.»

Madre e figlio indicarono contemporaneamente il menù e dissero "salame piccante" nello stesso momento e poi scoppiarono a ridere. Avevano tutti e due una fossetta sulla guancia sinistra.

«No.» disse Josie. «Abbiamo anche Jana. È lei che ha dato inizio a tutto questo. A tutto.»

«Praticamente abbiamo risolto il suo caso solo ora.»

«Non sto parlando del suo omicidio.» disse Josie. «Sto parlando di lei. Di chi era, di cosa voleva...»

Mettner si grattò il mento. «Mi sa che non ti seguo.»

Mentre la madre ordinava due pizze al salame, il bambino le avvolse le braccia intorno alle gambe. Automaticamente, lei gli mise una mano sulla testa e affondò le dita tra i suoi folti capelli neri, mentre la guardava con adorazione.

«Da bambina Jana era stata data in affidamento. E crescendo si era lasciata ossessionare dalla scienza, certo, ma non una scienza qualsiasi: dalla genetica. È quello che ha detto Hallie. È logico che si interessasse di genetica se non aveva mai conosciuto la sua famiglia biologica.»

«Ma non può aver cercato di rintracciare la sua famiglia biologica attraverso Vance Hadlee.»

La madre pagò le pizze e prese lo scontrino. Rivolgendo lo sguardo al bambino, gli disse qualcosa e lui fece una smorfia che la madre imitò. Anche in questo caso, per un breve istante apparvero identici e quando risero di nuovo, riapparvero le fossette.

«No.» disse Josie. «Ma penso che sarebbe stata molto più attenta alle famiglie. A come si comportavano. All'aspetto che avevano. Ai tratti che si trasmettevano di generazione in generazione.»

E se ti dicessi...

Mettner seguì lo sguardo di Josie, puntando il suo su madre e figlio per un attimo. «Intendi dire che Jana, lavorando come segretaria di uno dei principali medici di famiglia della zona, aveva accesso a molte informazioni sulle famiglie locali. Di tipo biologico. Va bene, va bene. Credo di capire dove vuoi arrivare. È stato qualcosa che ha visto o che ha notato o che ha capito nel periodo in cui ha lavorato in quell'ufficio che le ha fatto venire voglia di chiedere informazioni a Vance. Ma di cosa si sarà trattato?»

Josie osservò la madre nel momento in cui si accorse prima che li stavano fissando e poi delle protuberanze sotto i loro cappotti, dove avevano riposto le fondine con le pistole. Poi si guardarono negli occhi. Come quelle del figlio, le sue iridi erano di un marrone chiaro.

Non vuoi sapere la verità?

In un lampo, le tornò in mente la prima volta che aveva incontrato Vance Hadlee e lo aveva visto da vicino. Si strinse al braccio di Mettner. «I suoi occhi. Mett, erano i suoi occhi.»

«Io non...» cominciò lui, ma Josie lo stava già trascinando indietro dal sergente e dalla dottoressa, che stavano parlando, adesso con più tranquillità, e quando videro Josie che trascinava Mettner per un braccio alzarono entrambi lo sguardo, con un'espressione in cui si leggeva tutta la loro sorpresa.

«Anya, la condizione degli occhi di Vance... come ha detto che si chiama?»

«Eterocromia.»

«E ce ne sono di diversi tipi.» continuò Josie. «Quella per cui si hanno due occhi di colore diverso.»

«Eterocromia iridum.» specificò la dottoressa.

«Il tipo di eterocromia che ha Vance e che si classifica come...»

«Eterocromia centrale.»

Il sergente Grey alzò le mani. «Aspettate, aspettate un momento. Di che cosa stiamo...»

Josie non gli diede il tempo di finire: «Ce ne sono altri tipi?»

La dottoressa Feist schioccò le labbra, pensandoci su, e poi disse: «Beh, sì. Se non ricordo male, ne esiste anche una forma chiamata settoriale, nella quale sostanzialmente solo una parte dell'iride è di colore diverso dal resto.»

Mettner tirò fuori il telefono e iniziò a digitare sulla barra di ricerca del browser Internet.

«Mathias Tobin ha la forma di eterocromia settoriale.» annunciò Josie.

Il sergente Grey abbassò le mani. «Quella cosa ha un nome? Ho sempre pensato che avesse semplicemente riportato una qualche lesione agli occhi durante l'infanzia o un trauma di qualche tipo.»

«Ne è sicura?» le chiese la dottoressa. «Io non l'ho mai visto abbastanza da vicino.»

Mettner girò lo schermo del telefono verso di loro, mostrando l'immagine di un occhio con l'iride per metà blu e per metà marrone.

«Quella che ha lui non è così pronunciata.» puntualizzò il sergente Grey. «In effetti, bisogna proprio andargli molto vicino per riuscire a notarla. Ha gli occhi azzurri e in uno dei due c'è giusto una piccolissima sfumatura di marrone. Tra l'altro le ciglia da quel lato sono bionde.»

«È vero.» disse Josie. «Dottoressa, lei ha studiato eterocromia a Medicina, dico bene?»

«Non l'ho studiata a scopo prettamente pratico, però sicuramente mi sono interessata molto a questa caratteristica, visto che gli occhi di Vance erano tanto insoliti.»

«L'eterocromia è genetica?» continuò Josie.

La dottoressa si prese qualche minuto per rifletterci ancora. «Non me ne ricordo. Può darsi che sia genetica solo in casi di un disturbo raro, cioè una sindrome. Ma non mi viene in mente il nome.»

Mettner tornò alle sue ricerche in rete. «Sindrome di Waardenburg.»

«È quella!» confermò la dottoressa. «Ma non credo che Vance l'avesse. Anche se non è da escludere che non avesse sintomi gravi. Se mi ricordo correttamente, con la sindrome di Waardenburg il problema più comune è la perdita dell'udito.»

«E un ciuffo bianco.» aggiunse Mettner, leggendo dal suo telefono. «Perdita di pigmentazione nei capelli e nella pelle. Altri sintomi possono variare dalla stitichezza a caratteristiche facciali anomale, da problemi articolari a deficit nelle funzioni intellettive.»

«Ma è anche possibile non presentare tutti questi sintomi...» disse Josie.

«La sindrome di Waardenburg comprende un gruppo di condizioni genetiche, quindi sì, si può dire con sicurezza che si potrebbe presentare in modo diverso in un ampio spettro di pazienti.» confermò la dottoressa.

Josie chiese: «Ricorda di aver mai visto delle foto di sua suocera?»

«No, non mi sembra. Sono abbastanza sicura che Vance me le abbia mostrate, ma era un argomento talmente sottaciuto in casa Hadlee che nessuno ne ha mai parlato. Si sentivano tutti traditi e abbandonati che non se ne poteva nemmeno pronunciare il nome.»

«Quando abbiamo fatto la perquisizione dell'azienda agricola, c'erano delle foto della madre nella stanza di Vance. Aveva il ciuffo bianco e sembrava che portasse un apparecchio acustico.»

La dottoressa spalancò gli occhi. «Pensa che Susanna Hadlee avesse la sindrome di Waardenburg e che l'abbia trasmessa a Vance?»

«E a Mathias.» aggiunse Josie.

«Per la miseria...» borbottò il sergente.

Mettner alzò gli occhi dal telefono. «Quindi pensi che Susanna Hadlee sia la madre di Mathias Tobin?»

«Susanna e Garrick?» esclamò la dottoressa.

«Pensiamoci.» disse Josie. «Garrick ha esercitato la professione di medico di famiglia prima di dedicarsi alla patologia. Sergente, non è stato lei a dire che Garrick ha fatto nascere i figli degli Hadlee?»

«Sì, ma Mathias Tobin ha un anno in meno di Vance. Tre anni in meno di Lark. Questo significa che Susanna avrebbe portato a termine la gravidanza mentre era sposata con Dermot e stava crescendo i bambini. Voglio dire, non ricordo che in casa si raccontasse di una sua terza gravidanza, ma se fosse rimasta alla fattoria in quel periodo, e se poi Garrick avesse fatto nascere il bambino di persona, è ipotizzabile che avrebbe potuto tenerlo nascosto. In ogni caso, avrebbe dovuto superare l'intera gravidanza vivendo con il marito. Come avrebbe potuto funzionare?»

«Aveva una relazione extraconiugale.» sottolineò Mettner. «Sono sicuro che Susanna Hadlee non avrà detto a Dermot che pensava che il bambino non fosse suo. Non significa però che Dermot non lo sospettasse o che non l'abbia scoperto e la cosa non sia poi diventata un problema. Può darsi che sia lui ad aver costretto Susanna a dare Mathias in adozione.»

«Garrick non avrebbe potuto prenderlo.» concordò la dottoressa. «Anche se avesse voluto, anche se lo desiderava. Avrebbe posto fine al suo matrimonio con Marie e, pur potendo mantenersi economicamente assistendo i pazienti e poi eseguendo le autopsie dal lunedì al venerdì, non sarebbe stato in grado di crescere un bambino.»

«Così, una volta arrivato Mathias...» ricapitolò Mettner, «Susanna è stata costretta a rinunciare a lui; ha cercato di far funzionare il matrimonio ancora per qualche anno, per il bene dei figli che aveva, ma alla fine non ce l'ha fatta e se n'è andata. Oppure Dermot l'ha buttata fuori di casa. E intanto Mathias è cresciuto in affidamento.»

Josie avvertì un formicolio alla base del collo. «Non credo che se ne sia andata.»

«Cosa vorrebbe dire?» le chiese il sergente.

Josie incrociò lo sguardo della dottoressa. «La scatola che la Squadra di Raccolta delle Prove della Polizia di Stato ha trovato a casa di Garrick Wolfe, conteneva...»

I lineamenti del viso della dottoressa si tesero. Finì la frase al posto di Josie. «Un apparecchio acustico. Non posso crederci...» Barcollò un po' e il sergente la sostenne tenendola per un gomito. «Credo di dovermi sedere» mormorò.

Il sergente la guidò verso un tavolo vicino. Josie e Mettner la seguirono. Una volta che si furono seduti, Mettner le chiese: «Di quale scatola stiamo parlando?»

Il sergente spostò lo sguardo dal viso della dottoressa. «Nel garage di Garrick Wolfe, la Squadra di Raccolta delle Prove ha trovato una scatola di metallo con un frammento di osso umano, probabilmente una placca cranica, un vecchio capo di abbigliamento, una collana e quello che ritengono essere un apparecchio acustico. È stato tutto inviato al laboratorio per essere analizzato.»

«Quindi Garrick Wolfe avrebbe ucciso Susanna Hadlee?» chiese Mettner.

«Non può averlo fatto.» mormorò la dottoressa. «Ve lo garantisco. Non è possibile che abbia ucciso qualcuno.»

«È successo tanto tempo fa.» le ricordò il sergente. «Magari all'epoca era un uomo diverso.»

Mettner fissò la dottoressa per un lungo momento. Poi si rivolse al sergente Grey. «Ha delle foto di questi oggetti? Nel suo archivio?»

«Perché?»

«Come potete essere sicuri che quello che hanno trovato dentro quella scatola sia un apparecchio acustico?»

«Ne siamo sicuri.» gli assicurò il sergente Grey.

«Ma state tralasciando parecchio del contesto.» replicò Mettner. «Che aspetto avevano questi oggetti? In che condizioni erano? Dove è stata trovata la scatola all'interno del garage?»

Josie provò una scintilla di eccitazione. Mettner aveva capito qualcosa.

«E quanto tempo ci vuole per analizzare le impronte digitali?» continuò Mettner. «L'agente addetto della nostra squadra se ne occupa nel giro di poche ore.»

«La Polizia di Stato è impegnata.» gli fece notare il sergente.

«Ma intanto non potrebbe farci vedere quelle foto?» gli domandò Josie. «Potrebbe fare una telefonata, anche adesso, e qualcuno nel suo ufficio potrebbe mandargliele in pochi minuti.»

La Feist mise una mano sull'avambraccio del sergente, che trasalì visibilmente.

Lei fece un debole sorriso. «Ti prego, Cyrus.»

Passò un momento di silenzio tra loro che, da dove era seduta Josie, aveva tutta l'aria di essere un momento intensamente privato, come se lei e Mettner non dovessero esserne testimoni. Si sentì sollevata quando il sergente abbassò lo sguardo dagli occhi della dottoressa, le accarezzò la mano e le disse a bassa voce: «Dammi qualche minuto.»

QUARANTADUE

Mentre il sergente Grey si occupava delle foto, Mettner portò del caffè per tutti, che bevvero in silenzio. Josie cominciava a sentirsi schiacciata dal peso della giornata e dei casi di omicidio che la sua squadra era stata incaricata di risolvere, che si aggiungevano al peso dei segreti che avevano iniziato a svelare a Bly. La testa le martellava. I punti di sutura sulla fronte le bruciavano.

«Eccomi!» annunciò il sergente tornando al tavolo.

Riprese il suo posto e Josie, Mettner e la dottoressa si strinsero intorno a lui per guardare lo schermo del suo telefono. Scorse una mezza dozzina di foto e poi tornò indietro, mostrandole di nuovo.

«Quella è una cassetta da pesca.» disse Mettner alla fine.

Il sergente annuì, fermandosi su una foto del banco da lavoro nel garage di Garrick Wolfe. La cassetta, rettangolare e di colore rosso vivo, era sistemata al centro del bancone.

«Se questa è la prova che Garrick ha ucciso Susanna Hadlee, perché l'ha lasciata così in bella vista?» si chiese la dottoressa. «Ho vissuto con lui e Marie per quasi un anno e non l'ho mai vista.»

«Sono sicuro che la teneva nascosta quando Marie era ancora in vita.» ipotizzò il sergente.

«Continuiamo.» lo esortò Mettner.

La serie successiva di fotografie mostrava i quattro oggetti contenuti nella cassetta, ognuno dei quali era incrostato di sporcizia, in pessimo stato di conservazione e a malapena riconoscibile. La placca del cranio era grande quanto la mano di una persona. La collana era così sporca che non se ne riusciva a distinguere il ciondolo. Il capo d'abbigliamento era scuro e sfilacciato, e mostrava un disegno impossibile da identificare. Quanto all'apparecchio acustico, a una prima occhiata assomigliava più a un sassolino ricoperto di terriccio. Solo nella foto che lo inquadrava in primissimo piano si riusciva a distinguere il piccolo filo che correva dalla parte più grande che andava dietro l'orecchio fino all'auricolare più piccolo che andava applicato all'interno del canale uditivo. «Ovviamente la maggior parte degli apparecchi acustici di adesso non si presenta così...» spiegò il sergente, «ma se questo era quello di Susanna Hadlee, allora stiamo parlando della fine degli anni Ottanta. Infatti, lo stile sembra proprio in linea con quello dell'epoca.»

«Sì, mi sembra corretto.» disse Mettner. «È un apparecchio acustico. Ma confrontiamo gli oggetti con la cassetta.»

«Che cosa c'è di speciale?» gli chiese la dottoressa.

«Questa è nuova...» spiegò Josie, «è pulita e in perfette condizioni. Invece, gli oggetti all'interno sono innegabilmente molto vecchi. Come ha detto il sergente, se questi oggetti appartenevano a Susanna Hadlee e se supponiamo che sia morta nel periodo in cui Dermot Hadlee ha detto a tutti che se n'era "andata", allora risalgono a più di trent'anni fa.»

«Osservazione interessante...» commentò il sergente, «perché ho chiamato anche per informarmi se avessero ricavato delle impronte da tutti questi oggetti. Da quelli trovati all'interno della cassetta non è emerso niente, perché sono troppo vecchi e troppo rovinati, e se provassero a prendere le impronte rischierebbero di distruggerli. Ma all'esterno della cassetta hanno trovato due serie di impronte.»

«E di chi sono queste impronte?» lo incalzò Mettner.

«Una serie appartiene a Garrick Wolfe. Le sue sono nel sistema da quando è stato fermato per guida in stato di ebbrezza qualche anno fa. L'altra serie è di Vance Hadlee.»

«Vance?» ripeté la dottoressa sussultando.

«Non Mathias?» chiese Mettner.

Il sergente scosse la testa. «No. Non di Mathias. Solo di Vance.»

«Ma Vance doveva avere appena cinque anni quando Susanna è stata uccisa.» obiettò la dottoressa. «Al massimo sei.»

Josie sentì che i pezzi del puzzle si incastravano al loro posto e che si delineava un quadro più completo della sequenza degli eventi. «Vance non ha fatto nulla a sua madre.» disse. «Ha solo trovato queste cose e allora le ha messe in questa cassetta che poi ha portato a Garrick Wolfe.»

«Di cosa sta parlando?» domandò la dottoressa.

«Carolina Eddy ci ha detto che Vance era in crisi dopo l'ictus del padre. Continuava a dire che pensava di sapere chi fosse Dermot, ma che aveva scoperto cose che gli avevano fatto cambiare idea.»

Mettner indicò lo schermo del telefono del sergente. «Avrà scoperto che Dermot ha ucciso sua madre?»

«Credo di sì.» disse Josie.

«Ma come?» chiese la Feist.

«Non lo so.» disse Josie. «Magari avrà rinvenuto qualcosa in casa, tra le cose di Dermot.»

«Questa roba...» disse il sergente. «Vance ha trovato queste cose!»

«Ma anche trovando quell'apparecchio acustico...» disse Mettner, «ho seri dubbi che sarebbe stato in grado di fare il collegamento con sua madre.»

«È così.» disse Josie. «Quando abbiamo perquisito la

proprietà degli Hadlee, Lark si è lamentata con noi del fatto che, dopo che Dermot era stato colpito dall'ictus, Vance si era messo a scavare lungo il lato nord della proprietà. Le aveva detto che voleva creare uno stagno. Ha detto che aveva usato l'escavatore per lavorarci.»

Il sergente posò il telefono sul tavolo e si passò una mano tra i capelli. «Non stava scavando per fare un laghetto. Stava cercando i resti di sua madre.»

La dottoressa toccò lo schermo prima che si oscurasse e scorse le foto finché non trovò quella della placca cranica.

«E li ha trovati.» mormorò. «Almeno una parte.»

«Probabilmente ne sta cercando altri.» disse Josie. «Ecco perché sta sempre a scavare invece di lavorare alla fattoria. Dermot non è in condizione di fermarlo ora.»

«Li ha messi nella sua cassetta da pesca e si è rivolto a Garrick Wolfe.» disse Mettner. «Ma perché proprio da lui?»

La dottoressa sospirò. «Garrick era come uno zio per lui. Vance e Lark sono sempre stati molto isolati in quella fattoria, specialmente da quando hanno smesso di andare a scuola tutti i giorni, ma Garrick era molto presente quando erano bambini, è sempre stato una figura di cui si fidavano. Non dimenticatevi che è stato Dermot a convincere Garrick a darmi il lavoro nell'ufficio del medico legale. Dopo che ho lasciato Vance, anche se Garrick e Marie mi hanno aiutato ad allontanarmi da lui, Vance gli ha dato ascolto quando Garrick gli ha chiesto di lasciarmi in pace.»

«Non perché lo ascoltava.» disse Josie. «Perché gli obbediva. Dermot lo aveva educato a obbedire alla figura paterna. Con la salute di Dermot compromessa, la figura paterna più vicina era Garrick. Vance si è rivolto a lui per avere una guida.»

«E Garrick gli ha detto di scagionare Mathias, come prima cosa.»

La dottoressa disse: «Mi chiedo se Garrick abbia detto a Vance che Mathias è il suo fratellastro.»

«Credo che Vance lo sapesse già o quantomeno che lo sospettasse.» affermò Josie. «E Jana Melburn voleva incontrarlo non per parlare dei genitori biologici che avevano messo al mondo lei, ma di quelli di Mathias. Non dimenticate che Mathias le ha detto che era "sbagliato" e le ha dato della "pazza" e le ha detto che non sapeva chi le stesse riempiendo la testa di quelle cose, quasi certamente con l'idea di essere imparentato con gli Hadlee. Per questo l'aveva chiamata "impicciona".»

«Quando ha detto "potrebbe essere tuo" forse intendeva il patrimonio della madre, cioè il fondo fiduciario?» disse il sergente.

«Dermot non gli avrebbe mai permesso di rivendicare quella fattoria.» obiettò la Feist. «Si sarebbe battuto contro di lui in ogni momento, e scommetto che avrebbe vinto.»

Josie scosse la testa. «Lark Hadlee mi ha raccontato che lei e Vance dispongono di un fondo fiduciario aperto dalla famiglia della madre, per garantire il sostentamento di entrambi, indipendentemente dagli introiti dell'azienda agricola. Perciò, dipendeva soltanto da Susanna, non da Dermot. E quindi, se Mathias è uno dei figli di Susanna, quel fondo appartiene anche a lui.»

«Ma questo Jana Melburn non avrebbe potuto saperlo.» obiettò Mettner.

«No, certo.» concordò Josie. «È improbabile che lo sapesse. A meno che non ne abbia sentito parlare per caso nello studio del medico. Non lo sapremo mai. Ma a prescindere da cosa sapeva, deve aver pensato che Mathias avesse dei diritti sulla fattoria.»

«Ma questo non ha alcun senso.» sbottò il sergente aggrottando la fronte. «Dopo che Jana è stata trovata morta, Mathias non ha mai detto una parola a nessuno di tutto questo. Se lo avesse fatto, saremmo andati direttamente alla fattoria degli Hadlee a parlare con Vance. Che motivo poteva avere Mathias di tenere per sé una cosa del genere?»

Josie si accigliò. Pensò a Hallie Kent che, anno dopo anno, teneva pronto per Mathias un posto in casa sua perché una volta erano stati una famiglia. Pensò a tutte le foto di Mathias e Jana insieme. «Ha ragione. Se Mathias sapeva, o anche solo sospettava, che Jana stava per incontrarsi con Vance Hadlee, non posso pensare che l'abbia coperto o tenuto nascosto. Ne avrebbe sicuramente parlato con la polizia. Era andato a cercare Jana dopo che lei aveva lasciato la stazione di servizio. Se avesse saputo o sospettato che Vance Hadlee era la persona che Jana doveva incontrare, sarebbe andato immediatamente alla fattoria, ma non l'ha fatto.»

«Nel video lui le chiede di dirgli con chi si stava per incontrare e sembra che Jana non glielo dica.» disse il sergente. «Usa le parole "truffa" e "sospetto", quindi non sembra che sapesse che gli Hadlee c'entravano qualcosa. Non in quel momento, almeno.»

«Si direbbe che Jana non gli abbia detto nulla di preciso.» constatò Mettner. «Io non ho visto il filmato in cui lei e Mathias litigano, ma so che Noah è stato in grado di leggere il labiale in piccole parti della conversazione e ho letto la trascrizione che avete fatto. Forse Jana non ha mai nominato Vance o gli Hadlee o non ha mai parlato della fattoria. Forse ha detto qualcosa del tipo: "E se ti dicessi che la tua famiglia di origine è ricca" o qualcosa di questo tipo?»

«Ma nella sua dichiarazione, Mathias ha affermato che Jana stava andando a incontrare una persona per parlare dei suoi genitori naturali.» obiettò il sergente.

«Forse ha capito male.» disse Mettner. «Può darsi che Mathias abbia pensato che lei stesse parlando in generale, come a dire "anche tu sei cresciuto in affidamento. Non vorresti sapere la verità? E se scoprissi che la tua famiglia di origine è ricca e che tutto questo potrebbe essere tuo?" Qualcosa di questo tipo?»

«Suppongo che sia possibile.» convenne il sergente. «Ma

Mathias deve sapere la verità adesso, giusto? È stato ospite di Garrick. Questa dannata cassetta è stata lasciata in giro in modo che chiunque potesse vederla. Possiamo presumere che Garrick l'abbia mostrata a Mathias e gli abbia raccontato tutta la storia. Ma allora la domanda è: se adesso Mathias è a conoscenza di tutto il retroscena, perché non si è fatto avanti? Perché non lo ha sbandierato ai quattro venti? Perché si è dannato tanto la vita a scappare e a nascondersi?»

Josie allungò la mano e toccò lo schermo oscurato del telefono del sergente. «Il test del DNA può dimostrare che Mathias è figlio di Garrick Wolfe e Susanna Hadlee, ma non può dimostrare che sia stato Dermot a uccidere Susanna. Nemmeno la cassetta con le sue cose e i suoi resti parziali lo dimostrano. Tutto ciò che confermano è che è morta. Mathias pensa che Dermot Hadlee lo abbia perseguitato per tutta la vita. Che sia vero o meno, sembra che una nuvola nera segua Mathias Tobin fin da quando era un ragazzino. Accuse su accuse, finché non è finito in prigione. Dermot era il capo allenatore della squadra di football quando i ragazzi frequentavano le superiori. Quante difficoltà avrebbe avuto a inventarsi qualche stratagemma per influenzare le cheerleader a dire che era stato Mathias ad aggredirle?»

«Soprattutto se è stato Vance a farlo.» disse la dottoressa con voce strozzata.

«Va bene, lavoriamo su questo...» disse il sergente. «La teoria è la seguente: Susanna Hadlee ha una relazione con Garrick Wolfe, dalla quale nasce Mathias Tobin, che viene dato in affidamento. Qualche anno più tardi, Dermot la ammazza, la seppellisce nella tenuta di famiglia e racconta a tutti che se n'è andata. Quando Vance frequenta le superiori inizia a mettersi nei guai, aggredendo alcune cheerleader. Dermot decide di intervenire e in qualche modo convince le cheerleader a dare la colpa a Mathias Tobin invece che a suo figlio. La situazione precipita. Otto o nove anni più tardi, Jana Melburn inizia a lavorare nell'ufficio del medico di famiglia degli Hadlee e in qualche modo capisce che c'è la possibilità che Mathias sia imparentato con gli Hadlee e così convince Vance a incontrarla per parlarne.»

«Vance accetta di incontrarla.» proseguì Josie. «Discutono, probabilmente sulla teoria di Jana che Mathias sia il suo fratellastro, e Vance la colpisce a morte.»

«Mathias non ha idea che lei stava andando a incontrarsi con Vance. Non ha motivo di sospettare di lui. E dopo, per una sfortunata circostanza, finisce per essere sospettato dell'omicidio di Jana.» continuò il sergente. «Facciamo un salto in avanti di qualche anno. Mathias si sposa con mia figlia...» e a queste parole vacillò, con la voce sempre più gracchiante. La dottoressa gli mise una mano su una spalla. Lui si schiarì la gola e proseguì. «Le sparano in testa mentre lui è in cerca di lavoro. Quando la polizia si rivolge a Dermot per ottenere l'alibi di Mathias, Dermot vede l'opportunità di mettere il ragazzo in galera una volta per tutte e si rifiuta di confermare l'alibi.»

«Il che significa che Dermot doveva sapere o almeno sospettare che Mathias fosse il figlio di Susanna.» dedusse Mettner.

«Forse è per questo che l'ha ammazzata.» disse la dottoressa. «Dermot l'aveva scoperto.»

«Dermot proibisce a Vance di fornire un alibi per Mathias.» aggiunse Josie.

«Poi Dermot ha un ictus.» aggiunse Grey. «E, nel frattempo, Vance scopre qualcosa che lo induce a credere che Dermot abbia ucciso Susanna e l'abbia sepolta da qualche parte del lato nord della fattoria. Così inizia a scavare e alla fine trova questi oggetti.»

Grey scorse un dito sullo schermo del telefono. «Oggetti che porta da Garrick.»

«Il quale gli dice la verità.» aggiunse Mettner. «Deve avergli detto la verità su lui, su Susanna e su Mathias.»

«Non necessariamente.» lo contraddisse Josie. «In passato

Garrick aveva già stretto con diverse persone degli accordi del tipo "Tu fai questo e io ti aiuterò con quest'altro". Può darsi che si sia anche solo limitato a dire a Vance di presentare la dichiarazione che avrebbe scagionato Mathias e che, in cambio, lo avrebbe aiutato a scoprire cosa era successo a Susanna.»

«Ha custodito la cassetta.» precisò la dottoressa con aria sollevata.

«Ma se non è stato Mathias a sparare a Piper...» disse il sergente, «allora chi è stato?»

«Il vostro dipartimento avrebbe dovuto riaprire il caso quando Mathias è stato scagionato.» disse Josie con tono garbato. «Se riuscissimo a trovare Mathias, magari ci aiuterebbe a fare luce sui punti che ci mancano.»

«Esatto, ci rimangono comunque un sacco di pezzi che non si incastrano...» disse Mettner, «perché, se anche quello che abbiamo appena capito corrispondesse al vero, non saremmo più vicini a capire chi è stato a uccidere Sharon Eddy e Keri Cryer. Né tantomeno a dimostrare se è Vance Hadlee il responsabile.»

«Non abbiamo neanche capito chi è stato ad accoltellare Garrick.» disse il sergente Grey con un sospiro, scuotendo la testa. «Beh, voi due occupatevi dei vostri casi. Per il momento, io vado ad arrestare Vance Hadlee.»

QUARANTATRÉ

Il sergente acconsentì a concedere alla dottoressa di assistere all'arresto di Vance Hadlee solo se lei avesse accettato di rimanere nell'auto di Josie e Mettner, parcheggiata dietro lo spiazzo di sosta che si trovava in fondo alla strada di accesso alla fattoria. Quando si riunirono con una fila di volanti della Polizia di Bly lungo il ciglio della strada, era già buio. Il sergente Grey aveva portato con sé quattro dei suoi agenti. Si assicurarono che tutti indossassero i giubbotti antiproiettile e che tutti quanti fossero equipaggiati al completo, comprese le radio. A quel punto si raggrupparono intorno al cofano della volante del sergente, che stese una planimetria della fattoria e usò una torcia per illuminarla. Indicando i vari punti, disse: «Percorriamo questo vialetto fino agli edifici. La porta d'ingresso della fattoria è il Lato A. Procedendo in senso orario, il fianco sinistro della proprietà è il Lato B, quello posteriore è il Lato C e quello destro è il Lato D. La Polizia di Denton opererà lungo il perimetro e noi li affiancheremo agli angoli. Detective Quinn, lei dovrà posizionarsi qui, sui Lati B e C, dove avrà una visuale verso est e verso nord. Detective Mettner, lei dovrà posizionarsi qui, sui Lati C e D, dove avrà una visuale verso ovest e verso sud. Voi due manterrete il perimetro mentre la mia squadra inizierà a sgomberare gli edifici, a partire dalla casa.»

Una degli agenti, che il sergente Grey aveva presentato come Margaret Finlay, si guardò intorno. «Siamo tutti a posto? Ci sono domande?»

Erano tutti pronti.

Si incamminarono lungo la strada. Josie sentiva a malapena le sferzate del vento gelido di febbraio che la avvolgevano; aveva l'adrenalina alle stelle, ma non era sicura del motivo. Stavano notificando un mandato d'arresto e lei e Mettner non facevano nemmeno parte della squadra incaricata di coprire l'ingresso. Sebbene il vialetto non fosse visibile al buio, la fattoria era ben illuminata, sicuramente perché la giornata di lavoro iniziava sempre prima dell'alba. Le luci erano accese all'interno del casolare quando Josie e Mettner lo superarono per raggiungere le rispettive posizioni sul perimetro. Josie rimase in ascolto delle comunicazioni radio mentre gli agenti Grey, Finlay e il resto della squadra facevano il loro ingresso nella fattoria, perché dalla posizione in cui si trovava lei, cioè sulla parte posteriore nella proprietà, non riusciva a vedere né la squadra della Polizia di Bly addetta all'ingresso né la casa. Cercò di individuare Mettner sul lato opposto della proprietà, ma da dove si trovava non riusciva a vedere nemmeno lui. Dalla sua posizione poteva vedere soltanto le due stalle e la sala di mungitura.

Sentì un rumore, trasportato dal vento, ma non riuscì a capire cosa fosse.

La sua radio gracchiò e poi sentì la voce di Mettner, che diceva: «Abbiamo del movimento sul Lato B. Lato ovest. Potrebbe essere una persona che si sta avvicinando al garage più vicino alla casa.»

«Mantenere il perimetro.» rispose l'agente Finlay.

«Ricevuto.» rispose Mettner.

Josie si chiese se si trattasse di Vance, che stava andando nel suo laboratorio. L'avrebbero scoperto presto, quando la squadra d'ingresso avrebbe ispezionato tutti gli edifici della proprietà.

Josie batté i piedi per riscaldarsi un po'. Scrutava attentamente il perimetro, ma non vedeva niente di strano. La radio gracchiò di nuovo, ma questa volta le comunicazioni furono interrotte dal suono rimbombante di un colpo d'arma da fuoco. Poi ne arrivò un altro.

«Porca puttana!» esclamò lei, con il cuore che sussultava.

«Lato D, Lato D!» disse Mettner alla radio con voce urgente. «Colpi d'arma da fuoco dalla direzione del primo garage. Sto andando.»

«Ti raggiungo.» gli rispose Josie.

Sfilò la pistola dalla fondina e si mise a correre intorno alle stalle e poi superò la sala di mungitura, oltre la quale vide il retro della casa. Tra la casa principale e le altre strutture della fattoria c'era una lunga striscia di prato dove non arrivava la luce. Trovò la torcia elettrica e la posizionò sotto la pistola, scrutando avanti e indietro. Quando vide Mettner, si affrettò a raggiungerlo.

«Che cosa hai visto?» gli chiese quando l'ebbe affiancato.

«Una fiammata.» rispose lui. «Poi credo che il portellone del garage si sia aperto e richiuso. Ho visto una luce, simile a un fuoco, e poi è sparita. Da qui ero troppo lontano per vedere qualcosa di più.»

«Vance ha una stufa a legna là dentro.» disse Josie. «Immagino che sia quella che hai visto quando il portellone si è aperto.»

«Ammesso che fosse Vance.» disse Mettner. «La domanda è: a chi stava sparando?»

Josie sentiva il cuore che le galoppava nel petto mentre riprendevano a muoversi. L'ansia le era salita alle stelle. Avvertiva ogni cellula del suo corpo farsi vigile fino a darle dolore. Finalmente i loro piedi toccarono il sentiero di ghiaia e l'officina di Vance uscì dall'oscurità.

«A ore nove.» la avvertì Mettner.

Josie guardò nella direzione che le stava indicando. A pochi metri dall'officina, c'era una persona riversa a faccia in giù sul terreno, con le braccia e le gambe spalancate. Avvicinando la radio alla bocca, Mettner disse: «Abbiamo un civile a terra. Abbiamo bisogno di un medico e di un'unità di riserva.»

Mentre si avvicinava al fianco di Mettner, Josie vide i sottili capelli bianchi della nuca di Dermot Hadlee imbrattati di sangue.

«Porca puttana!» disse Mettner.

Dalle loro radio giunse la voce del sergente Grey. «Finlay e io ci stiamo dirigendo verso di voi. Il medico è in arrivo.»

Mentre Mettner si puntellava su un ginocchio per controllare il polso di Dermot, Josie si guardò intorno alla ricerca di qualsiasi minaccia, pronta a reagire. I suoi occhi furono attratti dal garage, a pochi passi di distanza. Non aveva una porta d'ingresso laterale, ma solo un portellone, che era chiuso. A differenza della prima volta che erano stati alla fattoria, non c'era alcun lucchetto.

«Non c'è polso.» disse Mettner.

Da dietro la porta si sentirono delle urla soffocate e Josie sentì il petto stringersi quando riconobbe la voce di Lark; aprì la bocca per dire qualcosa, ma prima che potesse farlo, una scarica di proiettili perforò il metallo del portellone del garage e il rimbombo riecheggiò tutt'intorno. Josie era sicura che Mettner avesse urlato qualcosa, ma non riuscì a sentirlo sopra gli spari.

Bang. Bang. Bang.

Sentì una frattura nell'aria e il calore, sentì l'odore della cordite quando un proiettile le sfiorò il viso. Qualcosa le colpì il giubbotto, in basso sul fianco sinistro, facendola girare su se stessa e poi cadere sulla schiena. All'impatto l'aria le uscì dai polmoni. In fondo alla mente, si ricordò che Mettner aveva elencato le armi da fuoco che aveva trovato nella proprietà: Dermot Hadlee possedeva due pistole. Una Colt 1911 e una Glock

G21. Entrambe avevano proiettili calibro .45 ACP, una potenza di fuoco sufficiente per sfondare la porta del garage e colpirli comunque.

Bang. Bang. Bang.

Nella sua mente cercò di ricordare quanti colpi contenesse ciascuna di quelle armi, ma non riuscì a pensare ad altro se non al dolore che le sbocciava lungo il lato sinistro del busto e al panico dirompente quando si rese conto di non potersi muovere, di non riuscire a respirare.

Si accorse che Mettner le aveva posato una mano sulla spalla. Le fischiavano le orecchie. Cosa le stava dicendo? La sua mente annebbiata cercò di elaborarlo. Sembrava che dicesse "Indietro! Indietro!" Impose alle gambe di muoversi e si sentì sollevata quando vide i suoi piedi arrancare nel tentativo di allontanarsi dalla porta del garage, fuori dalla traiettoria dei proiettili.

Bang. Bang. Bang.

Mettner se la trascinò dietro, tirandola. Avevano fatto soltanto un paio di metri quando, con orrore, Josie vide che il portellone del garage si sollevava.

Cercò di attirare l'attenzione di Mettner.

Si accorse al rallentatore che aveva ancora la pistola in mano. Combattendo l'intenso dolore al fianco, la puntò contro Vance Hadlee, che era in piedi al centro del posto auto nel garage, a torso nudo, con i jeans sbottonati e gli scarponi slacciati. Una patina di sudore gli ricopriva la pelle. Aveva i capelli bagnati e lucidi. Josie capì di aver avuto ragione un attimo prima: Vance aveva acceso il fuoco nella stufa a legna, a giudicare dal bagliore arancione che palpitava intorno a lui. Era come se stesse emergendo dalle viscere dell'inferno. Teneva la Glock nella mano destra e la Colt nella sinistra e urlava qualcosa, ma Josie non riuscì a sentire sopra il rimbombo degli spari che ancora le risuonava nelle orecchie e l'impeto del suo sangue. Sentì che Mettner la lasciava andare. L'impatto del corpo sulla ghiaia le provocò una scarica di dolore che le attraversò tutta la cassa toracica. L'intensità fu tale da toglierle il fiato. La mano con cui teneva la pistola le cadde floscia al fianco.

Vance scoppiò a ridere quando vide la scena.

Josie si accorse dell'esplosione di un altro colpo, questo molto più vicino. Era Mettner che sparava a Vance. Ma lo mancò.

Tutto stava accadendo così rapidamente, eppure le immagini, gli odori, il dolore lancinante sarebbero rimasti impressi a fuoco nella sua memoria per tutta la vita.

Vance rispose al fuoco di Mettner quasi contemporaneamente. Il corpo di Vance fu scosso da un sussulto. La Colt gli cadde di mano. Con l'altra mano strinse la Glock, puntandola contro di loro e premendo il grilletto. Mettner avanzò verso di lui, rispondendo al fuoco, ma dopo due passi cadde a terra.

Sorprendentemente, Vance era ancora in piedi. Il sangue colava copioso da due ferite superficiali, una sul fianco e una sul braccio, e da un piccolo foro nella parte superiore del petto. Troppo in alto, si rese conto Josie con crescente preoccupazione, non abbastanza vicino al cuore.

Josie alzò la mano tremante verso l'alto, puntando la pistola verso Vance. Lui mosse lentamente qualche passo verso di lei. Sollevò l'altra mano e la avvolse intorno all'impugnatura della pistola, cercando di stabilizzare la mira. Sparò un colpo, ma non riuscì a controllare i movimenti. Anche se il sangue fuoriusciva dalle sue ferite e la sua pelle perdeva visibilmente colore, Vance le sorrise. Le puntò la Glock in faccia. Poi il suo corpo finì con un tonfo a terra.

Josie si rese conto che Mettner stava sopra Vance, cercando di strappargli la pistola dalle mani. Scacciando il dolore dalla sua mente, si mise in ginocchio proprio quando il corpo di Mettner barcollò, i suoi movimenti si fecero lenti e disordinati. Vance si liberò dalla sua presa, ma prima che potesse alzarsi, due figure si precipitarono in avanti e gli piombarono addosso.

Erano gli agenti Grey e Finlay.

Josie capì in quel momento che l'intero scontro non poteva essere durato più di una manciata di secondi, ma una parte di lei avrebbe voluto gridare in faccia a entrambi: "perché ci avete messo così tanto?"

Trascinarono Vance lontano da Mettner, togliendogli la pistola di mano e girandolo a pancia in giù. L'agente Finlay lo ammanettò e iniziò a dare disposizioni alla radio. Dall'interno del garage, Grey disse: «Via libera! Finlay, fai venire qui un altro medico per Miss Hadlee. Lark, resta dove sei. Andrà tutto bene.»

Josie si precipitò verso Mettner. Era riverso a faccia in giù, completamente immobile. «Mett! Mett!» Anche le parole facevano male.

Si sforzò di girarlo. Una nuova scarica di adrenalina le attraversò il corpo, anestetizzando il dolore che provava.

Le era ancora difficile respirare. Lui la guardò, con occhi spalancati per la sorpresa. «Dove ti ha colpito?» gli chiese Josie. «Dove sei stato colpito? Parlami. Di' qualcosa!»

Ma lui si limitava a fissarla. Lei sapeva che un proiettile calibro .45 ACP non sarebbe passato attraverso il giubbotto, ma era abbastanza potente da rompergli le costole e poteva potenzialmente provocare altri danni interni, a seconda del punto in cui colpiva. Mentre tastava il giubbotto per esaminare il torso di Mettner, sentì il calore che abbandonava il suo corpo. Il sergente apparve accanto a lei. «Aiutatemi!» gridò Josie. «Aiuto. Aiuto.»

Non riconosceva la propria voce. L'isteria le saliva dallo stomaco alla gola, facendole temere di vomitare. Il sergente si inginocchiò accanto a lei e iniziò a slacciare il giubbotto di Mettner. Le sue dita si macchiarono di sangue. «È stato colpito.» Si chinò, guardando sotto il braccio di Mettner. «L'ha colpito all'ascella. Almeno una volta. Forse due.»

«Facciamo pressione.» urlò Josie. «Facciamo pressione sulla ferita. Quanto manca all'arrivo dell'ambulanza?»

Il sergente non rispose. Cominciò invece a spogliarsi. Prima il giubbotto, poi la maglietta. La appallottolò e la premette sotto il braccio di Mettner. Con la mano libera cercò altre ferite. «Penso che sia stato colpito da qualche altra parte. Oppure questo colpo gli ha colpito di striscio il cuore. Non vedo niente... non vedo...»

La mano di Mettner afferrò il braccio di Josie. Lei abbassò lo sguardo sul suo volto, ora così pallido. Le labbra erano prive di sangue. La sorpresa era sparita. Ora c'era uno sguardo che le spezzava il cuore in mille pezzi. Lo sguardo della realizzazione. Lo sguardo della rassegnazione. Le lacrime le scesero sulle guance e si posarono su quelle di Mettner. Gli prese la mano tra le sue e la strinse. «Resta con me, Mett.»

Il suo corpo sussultò mentre il sergente gli strappava il resto del giubbotto e della maglietta. «Ne ho trovata un'altra.» Si tolse la canottiera e la premette contro un foro di proiettile vicino al bacino di Mettner.

Ogni volta che Josie cercava di distogliere lo sguardo, per valutare il danno, Mettner la tirava più vicino, con le forze che diminuivano.

Grey mormorò: «Abbiamo bisogno di aiuto.»

Guardarono l'agente Finlay, che teneva Vance bloccato. Non potevano rischiare che lei lo lasciasse. Anche ammanettato e ferito, era ancora considerato una minaccia. Proprio in quel momento, una figura uscì zoppicando dal garage. Era Lark, con i jeans sporchi di terra e la canottiera bianca madida di sudore. I lunghi capelli castani le si erano appiccicati al viso, al collo e al petto, luccicanti di sudore. Si diresse verso di loro a piedi nudi e Josie vide che aveva i polsi legati con una corda.

«Posso fare qualcosa...» disse con voce roca.

Né Josie né il sergente si misero a discutere mentre lei si avvicinava e si metteva sulle ginocchia.

Josie si avvicinò alla testa di Mettner, mentre Lark prendeva posizione di fronte al sergente, che le disse: «Fa' pressione con le mani.» indicando la sua maglietta appallottolata. «Fai pressione qui.» Lei fece come le era stato detto, premendo le mani legate contro la camicia, facendo pressione sulla ferita sottostante, mentre Cyrus Grey cercava di mantenere la pressione sull'altro foro di proiettile.

Ma Josie capì che era troppo tardi. E anche Mettner lo aveva capito. «Ti prego, Mett...» lo implorò. «Ti prego, ti prego, resta con me. Resta con me. Ancora qualche minuto. Non andartene.»

Le sue labbra si mossero, ma intanto la sua presa si faceva più lenta. Josie accostò l'orecchio alla sua bocca, concentrandosi con tutta se stessa, cercando di sentirlo al di sopra delle voci del sergente e di Lark che parlavano tra di loro e delle radio che gracchiavano.

«Boss...» sussurrò Mettner. «Di' ad Amber... dille che io...»

Josie si tirò indietro, vedendo la vita che stava svanendo dai suoi occhi. «No, no, no, no, no! Non andartene, Mett. Non andartene. Resta con me. Cosa devo dirle? Cosa devo dirle? Mett! Parla con me. Dimmi qualcosa.»

Stava ancora smaniando, gli stava gridando di non andarsene, di parlarle, senza più accorgersi del dolore nel suo corpo martoriato, quando il sergente iniziò la rianimazione. Gli stava ancora tenendo la mano, ormai fredda, quando la dottoressa arrivò di corsa dalla direzione della casa. Anche lei fece del suo meglio per rianimarlo. Continuarono a praticargli la rianimazione fino all'arrivo dell'ambulanza, anche se ormai era chiaro che se n'era andato.

Ci vollero tre persone per strappare Josie dal suo corpo prima che lo portassero via.

QUARANTAQUATTRO

Le luci dell'ospedale erano troppo forti. Josie si rendeva conto che intorno a lei c'era rumore, ma non sentiva alcun suono. Anche il suo campo visivo si era ristretto a un unico punto davanti a lei. Tuttavia, non vedeva nulla. Qualcuno l'aveva spinta fuori da un veicolo, attraverso le porte del reparto di emergenza e in un'area chiusa da una tenda. In qualche modo, il suo corpo si era adeguato. Altre mani le avevano rimosso il giubbotto e poi la maglietta, premendo sulle zone in cui si erano fermati i proiettili, dove si erano già formati dei lividi. Qualcuno aveva parlato di costole rotte. Se quello era tutto il danno che il suo corpo aveva riportato, non poteva ritenersi altro che incredibilmente fortunata. Visto che nessuno la stava visitando né spostando in qualche reparto, Josie strinse le mani. Se si concentrava abbastanza, poteva ancora sentire il palmo di Mettner contro il suo.

Di' ad Amber che io...

Quelle parole erano un'eco permanente nella sua testa. Sembrava che ormai non ci fosse spazio per altro. Solo lei e l'interno della sua testa. Tutto il resto si era allontanato. Sapeva che la dottoressa era con lei, sapeva che stava piangendo. Poi arrivò Noah, che la avvolse tra le sue braccia, con attenzione, con delicatezza, ma quella era la prima volta che il suo tocco non le portava alcun conforto.

La sua mente percepì il momento in cui cominciarono ad arrivare i membri del Dipartimento di Denton. Gretchen e Chitwood. Il sergente Dan Lamay. Hummel e la sua collega, l'agente Jenny Chan. Brennan, Dougherty e altri innumerevoli agenti di pattuglia di cui Josie non riusciva a ricordare il nome. Piangevano tutti. Josie non provava nulla. Non sentiva nulla.

A quel punto aveva visto tutti. Tutti tranne Amber. Alle persone riunite intorno al suo letto, sentì il suo corpo che chiedeva: "Dov'è Amber?".

Era la prima cosa che riusciva a dire dopo l'ultima cosa che era riuscita a dire a Mettner.

Di' ad Amber che io...

Qualcuno, forse Gretchen, le rispose: «Era troppo sconvolta. Hanno dovuto sedarla.»

Josie annuì. Si sdraiò sulla barella. Voleva andare più a fondo nella sua testa, ma non ci riusciva. Voleva dormire, ma il suo corpo non glielo permetteva. Arrivarono Trinity e Drake. Poi arrivarono i loro genitori, Shannon e Christian Payne, insieme al fratello Patrick. Poi arrivò Misty. Harris era con la nonna. Molto meglio così, pensò Josie intorpidita, passando in rassegna con gli occhi tutti i presenti che versavano lacrime. Tutti tranne Trinity. Era l'unica che non piangeva, ma Josie capì dal modo in cui gli angoli della sua bocca si storcevano che era profondamente turbata. Fece uscire tutti dalla stanza, anche Noah, e si infilò nel letto con Josie, facendo scivolare un braccio sulle spalle della sorella, solleticandole la parte superiore dell'orecchio con il suo respiro.

«Non andrà tutto bene.» le disse. «Ma sopravviveremo a tutto questo.»

Josie chiuse gli occhi. Il sonno non arrivò, ma alla fine il suo respiro si adattò a quello di Trinity, calmo e regolare. Era quello che poteva considerarsi riposo.

Dì ad Amber che io...

QUARANTACINQUE

I giorni successivi alla morte di Mettner furono lunghi. Ogni giorno si rinnovavano le conseguenze del trauma e del dolore accumulato, ormai troppo pesanti da sopportare. Josie lo riconosceva, era lo stesso che aveva provato quando aveva perso il primo marito e poi l'amata nonna. E il dolore per Mettner, in qualche strano modo, le sembrava più grande. Forse perché veniva condiviso così profondamente da così tante persone. Tutte le persone che facevano parte della sua vita, tutte le persone che la circondavano, si muovevano in funzione di una vita appena irrimediabilmente spezzata. Vagavano tutti in una foschia. La settimana successiva alla morte di Mettner trascorse nella confusione. In un modo o nell'altro, riuscirono a fare quello che dovevano fare. Il corpo di Mettner fu riportato a Denton. I funerali vennero organizzati. I rapporti vennero compilati. Le dichiarazioni furono rilasciate. Si fecero visite e veglie, abbracci e condoglianze che non portarono alcun conforto. A ogni tentativo che Josie faceva per parlare con Amber, lei scuoteva la testa e se ne andava.

Non importava; avrebbe conservato il messaggio di Mettner per quando Amber sarebbe stata pronta ad ascoltarlo.

Il funerale si svolse sotto una luce cupa, imponente, ma anche profondamente bella. Ogni minimo dettaglio ridusse in frantumi il cuore di Josie, già a pezzi.

Il sergente Grey si attardò davanti alla bara di Mettner mentre veniva calato nella terra. I genitori, i fratelli e le cognate, i nipoti e Amber si riunirono in un cerchio stretto intorno alla bara, per osservarne la discesa. Josie, Noah, Gretchen, la dottoressa Feist e Chitwood rimasero in disparte. Quando la cerimonia terminò, attesero che la famiglia se ne andasse prima di avvicinarsi al sergente.

«Mi dispiace.» disse lui, per quella che per Josie suonava pressappoco come la centesima volta.

«Grazie per essere venuto.» gli disse Chitwood.

Il sergente annuì. Guardò la dottoressa Feist con una nota di desiderio negli occhi. «Vance si riprenderà dalle ferite.» disse a Josie. «Lo arresteremo per l'omicidio di Mettner.»

Nessuno parlò.

Josie guardò il capo. Lui disse: «Dagliele.»

Dalla sua borsa estrasse le manette che Mettner aveva posseduto e usato durante il suo mandato come agente delle forze dell'ordine. Se le portava dietro da una settimana. Il sergente le strinse tra le sue grandi mani. Annuì come se sentisse qualcosa all'interno della sua testa. «Vi farò sapere.» disse.

Quando se ne andò, la dottoressa Feist lo seguì.

QUARANTASEI

Passate due settimane dal funerale di Mettner, Josie si ritrovò di nuovo seduta nel salotto di Hallie Kent. Le costole le facevano ancora terribilmente male, ma con molto riposo e con tanti antidolorifici riusciva a muoversi senza grosse difficoltà. E se non si sforzava troppo in una sola giornata. Questa volta, Hallie aveva acceso il fuoco nel caminetto che aggiungeva all'ambiente un certo calore e un crepitio che, in altre circostanze, avrebbero potuto darle un po' di sonnolenza. Josie allontanò la sedia dal focolare e la posizionò di fronte al divano dove Hallie sedeva accanto a Mathias Tobin.

Hallie intrecciò il braccio con il suo e sorrise, proprio come aveva fatto nella foto che aveva inviato a Trinity qualche giorno prima e che Trinity aveva poi inoltrato a Josie. Era un selfie di Hallie e Mathias, entrambi sorridenti, guancia a guancia. Nel suo messaggio si leggeva: «*Grazie di tutto. La vita può finalmente tornare alla normalità.*»

La foto era stata scattata prima della triste notizia che Garrick Wolfe aveva ceduto alle ferite. Josie sapeva che il sergente Grey e i suoi colleghi stavano dedicando ogni risorsa disponibile per risolvere l'omicidio di Garrick. La stampa si era riversata nella cittadina di Bly dopo la sparatoria alla fattoria degli Hadlee. Trinity aveva tenuto banco come la regina del giornalismo televisivo. Stava progettando una serie di quattro puntate sugli eventi accaduti nell'ultimo mese in seguito all'omicidio di Jana Melburn. Josie si chiedeva se quattro episodi sarebbero stati sufficienti per esplorare tutti i segreti che avevano portato alla luce. Sperava che fossero sufficienti a generare nuove piste che poi potessero portare a risposte alle molte questioni ancora irrisolte.

Hallie si mise a ballonzolare sulla sedia. «Quindi Vance sarà accusato dell'omicidio di Keri? E di quello di Sharon Eddy?»

Alla menzione di Keri, l'espressione di Mathias si contrasse. Si liberò dalla presa di Hallie e si piegò in avanti, poggiando i gomiti sulle ginocchia, strofinandosi gli occhi. Hallie gli lanciò un'occhiata con un'espressione che si fece più sobria.

Una volta esaminata la scena della fattoria, il marchio che credevano fosse stato usato su Sharon Eddy e Keri Cryer era stato rinvenuto all'interno del pick-up di Vance. La sua improvvisa comparsa non aveva convinto Josie, ma il procuratore distrettuale ne era entusiasta. Tra il marchio trovato nel suo furgone e le altre prove circostanziali contro Vance, riteneva che ci fosse abbastanza per accusarlo degli omicidi rinvenuti a Denton. Riteneva inoltre che il marchio e la forza della testimonianza della dottoressa sugli abusi subiti per mano del suo ex marito sarebbero stati sufficienti a influenzare una giuria. Il fatto che l'unità cinofila di Denton avesse percepito l'odore di resti umani nel retro della berlina bianca degli Hadlee era ambiguo, poiché era possibile che Vance avesse trasportato i resti parziali di Susanna Hadlee nella berlina quando li aveva portati a Garrick. Il procuratore distrettuale riteneva che non sarebbe servita nemmeno l'auto per convincere una giuria che Vance aveva ucciso Sharon Eddy e Keri Cryer.

Josie e ciò che restava della sua squadra, avevano discusso più volte della questione. La perquisizione iniziale del pick-up di Vance che lei e Gretchen avevano eseguito di persona, era stata accurata. Josie era sicura che non si fossero fatte sfuggire il marchio, ma che semplicemente non c'era. Aveva avanzato l'idea che qualcun altro l'avesse messo lì dopo il fatto, per incastrarlo a dovere. Il resto della squadra non era d'accordo. L'opinione comune era che Vance dovesse aver nascosto il marchio da qualche parte fuori dall'edificio quando aveva commesso gli omicidi. Josie non ne era affatto convinta, ma come le aveva detto il procuratore distrettuale, il suo compito non era quello di giudicare i casi, ma solo di risolverli. Quando Josie aveva fatto notare che il DNA trovato sul cappotto di Keri Cryer non corrispondeva a quello di Vance, né di nessun altro nei database delle forze dell'ordine, lui aveva accampato una serie di ragioni, sottolineando che il DNA era sul cappotto, non sotto le unghie e di conseguenza poteva non essere collegato al crimine. Il punto fondamentale era che il procuratore stava conducendo una causa contro Vance Hadlee, indipendentemente da ciò che pensava Josie.

«Abbiamo sufficienti elementi per procedere ed è proprio quello che faremo.» le aveva detto.

Ma nessuno poteva impedirle di andare a trovare Mathias e cercare di risolvere alcune questioni in sospeso. Aveva perso un collega, nonché suo caro amico, per risolvere quel caso. Voleva conoscere la verità, o almeno la migliore approssimazione a cui poteva aspirare parlando con le persone che erano ancora in vita. La tappa successiva sarebbe stata la fattoria degli Hadlee, dove avrebbe incontrato Lark che con la scomparsa di suo padre, stava collaborando pienamente sia con il Dipartimento di Polizia di Bly che con quello di Denton, e quindi aveva accettato di parlare con lei. Aveva permesso a una squadra della Polizia di Stato, in prestito a Bly, di iniziare a scavare nella parte nord della fattoria nella speranza di trovare ciò che rimaneva di Susanna Hadlee. Non era l'unica persona a essersi fatta avanti con informazioni dopo la morte di Dermot: le tre cheerleader che avevano accusato Mathias di stupro al liceo avevano dichiarato alla Polizia di Bly che Dermot le aveva pagate per accusare pubblicamente Mathias, proprio come avevano sospettato Josie e Mettner.

«Detective Quinn?» la voce di Hallie distolse Josie dai suoi pensieri.

«Mi dispiace...» disse Josie. «Sì, sembra che Vance sarà accusato degli omicidi di Sharon e Keri.»

Mathias incrociò il suo sguardo per un breve secondo. Un'emozione gli attraversò il viso, ma Josie non riuscì a capire di quale si trattasse tra la paura e il rimpianto.

«Mathias...» disse, «volevo ringraziarti.»

«Per cosa?»

Josie gli sorrise. «Per avermi salvato la vita.»

Lui ricambiò il sorriso. «Non c'è di che.»

Hallie si voltò a guardare prima lui poi lei ed esibì un ampio sorriso, stringendo la spalla di Mathias. «Gliel'avevo detto che non era il tipo che avrebbe mai fatto del male a nessuno.»

Mathias le si avvicinò e le coprì la mano con la sua, stringendola. Poi, con un gesto sottile, gliela fece scivolare di nuovo in grembo. Hallie non sembrò accorgersi di questo velato rifiuto o, nel caso se ne fosse accorta, non ne diede segno. Riportando l'attenzione su Josie, Mathias disse: «Ma non è l'unico motivo per cui è venuta qui.»

«Avrei delle domande.» ammise Josie. «Speravo di poterti parlare di un paio di cose che ancora mi lasciano perplessa.»

«Chieda pure.» disse lui.

Hallie gli accarezzò il ginocchio. «Vado a preparare un po' di caffè.»

Lui non rispose, non la guardò nemmeno. Ma Hallie sembrava distratta, mentre scompariva in cucina canticchiando una melodia allegra sottovoce. Josie sentì il tintinnio del campanellino di Flynn. Poi un leggero tonfo. «Flynn, smettila!» la rimproverò la padrona.

«La sera in cui hai parlato con Jana alla stazione di servizio, cosa ti ha detto?» gli domandò Josie.

«Non me lo ricordo esattamente.» disse Mathias. «È passato molto tempo, ma farò del mio meglio. A grandi linee, mi ha detto che aveva trovato qualcuno che avrebbe potuto cambiare la nostra vita. Aveva organizzato un incontro con un tale. Ha detto che dopo ogni cosa sarebbe stata diversa, per tutti noi. Era piuttosto vaga. All'inizio ho pensato che stesse parlando di una setta o di una specie di truffa piramidale. Le ho detto che mi sembrava una frode. E perché volevano incontrarsi dopo le nove di sera? Mi sembrava sospetto.»

Josie lo ricordò dal video. «Ma Jana non ti ha ascoltato.»

«Neanche per sogno.» disse Mathias. Guardò il caminetto, dove l'ultimo ceppo si stava lentamente riducendo in cenere. «Mi sono spaventato. Il modo in cui i suoi occhi mi guardavano... era come quando da piccola Hallie preparava la sua torta preferita. Cercavamo di razionarla perché lei era capace di mangiarsela tutta fino a star male, e alla fine non poteva andare a scuola. Avevamo sempre paura che lo Stato ce la portasse via se fosse successo qualcosa di brutto, anche solo lontanamente, quindi stavamo a dir poco attenti. Facevamo l'impossibile affinché non si ammalasse e non si facesse male. Eravamo già su un terreno instabile a causa delle accuse di stupro che mi erano state rivolte in passato. Come può immaginare, eravamo rimasti senza parole dal fatto che l'assistente sociale ci avesse concesso di tenerla, ma per quanto la riguardava, la caduta delle accuse era sufficiente per lei. E poi il sistema di affidamento era già sovraccarico. Ad ogni modo, certe volte, indipendentemente da quanto ci raccomandassimo con Jana, tipo dicendole niente televisione per un giorno intero, o che non poteva andare a casa di un'amica se non rispettava le regole, lei andava comunque a prendere la torta di nascosto. Ero arrivato al punto di capire in anticipo quando avrebbe infranto le regole, a prescindere dalle conseguenze. Aveva quello sguardo. Come se avesse appena trovato un lasciapassare per una torta illimitata, e non le importasse di cosa dovesse fare per raggiungerla. Questo è lo sguardo che ho visto nei suoi occhi quella sera alla stazione di servizio e mi vergogno di dire che sono passato alle mani.»

Questo corrispondeva a ciò che Josie e Noah avevano ricavato dal video.

Dalla cucina provenivano altri suoni, come di qualcosa che tintinnava e poi rotolava. La voce di Hallie giungeva flebile, ma udibile. «Flynn! Dico davvero! Finisce che oggi ti spruzzo con la bomboletta spray!»

Mathias continuò: «Jana ha detto qualcosa del tipo: "e se ti dicessi che potresti finalmente sapere da dove vieni e chi sei veramente?" O qualcosa del genere. Le ho detto che se voleva sapere queste cose, potevamo aiutarla io e Hallie e non il primo estraneo in cui incappava e che le chiedeva di incontrarlo di notte. Allora Jana ha risposto qualcosa del tipo: "Non vuoi sapere la verità sulle tue origini?" e abbiamo continuato a fare avanti e indietro in questo modo tra me, che cercavo di farle capire che con Hallie potevamo aiutarla, e lei, che diceva che non la stavo ascoltando. A un certo punto ha detto qualcosa del tipo: "E se ti dicessi che vieni da una famiglia ricca?" Le ho detto che sembrava una follia. Lei mi ha risposto: "Non vorresti saperlo? E se la tua famiglia di origine avesse un sacco di soldi che potrebbero essere tuoi?" Ora non ricordo le sue parole esatte, ma ha detto qualcosa di questo tenore.»

Anche questo era coerente con la trascrizione parziale che avevano elaborato.

«Jana non ti ha detto che stava cercando di rintracciare la tua famiglia biologica?»

Mathias sospirò e si passò di nuovo le mani sul viso. «A dire il vero, ripensandoci, credo che fosse proprio quello che stava cercando di dirmi. Continuava a ripetere: "Non ti interessa saperlo?" ma io l'ho presa come una cosa generale.

Come se mi dicesse: "Sei stato un ragazzo in affido e non

vuoi saperlo?" Allo stesso modo in cui voleva saperlo lei. Allo stesso modo in cui senza ombra di dubbio qualsiasi ragazzo come noi vorrebbe saperlo. Non ho mai capito quanto avessi frainteso la situazione fino a un paio di settimane fa.»

«Mi dispiace.» disse Josie. Inspirò profondamente, cercando di ignorare il dolore alle costole. Presto avrebbe avuto bisogno di altro ibuprofene. «Hai mai parlato con Vance Hadlee dopo che si è fatto avanti per scagionarti?»

Mathias scosse la testa. «No. Volevo farlo, ma dopo il modo in cui Dermot mi ha fregato quando si è rifiutato di confermare il mio alibi e mi ha mandato in prigione per l'uccisione di mia moglie, non avrei più potuto avvicinarmi a quella fattoria. Non avrei più potuto avvicinarmi a Bly. Garrick mi ha detto di nostra madre, però. Mi ha pagato le spese legali, mi ha offerto un posto quando sono uscito. Mi ha mostrato le cose che Vance gli aveva portato. Vance aveva sempre avuto dei sospetti sulla partenza della madre. Quando era più piccolo, verso gli otto o nove anni, penso, aveva sorpreso Dermot a buttare nel fuoco le sue cose, compresi i vestiti, il certificato di nascita e la patente di guida. Ma era troppo piccolo per mettere insieme i pezzi, suppongo.»

«Queste cose te le ha raccontate Garrick.» chiarì Josie.

Mathias annuì. «Sì, una volta uscito di prigione. A quanto pare, dopo l'ictus di Dermot, mentre Lark si occupava della parte medica, Vance è andato a frugare tra i suoi documenti personali alla ricerca di una procura. Immagino che Vance e Lark Hadlee volessero essere in grado di assumere la piena proprietà della fattoria, nel caso in cui Dermot fosse diventato completamente inabile. Comunque, ha trovato questa pianta della fattoria. Dermot aveva contrassegnato un'area sul lato nord come "Susanna". Vance ha detto che erano anni che parlavano di costruire un altro fienile. Il lato nord offriva molto spazio, ma Dermot si rifiutava di permettere che vi si costruisse qualcosa. Quando ha visto il nome di Susanna sulla pianta, credo sia scattato qualcosa nella sua testa.»

«È stato allora che Vance ha iniziato a scavare per cercare i resti della madre.» disse Josie.

Dalla cucina arrivò il profumo del caffè appena fatto. A Josie venne l'acquolina in bocca e per un brevissimo istante si dimenticò del dolore alle costole. Si chiese se Hallie potesse farlo come piaceva a lei, con panna e zucchero. «Ci vorrà solo un minuto.» li avvertì Hallie.

Mathias non si preoccupò di risponderle. Josie avrebbe voluto rispondere per ringraziarla, ma temeva di non poterlo fare fisicamente. «Qual era il piano di Garrick per quanto riguardava i resti di Susanna? Ne aveva uno? Perché non è andato direttamente alla polizia?»

«Non pensava che ci fosse abbastanza per accusare Dermot. Anche con l'ictus, Dermot aveva ancora molta influenza. Garrick voleva tenersi stretto quello che Vance aveva trovato e Vance avrebbe cercato di trovare quello che rimaneva di Susanna. A parte questo, non credo che ci fosse un piano. Garrick aveva buone intenzioni, ma credo che l'alcol abbia offuscato il suo giudizio. Non sono sicuro che pensasse lucidamente per la maggior parte del tempo. Keri voleva che facessi il test del DNA, però. Per affrontare gli Hadlee. Non per soldi o per il prestigio, ma solo perché la gente in città sapesse la verità. Credo che pensasse che in qualche modo mi avrebbero trattato meglio, forse. Non lo so. Non è cresciuta qui, quindi non capiva bene come funzionano le cose in questo posto.»

Un forte schiocco dell'ultimo ceppo di legno nel caminetto fece trasalire Josie e il suo corpo si scosse leggermente, generando una fitta di dolore al fianco sinistro. Cercò di rimanere concentrata sulla conversazione. «Keri sapeva dei resti di Susanna?»

«Sta scherzando?» le disse Mathias. «No, niente affatto. Si sarebbe rivolta subito alla polizia, perciò non gliel'ho detto. Mi sono limitato a dirle che Garrick era mio padre e che mi aveva rivelato l'identità di mia madre. Garrick mi ha detto anche che, quando sono nato, Susanna aveva troppa paura che Dermot scoprisse che non ero figlio suo e mi uccidesse. Nessuno lo sapeva, ma, a quanto pare, Dermot era piuttosto violento con lei.»

«Non mi sorprende affatto.» disse Josie, pensando al matrimonio di Anya con Vance.

«Susanna aveva preso accordi con Garrick affinché lui dicesse a Dermot che ero nato morto e si assicurasse che venissi dato in affidamento. Il fatto è che io non volevo per niente entrare in questa storia, tutt'altro, volevo andare avanti. Ma Keri questo non lo capiva. Anche se nessuno avesse mai saputo che Vance aveva trovato i resti di Susanna, il fatto che io rendessi pubblico di essere imparentato con lui e con Lark... Dermot non avrebbe mai permesso che ciò accadesse.»

Nonostante il calore che ancora si diffondeva dal caminetto, Mathias iniziò a tremare.

«Ti credo.» disse Josie.

«E poi...» aggiunse con tono malinconico. «A quel tempo, avevo almeno Garrick.» I suoi occhi si diressero verso la porta della cucina. Sottovoce mormorò: «Ora non ho più nessuno.»

Josie non avrebbe saputo dire con certezza se Mathias avesse inteso farle sentire quell'ultimo commento o meno, così proseguì. «Mathias, cos'è successo la notte in cui Garrick è stato accoltellato?»

«Ero fuori, in garage, a fissare quella stupida cassetta per la centesima volta, chiedendomi cosa diavolo avrei dovuto farci con il mio... passato.»

«Le tue impronte non c'erano sulla cassetta.» osservò Josie.

Lui annuì. «Non l'avrei mai toccata neanche con un dito. Non volevo lasciarci sopra le mie impronte.»

Josie non gli fece notare che, se anche avesse lasciato le sue impronte sulla cassetta, lui era appena un bambino quando Susanna Hadlee era stata uccisa. Stava per chiedergli in quali guai avrebbe potuto cacciarsi lasciando le sue impronte, ma poi si disse che era una domanda stupida da fare a qualcuno che ne aveva passate tante come Mathias Tobin. Così, decise di chiedergli: «Hai sentito qualcosa? Una macchina?»

«No. Non finché non siete arrivati voi. A quel punto ho sbirciato fuori e ho visto il fuoristrada. Ho aspettato e aspettato. Non sapevo cosa fare. Ero così abituato a scappare e a nascondermi da tutti e da tutto che il mio primo istinto è stato quello di rimanere nel garage e aspettare. Poi mi sono reso conto che non avevo fatto nulla di male. Garrick era mio padre ed era pienamente disposto a dire alla gente che ero suo figlio. Mi aveva offerto di stare in casa sua, di usare i suoi soldi e tutto ciò di cui avevo bisogno. Mi sono detto che mi stavo comportando in modo ridicolo, non avevo più bisogno di nascondermi. Così mi sono avvicinato alla porta d'ingresso ed è stato allora che ho visto...» Si interruppe quando un singhiozzo gli salì in gola.

«Prenditi il tuo tempo.» sussurrò Josie. Il sudore le si stava raccogliendo sulla nuca, ora più per il dolore al fianco che per il fuoco che si stava spegnendo.

Dopo un lungo momento, Mathias riprese: «Mi dispiace. Non so dirle chi abbia accoltellato Garrick. Non sono riuscito né a vedere né a sentire nessuno. Non so chi poteva avere dei motivi per farlo, fatta eccezione per Dermot, ma Cyrus non pensa che Dermot fosse nelle condizioni fisiche per farlo...»

«Potrebbe avere ragione.» convenne Josie. Dermot Hadlee l'aveva minacciata puntandole contro un'arma e l'aveva spinta fuori strada con il suo pick-up. Non aveva alcun problema a credere che avrebbe cercato di accoltellare qualcuno, ma allo stesso tempo non credeva che fosse fisicamente in grado di percorrere a piedi tutta la strada che correva da nord, accoltellare Garrick e fuggire senza che nessuno lo vedesse. Dermot poteva avere un movente per uccidere Garrick, ma non i mezzi.

Un altro singhiozzo scosse tutto il corpo di Mathias. Si asciugò le lacrime che gli rigavano il viso. «Mi dispiace.» disse.

«Ho avuto dei ricordi di quando ho trovato Piper. È ancora molto difficile per me.»

«Mi rendo conto.» disse Josie. «Sicuramente saprai che il caso di Piper è stato riaperto.»

«Sì. Me l'ha detto Cyrus. Ne sono contento. Davvero contento. Per tutto questo tempo, ho sempre voluto che qualcuno cercasse il suo assassino. Non solo perché volevo uscire di prigione, ma perché l'assassino di mia moglie è ancora a piede libero! Quando sono uscito speravo che, una volta che fossi riuscito a lasciarmi alle spalle l'intera faccenda degli Hadlee, forse avrei potuto contribuire in qualche modo.»

«Ti sei mai fatto qualche idea su chi possa averla uccisa?» chiese Josie.

«Neanche mezza. Mi creda, se avessi avuto un sospetto, l'avrei fatto sapere in giro.»

Josie pensò a tutto quello che il sergente Grey aveva detto alla sua squadra. «Tu e Piper avevate litigato prima che morisse? Cyrus ha detto che la sua fede nuziale non si trovava. Avevate deciso di divorziare? Vi stavate separando?»

«No, per niente. Tra noi andava tutto bene. Sapevo dell'anello. Era venuto fuori durante la preparazione del processo, ma non ce l'avevo io. Quando l'ho trovata...» Si fermò, il suo volto divenne cinereo. Deglutendo, proseguì. «Quando l'ho trovata, ero talmente fuori di me che non mi sono nemmeno accorto che non ce l'aveva più al dito. C'era così tanto sangue...»

Si interruppe mentre altre lacrime gli scendevano sul viso. Josie voleva sporgersi verso di lui, colmare lo spazio che li separava e prendergli la mano, ma farlo avrebbe significato infliggersi un'altra fitta al fianco. Invece, disse: «Mi dispiace tanto, Mathias. Per tutto quello che hai dovuto passare.»

Si sentì un tonfo dalla cucina e un vigoroso tintinnio del campanellino della gatta. Hallie questa volta sembrava molto meno divertita. «Maledizione, Flynn.»

«Hallie, non abbiamo bisogno di caffè.» le disse Mathias. «Va bene così.»

«No, no.» ribatté lei. «Ha solo fatto un po' di confusione. Devo andare a prendere dei tovaglioli di carta giù in cantina.»

Mathias sgranò gli occhi. Si alzò e usò la manica della camicia per asciugarsi il viso. Lasciando uscire un respiro tremante, disse: «Mi faccia vedere cosa succede lì dentro. Questa maledetta gatta.»

Anche Josie si alzò e gli andò dietro. Dopo essere stata nella stessa posizione per tanto tempo, si sentiva un po' meglio a stare in piedi. Da sopra la sua spalla, Mathias disse: «Abbia pazienza. A lei piacciono i gatti?»

In cucina, trovarono lo sportello di uno dei mobiletti inferiori aperto. Flynn era sul pavimento, sdraiata sulla schiena con le zampe anteriori aggrappate alla parte inferiore dell'anta. Sul bancone si erano rovesciati una zuccheriera e una tazza di caffè. Tre tovaglioli di carta assorbivano parte del caffè.

«I gatti non mi dispiacciono, ma sono più un tipo da cani.» disse Josie. «Non ti piace Flynn?»

Mathias abbassò lo sguardo sulla gatta. «Sono io che non piaccio a Flynn.»

Come se avesse ricevuto un segnale, la gatta soffiò e con gesto fulmineo si rimise sulle zampe e scomparve in parte all'interno del mobile.

Un secondo dopo, qualcosa di luccicante tintinnò contro le piastrelle. Flynn si girò, arrotolò il corpo come una molla e vi si avventò contro sbattendolo in giro finché Mathias non lo recuperò dal pavimento. Aggrottando le sopracciglia, guardò dentro l'armadietto. «Qui dentro c'è ogni genere di cianfrusaglie...» si abbassò e tirò fuori una ballerina nera. «Ma che ci fa qui una scarpa?» mormorò. «Solo una, poi. Un tappo di bottiglia. E questo? Un guanto. Scompagnato.»

Il cuore di Josie si fermò un attimo e poi ripartì. Un lontano ronzio le risuonò nelle orecchie. Fissò il tappo di bottiglia mentre Mathias lo posava sul bancone. Era color oro, a forma di corona di re in miniatura. Il tappo di una bottiglia di Crown Royal. Le facevano male le costole mentre il suo respiro accelerava. Prese il guanto che Mathias le porgeva e lo girò. Era grigio. Era fatto a maglia. Sopra erano ricamate a mano le iniziali S.E. a filo nero. Una ballerina nera. Keri Cryer. Un tappo di Crown Royal. Garrick Wolfe. Un guanto di maglia grigio con iniziali. Sharon Eddy.

«Mathias...» disse Josie con voce strozzata. «Cos'hai in mano? Quello che hai preso a Flynn?»

Aprì il palmo della mano e fissò un anello d'oro. «Un anello...» disse.

«Sei sicuro di non sapere da dove viene?»

Lo tenne stretto tra il pollice e l'indice e lo avvicinò al viso. Josie osservò tutto il colore della sua pelle svanire. Era una fede nuziale. Era la fede nuziale di Piper Tobin.

Proprio quando Hallie apparve in cima ai gradini del seminterrato, Mathias alzò lo sguardo verso di lei e, a denti stretti, disse: «Perché hai la fede nuziale della mia defunta moglie?»

QUARANTASETTE

Hallie cercò di mantenere il sorriso che le si stava stampando sul viso, ma vacillò.

Mathias tese l'anello. «Dove l'hai preso?»

Josie indicò il tappo di bottiglia. «E questo. Un tappo di bottiglia di Crown Royal. Garrick stava bevendo una bottiglia di Crown Royal la notte in cui è stato accoltellato.» Indicò il guanto. «E questo. Questo è uno dei guanti che Sharon Eddy indossava quando è stata uccisa.» Indicò la ballerina sulla piastrella. «E questa è la scarpa di Keri, vero?»

Mathias si voltò verso Josie, sentendo la consapevolezza farsi strada. Si leccò le labbra e girò lentamente la testa verso Hallie. Josie vide bene come gli tremava il petto quando prese fiato. «Hallie...» disse. «È meglio che inizi a parlare e alla svelta.»

Lei tese le mani verso di lui, con i palmi rivolti verso l'alto, in gesto di implorazione. «Non è come pensi.»

«Che cosa hai fatto?» le chiese Mathias, inizialmente con voce tranquilla, calma; ma poi, vedendo che lei non gli rispondeva, sbraitò di colpo: «Hallie! Che cosa hai fatto? Hai ucciso tu

Piper? Hai ucciso Keri? Garrick? Che diavolo sta succedendo qui?»

L'espressione di Hallie cambiò in pochi secondi dall'innocenza piena di rimorsi all'odio traboccante di rabbia. «Dovevo fare qualcosa. Continuavi a cercare di andare avanti senza di me.»

«Di cosa stai parlando?» le chiese.

«Sto parlando della nostra famiglia!» rispose lei battendo il piede a tempo con le sue parole, facendo arretrare la gatta verso il mobile.

«Quale famiglia?»

Un rossore le colorò le guance, i suoi lineamenti si contorsero per la rabbia. Josie si portò una mano alla vita, ma la fondina con la pistola non c'era. Non era in servizio perché era stata ferita. In momenti come quello, in cui il panico le rendeva più difficile respirare, il dolore al fianco si faceva sentire con maggiore intensità.

«Quale famiglia?» gli fece eco Hallie. «Tu, io e Jana. Anche se l'avevamo persa, eravamo ancora una famiglia, tu e io. Abbiamo cresciuto una figlia insieme, Mathias. Eravamo tutto ciò che avevamo. Noi due da soli contro il mondo.»

«Ma di cosa stai parlando?» gridò Mathias. «Eravamo bambini, Hallie. Eravamo ragazzini in affido. Facevamo quello che dovevamo fare per tirare avanti. Non era destinata a diventare una situazione permanente.»

Hallie strinse i pugni sui fianchi. «Non lo era per te! Hai chiarito in modo inequivocabile che per te non era una situazione destinata a diventare permanente. Non appena Jana è morta, tu hai abbandonato tutto. Tu hai distrutto la nostra famiglia, Mathias. L'unica famiglia che ognuno di noi abbia mai conosciuto. Pensavi che avrei lasciato perdere? Prima ho perso Jana e poi ho perso te. Non potevo... non potevo far finta che andasse tutto bene. Ho cercato di riconquistarti, ma tu ti sei allontanato e mi hai respinto e poi hai incontrato Piper, che non ti conosceva nemmeno. Non ti conosceva come ti conoscevo io. Quella donna non era giusta per te. Sono andata a casa vostra per cercare di farla ragionare, perché ti lasciasse andare. Era una stronza, Mathias. Mi ha detto delle cose davvero tremende. Ha tirato fuori la pistola e mi ha detto di andarmene. A me! All'unica persona che è sempre stata al tuo fianco, a prescindere da tutto. Ero io la tua vera famiglia. Piper voleva che tu fossi sempre presente nella sua vita, ma io?» Si batté un pugno sul petto. «Che ne era di me?»

Josie era più vicina al bancone. Mathias si trovava in mezzo a lei e a Hallie. Spostandosi lentamente verso il mobiletto aperto, si piazzò in modo da trovarsi quasi direttamente alle spalle di Mathias; da quell'angolo, poteva ancora vedere il viso di Hallie senza che lei potesse vedere le sue mani. Cercando di non fare movimenti evidenti e di muoversi il più velocemente possibile, fece scivolare il cellulare fuori dalla tasca. Le bastò il pollice per digitare il codice di accesso e comporre il numero di Noah. Quando iniziò a squillare, abbassò completamente il volume. Ebbe l'impressione che la salutasse mentre rimetteva il telefono in tasca. L'espediente usato da Anya con Vance le stava tornando utile, poteva solo augurarsi che funzionasse.

«Non posso crederci...» disse Mathias barcollando all'indietro, andando a finire addosso a Josie, che si scostò per permettergli di appoggiarsi al bancone. «Hai lasciato che mi prendessi la colpa per tutta questa storia. Hai ucciso la donna che amavo, mia moglie, e hai lasciato che finissi in prigione per una cosa che non avevo fatto! Sai cosa mi è successo in prigione?»

Il volto di Hallie assunse un'espressione adeguatamente dispiaciuta. «Mi dispiace. Non avrei mai voluto che accadesse, ma ho lavorato duramente ogni singolo giorno in cui sei stato dentro per cercare di trovare uno studio che ti aiutasse a uscire. E alla fine ce l'hai fatta da solo! È andata bene. Ogni cosa si è risolta per il meglio. Fatta eccezione per Keri. Dovevi cominciare una nuova vita con lei. Dovevi andare avanti. Dovevi cercare di crearti una famiglia. Una *famiglia?*»

A queste parole, si batté di nuovo il pugno contro il petto. «Io sono la tua famiglia, Mathias! Ma non l'hai capito neanche dopo che sei uscito di prigione, vero? È stato allora che sono arrivata alla conclusione che dovevo fare di più. Ho cercato di capire in quale momento ogni cosa fosse andata storta e ho intuito che i problemi erano iniziati quando Jana era stata uccisa, e tutti pensavano che fossi stato tu. Dovevo sistemare le cose. Sapevo che, se fossi riuscita a risolvere il suo caso e a riabilitare il tuo nome una volta per tutte, saresti tornato a casa da me. Così ho contattato Trinity Payne, per chiederle se ti avrebbe dedicato un episodio del suo programma. Sembrava che tutto si stesse risolvendo. Poi Piper è dovuta morire. Sai, anche se è morta anni dopo la sparatoria, la polizia avrebbe potuto dire che era morta per le ferite riportate, il che l'avrebbe resa una vittima di omicidio. Temevo che la polizia ti avrebbe indagato di nuovo.»

Josie si guardò intorno, da un capo all'altro della cucina, alla ricerca di qualcosa che potesse usare come arma, se fosse stato necessario. C'era un ceppo portacoltelli a un paio di metri di distanza, ma anche solo piegarsi leggermente per raggiungerlo le provocò una miriade di fitte di dolore. Si schiarì la gola. «Ma Hallie, Mathias era stato scagionato.»

Hallie alzò gli occhi al cielo. «Da Vance Hadlee. Non credo che una sola persona in questo posto abbia mai creduto che dicesse la verità. Peraltro, a preoccuparmi non era nemmeno il fatto che la polizia ti sospettasse di omicidio; quello che mi preoccupava davvero era che l'intera città avrebbe continuato a credere che tu fossi un assassino. A prescindere dalle manovre legali. Non saresti mai tornato a casa da me se queste storie, queste voci maligne, fossero rimaste in circolazione. Dovevo fare in modo che le cose tornassero come erano prima, a quando eravamo felici insieme.»

«Per questo hai ucciso una ragazza innocente?» la accusò Mathias.

«Sharon Eddy.» disse Josie, avvicinandosi al ceppo portacoltelli quanto velocemente le fu possibile.

«Forse lei era innocente, Mathias, ma sua madre non lo era! Lo sapevo! Sapevo che Carolina Eddy aveva mentito per tutti questi anni. Solo che non sono mai riuscita a capire su cosa stesse mentendo esattamente, né come dimostrarlo. Si è meritata quello che ha avuto.»

Mathias si lasciò cadere contro il bancone. «Hai ucciso Sharon Eddy per vendicarti di sua madre solo perché pensavi che avesse mentito su ciò che aveva visto la notte in cui Jana è stata uccisa?»

«Aveva mentito! Ma questo non è l'unico motivo per cui ho ucciso Sharon. Aveva esattamente la stessa età di Jana quando è morta. Era come se fosse destino.» rispose Hallie agitando entrambi i pugni in aria a tempo con le sue parole.

«Hallie...» disse Mathias gracchiando. «Ma ti senti? Sembri fuori di cervello!»

Quando lei fece un passo verso di lui e Mathias indietreggiò, negli occhi di Hallie si accese un fuoco di rabbia. «No.» disse lei. «Non ti azzardare. Non osare guardarmi così. Ogni singola azione che ho compiuto l'ho fatta pensando a questa famiglia. A te!»

«No.» disse Mathias.

La gatta uscì dall'armadietto e si avvicinò alla padrona accompagnata dal tintinnio del suo campanellino e andò a strusciarsi contro gli stinchi. «Sì, Mathias!» disse Hallie. «Dovevo fare qualcosa. Ogni giorno che passava ti allontanavi sempre di più da me. Con Sharon Eddy, potevo eliminare due problemi in un colpo solo, e non è un gioco di parole.»

Di fronte al suo tono provocatorio, Mathias e Josie trasalirono simultaneamente. «Ho trovato lavoro nell'archivio del Dipartimento di Polizia.» proseguì Hallie. «Era l'unico modo per accedere al fascicolo di Jana, per vedere cosa conteneva e per cercare di mettere a punto un qualche piano per riconquistarti. E indovina qual è l'altro caso che è stato aperto proprio nel periodo in cui Jana è stata uccisa? Quello con quella dottoressa, la moglie di Vance Hadlee. L'aveva marchiata a fuoco, come se fosse un capo di bestiame. E le foto erano proprio lì, nel fascicolo. Dovevo solo trovare un marchio come quello, convincere le ragazze a raggiungermi. Non è stato difficile. Nessuna di loro mi vedeva come una minaccia.»

Hallie fece una pausa dal suo resoconto e fece una mezza scrollata di spalle. «Non prima che fosse troppo tardi, comunque. Ho dovuto inventare una storia per farle salire in macchina con me. Con Sharon è stato più difficile, ho dovuto usare come scusa sua madre, quella tossicomane di Carolina, se non fosse che a Sharon non importava molto di lei. Ci è voluto del bello e del buono per convincerla: ho dovuto dirle che sua madre era sul letto di morte, a casa mia, che voleva salutarla e scusarsi per essere stata una pessima madre. Con Keri, invece, è stato molto più facile. Le ho detto che eri ferito e si è lasciata coinvolgere senza esitazioni. Riuscire a convincerle a spegnere il telefono non è stato affatto semplice. Sharon è stata così stupida da credere che il suo telefono stesse disturbando la strumentazione della mia auto.»

Scoppiò a ridere e scosse la testa. «I ragazzi di oggi. Sono così stupidi. Keri ha spento il suo quando le ho detto che ti trovavi in un luogo che non volevi fosse localizzabile. Sapeva che eri paranoico dopo tutto quello che avevi passato, così alla fine ha acconsentito. Una volta arrivate, le ho colpite alla testa. Se non funzionava, mettevo un po' di Benadryl nel loro caffè. Poi accendevo il camino per scaldare il marchio. Con Sharon è stato facile. Keri, invece, mi ha dato filo da torcere.» A queste parole il suo viso si rabbuiò. «Non era proprio adatta a te.»

Mathias aveva l'aria di chi sta per crollare. «Hallie, questo è... come hai potuto?»

Josie tenne gli occhi fissi sul viso di Hallie mentre allungava una mano dietro di sé ed estraeva lentamente un coltello dal ceppo. Hallie non se ne accorse nemmeno. La sua attenzione era completamente rivolta a Mathias.

Fece un altro passo verso di lui. La gatta si infilò dietro le sue gambe. «È stato facile, Mathias. Nessuno ha mai sospettato di me. Dovevo solo assicurarmi che fossero davvero morte. Quello che più mi ha fatto perdere il sonno è stato Garrick. Avevo davvero paura che potesse sopravvivere, o che tu arrivassi lì e mi sorprendessi, ma alla fine con lui è stato più facile che con Sharon e Keri. Ho guidato fino al versante nord della montagna. Avevo intenzione di lasciare la macchina vicino alla sua proprietà e proseguire a piedi, ma poi ho trovato la strada chiusa. È come se fosse stato destino! Nessuno avrebbe mai visto la mia macchina perché nessuno avrebbe usato quella strada. Stavo passando furtivamente davanti alla sua cassetta della posta quando ho visto dei fari che arrivavano da sud. Non ha nemmeno opposto resistenza. Era solo un vecchio e triste ubriacone.»

«Ma perché?» chiese Mathias. «Perché Garrick? Lui non aveva fatto nulla.»

Afferrato il coltello, Josie lo nascose dietro la schiena, e iniziò a retrocedere verso Mathias.

Le narici di Hallie si dilatarono. «Perché preferivi rimanere con lui invece che con me! Hai scelto lui al posto mio! Anche se Keri non c'era più, hai preferito andare da lui. Prima di morire, Keri mi ha parlato di lui. Del fatto che era tuo padre e che avevi passato del tempo con lui, non solo con lei. Quando la polizia non è riuscita a trovarti, e io sapevo che non riuscivano a trovarti perché continuavano a venire a chiedermi se sapevo dove potevi essere andato, ho capito che era da lui che ti eri nascosto. Ancora una volta, avevi scelto qualcun altro al posto mio. Al posto nostro!»

Josie era abbastanza vicina a Mathias, le loro braccia si

stavano quasi toccando. Si chiese se ci fosse un modo per passargli il coltello in silenzio. Non era sicura di poterlo difendere da un attacco fisico nello stato in cui si trovava. Si chiese se Noah stesse sentendo tutta la confessione di Hallie, se avesse ordinato a qualcuno di chiamare il sergente Grey, se la polizia di Bly stesse arrivando.

«Hallie...» disse Mathias, «non c'è nessun "noi"!»

Si scagliò contro di lui. Fu così veloce che Josie ebbe a malapena il tempo di accorgersene. Hallie era piccola, snella e veloce come un fulmine. Un attimo prima era dall'altra parte della stanza, con lo sguardo fisso su Mathias, e un attimo dopo gli era addosso, lo spingeva all'indietro, gli artigliava il viso, lo prendeva a pugni sul petto.

Lui si divincolò dalla sua presa, con il braccio colpì il fianco di Josie, spingendola lontano da loro, barcollante. Il coltello le scivolò dalle mani e cadde a terra, e lei si accasciò su se stessa, vinta dal dolore che si sostituiva al respiro. Lottando contro le fitte, cercò di rimettersi in piedi. Mathias si copriva il viso con gli avambracci per proteggersi dai pugni di Hallie che, non ottenendo nulla, iniziò a dargli dei calci negli stinchi. Per un attimo, lui abbassò le braccia, permettendo a Josie di vedere il punto in cui le unghie di Hallie gli avevano lasciato tre tagli sanguinolenti sulla guancia.

«Hallie» grugnì Mathias. «Fermati!»

Ma lei non riusciva a sentirlo, non ragionava. I suoni che emetteva erano più animali che umani. Non era nemmeno in preda alla rabbia. Era qualcosa di più pericoloso. Josie fece un respiro profondo e si tirò su. Stava per avventarsi su Hallie quando una batteria di agenti del Dipartimento di Polizia di Bly fece irruzione dalla porta. Il suono delle urla stridenti dei suoi colleghi non era mai stato altrettanto bello. Hallie fu sottomessa in pochi secondi. Josie trovò una sedia, vi si avvicinò con passo incerto e vi si accasciò guardando Hallie che veniva trascinata via.

«L'ho fatto per noi, Mathias!» urlò. «Per la nostra famiglia!»

Il sergente Grey rimase nella piccola cucina. Mathias si era ritirato in un angolo quando gli agenti gli avevano strappato di dosso Hallie. Si era rannicchiato, con entrambe le mani alzate in posizione di difesa. Josie cercò di chiamarlo, ma non riusciva ancora a prendere aria per parlare. Il sergente Grey la guardò. «Sta bene?»

Lei gli fece un cenno di assenso e un pollice in su.

Grey mise l'arma nella fondina e si avvicinò a Mathias.

Lentamente, allungò una mano. «Ora va tutto bene, Mathias.» Da dietro le mani, Mathias lo guardò con diffidenza.

Il volto del sergente si addolcì. «Dico davvero. È tutto a posto. Hallie è stata presa in custodia. Avete fatto tutti la cosa giusta.»

«Come... come siete stati avvertiti?»

Josie tirò fuori il cellulare dalla tasca e lo agitò. Mathias abbassò le braccia. «Grazie a Dio.» esclamò prima di accasciarsi a terra tra i singhiozzi. Josie sentì ogni singola lacrima come un colpo al cuore. Mathias aveva perso così tanto. Ogni cosa, in effetti. Tutta la sua vita era stata una battaglia in salita, dalla nascita fino a quel momento, e ora, anche se aveva vinto quella battaglia con Dermot morto e Hallie in arresto, non gli era rimasto più nulla.

Il sergente spostò lo sguardo su Josie. Era stanca. Così stanca delle perdite. Forse riusciva a leggerglielo negli occhi. O forse erano le sue stesse perdite che lo avevano fatto inginocchiare davanti a Mathias. Lo prese tra le braccia e gli mise una mano sulla nuca.

«Andrà tutto bene, adesso.» lo rassicurò. «Te lo assicuro, figliolo.»

QUARANTOTTO

Il cielo era di un azzurro perfetto. La temperatura sfiorava i dieci gradi. Man mano che Josie si faceva strada attraverso il cimitero per raggiungere la tomba di Mettner, gli uccellini volteggiavano e svolazzavano tutt'intorno a lei, chiamandosi l'un l'altro in una sinfonia. Perfino nel luogo dove riposavano i morti, quella giornata era splendida. Procedeva con passi cauti e leggeri. Le costole stavano guarendo bene e il dolore non era più tanto forte. Presto sarebbe stata in grado di tornare al lavoro, anche se le era impossibile immaginare di lavorare senza Mettner. Noah e Gretchen le avevano già parlato di quanto fosse strano, di quanto fosse innaturale, di quanto imbarazzo aleggiasse nella stanza ogni volta che Amber era presente. Era tornata al lavoro poche settimane dopo il funerale del suo fidanzato e per lo più se ne stava per conto suo, parlava con gli altri solo quando era strettamente necessario.

Josie non le aveva ancora dato il messaggio di Mettner.

Di' ad Amber che io...

Se premeva i palmi delle mani, riusciva ancora a sentire la mano di Mettner tra le sue, riusciva a sentire la sua vita che si spegneva.

Josie vide per primo il cane. Blue, il segugio di Luke Creighton, il nuovo consulente cinofilo della Polizia di Denton, stava sull'attenti a pochi metri dalla tomba di Mettner. Proprio davanti a lui stava il suo padrone, dal fisico imponente, ma che teneva le spalle afflosciate e la testa piegata verso il terreno. Non c'era ancora una lapide, ma solo una profusione di fiori e alcune pietre che i nipotini avevano dipinto e collocato lì.

Su uno dei sassi c'era scritto: *"Ti vogliamo bene, zio Finn"*.

Quel pegno d'affetto la ridusse quasi in pezzi.

Blue prese a scodinzolare vistosamente quando vide Josie che gli si avvicinava. Si fermò per salutarlo, inginocchiandosi per ricevere i suoi baci e le sue testatine. Quando l'ebbe riempito di coccole, andò a mettersi accanto a Luke.

Lui abbassò lo sguardo e le sorrise.

«Non sapevo che conoscessi così bene Mett.» gli disse Josie.

«No, non lo conoscevo bene.» spiegò Luke. «Ma dopo il caso Collins, mi ci ero avvicinato. Mi ha raccontato che avevi detto alla squadra che ero il benvenuto.»

Josie rise. «Non è andata proprio così. Mi ero limitata a dire che dovevamo lasciare il passato nel passato, nient'altro.»

«Qualunque cosa tu abbia detto, lo apprezzo. Mett e Amber mi avevano invitato a cena dopo il caso Collins. È stato bello. Mi sono sentito... di nuovo parte di qualcosa. Non era tenuto a farlo, eppure lo ha fatto lo stesso.»

Nonostante il groppo in gola, Josie riuscì a dire: «Mett è stato un brav'uomo.»

È stato. Quelle parole le facevano ancora venire voglia di urlare.

Luke si frugò nelle tasche e ne tirò fuori una grossa esca per la pesca con piume verdi fluorescenti che svolazzavano a un'estremità e la depose accanto a uno dei sassi dipinti. «Tutti portano sempre dei fiori...» osservò. «Ho pensato di fare qualcosa di diverso.»

«Mett adorava andare a pesca.» riconobbe Josie.

Rimasero in silenzio per un momento, rotto quando Blue emise un piccolo uggiolio e poi si mise a terra a pancia in giù, facendo ridacchiare Luke. «Questo significa che è pronto per andare. Starai bene da sola? Noah non è venuto con te?»

«Oggi volo da sola.» disse Josie. «Starò bene.»

«E quando te ne andrai da qui? Come starai?»

Lei alzò gli occhi, incrociando il suo sguardo. «Come mai me lo chiedi?»

«So che non hai mai voluto parlarne con me... ma, Josie, so che ne hai passate di tutti i colori, esattamente come è successo a me.» e alzò le mani. Ormai era così abituata a vederle che quasi non si accorgeva più di quanto fossero malridotte. Durante il caso che aveva messo fine alla sua carriera e alla loro relazione, era stato rapito e torturato. Gli avevano completamente frantumato tutte e due le mani. I chirurghi avevano fatto del loro meglio per rimetterle in sesto, tanto che aveva recuperato in modo eccellente tutte le funzioni. Però avevano un aspetto mostruoso: il tessuto cicatriziale ne deturpava quasi ogni centimetro; l'indice e il medio della mano destra erano quasi completamente appiattiti; la punta del mignolo sinistro era rivolta verso l'esterno con un angolo innaturale.

Josie pensò ai punti di sutura che le avevano applicato in ospedale e che le avevano tolto da qualche giorno, lasciando appena un segno, e a quanto fosse stato difficile. «È vero.» convenne. «Abbiamo una bella scorta di traumi, fra me e te.»

«Ne hai più tu di quanti ne abbia io.» disse Luke con tono deciso. «Spero solo che la morte di Mettner non peggiori le cose. Che non ti renda...»

«Cosa?» disse Josie. «Che non mi renda che cosa?»

«Più spaventata.»

Quelle parole la attraversarono, lasciando un'increspatura nella sua psiche. Dopo la loro ultima conversazione, aveva pensato molto a tutte le scelte che aveva fatto da un luogo di paura.

Luke infilò di nuovo le mani in tasca e levò il mento, facendo cenno a qualcuno che si stava avvicinando dalla direzione in cui era appena arrivata Josie. Blue saltò in piedi, scodinzolando come un forsennato. Quando Amber lo raggiunse, anche lei si fermò ad accarezzarlo, grattandogli la testa e mormorando parole dolci nelle sue orecchie flosce.

Luke diede un leggero colpetto al braccio di Josie con il gomito. «Prenditi cura di te, mi raccomando.»

Lei cercò di dire qualcosa, ma le parole le si arenarono in fondo alla gola. Guardò Luke che salutava Amber, la abbracciava, le diceva qualche parola e se ne andava con Blue che gli correva dietro. Josie sentì uno strano ronzio attraversare il suo corpo. Era tensione. Erano settimane che voleva parlare con Amber, ma adesso che si ritrovavano insieme, da sole, voleva scappare. Sapeva, dal punto di vista teorico, che la morte di Mettner non era da imputare a lei. Avevano seguito la procedura, erano usciti dal perimetro per rispondere agli spari, si erano fermati quando avevano trovato il corpo di Dermot, avevano chiamato il medico e i rinforzi. Non avevano potuto evitare che Vance Hadlee iniziasse a fare fuoco attraverso il portellone del garage non appena aveva sentito delle voci all'esterno. Mettner aveva fatto quello che doveva fare dopo la raffica iniziale: aveva cercato di portare Josie al sicuro, ma Vance li aveva raggiunti prima che ci riuscisse. Ma anche sapendo che aveva fatto il suo dovere, ogni notte, nei suoi incubi Josie riviveva da capo quella scena. Mettner aveva seguito la procedura. Lo avevano fatto entrambi. Ma Josie se l'era cavata e Mettner no.

La sua morte non era da imputare a lei, ma si sentiva comunque in colpa.

Amber si avvicinò e le si mise accanto, studiando i mazzi di fiori, le pietre colorate e l'esca con la mosca che Luke aveva lasciato a terra. Josie le lanciò un'occhiata e cercò di parlare di nuovo. Ma non ci riuscì.

Amber emise un verso a metà tra un gemito e un grido. Alzò entrambe le mani, se le passò tra le ciocche ramate e rivolse lo sguardo verso il cielo. Questa volta urlò, a lungo e forte. L'istinto di Josie fu quello di indietreggiare, ma le gambe non ubbidirono ai comandi. Doveva consegnarle il messaggio di Mettner. Era l'unica cosa che poteva fare per lui. Amber doveva sapere che gli ultimi pensieri li aveva rivolti a lei. Finita quella drammatica manifestazione di emozioni, Amber si girò verso di lei. «Sono arrabbiata.» disse. «Ma non ti biasimo. Dovresti saperlo.»

Josie si chiese se si sarebbe sentita meglio se Amber avesse dato la colpa a lei.

«So che hai cercato di venire a parlarmi da quando Finn è morto. Mi dispiace. Il fatto è che non ero pronta.»

«Non c'è bisogno che ti scusi.» disse Josie. «Non dobbiamo parlare ora se non sei ancora pronta.»

«No.» disse Amber. «So che eri insieme a lui quando... quando se n'è andato. Ho bisogno di sapere come... come è stato.»

Josie si sentì come se mille spine avessero preso dimora nella sua bocca. «È stato veloce.» riuscì a dire. «Molto veloce. Ha fatto tutto il possibile per portarci in salvo entrambi. Ha fatto tutto bene. È solo che i proiettili...»

Amber alzò una mano. «So già come è morto. I proiettili, il giubbotto, è stato colpito all'ascella e tutto il resto.»

«C'è dell'altro.» disse Josie. Aveva pensato a lungo a come consegnare l'ultimo messaggio di Mettner.

Di' ad Amber che io... Non sapeva come lui intendesse concludere quella frase. Il massimo che poteva fare era tirare a indovinare. Aveva perso parecchie ore di sonno per cercare di riuscirci. Aveva perso altrettante ore di sonno per decidere se fosse opportuno che terminasse quel messaggio. Era un atto di bontà o di crudeltà lasciarlo incompiuto? Se avesse detto ad Amber la verità, avrebbe passato il resto della sua vita a cercare di indovinare da sola? E lei era pronta a farle una cosa del genere?

«L'ultima cosa che Mett... che Finn ha detto è stata: "Di' ad Amber che io..." Se n'è andato prima di riuscire a finire la frase. Ma credo che stesse cercando di dire: "Di' ad Amber che mi dispiace".»

Amber la fissò, senza battere ciglio. Poi i suoi occhi si ridussero a due fessure. Il cuore di Josie prese a battere più forte. Puntando un dito nel petto di Josie, disse: «Stronzate.»

Josie incespicò all'indietro, sentendo il punto in cui Amber l'aveva toccata come un livido. «Cosa?»

«Finn non avrebbe mai detto una cosa del genere.»

«Di che cosa stai parlando?» le chiese Josie.

«È quello che diresti tu.»

Josie si strofinò il petto, sentendo ancora il dito di Amber perforarle lo sterno. «Hai ragione. È quello che direi io.»

Amber si protese in avanti e prese la mano di Josie, tenendola stretta tra le sue. «Ma non è quello che avrebbe detto Finn, Josie.»

Le mani di Amber erano così calde. Uno dei suoi palmi premeva contro quello di Josie, nello stesso punto in cui si trovava la mano di Mettner mentre moriva. Amber lo sapeva? Qualcuno le aveva detto che Josie gli aveva tenuto la mano? Josie chiese: «Come fai a sapere che Finn non avrebbe detto così?»

«Perché Finn non aveva rimpianti. È così che ha vissuto. È così che abbiamo cercato di vivere entrambi. Amava il suo lavoro. Era sempre consapevole dei rischi che correva. Abbiamo parlato molte volte della possibilità che morisse. Le probabilità sembravano scarse, visto che non era più di pattuglia, ma sapevamo sempre che poteva succedere.»

«Vi andava bene così?»

Amber scoppiò a ridere, stringendo più forte la mano di Josie. «Certo che no! Il fatto è, Josie, che Finn amava così tanto il suo lavoro, come avrei potuto negarglielo? Soprattutto quando è stato il suo lavoro a farci incontrare, non una, ma due volte. Una volta quando ho iniziato e due volte quando hai risolto il mio caso. Ti era grato, lo sai.»

Josie distolse lo sguardo, le lacrime le pungevano il fondo degli occhi. Amber le strinse le mani. «Mi hai salvato la vita, Josie, e Finn mi ha ridato una vita. Ero sola prima di incontrarlo. Ero quanto più sola una persona possa ritrovarsi a essere. Sì, l'ho perso proprio come ho perso tutti quelli che contavano per me prima di lui. Ma lo sai qual è la differenza questa volta?»

Josie non riusciva a parlare, così scosse la testa.

La presa di Amber si fece più stretta. «Ora ho una famiglia. È stato Finn a darmela. Mi ha dato qualcosa che non avevo mai avuto prima e che mi durerà per il resto della mia vita. I suoi genitori, i suoi fratelli, le sue cognate, tutti i suoi nipoti... mi hanno accolto, Josie. Poi c'è la squadra, la famiglia che Finn ha trovato. Tu, Noah, Gretchen, il capo Chitwood. Tutti voi. Ho appena perso l'amore della mia vita, ma Josie, per la prima volta nella mia vita, non sono sola.»

«C'è sempre posto alla mia tavola...» rantolò Josie appena prima che arrivassero le lacrime. Stavolta non riuscì a fermarle. Arrivarono calde e veloci e ben presto le mancò il respiro. Era un pianto orribile. Amber cercò di abbracciarla, ma Josie resistette, la spinse via. Non voleva che Amber la confortasse in un momento in cui stava soffrendo più di lei.

Ma Amber era forte e più le emozioni si sprigionavano, più Josie si sentiva debole.

Amber le mise le braccia intorno e la strinse in un abbraccio fortissimo. Il suo respiro era caldo contro il suo orecchio. «So cosa stava cercando di dire Finn. "Di' ad Amber che io la amo".»

QUARANTANOVE

Josie si muoveva in casa sua come se la vedesse per la prima volta. I mobili vissuti. I giocattoli del cane sparsi ovunque. Il punto della porta sul retro dove Trout aveva lasciato dei segni dopo che ci aveva grattato sopra tante volte per uscire. Le foto incorniciate delle persone care in quasi tutte le stanze. I giocattoli che tenevano per quando veniva Harris e quelli che lui aveva lasciato lì. I numerosi disegni che aveva fatto per loro che avevano appeso al frigorifero. Gli orari dei suoi allenamenti. Il calendario a muro sul lato del frigorifero era pieno di eventi, feste e visite di parenti.

Rimase seduta nel silenzio della cucina, con Trout che sonnecchiava ai suoi piedi, finché Noah non tornò dal lavoro. Non appena lo sentì alla porta d'ingresso, Trout saltò in piedi. Josie ascoltò il ticchettio delle sue unghie sul pavimento di parquet nell'ingresso. Noah lo salutò come fosse un bambino, assicurandogli con toni sdolcinati che gli era mancato tutto il giorno e che era il cane migliore del mondo. Trout emise dei guaiti acuti di assenso o di gratitudine, o di entrambe le cose.

«Dov'è la mamma?» gli chiese poi Noah.

Trout emise un guaito più breve e si precipitò in cucina.

Noah lo seguì, con un'espressione per metà contenta e per metà preoccupata quando la vide. Ora era così, con tutti, non solo con Noah. La preoccupazione dietro il sorriso. Stava bene? Se la stava cavando? Era in grado di gestire la situazione?

Noah si avvicinò e si piegò per baciarla, passandole un palmo caldo dietro al collo.

«Oggi ho parlato con Amber.» gli disse.

Lui si immobilizzò. «Com'è andata?»

«Bene, credo.»

«Ti va di parlarne?»

Josie si alzò e gli avvolse le braccia intorno al collo. Lui la tirò a sé. Lei inspirò e si sentì sciogliere contro di lui. «Noah, non voglio avere rimpianti.»

«D'accordo.» le disse lui tra i capelli. Le sue mani le accarezzarono la schiena. «Di che tipo di rimpianti stiamo parlando?»

«Di quelli grandi.»

Alzò le mani e le cullò la testa, tirandola indietro per poterla guardare negli occhi. Con un sorriso, le chiese: «Devo preoccuparmi?»

Josie rise. «No. Voglio dire, non credo.»

La lasciò andare. «Che succede, Josie?»

Lei diede un'occhiata al frigorifero. Ogni volta che lo ospitavano, Harris riempiva il frigo con almeno una dozzina di disegni. Tornando a guardare Noah, disse: «E se cambiassi idea sul fatto di volere dei figli?»

Lui si rilassò visibilmente, la tensione si sciolse dalle spalle. «È di questo che si tratta? Che hai cambiato idea?»

«Non lo so. Io ci... ci ho pensato su. Quando ne abbiamo parlato in passato, i motivi per cui non li volevo riguardavano tutti la mia paura.»

Le toccò la cicatrice sul lato del viso, tracciandola dall'orecchio al mento. «Lo so.»

«Hai detto che ero abbastanza per te.»

«Perché è così.»

«Ma tu vuoi avere dei figli?»

«Non quanto voglio stare con te, Josie.»

«Noah...»

Lui lasciò cadere la mano. «Una parte di me lo vorrebbe, sì. Ogni tanto mi capita di pensare a come sarebbe. È difficile non pensarci con Harris che ci gira intorno in continuazione. Lo sai quanto bene voglio a quel bambino.»

Josie sorrise. «Anch'io. Ma Noah, non hai mai paura? Di diventare genitore, intendo.»

«Certo.» rispose lui. «Anche con Harris, mi preoccupo sempre per lui.»

«No.» disse lei. «Intendo dire, non hai paura di sbagliare. Di finire come tuo padre.»

Il padre di Noah aveva lasciato sua madre non appena Noah aveva compiuto diciotto anni. Aveva abbandonato completamente la sua famiglia. Aveva aspettato che il figlio più piccolo diventasse adulto per potersene andare e ricominciare da un'altra parte, e così aveva fatto: si era sposato con un'altra donna, molto più giovane, da cui aveva avuto altri figli e non si era preoccupato di tenersi in contatto con Noah o con i suoi fratelli.

«Non finirò come mio padre.» rispose Noah.

«Come fai a saperlo?»

«Perché non sono uno stronzo.»

«Noah...»

«Josie, so che non diventerò come mio padre. Non farò quello che ha fatto lui. Vedo Harris e passo del tempo con lui e anche se non è mio, anche se non siamo legati da vincoli di sangue e nemmeno matrimoniali, mi prenderei una pallottola per quel bambino. Non potrei mai abbandonarlo. Mai. È così che lo so.»

Lei annuì. Con voce roca, disse: «È così che mi sento anch'io. Ho sempre temuto che in qualche modo sarei stata il tipo di madre che Lila Jensen è stata per me: crudele e violenta, negligente e pericolosa. Ma ora so di essermi sbagliata. Non sarei affatto così. Non è... non è nella mia natura.»

«Sono contento che tu te ne sia resa conto, perché tutti gli altri lo sanno già. Hai passato una vita a punirti per le cose che Lila ti ha fatto. Josie, se vuoi dei figli, possiamo averne.»

Le si formò un nodo in gola. «Non sono ancora arrivata a prendere questa decisione...» disse. «So solo che non è il tipo di decisione che voglio prendere da un luogo in cui ho paura. Ho paura che, se prendessi decisioni importanti basate sulla paura, finirei con l'avere... moltissimi rimpianti.»

Lui colmò la distanza che li separava e le prese le guance, inclinandole il mento verso di sé. I suoi occhi nocciola scintillavano. «Prenditi un po' di tempo.» disse. «Potremo riparlarne quando avrai avuto modo di riflettere.»

Lei sbatté le palpebre e si sentì inebriata dal sollievo, dall'amore e dalla vicinanza di Noah.

«Josie...» sussurrò lui.

«Sì?»

Lui le fece un sorriso malizioso. «Nel caso in cui decidessimo di avere dei figli, non credi che dovremmo andare di sopra e fare pratica su come si fanno?»

Il cane mugolò ai loro piedi.

Josie scoppiò a ridere mentre Noah la prendeva tra le braccia e la portava in stile nuziale su per i gradini fino alla loro camera da letto.

In ogni momento di quiete, gli ultimi secondi di vita di Mettner si affollavano nella sua mente. Perdersi in Noah era l'unico modo per metterli a tacere. Mentre si spogliavano l'un l'altro, lei ripeteva in fondo alla mente le parole di Amber e Mettner.

Nessun rimpianto.

Nessun rimpianto.

UNA LETTERA DA LISA

Vi ringrazio molto per aver scelto di leggere *Chiudile gli occhi*. Se vi è piaciuto questo libro e se volete rimanere aggiornati su tutte le mie ultime uscite, vi invito a iscrivervi al seguente link. Il vostro indirizzo e-mail non verrà mai condiviso e potrete disiscrivervi in qualsiasi momento.

italia.bookouture.com/subscribe/

Ci tengo a sottolineare che questo libro tocca in maniera molto marginale il tema della violenza domestica. Se non vi sentite sicuri in casa vostra, vi invito a chiedere aiuto. Un buon punto di partenza è la National Domestic Violence Hotline (Stati Uniti). Il sito web è www.thehotline.org, ma ricordate che la cronologia dei siti che consultate su Internet non viene mai cancellata del tutto, quindi, per sicurezza, vi suggerisco di chiamare il numero 800-799-SAFE (7233). Vi invito anche a visitare il mio sito web www.lisaregan.com in cui troverete una scheda denominata "Risorse" dove ho raccolto alcuni contatti per Fondazioni e Centri dedicati alle testimonianze dei sopravvissuti alle aggressioni sessuali e alla violenza domestica, comprese quelle di altri Paesi.

A ogni nuovo libro che scrivo sulla Detective Josie Quinn, mi sento sempre più benedetta e fortunata ad avere un pubblico di lettori così affezionati e sono molto grata a tutti loro, ai vecchi e ai nuovi, che scelgono di leggere ogni nuovo capitolo della serie. Dire che è un piacere proporvi questi libri è un eufemismo. Sono davvero riconoscente di sapere che ci siete!

Sono sempre molto lieta di ricevere i vostri commenti. Potete mettervi in contatto con me attraverso il mio sito web o uno qualsiasi dei social media qui sotto, oltre alla mia pagina Goodreads. Inoltre, apprezzerei molto se voleste lasciare una recensione e se poteste consigliare *Chiudile gli occhi* ad altri lettori. Le recensioni e le raccomandazioni attraverso il passaparola sono estremamente preziose nell'aiutare i lettori a scoprire i miei libri per la prima volta. Vi ringrazio molto per l'entusiasmo e l'impegno con cui avete seguito questa serie. So che questo è stato un capitolo duro, soprattutto per i miei lettori più affezionati, perché abbiamo perso Mett, ma spero che tornerete per le prossime avventure!

Grazie,

Lisa Regan

www.lisaregan.com

RINGRAZIAMENTI

Meravigliosi lettori: voi, più di ogni altra cosa, siete il mio obiettivo e la mia passione per la scrittura di questa serie. L'entusiasmo e l'affetto che mi dimostrate per tutto il lavoro che faccio per Josie Quinn, così come la vostra dedizione alla serie, sono un dono straordinario di cui sono riconoscente ogni giorno che passa. Leggo tutti i messaggi, i commenti, i post, le e-mail che mi inviate, per non parlare di tutti gli altri modi meravigliosi che trovate per mettervi in contatto con me o semplicemente per gridare al mondo intero quanto adorate Josie, e io sono sempre qui grazie a questo! Siete davvero i migliori. Vi ringrazio per essere rimasti con me in questo splendido e affascinante viaggio di scrittura. Riuscite veramente a rendere ogni parola degna di essere scritta!

Come sempre, voglio ringraziare per primo mio marito, Fred, che svolge instancabilmente e in modo del tutto disinteressato il doppio compito di marito e padre eccezionale, e di consulente per ogni mio nuovo libro. Ti ringrazio per avermi aiutata con le ricerche sulle armi e sulla fattoria di questa indagine. Ti ringrazio per avermi sempre lasciato parlare dei problemi più assurdi della trama durante la colazione e per avermi proposto dozzine di idee che mi hanno permesso di risolvere ciascun problema. Sei una persona straordinaria! Grazie a mia figlia, Morgan, perché sa sempre esattamente cosa dire quando sono molto stressata per una scadenza e perché è la persona più divertente, spiritosa, gentile e appassionata che conosca!

Un grazie va alle mie "prime" prime lettrici: a Maureen Downey e a Katie Mettner. La vostra velocità e le vostre osservazioni incisive sono state assolutamente essenziali. Vi adoro entrambe e non potrò mai ripagarvi per tutti i modi con cui rendete sempre migliore la mia scrittura e la mia vita. In particolare, mi rivolgo a Katie per dirle che mi dispiace davvero tanto di aver dovuto eliminare il suo omonimo. È stato un duro colpo anche per me. Grazie alle altre mie prime lettrici: Dana Mason, Nancy S. Thompson e Torese Hummel. Grazie a Matty Dalrymple e Jane Kelly per tutti gli incoraggiamenti e per la disponibilità quotidiana per qualsiasi cosa di cui ho avuto bisogno. Voi due siete un'ancora di salvezza. Ci tengo a ringraziare le mie nonne: Helen Conlen e Marilyn House; la mia famiglia: Donna House, Joyce Regan, il defunto Billy Regan, Rusty House e Julie House; i miei fratelli e le mie cognate: Sean e Cassie House, Kevin e Christine Brock e Andy Brock; e le mie adorabili sorelle: Ava McKittrick e Melissia McKittrick. Grazie anche a tutti i soliti sospetti per aver sparso la voce: a Debbie Tralies, a Jean e a Dennis Regan, a Tracy Dauphin, a Claire Pacell, a Jeanne Cassidy, a Susan Sole, alla famiglia Regan, alla famiglia Conlen, alla famiglia House, alla famiglia McDowell, alla famiglia Kays, alla famiglia Funk, alla famiglia Bowman e alla famiglia Bottinger!

Come sempre, ringrazio tutti i meravigliosi blogger e i recensori che tornano fedelmente a Denton per leggere le ultime avventure di Josie, così come i lettori che hanno conosciuto Josie solo in questo libro. Apprezzo il tempo che le dedicate e il vostro incredibile sostegno.

Un grazie va, come sempre, al tenente Jason Jay per aver risposto alle mie infinite domande, spesso più di una volta, in modo così dettagliato a tutte le ore del giorno e della notte. La sua generosità mi lascia sempre sbalordita. Grazie a Stephanie Kelley, la mia impareggiabile consulente in materia di forze dell'ordine, che ha lavorato così duramente al mio fianco per mettere a punto ogni singolo dettaglio e per avvicinarci il più possibile alla perfezione, per quanto la finzione possa permetterlo. Stephanie è un dono e potrei stare tutto il giorno ad ascoltarla mentre mi spiega il funzionamento delle varie procedure! Grazie a Courtney Capone per aver risposto alle mie domande sugli ospedali veterinari. Grazie a Leanne Kale Sparks per avermi aiutato a risolvere alcuni problemi in materia legale per questo libro, come ho incontrato per far uscire Mathias Tobin di prigione. Sei la migliore in assoluto e non so dirti quanto mi senta grata di averti come amica! Grazie mille ad Audrey Brooks e a Hope Lawrence per aver risposto a tutte le mie domande sull'allevamento di bestiame! Grazie a Jessie Botterill e Jenny Geras per il regalo che mi hanno fatto permettendomi di continuare a scrivere questa serie e di continuare a lavorare con la migliore casa editrice di tutto il mondo. Non so esprimere la mia riconoscenza. Grazie per avermi aiutata a definire non solo la trama di questo libro, ma dei molti altri che verranno. Non vedo l'ora che i lettori scoprano cosa abbiamo preparato nei prossimi libri. Di nuovo, un grazie enorme a Jenny Geras per il tuo brillante e approfondito lavoro di editing e per la cura con cui mi hai aiutata a far risplendere questo libro! Infine, ringrazio Noelle Holten, Kim Nash, la mia copy editor Jennie e la correttrice di bozze Jenny Page, insieme all'intero team di Bookouture.